Izabelle Jardin
Libellenjahre

Das Buch

Königsberg, 1930: Die selbstbewusste Constanze von Warthenberg ist neunzehn Jahre alt, als sie während einer Segelregatta dem weltläufigen Clemens Rosanowski aus Warschau begegnet. Es wird die große Liebe. Trotz einigen Widerstandes in Constanzes Familie heiratet das Paar und lässt sich in Danzig nieder. Die beiden erleben Jahre voller Leichtigkeit.

Doch die politische Lage in der alten Hansestadt wird unter den neuen Machthabern zunehmend schwieriger, und mit Ausbruch des Zweiten Weltkrieges muss Clemens als Soldat der Wehrmacht gegen sein Heimatland Polen kämpfen.

Seine Feldpostbriefe werden immer seltener, und eines Tages erreicht Constanze eine erschütternde Nachricht. Für sie beginnt nun eine dramatische Odyssee Richtung Westen.

Die Autorin

Izabelle Jardin studierte Sozial- und Politikwissenschaften in Oldenburg und Braunschweig. Sie lebt mit ihrer Familie in einem verschlafenen norddeutschen Dorf, ist Mutter zweier Söhne und verheiratet mit dem »idealen Mann«. Die vielseitigen Romane der passionierten Autorin und Pferdezüchterin sind regelmäßig auf den deutschen Bestsellerlisten zu finden. Mit ihrem bei Tinte & Feder erschienenen Roman »Funkenflug« stand sie wochenlang an der Spitze der Kindle Charts.

IZABELLE JARDIN
Libellenjahre

DIE WARTHENBERG-SAGA

Roman

Deutsche Erstveröffentlichung bei
Tinte & Feder, Amazon Media EU S.à r.l.
38, avenue John F. Kennedy, L-1855 Luxembourg
März 2020
Copyright © der deutschsprachigen Ausgabe 2020
By Izabelle Jardin
All rights reserved.

Umschlaggestaltung: bürosüd⁰ München, www.buerosued.de
Umschlagmotiv: © lcodacci / Getty Images; © Michael Nelson / ArcAngel;
© Vvicca1 / Shutterstock; © Henryk Sadura / Shutterstock; © Gilmanshin /
Shutterstock; © Pierre-Yves Babelon / Shutterstock; © hoperan /
Shutterstock; © djgis / Shutterstock
1. Lektorat: Stefan Wendel
2. Lektorat: Rainer Schöttle
Korrektorat: Manuela Tiller/DRSVS
Gedruckt durch:
Amazon Distribution GmbH, Amazonstraße 1, 04347 Leipzig /
Canon Deutschland Business Services GmbH, Ferdinand-Jühlke-Straße 7,
99095 Erfurt /
CPI books GmbH, Birkstraße 10, 25917 Leck

ISBN 978-2-49670-150-0

www.tinte-feder.de

1

DANZIG, FEBRUAR 1945 – ALLES VERLOREN

»Er kommt nicht mehr, Constanze!«

Geflüsterte Worte im Dunkeln. Da ist seine Hand, die nach ihrer trotzig geballten Faust greift, sie sanft auseinanderzwingt, etwas hineinlegt, um das die Finger sich unwillig schließen. Etwas Fremdes. Und doch Bekanntes. Etwas, das nicht in ihre Hand gehört.

Erst bleibt sie starr, rührt sich nicht, will es nicht haben, will es nicht halten, will nicht ahnen, schon gar nicht wissen, will loslassen, fallen lassen. Und kann es nicht.

Sie reibt es zwischen Daumen und Zeigefinger. Ein halbes Oval, leichtes, weiches, glattes Metall. Nur wenn sie genau hinspürt, fühlt sie die Prägung, die scharfen Bruchkanten.

Das Herz will es nicht fassen. Doch der Verstand gebietet zu begreifen.

Er ist still geblieben. Wartet. Sein Atem auf ihrem Scheitel. Seine Schulter nah. Bereit für ihre Stirn. Bereit für ihre Tränen.

Sie senkt den Kopf. Er neigt sich ihr zu, legt seine Arme um sie, zieht sie an sich.

Im Hals ein Kloß. Die Augen brennen. Ihr Kiefer zittert, der Mund will Worte formen. Einen Schrei. Wenigstens einen Schrei!

Keine Träne. Kein Laut.

Nur das dumpfe Grollen in der Ferne.

»Kommst du jetzt endlich? Kein Grund mehr zu zögern. Er kommt nicht mehr. Ihr müsst fort«, flüstert er nach einer langen Weile.

Kein Wort. Aber sie nickt.

»Dann sofort! Ich werde nicht mehr lange hier sein, kann euch morgen schon nicht mehr beschützen.«

Wieder nickt sie. Fühlt den rauen Stoff seines Uniformmantels über ihre Stirn gleiten.

Er löst sich von ihr. Plötzlich geschäftig.

Hilft ihr, die Kinder aus den Betten zu holen, greift nach dem braunen Köfferchen. Fertig gepackt. Schon lange.

Unten wartet der Wagen. Der Fahrer höflich. Jawohl, Herr Oberstleutnant, selbstverständlich, Herr Oberstleutnant.

Eisige Nacht. Kein Schein aus irgendeinem Fenster. Doch mondhell. Schneebedeckte Straßen. Banger Blick auf zarte Seidenstrümpfe unterm Mantelsaum, auf elegante Spangenpumps.

»Keine Sorge, Constanze! Ein Lazarettzug. Zweifellos bestens beheizt.«

Leere Gassen, stille Stadt. Nur der Motor. Und in der Ferne dieses dumpfe Grollen. Viel zu dicht schon.

»Warum hier entlang? Nicht zum Hauptbahnhof?«

Er schüttelt den Kopf.

Olivaer Tor. Güterbahnhof? Ungläubiger Blick.

Zuversichtliches, aufmunterndes Nicken. »Vertrau mir!«

Der Wagen hält, er steigt aus. Fremder Mann in Uniform. Unterwürfig. Ausgestreckte Rechte zum Gruß. Jawohl, Herr Oberstleutnant, selbstverständlich, Herr Oberstleutnant.

Er öffnet den Fond, reicht ihr die Hand. Bitterkalte Nachtluft kriecht beißend unter den Rock. Sie birgt den

Kleinen in ihrem Pelz, winkt die Tochter aus dem Automobil. »Komm. So komm doch schon!«

Das Mädchen an der Hand den zugigen Bahnsteig entlang. Hier?

Offenbar.

Lazarettzug. Zweifellos bestens beheizt.

Ach.

»Das meinst du nicht ernst?«

Verlegener Blick. »Mein Gott. Ich ahnte nicht … verzeih! Aber mehr kann ich nicht für euch tun. Nur noch heute. Heute Nacht, Constanze. Bitte!«

Sie zögert. Schaut nach oben. Weit geöffnete Schiebetür. Dahinter nichts als Dunkelheit.

»Geht! Ich flehe dich an.« Eine letzte Umarmung. Ein letzter Kuss auf die Wange.

Dann lässt sie sich hineinziehen. Lässt sich in eine Waggonecke leiten. Lässt sich niederdrücken. Sanft, aber bestimmt, diese Hände. Fühlt unter sich … fassungslos: Stroh. Neben sich die Wärme der Tochter. Das Mädchen spricht nicht. Schluchzt. Constanze legt den freien Arm um ihre Schultern. Zieht den blonden Kopf an ihre Brust, sagt: »Alles wird gut, Liebling. Er weiß, was er tut. Er rettet uns doch nur.«

Warten. Lauschen. Dort ist doch jemand. Aus wessen Kehlen kommt das Stöhnen da drüben? Das Seufzen? Das Weinen? Wer ist hier noch?

Regungsloses Entsetzen.

Warten.

Denken.

Alles ist verloren. Nicht nur der verdammte Krieg. Wohin sind die Jahre? Wohin sind die Jugend, die Leichtigkeit, das Lachen, die Liebe?

Jetzt ist sie allein. Zum ersten Mal nur noch auf sich gestellt. Niemand ist mehr da, ihr zu helfen.

Woher die Kraft nehmen für das, was kommt? Wenn nichts mehr da ist, sich die Kraft zu schöpfen?

Ein Leben lang geschöpft. Und nun, die Speicher leer, keiner da, sie jemals mehr zu füllen. Dennoch. Kraft geben müssen.

Sie fasst in ihre Manteltasche. Ein halbes Oval, leichtes, weiches, glattes Metall. Nur wenn sie genau hinspürt, fühlt sie die Prägung, die scharfen Bruchkanten. Wie lange her, dass jemand es von seinem Halse nahm? Von jener Stelle, an die ihre Lippen gehörten. Immer. Auch und gerade in den Minuten seines Sterbens. Wo? Wo war es geschehen? Wie war es geschehen? Nichts hatte der Bruder gesagt.

Wie viele wirst du noch retten, wunderbarer großer Bruder? Wirst du für die Eltern, für Großmutter, für alle, die wir zusammengehören, tun können, was du für uns getan hast?

Wohin führt unser Weg? Nach Westen. Jaja … Was ist im Westen? Kommt ihr nach? Werden wir uns wiedersehen, da, im Westen? Werden wir zusammenkratzen, was von uns noch übrig sein wird? Neu beginnen, Heimat finden?

Oh nein. Heimat ist da nicht. Heimat ist, was war.

Und was war, das ist nicht mehr.

Alles verloren.

Alles?

Die Kinder!

Nicht alles ist verloren.

Er wird ihn niemals sehen, seinen Sohn. Wird sie nie wiedersehen, seine Tochter. Es ist an ihr. Allein an ihr, sie zu schützen. Und ihnen Heimat zu geben.

Ein Ruck. Dann Rollen. Tackadack, tackadack, tackadack. Immer schneller. Eiserne Räder auf eisernen Schienen.

… tackadack, tackadack, tackadack …

Sie hört genauer hin.

… kommt nicht mehr, kommt nicht mehr, kommt nicht mehr …

2

CRANZ, 14. JULI 1930 – NEC TEMERE NEC TIMIDE

Seit dem ersten Morgengrauen war Boot um Boot aus dem Nebel aufgetaucht. Still und grau lag die See, nur einen schmalen Streifen weißen Schaums zeichneten die trägen Wellen auf den flachen Sandstrand. Ausgerechnet heute! Nebel und absolute Flaute. Auf der Strandpromenade hingen die Fahnen schlaff von den Masten, auf deren Spitzen Möwen dösten. Ideales Regattawetter sah wahrhaftig anders aus. Auffrischen musste der Wind. Die Sonne musste herauskommen, musste das Meer in allen Blautönen leuchten, silbrige Gischt funkeln lassen. Wie sollte der Höhepunkt der Saison bei diesem Wetter zum Erfolg werden?

Constanze von Warthenberg stand am Fenster des hell erleuchteten Frühstücksraums im Hotel Monopol und sah den Ankommenden dort unten zu, wie sie ihre Jollen den Strand heraufzogen. Regatta im Ostseebad Cranz. Das war von jeher ein Sommervergnügen, das sich niemand entgehen ließ. Alles, was an der Samlandküste – ja, sogar bis hinüber nach Danzig – ein paar Quadratmeter Segeltuch zu handhaben wusste, würde da sein. Constanze hatte die nicht enden wollenden Nennlisten in der Meldestelle des Jachtklubs gesehen. Unbekannte Namen. Und ein paar Stars. Die waren es, um derentwillen sich die Badegäste, sämtlich ausgestattet mit Fernstechern und selbstverständlich einem gerüttelt Maß Sachkenntnis, Punkt zwölf zum Startschuss versammeln würden, um das Rennen zu verfolgen. Die fast anderthalb Kilometer lange Promenade ein Meer von Zuschauern, dicht gedrängt, bunte Sommerkleider, Strohhüte, Sonnenschirmchen, lachende Kinder; in der warmen Luft ein Duft aus Sonnenöl, Ozon, Tang und Meer. So war es letztes Jahr, so war es in all den Jahren zuvor gewesen. Und so sollte es doch auch heute wieder sein.

Constanze war zum ersten Mal nicht mehr nur Beobachterin des Treibens, sondern gehörte seit Neuestem zum Kreis der Organisatoren. Man hatte ihr die ehrenvolle Aufgabe übertragen, die Ausstattung der Abendveranstaltung zu übernehmen. Wochenlang hatte sie viel Zeit und Kraft geopfert, um alles so hübsch vorzubereiten. Jetzt das. Mit einem Seufzer wandte sie sich vom Fenster ab und trat an den Tisch, wo ihre Brüder sich ein stärkendes Frühstück gönnten.

»Verflixt, Justus! Schau dir die Suppe da draußen an. Nicht mal eine leichte Brise. Die Segler werden Stunden bis zur ersten Wendetonne brauchen … wenn sie sie überhaupt finden bei der miserablen Sicht. Da verpasst uns Petrus einen schönen Tiefschlag. Meinst du, das Wetter ändert sich noch?«

Justus, beinahe zehn Jahre älter als die neunzehnjährige Constanze, war ihr Held seit Kindertagen. Wenn jemand in der Lage war, Unwägbarkeiten einzuschätzen, war er es. Sein dunkler Kopf tauchte hinter der Morgenzeitung auf.

»Max Schmeling ist vorgestern Weltmeister geworden«, verkündete er seelenruhig, und Armin, fünf Jahre jünger als der älteste Warthenberg-Spross, schaltete sich ein: »Tatsächlich? Kein Mensch hätte es für möglich gehalten, dass ein deutscher

Boxer gegen diesen amerikanischen Hünen etwas ausrichten kann.«

Constanze blickte ärgerlich auf ihre Brüder, zupfte nervös am Schößchen ihrer weißleinenen Kostümjacke, strich sich fahrig eine dunkelblonde Locke hinters Ohr und setzte an: »Bist du noch nicht ganz wach, Just? Was hat das mit dem Segelwetter zu tun?«

Justus von Warthenberg grinste seine Schwester an. »Doch, doch, ich bin sogar hellwach. Du hattest etwas von Tiefschlag gesagt. Schmeling hat den Titel nicht erlangt, weil er Sharkey umgehauen hat, sondern weil der Kerl wegen eines unsportlichen Tiefschlags disqualifiziert worden ist. Du siehst also, auch ganz ohne eigenes Zutun kann aus Tiefschlägen etwas Famoses erwachsen.«

Constanze verdrehte die Augen. »Wie schräg kann man denken …?«

Justus erhob sich zu voller Größe, reckte sich, langte nach dem leichten weißen Baumwollpullover auf seiner Stuhllehne, zog ihn über, strich sich das volle Haar aus der Stirn, nahm Constanze um die Schultern und schob sie zum Fenster.

»Schau! Wenn du genau hinsiehst, bemerkst du jetzt schon, wie der Nebel sich langsam lichtet. Jaja, guck, da hinten im Osten wirds schon heller. Clärchen wird die Waschküche spätestens bis zehn aufgelöst haben. Und Wind werden wir auch noch kriegen. Vier bis fünf haben sie angesagt. Das soll lang hinreichen für ein flottes Rennen. Lass nicht so schnell den Kopf hängen. Wird schon werden.«

»Sicher?«

»Ganz sicher!«

Constanze war es gewohnt, ihm zu glauben. Niemals hatte er Anlass gegeben, jenes Urvertrauen zu erschüttern, das sie von jeher in ihn gesetzt hatte. Was Justus voraussagte, trat ein. Was er behauptete, war wahr. Immer.

Sie schmiegte ihre Schläfe gegen seine Brust. Er drückte sie kurz und brüderlich, dann ließ er sie stehen, nahm wieder Platz und wandte sich mit einem Blick auf seine Armbanduhr an Armin.

»Wo bleibt eigentlich Eugen? Es ist viertel neun. Wollte er nicht längst hier sein?«

»Typisch Eugen«, erwiderte Armin. »Es wäre doch ein Wunder, wenn er ausnahmsweise pünktlich käme. Wir können froh sein, wenn er eine Stunde vor dem Start da ist.«

Constanze nahm die Unterhaltung um den dritten Mann in der Crew der Königsberger Rennjolle nur am Rande wahr, denn soeben hatte das Boot den Strand erreicht, auf das alle warteten. Weithin erkennbar das Wappen im Großsegel. Zwei vertikal angeordnete weiße Tatzenkreuze auf rotem Schild, über dem die goldene Krone schwebte. Gehalten von zwei ehrfurchtgebietenden goldenen Löwen. Constanze konnte den eingestickten Wappenspruch von hier aus nicht lesen. Aber sie kannte ihn. *Nec temere nec timide.* Oh ja, dafür waren sie bekannt! Weder unbesonnen noch furchtsam. Hoch favorisiert, siegesgewohnt, die Besatzung stets mit stolzgeschwellter Brust. So kannte man die Danziger. Und allen voran stand der Steuermann Clemens Rosanowski.

»Die Danziger sind eingetroffen, seht mal!«, rief Constanze und die Brüder eilten ans Fenster.

»Heute holen *wir* uns den Pott!«, tönte Armin selbstbewusst. »Wir sind so gut vorbereitet wie nie zuvor. Sollen sie mal kommen. Pah! Zeigen werden wir es ihnen. Ein drittes Mal lassen wir uns den Schneid nicht abkaufen, stimmt's, Just?«

Justus' Gesichtsausdruck wurde mürrisch. Kaum merklich zog er den Kopf ein und wies mit einem kurzen Nicken auf die zunehmende Zahl inzwischen eingetroffener Gäste, die sich an den nahe stehenden Tischen bedienen ließen. »Nicht so laut, Mensch. Dein Optimismus in Ehren, aber ich würde mich lieber nicht so weit aus dem Fenster lehnen. Die sind gut, die Danziger. Und das haben sie nicht nur hier immer wieder bewiesen. Sieh dir mal deren Statistik bis heute an. Müsste schon mit aller uns freundlich gesonnenen Macht Neptuns und Aeolus' zugehen, wenn wir sie besiegen würden. Im Übrigen kannst du nie wissen ... wir sind schließlich nicht allein mit nur zwei Booten da draußen unterwegs. Es werden hundert oder gar mehr sein. Wer weiß, welche Konkurrenz uns noch von anderer Seite droht? Ich sage dir, wenn unser lieber Eugen ...« Er blickte sich suchend um. »Wenn unser Steuermann nicht bald an Land kommt, werde ich langsam nervös. Ohne ihn sind wir nämlich aufgeschmissen.«

Constanze spürte genau, wie ärgerlich Justus jetzt schon war. Eugen Puttkammer, der »halbe Hering«, wie die Brüder ihn ob seiner schmalen Gestalt nannten, stammte aus alteingesessener Fischerfamilie, war seit frühester Jugend bester Freund und bei der Segelei unverzichtbar. Er wusste um seine Bedeutung und machte sich gern mal einen Spaß daraus, die Kumpane warten zu lassen. Seine Erfahrung, ja, man konnte sogar sagen, Genialität an der Pinne war das Einzige, das ihn neben den Warthenberg-Brüdern heraushob. Und darauf ritt er genüsslich herum. Eugen stammte eben nicht aus gehobenen, sondern ausgesprochen ärmlichen Verhältnissen. Sein Bildungsgrad war »unter aller Kanone«, wie Armin bisweilen frotzelte, sein samländischer Dialekt war, nun, sagen wir mal, ausgeprägt und weiß Gott nicht von jedem Badegast zu verstehen. Ausgesprochen gern schaute er etwas zu tief in die Flasche, ließ zudem in der Damenwelt nichts anbrennen. Aber er war von Kindesbeinen an mit der See vertraut und verwachsen. Und er war bisher stets ein loyaler Freund gewesen. Nur ... wo blieb er heute? Ausgerechnet heute.

Die bange, unausgesprochene Frage fand ihre Antwort wenige Momente später, als sich der kleine Karl Puttkammer, an die Knabenbrust Eugens Segelmütze gedrückt, seinen Weg zwischen den Tischen auf die Geschwister zubahnte.

»Der Eugen, der Lorbas, hat Magen-Darm. Der kann nicht segeln heute. Hängt koppheister über der Schüssel und kotzt den ganzen Klunkermus vom Frühstück wieder aus. Er hat gesagt … also, ich soll ausrichten, ihr sollt 'nen anderen Dassel finden, wo die Mütz' vom Skipper draufpasst«, erklärte der Kleine mit hochrotem Kopf und hielt Justus die Kopfbedeckung hin.

Insgeheim mussten die drei im ersten Augenblick grinsen. Der »Lorbas«, auf gut Hochdeutsch »Lümmel«, korrespondierte nicht so ganz mit der anscheinend ernst zu nehmenden medizinischen Diagnosestellung.

Constanze blickte zu Justus auf. Dessen Züge changierten zwischen amüsiert und grantig. »Soso, Karlchen, da hat der Herr Bruder wohl mal wieder die Kehle ausgeblecht und womöglich auch noch ein Marjellchen bei sich gehabt heute Nacht, was?«

Treuherzig nickte der Kleine.

»Bestell dem Kreet, das wird ein Nachspiel haben!«, sagte Justus in einem Tonfall, der den Jungen zusammenzucken ließ.

Er trat von einem Fuß auf den anderen, versuchte, sich gesenkten Kopfes zu verteidigen: »Aber ich kann doch nuscht dafür, Herr Justus, ich sollte doch bloß Bescheid geben.«

»Ist schon recht, Karlchen. Komm, nimm das Dittchen, kauf dir einen Lutscher auf dem Heimweg«, beruhigte Justus und hielt dem zerknirschten Bengel einen Groschen hin. Der griff zu, machte auf dem Absatz kehrt und stob davon.

»Jetzt haben wir den Salat. Und nun? Was machen wir jetzt? Zurückziehen?«, wollte Armin wissen und schaute den Bruder an, als traue er ihm zu, das Malheur blitzschnell zum Guten wenden zu können.

In Constanze stieg Empörung auf. Zurückziehen? Aufgeben? Oh nein! Beim Ehrgeiz musste man sie packen.

Mit den Ellenbogen knuffte sie beide gleichzeitig in die Seite. »Guckt doch!«, provozierte sie. »Da kommen sie.«

Die Mützen unterm Arm, in blitzsauberer Segelkleidung, die blonden Köpfe akkurat gescheitelt, aufrecht und siegesgewiss, hatten die Danziger, allen voran Clemens Rosanowski, den Speisesaal betreten. Er hatte eine gewisse Ähnlichkeit mit dem berühmten Schauspieler Willy Fritsch, den Constanze vor gar nicht so langer Zeit im UFA-Kino hatte bewundern können. An der Seite der süßen blonden Lilian Harvey hatte er in dem Film *Liebeswalzer* gespielt und es war zu spüren gewesen, wie die Frauen dahinschmolzen. Eine fliehende Stirn wie Fritsch hatte Clemens nicht, aber er schaute genauso herausfordernd und … doch, da war so einiges … und Constanze musste sich selbst zugeben, dass er ihr gefiel.

Ein Raunen ging durch die Menge. Sofort waren die Danziger von einem Schwarm junger Frauen umringt. Constanze konnte sehen, wie eine flotte Rothaarige sogar ein Autogramm erbat. Mit charmantem Gesichtsausdruck griff Rosanowski nach einem der Veranstaltungsprogramme, die überall ausgelegt waren, zog einen Federhalter aus der Jacke und signierte das schmalformatige Faltblättchen. Der Rotschopf strahlte und machte ein Gesicht, als wollte sie ihm gleich um den Hals fallen. Wäre sie wahrscheinlich auch, dachte Constanze etwas angewidert, hätte er sich nicht sofort der Nächsten zugewandt, die zappelig neben ihm stand und anscheinend dasselbe Anliegen verfolgte. Wie konnten sich Frauen nur so aufführen? Etwas vornehme Zurückhaltung vielleicht? So etwas würde ihr bei aller Sympathie nie passieren. Unmöglich!

Justus wollte offenbar den drei Konkurrenten nicht begegnen. Er öffnete eine der Balkontüren und trat hinaus an die Balustrade. Constanze und Armin folgten ihm wortlos. Da stand er, eben noch voller Hoffnung und Sportsgeist, nun schon geschlagen, ehe er sich überhaupt mit dem Gegner hatte messen können. Die Hände auf das Geländer gestützt, den Kopf zwischen die Schultern gezogen, blickte er auf die See hinaus und war in diesem Moment für die Geschwister nicht erreichbar. Alle drei wussten sie, dass es unmöglich sein würde, so schnell Ersatz für den untreuen Eugen zu finden. Es sei denn …

»Just …«, begann Constanze vorsichtig und legte ihm eine Hand auf die Schulter. »Just, ich weiß, du wirst wahrscheinlich gleich explodieren, aber ich hätte da eine Idee.«

Langsam drehte er ihr das Gesicht zu, schaute sie zweifelnd an. »Nämlich?«

»Also … ich meine … wir haben zusammen trainiert, nicht wahr? Könnte nicht … ich …?« Sein Lachen war so höhnisch und zugleich so verzweifelt, dass es Constanze ins Herz schnitt. »Ich weiß, niemand kann Eugen ersetzen. Aber ehe wir gar nicht segeln? Was denkst du? Wenn es nichts Rechtes wird, könnt ihr es doch immer noch auf mich schieben und seid zumindest nicht blamiert. Mir macht es nichts aus und ich verspreche, mein Bestes zu geben.«

Er wandte sich wieder ab. Murmelte: »Eine Frau … ach, Unsinn. Ein Mädchen! Das fehlte noch. Das war ja noch nie da. Damit würden wir uns zum Gespött der ganzen Küste machen.«

Constanze tauschte einen Blick mit Armin und entdeckte zu ihrem Erstaunen Zustimmung. Langsam nickte der jüngere Bruder. »Just, so blöd ist der Vorschlag gar nicht. Du weißt es doch. Seit sie damals als kleines Mädchen auf den Ertüchtigungstrichter gekommen ist, habe ich sie schon unterrichtet. Und glaub mir, geschont habe ich sie nicht. Sie segelt ja nicht erst seit gestern und du musst doch auch bemerkt haben, wie gut sie geworden ist.«

Wieder schaute Constanze Armin an, hob zweifelnd die Schultern. Er zwinkerte ihr zuversichtlich zu. Justus sagte nichts, starrte weiter aufs Meer, schüttelte nur ab und zu den Kopf.

Dann rührte er sich. »Kinder, das muss ich in Ruhe bedenken. Gebt mir eine halbe Stunde, ja?«

Halb hinter seinem Rücken warfen Constanze und Armin sich entnervte Blicke zu und antworteten wie aus einem Munde: »Abgemacht!«

Justus ging. Armin ging, murmelte etwas von »fertig frühstücken«. Constanze blieb allein zurück. Entdeckte wenige Minuten später Justus unten am Strand. Auf und ab lief er, schien zu grübeln. Meine Güte! Was hatte sie denn Ungeheures vorgeschlagen? Er tat ja geradezu so, als müsse er eine staatstragende Entscheidung treffen. Aber immerhin hatte er nicht sofort abgelehnt. Wie würde er entscheiden?

* * *

Zeit verstrich. Zeit, während derer Constanze einen alten Film in ihrem Kopf ablaufen lassen konnte. Einen Film, der alte Bilder mit neuen Erkenntnissen mischte und eine Verquickung aus Einst und Jetzt, Emotionen und Fakten heraufbeschwor, die ihr alles in allem ein liebes Stück Familiengeschichte war.

Sie dachte sich zurück in diesen unseligen Winter, als sie monatelang ans Bett gefesselt gewesen war. Sechs Jahre war sie alt gewesen, da riss ein eigentlich lapidarer Keuchhusten sie völlig aus dem normalen Leben. Viele Wochen war die Krankheit so hochakut gewesen, dass die ganze Familie gefürchtet hatte, Constanze womöglich sogar zu verlieren. Nicht zu bändigen waren die Hustenattacken. Sie hatten immer so weit geführt, dass Constanze jede ohnehin schon winzige Nahrungsmenge, die sie herunterbekommen hatte, sofort wieder von sich gab. Bleich, schwach und mager war sie geworden. Genau erinnerte sie sich an dieses unendlich matte, zum Sterben müde Gefühl.

Erst als der Frühling kam, kam auch die Wende. Langsam, sehr langsam genas sie, und vor lauter Sorge erlaubten ihr dennoch weder der Arzt noch ihre Mutter Luise, das Bett länger als für eine Viertelstunde am Stück zu verlassen. Ein kleines Aprilsonnenbad auf dem Balkon der elterlichen Villa, gelegen im vornehmen Stadtteil Maraunenhof, war ihr Tageshöhepunkt gewesen. Den Blick auf den Oberteich gerichtet, wo die ersten warmen Tage grün-buntes Treiben entfacht hatten, dick eingepackt zwischen Kissen und Decken, genoss sie die Sonnenstrahlen auf der blassen Nasenspitze. Fast verrückt wurde sie, wenn es regnete oder ruppiger Wind noch einmal winterliche Eskapaden von See herantrieb. Dann langweilte sie sich entsetzlich. Keine Spielkameradin durfte sie besuchen, denn schließlich fürchtete man die Ansteckungsgefahr. Nicht einmal Edith, ihre Freundin seit frühesten Kindertagen, wurde vorgelassen. Dabei hatte die den Keuchhusten im vergangenen Jahr schon gehabt und musste doch eigentlich immun sein. Aber nein, immer wurde sie fortgeschickt, wenn sie es zäh wieder versuchte.

Allzu oft war sie alleine. Hatte die Kinderfrau alle nötigen Verrichtungen erledigt, zog sie sich zurück und wies Constanze an zu schlafen. Nein, so viel konnte man auch mit sechs Jahren nicht mehr schlafen. Nicht einmal, wenn man sehr krank gewesen war. Also vertrieb sie sich die Zeit damit, ihre Bilderbücher noch und noch einmal anzusehen. Von Armin oder ihrer Mutter hatte sie sich die kurzen Texte vorlesen lassen; so lange, bis sie sie auswendig kannte. Und dann, irgendwann, um neue Bücher gebeten und begonnen, sich selbst das Lesen beizubringen. Bald hatte sie den Bogen raus. Man musste nur die Buchstaben, die man schon kannte, mit denen in anderen Büchern vergleichen. Wort für Wort erarbeitete sie sich konzentriert die gedruckte Sprache. Und hatte endlich Ablenkung und Aufgabe gefunden.

Eine ganze Weile war sie beschäftigt. Der Kopf hatte Arbeit bekommen. Das machte Spaß, ließ die Lebensgeister erwachen. Aber jeder Muskel war von dem langen Liegen matt. So konnte es nicht weitergehen, beschloss sie eines Tages und begann, zunächst im Bett, später auf dem Fußboden ihres Zimmers, dann bei geöffneten Fenstern, später auf dem Balkon, Gymnastikübungen zu machen. Nicht, dass ihr kompliziertes Zeug wie eine Brücke oder der Kopfstand gelungen wäre. Bewahre, nein! Anfänglich genügte das sekundenlange Anspannen einzelner Muskeln im Liegen bereits, ihr das Gefühl zu vermitteln, sie hätte einen Marathonlauf hinter sich. Constanzes erste Übungen gingen etwa folgendermaßen vor sich: die Zehen. Einkrallen. Halten. Loslassen. Die Fäuste. Ballen. Halten. Entspannen. Tagelang. Immer ein, zwei Glieder mehr, ganz konzentriert. Irgendwann gelang das völlige Durchspannen von den Fersen über Waden, Lenden, Rücken bis hinauf zu den Schultern und Constanze fühlte Stolz. Es war Zeit, sich aufzurichten, es im Sitzen zu probieren. Dann nach Tagen im Stehen. Immer so fort, immer so weiter. Zäh das Ziel vor Augen, die einst gewohnte kindliche Biegsamkeit und Schnellkraft wiederzuerlangen. Sie tat all das, wenn niemand zusah. Und hatte Erfolg.

Als der Arzt, hochzufrieden mit ihren Fortschritten, im späten Mai endlich erlaubte, dass man sie langsam wieder in den Familienalltag integrierte, verblüffte sie ihre Mutter, die Brüder und das Personal damit, dass sie – ganz wie nebenbei – am Frühstückstisch aus der Zeitung vorlas und mit Spagat, Purzelbaum und Handstand eine Kostprobe ihrer neu gewonnenen Beweglichkeit und Kraft zum Besten gab.

Ihre Vorstellungen waren derart überzeugend gewesen, dass im Familienrat unter Herbeiziehung des Doktors ihrer Bitte entsprochen wurde, die restliche Zeit der Rekonvaleszenz auf dem Landgut der Großeltern väterlicherseits verbringen zu dürfen.

Constanze liebte ihre Heimatstadt Königsberg, liebte das nahe Meer. Doch noch inniger liebte sie die sanften grünen Hügel, die dunklen, geheimnisvollen Wälder, die glasklaren Seen, die gelassene Betriebsamkeit des ländlichen Gutes Warthenberg mit den zauberhaften Blumen- und Obstgärten und all seinen Tieren. Und: ihre wundervolle Großmutter Charlotte!

Nicht viel mehr als eine Stunde Fahrt vom Getümmel der Stadt entfernt lag ein Paradies, das mehr als jeder andere Ort dieser Welt einem kleinen Mädchen wie ihr zu völliger Genesung verhelfen würde. Mit fester und doch so liebevoller Hand geleitet von einer Frau, die mehr als jeder andere Mensch stets Constanzes Bewunderung und tiefe Zuneigung erregt hatte. Großmutter war immer dagewesen. Obwohl die Verantwortung für annähernd eintausend Hektar Land, vierhundert Stück Großvieh nebst einer enormen Schar gackernder Hühner und prächtiger Gänse sowie – und das wog sicherlich am schwersten – beinahe einhundert Menschen allein auf ihren schmalen Schultern ruhte, seit Großvater bereits zu Beginn des Krieges im fernen Frankreich gefallen war. In seinem ehemaligen Arbeitszimmer, in dem niemand etwas angerührt hatte, seit er tot war, und in dem alles noch so lag und stand, wie er es damals verlassen hatte, hing ein Porträt von Großmutter als junger Frau. Klein, zierlich, geradezu drahtig war sie gewesen. Und sehr, sehr hübsch. Hübsch war sie immer noch mit ihren feinen Zügen, der etwas zu spitzen, kleinen Nase, dem bemerkenswert schön geschwungenen Mund und den stets rosigen Wangen. Nur das dunkelblonde Haar war inzwischen silberweiß geworden. In der Familie erzählte man sich, quasi über Nacht hätte es jede Farbe verloren, nachdem sie erfahren hatte, dass ihr Mann nie wiederkehren würde.

Constanze gegenüber hatte Großmutter in jüngster Zeit kein Blatt mehr vor den Mund genommen, wie sie über die damaligen Ereignisse dachte. »Der dumme Mann«, schimpfte Charlotte dann und zeigte in einer Mischung aus Traurigkeit und Humor auf ihren dichten weißen Haarknoten, als wäre er der sichtbare Beweis für Großvaters Dummheit. Früher, als Constanze ein Kind gewesen war, hatte Charlotte das auch schon immer gemacht, zwinkernd in die Erwachsenenrunde geschaut und alle hatten genickt. Aber damals hatte Constanze diese Geste noch nicht einordnen können. Jetzt wusste sie: Er hätte nicht mehr einrücken müssen, denn im einundfünfzigsten Lebensjahr war er natürlich längst ausgemustert gewesen. Offizier hin oder her. Wozu unbedingt das Leben hingeben fürs Vaterland? Nein, nicht zu bremsen war er gewesen und Charlotte hatte es ihm nie recht verziehen.

Besondere Tragik hatte der Tod von Großvater Friedrich insofern entfaltet, als sein einziger Sohn, Constanzes Vater Karl, an sich nicht nur designierter Erbe, sondern vor allen Dingen Nachfolger auf dem Gut, bereits anlässlich seiner Hochzeit mit Luise im Jahr 1900 in das Königsberger Seehandelskontor seines todkranken Schwiegervaters eingestiegen war, das er dann tatsächlich flugs allein weiterführen musste. Dies aber zuzulassen, auf den Sohn für alle Zukunft auf dem Gutsbetrieb verzichten zu wollen, war eine einvernehmliche Entscheidung zwischen Charlotte und Friedrich gewesen. Einen Fuß in der Metropole zu haben konnte unbedingt nützlich sein. Wer wusste schon, was das neue Jahrhundert bringen würde?

Damals hatten diese Überlegungen bestenfalls den Charakter vorgeschobener Begründungen gehabt. Alle Welt schüttelte verwundert den Kopf. Doch beide wollten sie den Wünschen und dem Glück des jungen Paares nicht im Wege stehen. Karl sollte keinesfalls gegen seinen Willen in den ewigen Junkerstand gezwungen werden, sollte sich unbeschwert und frei entfalten können. Ganz nebenbei hegte allerdings Charlotte vom ersten Kennenlernen an Bedenken, dass die

Schwiegertochter sich auf dem Land wohlfühlen würde. Und hatte überdies erhebliche Zweifel, dass sie selbst sich jemals mit der …

Constanze grinste still in sich hinein, als sie an den Tag zurückdachte, an dem Großmutter erstmals in einer sehr intimen Stunde ihre Meinung über Mama kundgetan hatte. Eine »eingebildete Zicke« hatte sie sie insgeheim genannt und zugegeben, lieber auf den Sohn am Hof verzichtet zu haben, als sich mit dieser Schwiegertochter arrangieren zu müssen.

Wie günstig der »Fuß in der Metropole« sich später auswirken sollte, konnten die Großeltern damals nicht geahnt haben. Mit dem Inkrafttreten des Versailler Vertrages im Januar 1920 und der Einrichtung des Polnischen Korridors verlor die deutsche »Kornkammer Ostpreußen« den Landhandelsweg und die Ostseehäfen gewannen nie geahnte Bedeutung. Auch Gut Warthenberg war nun darauf angewiesen, sein Getreide auf dem Seeweg in Richtung Westen zu transportieren.

»Siehst du, Kind«, hatte Großmutter eines Tages zwinkernd zu ihrer Enkelin gesagt, »sosehr ich deinen Vater auch tagtäglich hier auf dem Gut vermisst habe … man weiß nie, wo gut für.«

Man weiß nie, wo gut für. Constanze lächelte. Auch heute konnte man nicht wissen, »wo gut für«, dass Eugen ausgerechnet letzte Nacht …

Sie wagte einen Blick hinunter auf den Bruder. Jetzt stand er da und starrte schon wieder auf die See hinaus. Lass ihm Zeit, sagte sie sich. Justus darf man sowieso niemals nicht drängen. Er muss erst genau überdenken, was ich ihm vorgeschlagen habe. Zurück noch einmal in das Jahr 1917. Großmutter … mein Gott, wie sehr sie sich doch immer schon von Mama unterschieden hatte!

Zu Hause war alles anders gewesen. Vaters Einheit kämpfte an der Westfront, während Mama sich plötzlich bemüßigt fühlte, den väterlichen Betrieb zu »beaufsichtigen«, wie sie es nannte, und folglich nur am frühen Morgen und kurz vor dem Einschlafen an Constanzes Bett erschien. Seit Papa fort war, wirkte sie zerstreut, gehetzt, angespannt, mürrisch. Mehr als ein paar hingehauchte Worte und ein flüchtiges Streicheln hatte sie für Constanze in dieser schweren Zeit nicht übrig gehabt. Und dabei wäre es so schön gewesen …

Heute wusste Constanze, dass Mutters Einmischung vollkommen unnötig gewesen war, hatte doch Vater vor seinem Einrücken sehr wohl dafür gesorgt, dass die richtigen Männer ihn an wichtiger Position ersetzten. Luise hatte nichts anderes getan, als sich aufzuspielen, und Tag um Tag aufs Neue den bedauernswerten Bürovorsteher an den Rand des Wahnsinns getrieben. Den Gipfel erreichte ihr so unerwartet aufgekeimtes Verantwortungsgefühl für die Firma (»Immerhin mein mitgebrachtes Erbe, da muss man doch nach dem Rechten sehen, wenn der Herr aus dem Haus ist!«), als Mutter letztlich Justus mit seinen sechzehn Jahren zur Unterstützung an ihre Seite befahl und ihm Aufgaben und Position zuordnete, die der Unterprimaner schon aus zeitlichen Gründen kaum bewältigen konnte. Sosehr er sich auch bemühte, es konnte ihm unmöglich gelingen, sich mit gebotener Konzentration aufs Abitur vorzubereiten und gleichzeitig einen vollen Ersatz des Familienoberhauptes abzugeben. Oft hatte Constanze versucht, ihn zu trösten. Ihm die Ärmchen um den Hals geschlungen, wann immer er sie am Krankenbett besuchte, ihm die tiefblauen Schatten unter den Augen wegzustreicheln versucht.

Es stimmte etwas nicht im Haus. So viel verstand sie mit ihren sechs Jahren durchaus. Dass sie keine Macht hatte, diesen unseligen Zustand zu ändern, begriff sie. Und empfand eine diffuse kindliche Sehnsucht nach geordneten Verhältnissen und einer zuverlässigen, schützenden Hand.

Großmutter hatte sie von klein auf zu allen Verrichtungen mitgenommen. Es gab auf dem Land keine Kindermädchen wie daheim. Es gab nur diese Arme, die sie durch jeden Sommer getragen hatten, solange sie denken konnte, gab nur diese Hand, die sie greifen durfte, die sie geleitet hatte, sobald sie laufen konnte. Ja! Constanze wollte zu ihr.

Je näher der Wagen dem Gut kam, desto aufgeregter hüpfte Constanzes Kinderherz. Da war die Eichenallee, schon jetzt, im frischen Frühlingslaub, ein Tunnel, der den Blick aufs Ziel fokussierte. An einem hellen Sommertag, wenn das Blätterdach sich beinahe undurchdringlich geschlossen hatte, nur hier und da ein Sonnenstrahl goldene Fleckchen aufs Kopfsteinpflaster zeichnete, fuhr man hier durch tiefes Dunkelgrün und hatte das Gefühl, auf dem Weg in eine andere Welt zu sein. Da war die Brücke über das Flüsschen Pissa, gerade voraus der mächtige uralte Getreidespeicher. Die Augen links. Ein kleiner Schwenk, unter dem Torbogen des Glockenturms hindurch. Zur vierten Stunde schlug jetzt die Uhr. Zuverlässig. Seit Generationen. Die frühen roten Rosen blühten schon im Rondell vor dem Schlösschen. Die Tür flog auf. Großmutter! Der Wagen hatte noch nicht ganz gehalten, da war Constanze schon hinausgesprungen, strauchelte kurz, lief auf sie zu, ließ sich auffangen, herumwirbeln, hochheben.

»Mein Gott, Kind! Was bist du leicht geworden, was bist du bleich. Gut, dass du zu mir gekommen bist. Bald schon, pass auf, wirst du wieder ganz gesund und kräftig sein.«

Constanze schmiegte sich an. Roch Apfel, warme Erde, frisch gemähtes Gras, nur ein ganz klein wenig Lavendel und Sandelholz. So roch nur Großmutter. Und so roch sie immer.

Im Wintergarten standen alle Türen offen, ließen den Frühling herein. War der Tisch gedeckt, nur für zwei. Nur für Constanze und Charlotte. Von hier aus konnte man auf den Schlossteich hinabsehen, die Schwäne und Enten mit ihren flauschigen Küken beobachten. Erste Schwimmübungen unter dem Schutz der Mütter zwischen grellgrünem Schilf am Böschungsrand des idyllischen, von Trauerweiden bestandenen Inselchens. Von Weitem hörte Constanze Pferde wiehern.

»Schon Fohlen da?«

Großmutter nickte. »Ich zeige sie dir nachher. Nun iss erst mal!«

Anhalterkuchen! Ein ganzes Blech nur für Constanze. Den Geschmack von viel, wirklich viel Butter, ordentlich Zucker, einem beinahe unanständig hohen Eieranteil, jeder Menge Mandeln, noch ein bisschen warm, würde sie nie vergessen.

»Du hast doch gar kein Mädchen im Haus, das du verheiraten müsstest, Großmutter, dass du Bewerber mit dem Kuchen anlocken müsstest«, scherzte sie und leckte sich mit der Zungenspitze die zuckrigen Mandelsplitter aus den Mundwinkeln.

»Ach, der hilft auch, wenn ein mageres Enkelkind bei mir um Unterkunft anhält. Und hoffentlich ein Weilchen bleibt!?«

»Den ganzen Sommer, Großmutter! Wenn du mich hierbehalten willst. Du ahnst nicht, wie wirklich sterbenskrank ich war.«

»Deine Mama war nicht sehr freigiebig mit Nachrichten, mein Schatz. Aber es klang schon ernst, was sie schrieb. Ich hoffe nur, Karl kommt bald gesund aus dem Feld. Ich glaube, Luischen ist etwas überfordert. Kann das sein?«

Constanze berichtete, wie es in Königsberg zuging, und Charlotte nickte nur ein paarmal wissend.

»Na, nun bist du mal hier. Und wir beide werden das Beste aus dem Sommer machen, nicht? Ich freue mich. Der alte Kasten ist doch ein wenig groß für mich allein. Hier müsste eine große Familie leben, müssten viele Kinder aufwachsen. So, wie es früher mal war …«

Traurig wirkte sie und Constanze hatte nur eine einzige Idee, wie sie Trost spenden konnte. »Armin hat gesagt, wenn er alt genug ist, will er dir hier unter die Arme greifen. Der will unbedingt Bauer werden. Und er kommt doch auch in den Ferien. Justus vielleicht auch, wenn Mama ihn loslässt.«

Den Bauch voll Kakao und Kuchen, die Hand in Großmutters, schritt Constanze wenig später über das hölzerne Brücklein, wo der Fluss über das brausende Wehr den stillen Teich wieder verließ. Durch den riesigen Obstgarten gelangten sie auf schmalen Pfaden hinüber zum Vorwerk. Hier herrschte geschäftiges Treiben. Die Mutterstuten kamen just in gemächlichem Schritt von den Weiden zurück. Kräftige Fohlen trieben ausgelassen Schabernack, jagten sich gegenseitig und ließen sich dann doch auf einen kleinen Wink des Gestütmeisters in die richtigen Ställe sortieren, wo gut gefüllte, lange Tonkrippen und duftende Heuhaufen zum Abendessen einluden und goldenes Stroh ein bequemes Nachtlager versprach. Durch blitzblank geputzte Butzenscheiben fiel die milde Nachmittagssonne. Staubpartikelchen tanzten auf rotgoldenen Lichtstraßen.

Constanze hatte die Arme auf eine Boxentür gestützt, die Hände gefaltet, das Kinn daraufgelegt, und schaute der glänzenden Braunen und ihrem Fohlen beim Fressen zu. »Wenn ich noch einmal auf die Welt komme, Großmutter, werde ich Mutterstute bei dir. Ich müsste mir um nichts Sorgen machen, hätte nichts zu tun, als meine Fohlen zu säugen und hin und wieder einmal eine Fliege wegzuwedeln. So beschützt möchte ich auch sein. Mein ganzes Leben.«

»Solange ich kann, will ich dich so beschützen, meine Kleine.«

Wie gut das getan hatte! Einfach so dastehen, Großmutters Arm um die Schultern, ihre Wärme spüren, schnuppern, tief durchatmen, ein bisschen träumen. Frieden. Wenn doch überall auf der Welt Frieden wäre!

Es war ein Sommer geworden, der sich unauslöschlich in Constanzes Erinnerung einbrannte. Voller Licht, voller Wärme, voll Liebe und purem Glück. Vater war zurückgekehrt nach Königsberg. Verletzt, aber nicht so sehr. Schon zur Ernte hatte er wieder mit anpacken können. Sowieso war es üblich, dass er in jedem Jahr zu dieser Zeit da war. Wie immer kam er ohne Luise, doch die Brüder brachte er mit. Auch die konnten schon anpacken. Erntezeit brauchte jede Hand. Die Familie stand zusammen. Selbst Constanzes Hände konnten helfen. Sie tat mit Eifer, was sie konnte, und Charlotte lobte und ermutigte sie.

Gekräftigt an Leib und Seele war sie im Spätsommer nach Königsberg zurückgekehrt. Stark genug, um Armin endlich die Einlösung jenes Versprechens abzuverlangen, das er ihr in der schlimmsten Krankheitsphase gegeben hatte: »Wenn du wieder auf dem Posten bist, kleine Schwester, bringe ich dir das Segeln bei.«

All das war nun dreizehn Jahre her. Für einen Moment noch schwelgte Constanze ganz in sich gekehrt. Süße Erinnerungen an diesen wundervollen Sommer, doch auch an bitter harte Ausbildungsstunden, scheußlichen Muskelkater, so manchen unfreiwilligen Kontakt mit dem kühlen Nass der Ostsee. Fehlversuche, kleine Erfolge, später große. Und irgendwann nach Jahren dieses Glücksgefühl, das Boot beherrschen zu können. Vollkommen im harmonischen Einklang mit Wind und Wellen. Wahrhaftig! Sie hatte die Chance verdient, sich heute zu beweisen.

* * *

Ganz wie Armin, der damals Wort gehalten hatte, war auch Justus ein Ehrenmann. Er hielt große Stücke auf seine Schwester. Und jetzt, jetzt stand er plötzlich hinter ihr. Sie spürte seinen

Atem im Genick. Ruhig und warm. Sie drehte sich um, schaute erwartungsvoll zu ihm auf, als er fragte: »Wo soll ich dich hinsetzen, Constanze? Soll ich dir die Vorschot anvertrauen?«

Vehement schüttelte sie den Kopf, drehte ihre Handflächen nach oben. »Oh, danke, nein! Schau! Das ist das Ergebnis der letzten Begegnung mit dieser Position im Boot. Da nütze ich der gemeinsamen Sache nicht, denn dafür habe ich nicht die Kräfte.«

Entsetzt wandte Justus den Blick ab. Die Brandstriemen, verursacht von allzu schnell durchrutschenden Schoten, waren abgeheilt, aber noch immer deutlich erkennbar. »Dann willst du nicht etwa …?«

Constanze wusste, wie schwer es ihm fallen würde, ausgerechnet ihr den Posten als Steuermann zuzugestehen. Aber er war klug genug zu begreifen, dass es nicht nur eine Gemeinheit, sondern ausgesprochen dumm gewesen wäre, diesen malträtierten Händen die rauen Seile zuzumuten. Nur einmal noch huschte ein missmutiger Schatten über seine glatte, hohe Stirn. Dann schien er sich abgefunden zu haben. Der Ehrgeiz, der Drang, sich messen, nicht gleich die Flinte ins Korn werfen zu wollen, hatte gesiegt. Er legte den Kopf in den Nacken, stülpte Constanze lachend Eugens Mütze übers wohlfrisierte Haar, fing mit zärtlicher Geste die widerspenstige Locke wieder ein und strich sie hinter ihr Ohr. »Na schön. Dann sind wir jetzt eben die erste Klubmannschaft mit einem weiblichen Skipper, die die Ostsee anlässlich einer derart wichtigen Regatta je gesehen hat. Auf, Freunde. Ans Boot!«

Verlegen nahm sie flugs das Zeichen neu erlangter Würde wieder vom Kopf. Zum Skipper gemacht zu werden … nun ja, das war schon eine große Ehre. So schnell gewöhnte man sich daran nicht.

Armin trat aus dem Frühstücksraum auf die Terrasse. Fragender Blick. Ja? Constanze nickte ihm zu und er hielt grinsend einen Daumen hoch.

Sie gingen gemeinsam. Ein Team. Im Hinausgehen fiel Constanzes Blick noch einmal auf die Danziger Crew, die sich ein kräftiges Frühstück gönnte. Clemens Rosanowski hob für einen Augenblick den Kopf und schaute zu ihr herauf. Was hatte sie da gerade gesehen? Ein Aufblitzen im leuchtenden Blau? In Constanzes Bauch tanzten Schmetterlinge. *»Nec temere nec timide«,* schienen sie zu wispern. Sie spürte, wie eine heiße Welle sich anschickte, ihre Wangen zu färben, richtete den Blick stur geradeaus, reckte das Kinn vor, straffte stolz die Schultern.

Brauchst gar nicht so zu gucken, Rosanowski. Wirst dich wundern. Auch wir sind weder unbesonnen noch furchtsam. Nehmt euch in Acht!

* * *

Justus hatte recht behalten. Um zehn Uhr hatte die Sonne den Nebel niedergerungen. Möwen segelten vergnügt kreischend in frischer Brise, stießen gierig nach heruntergefallenen Leckerbissen immer mal wieder hinunter auf die Promenade, die sich zusehends gefüllt hatte. Und manchmal schiss eine jemandem auf den Kopf.

Constanze hatte sich umgezogen. In weißer Hose, Deckschuhen, leichtem Baumwollpulli und blauer Weste, auf dem Kopf Eugens Mütze (eigentlich etwas überdimensioniert, aber wenigstens geeignet, ihre ganze Haarpracht zu verstecken), unterschied sie sich zumindest in der Aufmachung wenig von den Brüdern.

Die Stimmung war großartig gewesen, als sie die schöne, eichene »Luise« startklar gemacht hatten. Vater hatte dem Boot den Namen der Mutter gegeben. Doch abgesehen vom Tag des Taufzeremoniells war Mutter der Jolle nie wieder nahe gekommen. Sie war wasserscheu, hielt sowieso wenig von sportlichen Aktivitäten und traute insbesondere *diesem* Boot nicht, das ursprünglich für Binnengewässer konzipiert war. Karl hatte das nie angefochten. Er liebte die Geschwindigkeit, den schlanken, wendigen Rumpf, und tatsächlich erwies sich die flotte »Luise« über die Jahre sehr wohl als küstentauglich. Dass die Kinder in seine und nicht in Luises Fußstapfen traten, vergnügte Karl mächtig und er hatte sich mehr als einmal den Spaß gemacht, seiner am Strand händeringend auf und ab laufenden Gattin bei steifer Brise mitsamt den Jungs in einem Affenzahn vor der Nase herumzusegeln.

An dieses Bild erinnerte sich Constanze jetzt. Ihre Augen suchten Strand und Promenade nach den Eltern ab, aber in der Menschenmenge waren sie nicht auszumachen.

»Wenn Mutter wüsste …«, alberte sie und die Brüder grinsten über beide Backen. Alle drei waren nun ganz in ihrem Element. Ein Boot nach dem anderen war inzwischen ins Wasser geschoben worden. Von Weitem würde kaum noch Wasser zwischen den vielen Segeln zu erkennen sein. Jede Crew bemühte sich schon im Vorfeld um einen günstigen Platz für den Moment, wenn das Signal für den fliegenden Start ertönen würde. Die Geschwister hatten einige Probemanöver gefahren. Es klappte wie am Schnürchen. Sie waren ein eingespieltes Team. Jetzt fieberten sie nur dem Beginn des Rennens entgegen.

Auf die Sekunde pünktlich fiel der Schuss. Der Wind stand günstig, blies frisch von Nord-Nordost. Bestens kam die »Luise« aus dem Gewimmel der vielen kleinen und größeren Boote heraus. Glatte See und ein Kurs am Wind, das waren Voraussetzungen, die ihrem Temperament besonders gut lagen. Nicht viel anders verhielt es sich mit dem Boot der Danziger, das gleichfalls der J-Jollen-Klasse zuzuordnen war und auf den klangvollen Namen »Eroica« hörte. Offenbar allzu gut hörte, denn das Schiffchen war der »Luise« stets ein paar Längen voraus.

Schon auf dem ersten Schlag erwies es sich, dass das Rennen um den Pokal heute nur zwischen zwei Crews ausgetragen wurde. Abgeschlagen rückte jede vermeintliche Konkurrenz schnell aus Constanzes Sichtfeld. Allein für die Jagd auf das Danziger Boot brannte sie jetzt. Ihre Wangen glühten, der Fahrtwind trieb ihr Tränen in die Augen, fest umklammert hielt sie die Pinne. An Bord herrschte konzentrierte Disziplin und tatsächlich erwies es sich an der ersten Wendetonne, dass die Männer keinerlei Zweifel an Constanzes Befehlsgewalt hegten und ihren Anweisungen prompt folgten. Die Wende in den halben Wind gelang vorzüglich, ein bisschen dichter kamen die Geschwister jetzt der Konkurrenz. So dicht am Ende aber, dass sie Gefahr liefen, in den Windschatten der Danziger Jolle zu geraten. Versuchte Constanze, sich aus der dummen Position herauszumanövrieren, erfolgte umgehend eine Kurskorrektur Rosanowskis, der die Verfolger offensichtlich keine Sekunde lang aus den Augen ließ.

»Wie schade, dass der Spinnaker heute nicht erlaubt ist. Die blöde ›Erica‹ lässt uns ja verhungern. Mit Spi dürfte der Kahn unsere Gischt saufen«, schimpfte Constanze, bewusst den hochtrabenden Bootsnamen der Gegner verhohnepipelnd.

Die letzte Tonne tauchte auf und Constanze fasste einen kühnen Plan. Kühn insofern, als sie wusste, dass das Manöver, welches sie ausführen wollte, fürchterlich in die Hose gehen und das Ende der Regatta für die »Luise« bedeuten konnte.

Wie erwartet steuerte das führende Boot zur Wende auf die Marke zu. *Die* Gelegenheit, sich endlich aus dem Lee ihrer Segel zu befreien, dabei zwar für einen Augenblick Meter zu verlieren, aber mit Glück, mit ganz viel Glück, den Vorsprung zu erarbeiten, der unerlässlich war, um noch eine Chance auf den Sieg zu ergattern.

»Was tust du?«, rief Justus erschreckt.

»Klar zur Halse, Männer!«, brüllte Constanze gegen den Wind.

Nur ein kurzes Kopfschütteln der Brüder. Dann zweistimmiges »Ist klar!«, und sie folgten ihren Anweisungen.

Während die »Eroica« die dümpelnde Tonne von links zu umschiffen ansetzte, um mit dem Bug voran zu wenden, wählte Constanze den Weg rechts herum.

Fast auf gleicher Höhe trafen sich die Jollen, beinahe berührten sich die Bordwände, Constanze fing einen überraschten Blick aus blauen Augen auf. Die »Luise« befand sich sekundenlang bei weit aufgefierten Segeln im Raumschotkurs. Dann kam der heikle Moment.

Tausendfach geübt. Und doch immer wieder eine Herausforderung, wenn das Boot sein Heck in den kräftigen Wind drehte, die Taue blitzschnell dichtgeholt werden mussten, damit das Umschlagen des Baumes auf die entgegengesetzte Bootsseite nicht zum Kentern oder Abräumen der Besatzung von Bord führen konnte.

Constanze sah die angespannte Muskulatur im Gesicht des älteren Bruders, sah Armins Augen kampfbereit blitzen.

Die »Luise« schoss herum, Constanze gab gefühlvoll nach. Dann lag das Boot direkt vor dem Wind. Kein Knall des Segels, kein Augenblick der Unsicherheit, keine vergeudete Sekunde. Weit auf jetzt das Tuch, jeden Deut Vortrieb ausnutzend.

Uneinholbar!

Ein triumphierender Schrei kam aus Constanzes Kehle. Die Männer grinsten zu ihr herüber.

»Die kriegen uns nicht mehr, Jungs!«

»Nein, die haben zu gut gefrühstückt. Wir sind viel leichter. Jetzt ab nach Hause, Schwesterchen«, lachte Armin und Justus streckte anerkennend einen Daumen nach oben.

Nec temere nec timide, jubelte es in Constanzes Brust, als sie die Ziellinie mehrere Bootslängen vor der »Eroica« überfuhr. Und jubelte es immer noch, als sie sich zusammen mit den Brüdern ein wenig später auf der Promenade feiern ließ.

Dass der fremde Wahlspruch bald noch andere Bedeutung für sie erlangen würde, ahnte sie nicht.

3

CRANZ, JUNI 1930 – NUR EIN TANZ

Dann war Nachmittag.

Ein Blick auf die Uhr bewies, dass sie sich sputen musste, um pünktlich bei den Damen zu erscheinen, die ihr im Saal des Hotels zur Hand gehen wollten. Rasch Segelkleidung gegen Bluse und Kostüm getauscht, ein Blick in den Spiegel: das zerzauste Haar gerichtet, ein Hauch Lippenstift … bisschen Tusche, damit die braunen Augen strahlten … Rouge entbehrlich … schöne Frische durch Sonne und Wind.

Nur Constanzes blassnasige, weizenblonde Freundin Edith hatte hier etwas von ihrem Sieg mitbekommen, fiel ihr zur Begrüßung um den Hals und sorgte dafür, dass auch die restlichen fünf Damen ruckzuck in Kenntnis gesetzt wurden.

»Deine Mutter hättest du erleben sollen, Liebes!«, schwatzte sie munter drauflos. »Ich stand ja direkt neben deinen Eltern … hast du sie noch gar nicht gesehen? Haben sie noch nicht gratuliert? Dein Vater ist so stolz … aber deine Mama! Herrje! Ihr kleines, schwaches Mädchen. Das ginge doch nicht. Karl, hat sie immer gerufen, Karl, so tu doch was! Es hätte nicht viel gefehlt, und sie wäre einfach in Ohnmacht gefallen, als ihr klar wurde, dass du da an der Pinne saßest. Schnappatmung hat sie gehabt.«

Sofort waren die Freundinnen von den anderen umringt und Constanze musste genau erzählen.

Die Kommentare schwangen zwischen Bewunderung und einer gewissen Indignation. »So was macht man doch nicht … wie wenig damenhaft!«, konnte man einigen an der Nasenspitze ablesen. Sagen tat allerdings keine etwas und einer Tatsache konnte Constanze gewiss sein: Sie war an diesem Tag das Gesprächsthema Nummer eins.

»Jedenfalls hast du es den Männern mal richtig gezeigt«, lautete Ediths abschließender Kommentar.

»Und jetzt lasst uns an die Arbeit gehen, Mädels«, beendete Constanze schließlich den ganzen Wind um ihre Person. »Sind die Blumen da?«

Edith wies auf die Tür zu einem Nebenraum. »Und ob. So wunderschön!«

Constanze hatte lange, an frische Efeuranken gebundene Girlanden aus Rittersporn und Kornblumen in verschiedenen Blautönen bestellt, die von weißen Wolken aus Rosen und Schleierkraut gekrönt waren. In weichen Wellen an Wänden und Tischen drapiert, sollten sie Meer und Wogen symbolisieren und dem Raum ein maritimes Flair verleihen.

Bis in den frühen Abend arbeiteten sie, die Kellner kamen die Tische eindecken, bestückten das lange Buffet mit lauter Köstlichkeiten, die Kapelle fand sich ein, begann die Instrumente zu stimmen. Alles war bereit. Es würde ein schöner Abend werden. Ganz gewiss.

* * *

Zum Ausruhen blieb keine Minute. Kaum fertig im Saal, musste Constanze sich schon droben im Hotelzimmer für den Abend umziehen. Mutter war immer noch in Rage und schimpfte wie ein Rohrspatz, als sie ihr in das nagelneue, champagnerfarbene Satinkleid half.

»Unverantwortlich, Kind! Bei deiner zarten Gesundheit.«

»Mama, ich bin kein kleines Mädchen mehr, und mit meiner Gesundheit ist, wie du siehst, alles in bester Ordnung. Ich habe wirklich langsam die Nase voll davon, stets und ständig gehätschelt zu werden, bloß weil ich vor dreizehn Jahren mal schwer krank war.« So unwirsch auch Constanzes erste Sätze geklungen hatten, so sanft beendete sie ihre Erwiderung, nachdem sie sich umgedreht und den zutiefst besorgten Ausdruck in den Zügen ihrer Mutter entdeckt hatte. »Mama, schau, auch ein Nesthäkchen wird mal erwachsen. Du musst mich nicht mehr vor der bösen Welt beschützen. Nimm mich doch einfach mal in die Arme und sag mir, dass du auch ein klein wenig stolz auf mich bist. Es würde so guttun.«

Luise wiegte den Kopf, fummelte verlegen ein bisschen an Constanzes Frisur herum. Nein. Sie nahm sie nicht in die Arme. Mutters Groll waren nicht wegzudiskutieren.

»So«, sagte Luise, krampfhaft bemüht, das Thema zu wechseln, »jetzt noch der richtige Schmuck und du wirst ganz gewiss heute Abend unter den heiratsfähigen Männern für Aufsehen sorgen.«

Constanze ließ die Schultern hängen, als Luise sie auf den breiten Hocker vor der Frisierkommode niederdrückte, ein Schmuckstück ums andere an ihrem Hals ausprobierte. Es hatte keinen Sinn mit Mama. Was Constanze eigentlich noch auf dem Herzen hatte und nur zu gern besprochen hätte, ließ sie jetzt lieber unerwähnt. Mit dem Vater … ja, natürlich! Mit dem Vater würde sie nachher zu reden versuchen und ihm ihre Zukunftswünsche darlegen. Heute war er stolz auf sie. Die günstigste Gelegenheit, ihn zum Verbündeten zu machen. Ab dem kommenden Wintersemester wollte sie sich an der

Albertus-Universität für das Fach Biologie einschreiben, ahnte jedoch schon seit geraumer Zeit, dass Mutter ganz andere Pläne für sie hegte. Pläne, die ihr, dem letztgeborenen und zudem weiblichen Kind, einen Lebensstil aufzwängen wollten, der Luises eigener Vita nachempfunden ausfallen sollte.

Justus hatte ein Jurastudium an der Albertina abgeschlossen, sich bereits prächtig im elterlichen Handelshaus eingearbeitet und seine Jugendliebe Anna geheiratet. Armin hatte sich die Studiererei gleich ganz gespart und war direkt nach Abitur und Militärzeit zu Großmutter übergesiedelt. Alle wichtigen Positionen waren für die nahe Zukunft bestens besetzt. Für Constanze blieb nichts. Ergo, so hatte Luise beschlossen, musste das Mädchen möglichst frühzeitig unter die passende Haube. Kandidaten hatte sie genug im Auge. Selbstverständlich solche, die dem Wohl der Firma zuträglich sein würden. Schließlich konnten gute Beziehungen nicht schaden und Geld musste unbedingt zu Geld kommen. Dass Constanze weder Heinrich, dem dicken, dumpfen Sohn des Zuckerbarons von Platen, noch dem bereits reichlich in die Jahre gekommenen spirgeligen Hans Barten, einzigem Spross aus erfolgreicher Gewürzhändlerdynastie und somit garantiertem Alleinerben eines erklecklichen Vermögens, zugeneigt war, konnte Luise nun absolut nicht verstehen. Sie insistierte immer wieder und wurde nicht müde, Constanze bei jeder sich bietenden Gelegenheit mit der Nase auf allerlei weitere potenzielle Interessenten zu stoßen.

Constanze hielt still. Was gerade durch Mutters Kopf ging, war völlig klar. Ein Ball. Herrlicher Anlass! Mama würde alles geben. Sie aber wollte heute lachen, tanzen, sich feiern lassen, Leichtigkeit spüren. Und ganz gewiss nicht an etwas derart Muffiges wie eine arrangierte Ehe denken.

Vater Karls großzügiges Geschenk zur Silberhochzeit, das Luise am Ende als i-Tüpfelchen für Constanzes Abendgarderobe auswählte, gefiel jedoch auch ihr. Wie Blutstropfen lagen die funkelnden Rubine um ihren Hals und setzten der Schlichtheit des eleganten Kleides einen dramatischen Kontrapunkt entgegen.

Eingehüllt in den frischen Chypre-Hauch des Duftes der Saison von »Acqua di Parma« stieg sie an Mutters Arm die Treppen zum Saal hinunter. Die hübsche Dekoration. Ja, das war etwas, das Luise gefiel. Da fand sie lobende Worte. Und in Constanze bewirkten diese Worte das Aufkeimen eines eigentümlichen Widerstandes. Damenhaft. Passend für eine junge Frau aus bestem Hause. Da hatte die gute Erziehung dann doch noch gefruchtet. Uuuh!

Wie froh war sie, auf Papa zu treffen. Dessen Umarmung war kräftig, seine Gratulation zeugte von Vaterstolz, seine Laune schien großartig. Nachher würde sie die Gelegenheit nutzen. Jetzt aber erst mal Mutter bei Papa abstreifen, ehe die noch auf komische Verkuppelungsideen kam, und die Brüder suchen.

Mitten zwischen lauter Klubkameraden wurde sie fündig. Ein ausgelassen alberner Haufen junger Männer. Schick hatten sie sich alle gemacht. In Abendanzügen. Nur zwei in Uniform. Die wirkten irgendwie ernster.

Sogar Eugen hatte sich eingefunden. Fischmaulbreit sein Grinsen. Das hätte nicht mal er sich getraut, das mit der Halse, bei *dem* Wind, bekundete er und klopfte Constanze gönnerhaft auf die Schulter. Man gut, dass er in der Früh Magen-Darm gehabt hätte, was? Sonst hätt sich die Constanze doch gar nicht beweisen können.

Insgeheim musste ihm klar sein, dass er, der selbst ernannte »Gott an der Pinne«, stark an Position und Unentbehrlichkeit eingebüßt hatte, doch er trug es mit Sportsgeist, seine Hochachtung war ehrlich und Constanze verbiss es sich, ihn zu frotzeln.

»So, Herrschaften, jetzt stürmen wir erst mal das Buffet. Los, ran an den Schmaus«, tönte Armin.

»Und dann mal das Tanzbein schwingen«, ergänzte einer der Uniformierten. Kurt, der Clown der Seglertruppe, den Constanze schon seit Kindesbeinen kannte. Braun stand ihm nicht, fand sie. Aber sonst war er fast der Alte geblieben.

Es gab keinen, der an diesem Abend nicht mit ihr tanzen wollte. Von Arm zu Arm wurde Constanze gereicht, fing sich reichlich Komplimente ein. Nicht nur für die Segelei. Sekt gab es. Sie mochte das Kribbeln auf der Zunge. Und es machte so schön leicht. Fast leicht*sinnig*. Mutter kam nicht zum Zuge. Viel zu umlagert, viel zu beschäftigt war ihre Jüngste. Walzer, Foxtrott, Tango. Ein bisschen gesetzter waren die Tänze seit Beginn der Weltwirtschaftskrise geworden. Die ausgelassene Bewegungsfreude der wilden Zwanziger war verebbt, seit diese dunklen Wolken voller Existenzangst von Amerika aus über den Atlantik herübergezogen waren. Dennoch: Constanze tanzte auch diese Tänze gut und gerne. Gerade eben mit Kurt, dem amüsanten Spaßvogel, einen Slow-Fox. Gar nicht amüsiert war der junge Mann aber, als die Kapelle plötzlich zu einer Jazz-Melodie ansetzte. »Hottentottenmusik! Verzeihung, Constanze, aber da würde ich jetzt gern abbrechen und mir dir etwas trinken gehen.«

Ehe Constanze sich's versah, hatte er sie aus der Mitte der Tanzfläche an den Rand gezogen.

Es kam nicht zum gemeinsamen Gläschen, denn jemand schnitt ihnen den Weg ab. Mit zackiger Verneigung stellte sich Clemens Rosanowski offiziell vor und bat Fräulein von Warthenberg um diesen Tanz.

»Aber nein!«, protestierte Kurt.

»Aber doch!«, wies Constanze ihn lachend in die Schranken. Das konnte sie ja wohl noch selbst entscheiden!

Wie er sie herumwirbelte! Wie seine blauen Augen sie dabei anfunkelten! Er führte gut. Sie fühlte sich sicher. Nicht nur das. Genau genommen fühlte sie sich wie ein überschäumender Champagnerkelch.

Die Tänzer rund um sie herum schienen zu bemerken, dass da ein Paar war, das besonders gut harmonierte, und ließen ihm mehr und mehr Platz in der Mitte des Parketts. Irgendwann blieben alle stehen, sahen den beiden nur noch zu und klatschten den Takt. Eigentlich liebte Constanze derart exponierte Situationen nicht besonders. Aber heute vergaß sie ihre Vorbehalte, vergaß die Leute um sich herum, konzentrierte sich nur noch auf ihren Tanzpartner.

Atemlos war sie, als die Kapelle das Stück beendet hatte. Seine Verbeugung, ein angedeuteter Handkuss, dann ein Tusch. Der Präsident des Jachtklubs hatte das Wort ergriffen, alle wandten sich dem Redner zu. Er wolle nun zur Siegerehrung schreiten. Platz drei und damit die bronzene Trophäe ginge dieses Jahr an … Er nannte die Namen aller Besatzungsmitglieder des Pillauer Bootes, bat die drei jungen Segler zu sich auf die improvisierte Bühne, hängte ihnen unter dem Applaus des Publikums Medaillen an weiß-blau gestreiften Bändern um den Hals.

»Und nun, sehr verehrte Damen und Herren …«

Der Präsident machte eine Kunstpause. Jetzt erst fiel Constanze auf, dass Clemens Rosanowski die ganze Zeit ihre Hand nicht losgelassen hatte.

»Ja, nun, nun wird es spannend«, schallte es vom Podium, »denn da haben sich doch heute dieselben Konkurrenten um den Sieg gestritten wie im vergangenen Jahr. Im Sommer 1929 errang die Danziger Mannschaft den begehrten Pokal und verwies die Königsberger auf den zweiten Rang. Aber dieses Jahr hat Königsberg die Sache umgedreht.« Er hob das schwere, goldglänzende Segel auf marmornem Sockel in die Höhe. »Ich

bitte jetzt also zu mir: die Brüder von Warthenberg und …«
Pause. Angespannte Gesichter, Gemurmel.

»Dieser Puttkammer, dieser kleine, drahtige Kerl, der kann segeln, haben Sie es gesehen, Fräulein von Warthenberg? Ausgetrickst hat er uns, der Himmelhund«, flüsterte Rosanowski dicht an Constanzes Ohr.

Nein, oder? Er hatte sie nicht erkannt?

»Der kann segeln«, flüsterte sie zurück, »aber der konnte heute früh leider besonders gut am Rand des Spucknapfes entlangsegeln, nachdem er die letzte Nacht durchgezecht hatte.«

Verständnislos schaute Rosanowski sie an. »Ja … wer denn dann?«

Die Auflösung kam flugs nach dieser erneuten Pause, die der Präsident ganz offenbar als spannungserzeugend in seiner Rede eingeplant hatte. Jedenfalls sprach sein geheimnistuerischer Gesichtsausdruck davon. Jetzt hob er erneut die Stimme: »Die Brüder Justus und Armin von Warthenberg … und an der Pinne der flotten ›Luise‹, für alle, die es noch nicht mitbekommen haben, sicher überraschend … Tusch, bitte!«

Tusch.

»Und Fräulein Constanze von Warthenberg! Auf die Bühne mit euch, Kinners.«

»Tja«, machte Constanze, blickte schelmisch zu Rosanowski hoch und wurde schon von Armin und Justus rechts und links untergehakt, um auf der Bühne die Auszeichnung entgegenzunehmen.

Kaum zwei Meter von ihr entfernt hatte die Danziger Crew gestanden. Und allzu gerne hätte Constanze nach der Siegerehrung wenigstens noch einen kleinen Plausch mit Rosanowski gehalten. Er gefiel ihr. Mehr wahrscheinlich, als es ihr zu dieser Stunde schon bewusst sein konnte. Seine Nähe bewirkte eine so merkwürdige Gefühlslage zwischen höchster

Aufmerksamkeit, Spannung und Wohlbehagen. Angenehm und gleichzeitig ungeheuer aufregend. Ein anerkennendes Zwinkern fing sie noch von ihm auf. Dann fand sie sich an Vaters Arm und war beherrscht genug, den Moment zu nutzen, um ihn mit sich hinaus auf die Veranda zu ziehen. Der kräftige Wind war totaler Flaute gewichen, die Luft war noch lau. Trotzdem legte Vater ihr sein Jackett um die nackten Schultern. »Du hast etwas auf dem Herzen, nicht wahr? Ich bemerke es schon seit einiger Zeit. Schieß los.«

Er hörte ihr zu. Ließ sie erzählen vom Schulklassenausflug zur Vogelwarte Rossitten auf der Kurischen Nehrung, der weltweit ersten ornithologisch-biologischen Forschungsstätte. Ließ sich berichten von den Exkursen, die Großmutter mit Constanze in die Vogelwelt rund um das Gut unternommen hatte. Und begriff sehr schnell, dass der Entschluss seiner Tochter, das Biologiestudium aufzunehmen, nicht spontan, aus einer Laune heraus gefasst, sondern von dem ihr eigenen Wissensdurst, ihrer Liebe und Leidenschaft für das Fach und tiefem Interesse für die Kreatur geleitet war. Immer schon war sie eine gute Schülerin gewesen. Aber bereits früh war Karl aufgefallen, dass die besondere Begabung seiner Tochter ganz offensichtlich in diese Richtung ging. Warum also sollte er ihr im Wege stehen?

»Es sind ja nicht nur die Vögel, Vater. Obwohl ich jetzt schon weiß, dass ich mich später in diese Richtung orientieren möchte. Du musst nicht denken, ich wüsste nicht, was mich im Grundstudium erwartet. Das wird anfänglich ziemlich trocken. Aber da muss man durch, wenn man einen Plan verfolgt. Außerdem war ich gut in Bio und Chemie. Ich habe mich genau erkundigt! Momentan hat die Albertina weit über siebenhundert weibliche Studenten. Es gäbe gar kein Problem. Ich bekäme sicherlich einen Platz. Und ich könnte weiterhin daheim wohnen«, beendete Constanze ihre Erläuterungen.

Karl nickte und Constanze setzte hinzu: »Weißt du … Mama will mich schnellstens verheiraten, aber ich möchte so gerne ein bisschen mehr vom Leben. Möchte etwas mehr gelernt, vielleicht sogar geleistet haben, ehe ich eines Tages eine Ehe eingehe. Es hat doch damit noch Zeit, findest du nicht?«

Herzlich schloss er sie in die Arme. »Ich gestehe, ich bin sowieso eifersüchtig auf jeden Kerl, der sich dir nähert. Ich hätte dich noch sehr gern länger im Haus. Und ehrlich gesagt hegte ich vorhin schon die leise Befürchtung …«

Karl unterbrach sich, hielt Constanze ein Stückchen von sich weg und schaute ihr geradeheraus in die Augen. Fragend sah sie ihn an. »Was hast du befürchtet?«

Anscheinend war er verlegen. »Nun ja … ich habe euch beobachtet. Beim Tanzen. Diesen Danziger und dich. Nenn mich einen alten Trottel, aber ich bin nicht blind. Es ist mir nicht entgangen, wie da die Funken zwischen euch flogen.«

Constanze spürte, dass ihr die Röte in die Wangen stieg. Sie wich seinem Blick aus.

»Na? Liege ich richtig?«, fragte er, und es sah so aus, als würde er die Luft anhalten.

Sie warf den Kopf zurück. Lachte. Es klang ein wenig ertappt. »Da weißt du mehr als ich, Vater! Der Rosanowski scheint ein netter Kerl zu sein. Aber du wirst nicht annehmen, dass ich nach einem einzigen Tanz mit Heiratsideen zu dir komme, oder? Für wie kindisch hältst du mich?«

Hörbar atmete Karl aus. »Na, Gott sei's getrommelt und gepfiffen! Lass dir Zeit mit der Partnerwahl. Ich bin durchaus nicht Mutters Meinung. Eine Ehe will wohlüberlegt sein. Und was das Studium angeht: Meinen Segen hast du nicht nur, sondern ich werde dich vor Luise unterstützen. Du weißt ja, sie befindet es grundsätzlich nicht für nötig, dass eine junge Frau studieren geht. Wir beide haben ein ordentliches Stück Arbeit vor uns, deine Mutter zu überzeugen. Und selbst wenn nicht:

Am Ende habe dann doch immer noch ich die Hosen an im Hause Warthenberg.«

Constanze seufzte tief. »Danke, Vater! Und wenn es eines Tages um die Männerwahl gehen sollte, werde ich dich wieder um Rat fragen.«

»Bitte gern, bitte immer!« Karl lachte. »Darf ich die Heldin des Tages jetzt zu einem Tanz bitten?«

Ein Mann, dachte Constanze, als Vater sie souverän über den Tanzboden führte, müsste etwas von ihm haben. Nicht nur *etwas*. Viel. Viel wäre besser.

Clemens Rosanowski sah sie nicht mehr an diesem Abend.

# 4

KÖNIGSBERG/DANZIG 1930/31 – VOM DENKEN UND LIEBEN

Studentin an der berühmten, ehrwürdigen Universität Königsberg. Was für ein Hochgefühl! Immer, wenn Constanze unter dem Reiterstandbild Friedrich Wilhelms III. über den Paradeplatz auf die Renaissancefassade des Hauptgebäudes zuschritt, hin und wieder sogar dem bronzenen Immanuel Kant auf seinem hohen Sockel klammheimlich ein Zwinkern zuwarf, erfasste sie eine ungeheure Euphorie. Von einundzwanzig Trägern des Friedensordens »Pour le Mérite« im 19. Jahrhundert hatten neun (Mathematiker, Physiker und Astronomen) ausschließlich an der Albertina geforscht und gelehrt – so viele wie an keiner anderen deutschen Universität. Jetzt war sie selbst ein Teil ... nun ja, ein winziges Teilchen, aber doch ... konnte man es wissen? Vielleicht würde sie sich eines Tages einreihen in die lange Folge großer Denker? Fleißig jedenfalls war sie vom ersten Tag an gewesen und hatte bisher jede Klausur mit ausgezeichnetem Ergebnis bestanden.

Hier wehte der Geist Immanuel Kants. Für Constanze stellte sein kategorischer Imperativ – »Handle so, dass die Maxime deines Willens jederzeit zugleich als Prinzip einer allgemeinen

Gesetzgebung gelten könnte« – keine neue Entdeckung dar, denn dessen Inhalt und Bedeutung waren der Leitfaden ihrer Erziehung gewesen. Vater Karl war kein gläubiger Mensch. Mit Religion hatte er nichts am Hut. Weder den Schutz noch den Groll eines allwissenden, richtenden Gottes apostrophierte er, denn er glaubte schlicht nicht. Seine Prinzipien waren anderer Herkunft. Die Kant'schen Maximen stimmten mit den Leitlinien seiner Mutter Charlotte überein, die er tief verinnerlicht hatte und in der vollen Überzeugung ihrer Richtigkeit weitergab.

Seine Kinder hatte er nach den Grundsätzen der Empathie und Humanität, gepaart mit hohen Anforderungen an ihre Disziplin, erzogen. Alle drei hatten sie lernen müssen, dass sie für alles, was sie taten, selbst verantwortlich waren. »Du kannst eine Untat vor anderen Menschen verbergen, Constanze. Aber nicht vor dir selbst. Du hast ein Gewissen. Bei allem, was du im Umgang mit Mensch und Tier tust, überleg dir vorher gut, ob du selbst so behandelt werden möchtest, wie du gerade dein Gegenüber behandelst. Völlig einerlei, um wen, um was es geht. Keine Tricksereien, Kind! Immer gerade heraus, immer ehrlich und anständig! Handle so, dass dein Gewissen mit dir zufrieden ist. Handle stets gut. Du musst dich vor nichts und niemandem fürchten, wenn du diese Regel beherzigst.«

Bisher war sie mit diesem Leitfaden ausgezeichnet gefahren. Aber sie wusste, dass sich ihr bisheriges Leben unter dem Schutz einer Käseglocke abgespielt hatte, in der die Mehrheit der Menschen, die sie umgaben, genauso dachte wie Vater. Natürlich war sie während der Jugendzeit mit Andersdenkenden und -handelnden in Kontakt gekommen, hatte Erlebnisse gehabt, die ihr zeigten, wie abscheulich gewissenlos Menschen sein konnten. Aber diese Begebenheiten hatten im Grunde vor allem dazu geführt, dass sie einzuschätzen gelernt hatte, wie ein Tun gegen Vater Karls eherne Grundsätze überhaupt aussah, wann *ihr* Gewissen Alarm geschlagen hätte und welch unangenehmen Auswirkungen Verfehlungen haben konnten.

Mit einer solcherart ausgeprägten Persönlichkeitsbildung im Hintergrund war sie zum Studieren an die Albertina gekommen.

Constanze hatte sich im Kreise ihrer Kommilitonen wunderbar eingelebt, pflegte Freundschaften, beteiligte sich an Studienkreisen und konnte sich über mangelnde Verehrer nicht beklagen. Keinen hatte sie aber bisher für eine engere Beziehung ins Auge gefasst, als Clemens Rosanowski plötzlich und unerwartet erneut auf der Bühne ihres Lebens auftrat. Nicht nur einmal, sondern in den nächsten Monaten wieder und wieder. Zunächst brachte er sich mit Briefen in Erinnerung. Als der erste, es war Mitte Dezember, eintraf, war Constanze vollkommen aus dem Häuschen. Hatte er sie also doch nicht vergessen, wie sie es längst wehmütig und ein kleines bisschen beleidigt für sich akzeptiert hatte! So oft hatte sie sich an sein Lachen erinnert, hatte das markant geschnittene Gesicht, die preußisch straffe Haltung, die beim Tanz zu erstaunlich geschmeidiger Beweglichkeit wurde, diese besondere Mischung aus Eleganz und Korrektheit ihres Segelkonkurrenten vor Augen gehabt. Er musste etwa in Justus' Alter sein, vielleicht etwas älter. Jemanden zu fragen, hatte sie nicht gewagt, hatte sich nicht lächerlich machen wollen, indem sie genauere Erkundigungen über diesen Mann einzog, der bekanntermaßen umschwärmt war und ganz sicher nicht ausgerechnet an ihr Interesse haben konnte. Oder doch? Vielleicht? Hoffentlich? Ach nein …

Sie stürzte, den Umschlag an die Brust gedrückt, in ihr Zimmer, schloss, ganz gegen jede Gewohnheit, die Tür ab, denn sie wollte absolut ungestört sein, wenn sie ihn öffnete. Niemand sollte in ihrer Nähe sein, auch nur im Ansatz ihre

Reaktion mitbekommen. Keiner sollte Fragen stellen. Clemens gehörte nur ihr allein. Keiner musste etwas wissen.

In bronzefarbenen Lettern war sein Name, dazu eine Warschauer Adresse auf die Rückseite gedruckt. Warum Warschau? Kam er nicht aus Danzig? Gesegelt war er doch für den Danziger Klub! Mit fahrigen Händen schob sie die scharfe Klinge des Öffners unter den Kuvertrand, atmete einmal tief ein und aus. Dann ritzte sie das Papier auf, legte das Messerchen sorgsam zurück an seinen Platz, ließ sich auf dem Rand ihres Bettes nieder. Was hatte sie doch für hochfliegende Erwartungen! Und wie abgrundtief enttäuscht war sie, nachdem sie nichts anderes hervorgezogen hatte als eine edel aufgemachte Weihnachtskarte mit einer winterlich anmutenden Radierung des Warschauer Königsschlosses. Eine von der Art, wie manche Familien sie dutzendweise zum Fest herstellen ließen, um sie schnell bei der Hand zu haben, wenn es darum ging, Freunden, Verwandten und engen Geschäftspartnern pflichtschuldig einen Gruß zukommen zu lassen. Immerhin hatte er die vorgedruckten Weihnachtswünsche unterschrieben. In gestochen klarer, sauber strukturierter Männerhandschrift stand da:

Mit herzlichem Gruß
Ihr Clemens Rosanowski

Pah! »*Ihr* Clemens Rosanowski«! Wie oft hatte er wohl, in vermutlich wenig vergnügter Stimmung bei der leidigen Erledigung der Weihnachtspost, dieselben Worte unter diese Karten geschrieben? Unpersönlich! Das hätte er sich doch weiß Gott sparen können. Andererseits ... zumindest hatte er sich die Mühe gemacht, ihre Adresse herauszusuchen. Er hatte an sie *gedacht*. Dachte man an eine derart flüchtige Begegnung, wenn sie nicht wenigstens irgendwelche Gefühlsregungen verursacht hatte? Wie sollte, nein, wie *wollte* sie nun damit umgehen, wie reagieren? Auch ein derart lapidares Kärtchen zur Erwiderung versenden? Natürlich gab es die Dinger auch im Hause Warthenberg. Alle paar Jahre, wenn der alte Stapel aufgebraucht war, ließ Vater neue drucken. Niemandem fiel es in der Flut der guten Wünsche auf, wenn ein und dasselbe Motiv mehrere Jahre hintereinander bei den Leuten eintraf, aber ab und zu machte Karl sich doch die Mühe, ein wenig zu variieren. Dieses Jahr zierte, ganz frisch, die Front der Warthenberg'schen Klappkarten ein Aquarell des hell erleuchteten Königsberger Schlosses in einer Schneenacht. Hübsch. Und stimmungsvoll. Sie lief hinunter, schnappte sich ein Set und brütete eine halbe Stunde am Schreibtisch über ihrer Erwiderung. Distanziert genug musste sie bleiben. Und dennoch einladend genug wirken, um eine Reaktion zu erzeugen.

Mehrere Schmierzettel flogen in den Papierkorb, bis sie endlich mit ihrem Text zufrieden war und ihn auf das schwere, cremeweiße Bütten übertrug.

> *Auf dass der Frieden der Weihnachtszeit sich in unseren Königsstädten halten möge! Über dieses Jahr, übers nächste, vielleicht für immer, wenn der Verstand es will.*
> *Es grüßt Sie herzlich*
> *Constanze v. Warthenberg*

Sie kuvertierte das Kärtchen, adressierte sorgfältig, klebte eine hübsche Marke auf, zog den warmen Wintermantel über, die Stiefel an und brachte ihre Botschaft höchstpersönlich zum Briefkasten an der nächsten Straßenecke. Constanze war überaus zufrieden mit sich. Es war ein bisschen mehr, als er sich abgerungen hatte. Und es war sehr klug, was sie geschrieben hatte. Entweder er fühlte sich angesprochen und schrieb zurück, oder er sollte ihr mal im Mondschein begegnen. So!

Vielleicht wäre er ihr auch gern im Mondschein begegnet. Aber vorläufig begegnete er ihr nur wenig später mit einer Antwort, die pünktlich zu ihrem zwanzigsten Geburtstag am 2. Januar eintraf. Dieses Mal war es eine Postkarte aus Amsterdam, die keinen Absender trug. Neben den Glückwünschen zu ihrem Ehrentag (woher konnte er wissen?) ging er auf ihre Bemerkung aus der Weihnachtspost ein. Warschau sei mitnichten »seine« Königsstadt. Wohl die Heimat seiner Väter, aber er selbst fühle sich doch im muttersprachlich deutschen Raum erheblich wohler und habe mit Freude die Möglichkeit ergriffen, sein Studium in Danzig zu absolvieren. Den dauerhaften Frieden aber, den sie ersehne, würde selbstverständlich auch er sich innigst wünschen. Dass es mit dem Verstand der derzeitigen politischen Führung weit her sei, die ja nicht einmal im eigenen Lande recht für Frieden sorgen und instabiler kaum sein könne, wage er allerdings durchaus infrage zu stellen. In den folgenden Sätzen verriet er ihr, dass die Familie beschlossen hatte, ihn, den just ausstudierten Städtebauer, auf eine Tour durch die bemerkenswertesten Metropolen der Welt zu schicken. »Zum Lernen«.

Aha. Erstens schienen das keine armen Leute zu sein, wenn sie dem Sohn nach dem Studium eine solche Reise spendieren konnten, zweitens war anscheinend seine Mutter Deutsche, schloss Constanze und ärgerte sich, dass sie nicht anknüpfen, nicht erwidern konnte.

Im März kam Post aus Lissabon, wenig später aus Madrid, dann aus Paris. Immer nur wenige Zeilen, eine kurze Schilderung dessen, was er als bemerkenswert empfunden hatte, nie weiteres, wirklich Persönliches. Aber: Er dachte an sie. Und brachte sich häufig genug in Erinnerung, dass Constanze ihn nicht vergessen konnte.

Ende Mai dann erreichte sie schließlich ein Luftpostbrief aus Amerika und darin stand endlich mehr. Er äußerte sich eine ganze Seite lang recht herablassend über die amerikanische Architektur, schimpfte über »billige Kopien europäischer Stilelemente«, fantasielos schachbrettartig angelegte Städte, relativierte aber sein Urteil gleich im nächsten Satz: »Nun ja, das kann man niemandem ankreiden. Es fehlt eben die Tradition, fehlt das natürliche Wachsen über Jahrhunderte, wie wir es gewohnt sind …« Voller Bewunderung äußerte er sich andererseits über das »architektonische Meisterwerk«, dessen Eröffnung er am 1. Mai hatte beiwohnen können. Er meinte damit das weltweit höchste Gebäude, das »Empire State Building« in New York, dem auch die deutschen Zeitungen viele Artikel gewidmet hatten. Allerdings merkte er süffisant an, dass es ihn irritiere und von einer gewissen Dekadenz spräche, wie man hier ungeheure Mengen Geld für ein Statussymbol hätte verschwenden können, obwohl die Wirtschaftskrise das Land in verheerende Zustände gestürzt habe, die Arbeitslosenzahlen astronomisch hoch und die Straßen voller Jammergestalten seien. »New York«, schrieb er, »ist ein Schmelztiegel verschiedenster Völkergruppen. Alle erdenklichen Hautfarben, Muttersprachen, Religionszugehörigkeiten finden sich in dieser Stadt, die an manchen Stellen bitterarm, nur wenige Straßenzüge weiter unermesslich wohlhabend scheint. Reichtum findet sich insbesondere unter der jüdischen Bevölkerung. Wo Einfluss und Geld eine Rolle spielen, steht stets ein jüdischer Name dahinter.«

Constanze war beim Lesen seiner Zeilen ein paarmal zusammengezuckt. Klang da Überheblichkeit heraus? Sie las noch und nochmals. Nein. Letztlich blieb nicht der Eindruck, dass er fahrlässig wertete. Vielmehr schien er ein guter Beobachter zu sein, der in der Lage war, das, was er mit eigenen Augen sah, in Bezug zur wirtschaftlich-politischen Lage zu setzen. Überdies gefiel es ihr natürlich, wie stark er sie an seinen abwägenden Gedankengängen teilhaben ließ. Ganz besonders begeisterten sie seine letzten Sätze. Zum 1. Juli würde er zurück in Danzig sein, um eine Stelle im städtischen Bauamt anzutreten. Er wolle sich bei ihr melden, sobald er »ein wenig aus den Augen gucken« könne, und freue sich auf einen intensiven Austausch mit ihr. Sie möge ihn nicht vergessen.

Wie sollte sie? Und wollen tat sie schon gar nicht. Merkwürdig, so eine einseitige Korrespondenz. Wie gern hätte sie seine Zeilen beantwortet! Was hätte sie ihn nicht alles fragen wollen. Aber vielleicht würde sich ja der Kontakt intensivieren, möglicherweise könnte es bald ein persönliches Zusammentreffen geben? Ungeduldig wartete sie die nächsten Wochen ab, ertappte sich bisweilen sogar in Vorlesungen dabei, nicht ganz bei der Sache zu sein und aus dem Fenster hinaus zu träumen. Ein wenig wehmütig verfolgte sie dieses Jahr die Regatta in Cranz. Erinnerungen an ihren eigenen Triumph und an die bedeutungsvolle Begegnung mit Clemens überwältigten sie an diesem Tag. Wieder trug sie Verantwortung für die Ausrichtung der Abendveranstaltung, wieder ging die »Luise« an den Start. Dieses Mal allerdings mit Eugen an der Pinne. Wieder gelang dem Königsberger Team ein Sieg, denn es gab de facto keine ernst zu nehmende Konkurrenz. Die Danziger waren nicht angetreten. Ihnen fehlte der Steuermann. Fehlte Clemens!

Es war Anfang August, als Post aus Danzig eintraf.

> *Sehr verehrtes Fräulein von Warthenberg,*
> *endlich zurück in der Heimat!*
>
> *Wie glücklich war ich doch, wieder festen deutschen Boden unter den Füßen zu spüren. Man schätzt sein Heimatland wohl am meisten, wenn man es über Monate nicht betreten hat. Das Vertraute ist es anscheinend, das Halt gibt; die Gerüche, die Geräusche, die geläufige Sprache, wohlbekannte Gesichter. Ich bin zu Hause,*

habe meinen beruflichen Alltag schon halbwegs koordiniert, eine neue, kleine Wohnung bezogen und eingerichtet. An sich sollte ich glücklich und zufrieden sein, und dennoch fehlt mir etwas.

Sie werden sich gefragt haben, was meine Briefe zu bedeuten hatten, und ich weiß, Sie sind zu klug, als dass ich Ihnen etwas vormachen könnte. Ja, Sie haben ganz recht! Ich wollte mich mit meinen Botschaften aus aller Welt bei Ihnen in Erinnerung halten. Und fürchtete doch, Sie womöglich mit meiner Post zu belästigen. Kaum erträglich, dieser Gedanke! Obwohl ich meist mehrere Wochen lang an einem Ort verweilte, scheute ich Ihre eventuellen Antworten und gab keine Postanschriften an. Würden Sie mich jetzt feige nennen, müsste ich Ihnen zustimmen. Aber ich bitte zu bedenken: In fremden Landen steht man nicht so sicher, dass man eine Ablehnung leicht wegstecken könnte, und ich hätte mich ehrlich gesagt nicht sehr gern mit der Nase in spanischem oder gar amerikanischem Straßenstaub wiedergefunden, so Sie mir eine ordentliche Backpfeife gegeben hätten.

Nun aber, da ich buchstäblich wieder Fuß gefasst habe, wage ich es, mich Ihnen zu erklären. Natürlich plagen mich Zweifel und Sorgen. Ein ganzes Jahr ist vergangen. Viel Zeit im Leben einer schönen, klugen, zweifellos begehrten jungen Frau. Vielleicht komme ich viel zu spät? Und selbst wenn nicht? Wie werden Sie reagieren? Absage oder Zustimmung? Ich würde Ersteres mannhaft und mit tiefstem Bedauern zu nehmen versuchen, Letzteres aber aus vollem

Herzen bejubeln. Nun denn ... Sie sehen schon, heute wage ich etwas!

Wie außerordentlich schade war es doch, dass wir uns an diesem wunderbaren Sommerabend in Cranz so schnell aus den Augen verloren haben! Sie sind sofort nach der Siegerehrung mit Ihrem Vater verschwunden, und obwohl ich überall nach Ihnen gesucht habe, konnte ich Sie nirgends mehr entdecken.

Sehr gerne hätte ich mit Ihnen noch ein Weilchen geplaudert, vielleicht ein Gläschen auf Ihren Erfolg getrunken oder einen weiteren Tanz gewagt, Sie näher kennengelernt, einen festeren Kontakt geknüpft.

Ich gestehe freiweg: Sie haben mich beeindruckt!

Nicht nur auf See, sondern auch mit Ihrem selbstbewussten Auftreten, Ihrer Schönheit und Grazie, Ihrer Schlagfertigkeit.

Ich gestehe weiterhin: Seither kann ich Sie nicht vergessen (und ehrlich gesagt, schlafe ich jeden Abend mit Ihrem Bild vor Augen ein).

Lange habe ich hin und her überlegt, welcher gesellschaftliche Anlass geeignet wäre, Sie wiederzusehen, und es kam mir eine Idee. Kennen Sie unsere idyllische, unweit Danzigs gelegene Waldoper? Die Natur hat es sich einfallen lassen, ein kleines bewaldetes Tal zu erschaffen, wo jede gespielte oder gesungene Note brillanter, ja, überwältigender klingt. Ich glaube, Sie hätten Ihre Freude! Es steht Wagners Ring auf dem Spielplan, den ich mir erlaubt habe, meinem Schreiben beizulegen. Aufführung und

Termin auszuwählen, überlasse ich ganz Ihnen. Das Kümmern um alles andere würde ich mit Freuden übernehmen.

Da ich mir absolut darüber im Klaren bin, dass es undenkbar wäre, eine Dame allein einzuladen, kam mir der Gedanke, auch Ihren Brüdern meine herzliche Einladung auszusprechen.

Meine eigene Wohnung ist zwar zu klein zur Beherbergung von Gästen, aber für ein ordentliches Quartier wäre dennoch gesorgt, denn meine Danziger Studentenverbindung verfügt über ein komfortables Gästehaus. Natürlich kann ich mit der Gefälligkeit der Korporation rechnen, um Freunde aufzunehmen und zu bewirten.

Ich will nicht lange herumfabulieren. Nur eine einzige Frage: Darf ich hoffen?
Herzlichst Ihr
Clemens Rosanowski

Constanze glühte.

Dass ihre Empfindungen so eindeutig auf Gegenseitigkeit zu beruhen schienen, hätte sie niemals für möglich gehalten. Aber da stand es doch nun. Schwarz auf weiß. Schnörkellos und doch voll tiefgründiger Poesie. Fand Constanze zumindest. Ihr Kopf malte sich einen warmen Sommerabend in diesem idyllischen kleinen Tal aus, wo Musik zu zauberhaft-mystischen Engelsklängen werden würde. Romantischer konnte eine Einladung kaum ausfallen! Wen sollte sie bitten? Armin? Nein! Der wühlte lieber in ostpreußischer Erde und hatte wenig mit Kunst jedweder Genese im Sinn. Justus? Natürlich! Justus liebte Musik, spielte mehr als nur leidlich Piano, ging gern in

Konzerte. Würde sie ihn für dieses Unternehmen gewinnen und für zwei Tage aus dem Geschäft loseisen können?

Und wann …? Spielplan? Er hatte doch etwas davon erwähnt. Constanze schaute nach und fand einen schmalen Zettel im Umschlag. Gedruckt auf dünnem Papier eine Liste.

Sie würde Justus bitten. Mutter weilte zur Kur in Baden-Baden. Also stand ihr bevor, Vaters Einverständnis für den Ausflug einzuholen. Sie ahnte schon jetzt, wie er reagieren würde, wenn sie sich ihm erklärte. Unangenehm war es ihr zuzugeben, dass er schon an jenem denkwürdigen Abend mit seinen diffusen Ahnungen Clemens betreffend recht gehabt hatte.

* * *

Justus war rasch zu begeistern. Die *Götterdämmerung* hatte er schon immer mal hören wollen. Wie nebenbei machte er zudem eine Bemerkung, die Constanze aufhorchen ließ. Er murmelte etwas wie »ach, ist er wieder zurück«. Constanze insistierte nicht. Aber eine Ahnung keimte in ihr, woher wohl Clemens genauere Informationen über sie bekommen haben mochte. Ein ganz bestimmtes Kribbeln in der Bauchnabelgegend stellte sich ein. Angenehm, irgendwie zum Kichern. Constanze kicherte und erntete einen harmlos tuenden, aber wissenden Blick des Bruders. Sie zwinkerten einander zu. Sprechen taten sie nicht darüber.

Aber Vater! Herrje, das war ein schweres Stück Arbeit geworden. Schauplatz der Angelegenheit war sein von Büchern überladenes Arbeitszimmer, wo Constanze ihm gegenüber am Schreibtisch Platz nahm. Links argwöhnisch von Dante beäugt, rechts durch den mürrisch stirnrunzelnden Ausdruck Beethovens verunsichert. Die beiden marmornen Büsten standen schon immer da, schienen von Papa zur Einschüchterung seines jeweiligen Gegenübers so positioniert worden zu sein und verfehlten selten ihre düstere Wirkung. Kaum hatte Constanze sich vorsichtig erklärt, ging es auch schon los:

Zuvorderst: Wagner. Ausgerechnet! Ob Constanze denn überhaupt klar wäre, wes Geistes Kind dieser Komponist gewesen sei? Auf ihr zaghaftes Kopfschütteln hin hatte sie zunächst eine regelrechte Schimpftirade zu hören bekommen. Ausdrücke wie »notorischer Ehebrecher«, »Dauerpleitier«, »Schürzenjäger«, »drogenkonsumierender Irrer, der in Frauenkleidern durch Wahnfried turnte« waren noch die harmlosesten und flogen relativ vernachlässigbar an Constanzes Ohren vorbei. Alles verzeihlich. Ein genialer Künstler halt …

»Judenhasser« und »Opportunist« jedoch blieben hängen, und es schmerzte zu hören, dass Vater den letztgenannten Begriff auch noch gleich mit Clemens in Bezug setzte.

»Du musst mich nicht für gefühllos halten. Ich habe sehr feine Antennen dafür, wenn etwas im Busch ist. Ich ahnte, dass so etwas kommen würde, obschon du es ja heftig abgestritten hast. Ein bisschen zu heftig für meinen Geschmack, Schatz. Also habe ich mich vorsichtshalber erkundigt. Der Herr Rosanowski ist dem Vernehmen nach polnischer Herkunft.«

Constanze lächelte still und ließ ihn fortfahren.

»Das ist überhaupt kein Problem. Wir sind Königsberger, denken weltoffen und leben schon immer friedlich mit allen erdenklichen Nationalitäten und Religionen zusammen. Aber was mimt der Rosanowski so vehement auf deutschnational? Sein Äußeres, sein ganzes zackiges Auftreten deuten für mich darauf hin, dass er nicht der sein will, der er qua Abstammung ist. Warum nicht?«

Constanze war wie vor den Kopf geschlagen. »Aber Vater!? Wie kommst du denn darauf? Ich verstehe überhaupt nicht …«

»Das kann ich mir vorstellen, mein Kind. Du machst dir keine Gedanken um Politik, nicht wahr? Das solltest du aber.« Vater redete sich in Rage. »Dieser Emporkömmling, dieser österreichische, der im Jahr dreiundzwanzig mit seinem lächerlichen Putschversuch unsere erste deutsche Demokratie ins Wanken bringen wollte, verfasste hernach in Festungshaft diesen Schinken hier …« Vater war ans Bücherregal getreten, hatte zwei Bände mit dem Titel *Mein Kampf* herausgezogen und vor ihrer Nase auf die Schreibtischplatte geknallt. »Herrn Hitlers unsäglicher Müll hier ist in puncto Weltanschauung und Rassenideologie an vielen Stellen beinahe deckungsgleich mit diesem Pamphlet. Warte …«

Erneut wirbelte Vater Karl herum, griff wieder zu und pfefferte eine dünne Broschüre mit dem Titel *Das Judentum in der Musik* von Richard Wagner auf den Tisch. »Das liest du zunächst, bevor wir uns ernsthaft weiterunterhalten. Verstanden?«

Constanze kriegte vor Schreck den Mund nicht mehr zu. So wutentbrannt hatte sie ihren Vater noch nie erlebt. Jetzt stand er gesenkten Hauptes, die Hände auf die Tischkante gestützt, die Schultern hochgezogen. Beethovens Stirnfalten hatten sich womöglich noch tiefer gegraben, Dante starrte geradezu beängstigend marmoräugig. Unwillkürlich rutschte sie in die hinterste Ecke ihres Sessels, flüsterte verschreckt: »Ja, gut … natürlich … das lese ich. Vielleicht verstehe ich dann, was dich so außer Fassung bringt.«

»Constanze, Kind …« Sein Tonfall war wieder ein wenig milder geworden, er blickte sie in einer Melange aus tiefer Zuneigung und Sorge an. Offenbar hatte er begriffen, dass ihr ein guter Teil seiner Gedankengänge nicht geläufig sein konnte. »Es mag ja von romantischen Ideen geleitet sein, dass der Herr Rosanowski euch trallala in die hübsche Waldoper einlädt … aber ausgerechnet zu Wagner? Wär's Mozart gewesen, hätte ich vorläufig mit meinen Bedenken bezüglich seiner Person hinterm Berg gehalten. Aber das passte einfach allzu gut zu meinem Eindruck. Mir missfällt da etwas. Ganz gewaltig sogar. Ich vermute da einen Anpasser zum eigenen Besten. Es ist möglich, dass ich mich täusche, und ich lasse mich gern eines Besseren belehren, aber momentan zwicken mich gewaltige Vorbehalte. Ich bringe jedem Menschen Achtung entgegen. Wenn ich aber etwas absolut nicht akzeptieren kann, dann ist es schon der leiseste Geruch von Opportunismus. So etwas wie dieser Wagner, der Vegetarismus predigte und Steak fraß, der das gesamte Judentum zum Teufel wünschte, aber sich gern jüdischen Geldes bediente, wenn er mal wieder pleite war. Oder einer, der die eigene Großmutter verkauft, wenn es ihm nur zum Vorteil gereicht. Jemand, der kein Problem damit hat, ein Gesinnungslump zu sein, wenn's gerade passt. Weißt du, Constanze, ich verlange von meinen erwachsenen Kindern, dass sie in der Lage sind, sich selbst ein Urteil zu bilden. Nur Wissen verschafft das Privileg, urteilen zu können. Ich weiß, das ist erheblich anstrengender, als Vorgekautes einfach anzunehmen, wie es die meisten Menschen tun. Aber ich *will*, dass ihr euch anstrengt.«

»Vielleicht geht es ihm doch nur um die schöne Musik, Vater«, versuchte Constanze einen Einwand. Es klang allzu lahm, deshalb setzte sie nach: »Darf man, muss man Kunst immer im Zusammenhang mit dem Künstler und dessen Gesinnung werten? Kann sie nicht auch für sich allein stehen?«

»Guter Einwand, Constanze! Und ich wäre geneigt, deine letzte Frage mit ›Ja‹ zu beantworten, lägen die Dinge hier nicht so unübersehbar auf der Hand. Wäre es ausschließlich Musik, könnte man dem Wagner nicht draufkommen, was er bezweckt hat. Phänomenale Kompositionen. Ohne Zweifel! Aber schau dir den Inhalt seiner Opern an. Heldenepen. Wohin du schaust, ›Erlöser‹ vom Bösen. Und dieses ›Böse‹ ist nun mal bei Wagner zwar schön künstlerisch verschwurbelt, aber im Grunde doch klar definiert. Seine Erlöser gehen ohne Ansehen des Individuums gegen ein Volk, gegen einen bestimmten Glauben vor. Das, mein Liebes, ist in höchstem Maße verbrecherisch. Aber nach einem solchen Erlöser schreien sie jetzt schon überall. Kein Wunder, bei dem Zustand unserer Republik. Aufruhr und Orientierungslosigkeit, wohin du schaust. Eine Parteienverzettelung par excellence. Kaum noch möglich, den Überblick zu behalten und tragfähige Mehrheiten mit gleichen oder auch nur ähnlichen Zielen zusammenzustellen. Die Arbeitslosenzahlen steigen ins Unermessliche. Deutschland wird noch bis zum Sankt-Nimmerleins-Tag Reparationen zahlen. Stabilität sieht anders aus, Constanze. Betrachte das geknickte Selbstbewusstsein Deutschlands. Was sind wir schon momentan in der Weltgemeinschaft? Spielball nach dem Willen der Sieger seit Versailles. Das empfinden die Menschen als demütigend und ungerecht, zumal jedem Einzelnen bewusst ist, dass Deutschlands Eintritt in die Kriegshandlungen 1914 nichts als Erfüllung einer Bündnispflicht gewesen ist. Warum also muss nun einzig Deutschland büßen, fragen sie sich. Da nimmt es nicht Wunder, dass die Bevölkerung nach den Schuldigen für ihr Elend sucht. Frankreich, Amerika, Großbritannien … weit weg. Es muss doch jemand im eigenen Land zu finden sein, an dem man die Wut auslassen könnte. Warte nur, bis ihnen einer die angeblich Schuldigen auf silbernem Tablett serviert. Die Tore sind derzeit jedenfalls weit geöffnet für einen echten Wagner'schen ›Erlöser‹. Da muss nur einer wirklich richtig wollen. Fanatisch genug muss er sein, begeistern muss er können. Ich sehe schlimme Zeiten auf uns zukommen. Im Ernst, Constanze! Bewahre uns der gesunde Menschenverstand vor der Umsetzung der Ideen dieses wagnerverliebten Österreichers. Und …« Er stockte kurz und sah sie eindringlich an. »Und bewahre eben dieser Verstand meine Familie vor einem Burschen, der spätabends in trauter Einigkeit mit braun Uniformierten lacht, säuft und sich verbrüdert.«

Jetzt also war es heraus! Constanzes Alarmglocken schrillten. Da hatte er sie eingewickelt, in einem Rundumschlag mit einer Betrachtung der politischen Entwicklungen konfrontiert, die Constanze so schnell weder durchdenken noch nachvollziehen, schon gar nicht werten konnte. Um am Ende einen Schluss zu ziehen, der all das zur höchst persönlichen Geschichte machte. Dieser Schluss war es, der allein für sie übrig blieb. Und nur auf diesen konnte sie jetzt reagieren.

»*Das* hast du gesehen?«

»Nicht ich. Aber mein Freund Erhard, den ich über die Familie Rosanowski befragt habe. Seine Auskünfte haben mein Magengrimmen nicht eben besänftigt. Rosanowskis Vater entstammt der angesehenen Warschauer Oberschicht. Ärzte, Juristen, Professoren. Seine Mutter ist Deutsche, kommt aus Danzig. Und väterlicherseits gibt es eine jüdische Großmutter. Wie passt das zusammen, dass er dann mit SA-Angehörigen am Tisch sitzt? Mit denen, die in diesem Österreicher den Heilsbringer für das deutsche Volk entdeckt zu haben glauben? Du kennst die neuesten Wahlergebnisse. Da erstarkt die braune Bewegung, und die Angst vor dem Bolschewismus spielt ihr in die Hände. Ich will dir keine Vorschriften machen, Constanze. Aber ich will, dass du trotz deiner offenkundigen Begeisterung einen klaren Blick behältst.«

»Uff«, machte Constanze. Ihre Sicht auf Clemens Rosanowski war wie der Blick in eine Karaffe kristallklaren Quellwassers gewesen. Jetzt hatte Vater schwarzen Schlamm hineingeträufelt. Jetzt trübten graue Schlieren die Reinheit, sanken langsam auf den Grund und bildeten einen abscheulichen Bodensatz. Wie dies wieder herausfiltern? Sie raffte die Bücher zusammen und stand auf. Vater kam um den Schreibtisch herum, legte ihr eine Hand auf die Schulter. Sie blickte zu ihm hoch, lächelte.

»Du machst es mir nicht leicht, mich zum allerersten Mal zu verlieben, Vater. Ich bin sicher, du hast nur mein Bestes im Sinn, wenn du Zweifel säst, an meine Vorsicht, meinen Verstand appellierst. Ich nehme deine Bedenken ernst, werde mich mit ihnen auseinandersetzen. Aber es würde deinen eigenen Erziehungsprinzipien widersprechen, wenn du mich jetzt anweisen wolltest, statt vom Guten im Menschen gleich bei jeder leisen Ahnung vom durch und durch Bösen auszugehen. Wie sagt Justus immer? Der Ausgangspunkt ist stets die Unschuldsvermutung. Aber ich werde genau hinschauen, Vater. Sowohl auf den Inhalt dieser Bücher als auch auf Clemens Rosanowski. Dasselbe erwarte ich aber auch von dir.«

Karl nickte. »Gut gesprochen, Constanze!«

* * *

Constanze las. Und sie fand die Belege für Vaters Überlegungen. Über Wien schrieb Hitler beispielsweise: »Widerwärtig war mir das Rassenkonglomerat, das die Reichshauptstadt zeigte, widerwärtig dieses ganze Völkergemisch von Tschechen, Polen, Ungarn, Ruthenen, Serben und Kroaten usw., zwischen allem aber als ewiger Spaltpilz der Menschheit – Juden und wieder Juden.«

Wie anders hatten doch Clemens' Zeilen zum Völkergemisch in New York geklungen!

Obwohl Constanze sich schwertat, Wagners Ausführungen, die in einer höchst altertümlichen Sprache gefasst waren, zu verstehen, kristallisierte sich auch in dieser Lektüre eine Verachtung für das Judentum heraus, die sie nach Luft schnappen ließ. Er schrieb von »abstoßendem Wesen und Persönlichkeit«, äußerte sich höhnisch über Sprache und Gesang, attestierte zischenden, schrillenden, summsenden, murksenden Lautausdruck, kalte

Gleichgültigkeit sowie insgesamt einen »Mangel rein menschlichen Ausdruckes«.

Wo Constanze bei Hitler Fanatismus spürte, fühlte sie in Wagners Pamphlet eiskaltes, inhumanes Richten. Und dabei zog er sich selbst recht fein aus der Verantwortung, indem er feststellte, dass das Judentum von der Geschichte, also einer Instanz, gegen deren Spruch es keine Berufung gibt, zur Schlechtigkeit verurteilt sei. Der offenkundige Hass trat in der Maske der Objektivität auf. Was für ein Schachzug!

Woher mochte diese Verachtung gekommen sein? War es bei Wagner womöglich ein Frontalangriff gegen die Künstler seiner Zeit gewesen? Oder hatte er lediglich den damals so weit verbreiteten antijüdischen Geist in besonders scharfe Worte gefasst? Hatte er jemanden explizit als Konkurrenten empfunden? Hatte er das nötig gehabt? Constanze klappte ihre Lektüre zu und ihre Gedanken wanderten zu Clemens. Teilte er Hitlers Wagnerverehrung aus den gleichen Motiven? Hielt er wirklich so intensiven Kontakt zu den Anhängern von Hitlers »Bewegung«, wie der Vater es behauptete? Waren Wagners Opern, so wunderbar sie sich auch anhörten, nichts anderes als die musikalische Untermalung der aggressiven judenfeindlichen Bestrebungen, die sich Hitlers Anhänger auf die Hakenkreuzfahne geschrieben hatten? Constanze selbst war meilenweit davon entfernt, Wagners hasserfüllte Ausführungen verständlich zu finden oder gar gutzuheißen. Ihr innerer Widerwille ging sogar fast so weit, dass sie am liebsten jetzt, sofort, Clemens geschrieben hätte, er könne mit ihrer Zusage keinesfalls rechnen, wolle er sie unbedingt in die Aufführung eines Werkes von diesem … diesem … Antisemiten schleppen. Selbst das ganz persönliche Opfer, nämlich den möglicherweise völligen Verzicht auf die Reise und das so sehr ersehnte Wiedersehen, war sie im Moment zu bringen bereit. Sie klemmte sich die Bücher unter den Arm und ging die Treppen hinunter zu ihrem Vater. Ohne große Umschweife ließ sie sich in einen Sessel fallen und machte ihrem Entsetzen über den Inhalt von Wagners Broschüre Luft. Als sie gerade auf Hitlers Machwerk zu sprechen kommen wollte, sah sie, wie ihr Vater unruhig wurde und zur Uhr schaute.

»Constanze, ich müsste jetzt …«, drängte Karl und erhob sich.

Sie fuhr auf, schlug mit beiden Handflächen so geräuschvoll auf die Sessellehne, dass er zusammenzuckte. »Nein, Vater! Du hast mich zur Auseinandersetzung gezwungen. Jetzt lässt du mich mit der Verarbeitung des Gelesenen gefälligst nicht allein. Ich bin noch nicht ganz durch mit dem *Kampf*, aber kann bereits sagen, dass mich anwidert, was ich zu lesen bekomme. Abgesehen von dramatisch schlechter Grammatik und Stillosigkeit dieses Geschreibsels schockiert mich der Inhalt. Hör mal! Ich habe mir Lesezeichen gelegt … warte … Thema …, ach, nach deinen Informationen über Clemens' Familie bin ich hier natürlich hellhörig geworden«, schummelte sie. »Pass auf …«

Sie schlug den zweiten Band des *Kampfes* auf und zitierte: ›»Die von so vielen geforderte Polenpolitik im Sinne einer Germanisation des Ostens fußte leider fast immer auf dem gleichen Trugschluß. Auch hier glaubte man eine Germanisation des polnischen Elements durch eine rein sprachliche Eindeutschung desselben herbeiführen zu können. Auch hier wäre das Ergebnis ein Unseliges geworden: Ein fremdrassiges Volk in deutscher Sprache seine fremden Gedanken ausdrücken, die Höhe und Würde unseres eigenen Volkstums durch seine eigene Minderwertigkeit kompromittierend.‹ Hör mal, Vater, das ist doch die Höhe! Woher nimmt der Mensch eigentlich diese Borniertheit? Was soll gut und richtig sein an Germanisation? Was hat der für eine hohe Meinung von der Würde der deutschen ›Rasse‹? Stammen wir alle von den zitierten Germanen ab? Was ist das für eine Rasse, die so großartig ist, dass jede andere dagegen als minderwertig abfällt? Wer bestimmt, welches Individuum dazugehört, welches nicht? Was ist Deutsch? Was sind Deutsche? Wo genau kommen die her? Oder ist es eine genetische Frage, wer deutsch ist? Reden wir von Menschen oder vom Schäferhund? Mir klingt's eher nach Letzterem, nach Tierzucht. Will der womöglich Menschen züchten? Hat er noch alle Tassen im Schrank?«

Constanze hatte sich in Rage geredet, spürte aber, dass ihr Gegenüber offenbar eine diebische Freude an ihrer engagierten Auseinandersetzung empfand. Vaters Augen funkelten und dennoch fiel seine Antwort knapp aus.

»Nein!«, erwiderte Karl schlicht.

»Aha«, sagte Constanze unzufrieden. »Damit beantwortest du aber bestenfalls meine letzte Frage. Was ist mit den anderen?«

»Die beantwortet sich Herr Hitler selbst. Und hat gewisse Pläne, wie man hört.«

»Ah! Gegen einen Teil der Bevölkerung hat er ja zumindest schon mal welche, und da schlägt er tatsächlich haargenau in Wagners Kerbe. Ich las Folgendes, und ich sage dir, es überkam mich Übelkeit …« Sie schlug das Buch im letzten Kapitel auf. »Hätte man zu Kriegsbeginn und während des Krieges einmal 12.000 oder 15.000 dieser hebräischen Volksverderber so unter Giftgas gehalten, wie Hunderttausende unserer aller besten deutschen Arbeiter aus allen Schichten und Berufen es im Felde erdulden mussten, dann wäre das Millionenopfer der Front nicht vergeblich gewesen.«

»Schön, Kind!«

Es hielt sie nicht mehr im Sessel, das Buch fiel aufgeschlagen zu Boden. »Schön? Bist du verrückt, Vater?«

»Setz dich«, sagte er sanft, griff nach ihrer Hand und hielt sie fest. »Du kannst die Bücher hierlassen. Du bist für den Moment geschärft genug. Fahr nach Danzig. Hör dir Wagner an. Triff dich mit Clemens Rosanowski. Ich habe keine Sorge mehr um dein Urteilsvermögen. Und jetzt schau hinaus. Die Sonne scheint. Geh! Mach einen Spaziergang durch unsere Stadt und lass den kosmopolitischen Geist Königsbergs auf dich wirken. Verinnerliche ihn, nimm ihn mit in dein Leben. Er wird dich beschützen vor jedweder Form von menschenverachtendem Wahnsinn.«

Es musste Einbildung sein. Aber Dante wirkte so mild im Nachmittagslicht und Beethovens Falten schienen geradezu glatt gebügelt.

* * *

Zauberhafter hätte ein Augustabend nicht beginnen können. Mitten in der Danziger Rechtstadt mit ihren prächtigen Patrizierhäusern und deren kunstvoll verzierten Giebeln lag das Gästehaus der studentischen Verbindung. Constanze hatte ein Zimmer mit Blick auf die Frauengasse bekommen. Von ihrem weit geöffneten Fenster im ersten Stock konnte sie einen Eindruck von dem gemächlichen spätnachmittäglichen Treiben gewinnen. Die Luft war warm, kein Windchen ging, still und schlaff hingen die Blätter der Straßenbäume, spendeten dunkelgoldene Schatten im Lichteinfall der tief stehenden Sonne, dürsteten vielleicht nach dem Regen, der so lange nicht gefallen war, hielten es gerade noch aus, warteten nur auf die kühle Nacht.

Noch war Zeit. Erst in zwei Stunden würde Clemens sie zusammen mit Justus wieder abholen. Ausruhen sollte sie sich, hatte er nach dem späten Mittagessen in einem nahe gelegenen, entzückenden Restaurantgarten fürsorglich empfohlen. Als hätte sie eine endlos lange Reise hinter sich. Wie steif und höflich sie miteinander umgegangen waren, in Justus' Anwesenheit! Dabei hatte sie doch ganz genau gespürt, hatte es in seinen Augen gesehen, dass er genau wie sie selbst allzu gern ganz anders …

Aber wie hatte doch Großmutter immer gesagt, als sie noch ein kleines Mädchen gewesen und vor der Weihnachtsbescherung unruhig in der Nähe des fest verschlossenen großen Salons im Gutshaus herumgelungert hatte? »Vorfreude ist die schönste Freude!« Nichts war das damals gewesen verglichen mit der Erwartung, die sie heute empfand. Nur ein Blick durch das Schlüsselloch war das gemeinsame Mittagsmahl gewesen. Ob Justus, der ja offenbar Clemens sogar als Informant gedient hatte, so nett sein würde, ihnen wenigstens ein bisschen Zeit allein zu gönnen?

Sie legte die Unterarme auf das breite Fensterbrett. Wie eine neugierige alte Schachtel auf der Dorfstraße, dachte sie und gluckste nervös in sich hinein. Ein paar Kinder hockten unten auf den Treppen der Sandstein-Beischläge, jenen terrassenförmigen Vorbauten, die die herrlichen Bürgerhäuser vor Überschwemmungen schützen sollten. Die Geländer teils schlicht, teils gusseiserne Handwerkskunst. Am Fuß der Treppen mal ein Paar von fantasievollen Steinmetzen gehauener Figuren, mal nur zwei dicke steinerne Kugeln. Nichts Kitschiges, nichts Aufdringliches. Alles gediegen.

Ein Weilchen beobachtete sie zwei Buben (einen Blonden, einen Braunhaarigen), beide in kurzen Hosen, die versuchten, ihre Murmeln exakt dort hinzurollen, wo vier Kopfsteine im Straßenpflaster eine kleine Grube gebildet hatten. Drei Mädchen feuerten sie lautstark an. Nur selten mal ein Auto. Ein paar Hauseingänge weiter standen Frauen zum Plausch zusammen. Hier schien es niemand eilig zu haben; die gelassene Atmosphäre in dieser Stadt begann wohltuend auf Constanze abzufärben.

Eine Radfahrerin gondelte gemütlich vorbei. Auf dem Gepäckträger einen Korb voll rotbackiger Äpfel, Kartoffeln, Lauchstangen, einem Brotlaib, der aus dünnem Papier ragte. Constanze meinte fast, es duftete bis zu ihr herauf. Jetzt eine

Butterstulle! So wenig hatte sie vorhin nur von dem köstlichen Kalbsfilet hinuntergekommen. Schon auf der Fahrt in Justus' blank geputztem Mercedes hatte sie keinen klaren Gedanken fassen können. Vaters widerlicher Schlamm lag noch immer auf dem Grund der Karaffe mit kristallklarem Wasser, sosehr sie das Bild auch verdrängen wollte. Ständig hatte es sich vor ihr inneres Auge geschoben, in all dem sowieso schon vorhandenen Lampenfieber auch noch zusätzliches Magengrimmen verursacht.

Nicht daran rühren. *Nicht daran rühren?* Doch. Sie würde daran rühren. Wenn es sich ergab. Aber nicht jetzt! Jetzt war sie ruhig. Und beinahe ganz entspannt.

Clemens war vorhin von so ausgesuchter Höflichkeit und Liebenswürdigkeit gewesen. Solch ein Mann sollte ein Wässerchen trüben können? Wir werden sehen. Klar sehen. Erst einmal klar sehen. Dann, später vielleicht, ein bisschen schütteln. Und schauen, was geschieht. Jawohl!

Der blonde Bub schien gewonnen zu haben. Triumphierend hielt er die eingeheimsten Murmeln hoch, wurde von den Mädchen beklatscht, steckte die Glasperlen in seinen Beutel, hatte gleich ein blond bezopftes Fräuleinchen am Arm, das ihn offenbar anhimmelte und mit sich fortzog. Sieger haben Schlag bei Frauen … auch kleine schon. Hier und da rief eine Mutter einen Namen aus dem Fenster. Die Kinder zerstreuten sich, die Gasse war menschenleer.

Die Giebel warfen jetzt tiefere Schatten. Von St. Marien läutete es zum Abendgottesdienst, ein Kleinlaster Marke »Tempo« zweitaktete einsam vorbei. Obst- und Gemüsesäfte frei Haus. Flaschen klirrten in Drahtkörben – immer zu sechst, das kannte man –, manche voll und dumpf, manche leer und hell, Mitteltönige sogar. Sicher ein paar nicht ganz ausgetrunkene dazwischen … vielleicht schon mit ein paar Schimmelflocken auf der Neige? Ein lustiges Glockenspiel zu ihren großen Schwestern drüben im mächtigen Turm jedenfalls.

Gegenüber lehnte sich ein Mann auf sein Fensterbrett, schaute zu Constanze herüber, entbot einen flüchtigen Abendgruß. Sie nickte ihm zu. Ließ die Fenster offen, zog nur die Stores vor. Es war Zeit.

Frisch machen. Umziehen. Schön machen. Für die Oper. Ach nein. Nicht für Wagner. Für Clemens.

* * *

Auf das Hausmädchen daheim war Verlass gewesen. Sorgfältig hatte sie Constanzes nachtblaues Samtkleid verpackt, kein Fältchen war zu sehen. Es war ihr Lieblingskleid für ganz große Anlässe, und sie hatte es bisher erst ein einziges Mal ausgeführt. Kaum hineingeschlüpft, fühlte sie sich wie eine Königin. An sich war es ganz schlicht geschnitten. Hatte lange, eng anliegende Ärmel, die aus einem kleinen Schulterpuff entsprangen, einen Schalkragen aus feinster cremefarbener Brüsseler Spitze, der ihr Dekolleté mehr erahnen als sehen ließ, eine schmale Taille, fließende Rockbahnen, die sich erst nach unten hin weiteten. Sie drehte sich vor dem Spiegel. Schmal war ihre Silhouette. Hochgeschlossen wirkte das Kleid, ganz dem bevorstehenden Ereignis entsprechend. Und zeigte doch so viel von ihrer Figur. In Königsberg waren ihr die Blicke aller Männer gefolgt, als sie es zu einer Schwanensee-Aufführung getragen hatte. Nicht nur auf das Hausmädchen, nein, auch auf dieses Kleid war Verlass, dachte sie schmunzelnd, während sie das Haar locker hochnahm und mit einem großen, perlmuttverzierten Kamm feststeckte. Diesen Haarschmuck, ein außergewöhnlich hübsches französisches Jugendstilstück, hatte Großvater seinem letzten Päckchen aus dem Feld beigefügt. Charlotte hatte es nie tragen können. Zu sehr erinnerte es sie an die Tatsache, dass es ungewollt zum

Abschiedsgeschenk geworden war. Constanze hatte den Kamm schon als kleines Mädchen bewundert und eines stillen Abends, als die Großmutter ihr vor dem Frisierspiegel das Haar bürstete, war sie Constanzes begehrlichen Blickes gewahr geworden. Sie hatte ihn ihr ins schimmernde Blond gesteckt und gesagt: »Du darfst ihn haben, wenn du mir versprichst, gut auf ihn achtzugeben.« Constanze hütete den Kamm seither wie einen Schatz und trug ihn nur zu besonderen Anlässen. Jetzt zupfte sie noch zwei Locken heraus, die sanft ihr Gesicht umrahmten. Unauffällig schminkte sie sich. Nur etwas Tusche, Lippenstift und Rouge.

Es klopfte. Ein Blick auf ihre schmale silberne Armbanduhr verriet: Justus war auf die Minute pünktlich. Großartig sah er aus im Frack. Überm Arm hing die schwarze Pelerine, den Chapeau Claque trug er in der Hand. Noch ehe sie sich zu seinem Aufzug äußern konnte, überschüttete er sie auch schon mit Komplimenten, die sie betont bescheiden entgegennahm.

»Ach, du kennst es doch schon. Aber du … mein Lieber, du siehst wirklich brillant aus.«

»Hoffentlich nicht etwa übertrieben?«, fragte er und legte den Kopf etwas schief, als Constanze ihm die Spitzen seiner weißen Fliege zurechtzupfte.

So ganz nahm sie ihm die gespielte Unsicherheit nicht ab. Justus war selbstbewusst und bekanntermaßen stilsicher. Aber gut, sollte er seine Bestätigung haben. »Nein. Nicht für eine solche Aufführung! Ich bin jedenfalls hingerissen. Und deine Frau wäre es auch. Schade, dass sie nicht mitkommen konnte.«

»Ich glaube nicht, dass Anne Spaß daran gehabt hätte. Mit diesem Riesenbauch vier Stunden lang in womöglich engem, unbequemem Parkettgestühl zu hocken, hätte sie nicht ausgehalten«, gab er zu bedenken.

»Stimmt! Wenn ich recht erinnere, hat sie ja nur noch zwei Wochen bis zur Geburt, nicht? Ich bin ja sicher, dass ich eine großartige Tante sein werde, aber bin jetzt schon gespannt, was du wohl für einen Vater abgeben wirst. Heute Abend siehst du jedenfalls eher wie ein ausgemachter Herzensbrecher aus. Die Rolle liegt dir, nicht?« Justus grinste ganz schön selbstgefällig, und Constanze konnte sich nicht verkneifen, eine kleine Fopperei hinterherzuschicken: »Dich kann ich mir jedenfalls kaum mit Spucktuch über der Schulter und Baby auf dem Arm vorstellen. Was denkst du? Wirst du auch mal Windeln wechseln oder solche Aufgaben ganz deiner Frau überlassen?«

Innerlich musste sie lachen. Ja, es war ihr gelungen, ihn ein bisschen aus dem Tritt zu bringen.

»Öhm … also, ehrlich gesagt weiß ich das noch nicht so genau. Wahrscheinlich hätte ich Angst, es fallen zu lassen oder kaputt zu machen. Säuglinge sind doch so zart. Ach, lass uns abwarten, bis das Kind da ist«, wiegelte er ab und man sah ihm an, wie gern er schnell dieses für ihn neue Thema »Vaterrolle« verlassen wollte. »Aber jetzt, meine schöne Schwester …«, galant hielt er ihr den Arm hin, »auf zum Kulturerlebnis! Ich glaube, Clemens erwartet uns schon unten.«

Sie ließ ihn aus. Griff nach ihrer Pelzstola und dem paillettenbesetzten Abendtäschchen. Es konnte beginnen!

* * *

Justus hatte darauf bestanden, selbst zu fahren. Er liebte seinen neuen Wagen, der zweifellos erheblich komfortabler war als der kleine Ford drüben auf der anderen Straßenseite, dem Clemens sofort entstieg, als die Geschwister vor die Tür traten.

Lächelnd kam er auf sie zu. Constanzes Blicke gingen von einem der Männer zum anderen. Beide empfand sie als ungeheuer attraktiv. Auch Clemens hatte sich für den »großen Abendanzug« entschieden, der zwar auf seine Art gleichmachte, aber auf eigentümliche Weise die individuellen Vorzüge in den

Vordergrund rückte. Eine Spur geschmeidiger kam ihr Clemens vor. Neben dem strahlenden Blau seiner Augen waren es sowieso die Bewegungen, die sie besonders an ihm faszinierten. Schon am ersten Abend fasziniert hatten. Fließend, elegant, stolz und von ungewöhnlicher Spannkraft. Vielleicht war es der Blick für Pferde, den sie von Charlotte geerbt hatte, die ihre Fohlen schon von Weitem allein an der Manier identifizieren konnte, wie sie voranschritten oder trabten. Diesen Mann, da war sie sich absolut sicher, würde sie unter Hunderten aus weiter Ferne erkennen.

Clemens' Verbeugung war tief. Sein Blick sagte mehr als seine wohlgesetzten Worte. Constanze nahm im Fond des Wagens hinter Justus Platz. Während die Männer sofort begannen, sich angeregt zu unterhalten, genoss sie still die kleine Stadtrundfahrt aus Danzig hinaus, dann über grünes Land in Richtung Zoppot. Immer mit einem Auge bei Clemens' Halbprofil. Jede Kleinigkeit nahm sie wahr, speicherte alles fest im Kopf. Den nach der momentanen Frisurenmode bis knapp übers Ohr anrasierten, schlanken und doch kräftigen Nacken, den exakt gezogenen Seitenscheitel, der die langen Haarpartien am Oberkopf sauber glatt brillantiert in Richtung zwang. Der Hauch einer Welle bewies, dass die Natur ihn wohl mit Locken ausgestattet hatte. Wie mochte er aussehen, wenn er morgens aus dem Bett stieg? *Constanze!* Sie schmunzelte. Dann entdeckte sie die Mensur auf der glatten linken Wange. Autsch. Als fühlte sie die scharfe Klinge selbst. Offenbar hatte sie sein Ohr gestreift. Ein winziges Stück des Ohrläppchens fehlte. Anscheinend hatte ein guter Arzt ihn geflickt. Die Narben waren fein.

Clemens drehte sich zu ihr um. Sie fühlte sich ertappt. »Wir sind gleich da!«

Constanze nickte nur. Er wandte sich wieder Justus zu. Lautgemisch aus Stimmen und Motordröhnen. Sie war ganz froh, hier hinten noch ein Weilchen ausgeschlossen zu sein, sich nicht beteiligen zu müssen, sich sammeln zu können.

Sich sammeln? Wofür? Wie viel bekam Constanze tatsächlich von der Aufführung mit? Wenn sie später an diesen Abend zurückdachte, waren es nicht Arien, keine Sängergesichter, kein Handlungsablauf, woran sie sich erinnerte. Ihre Wahrnehmung galt allein ihren Gefühlen. Zwischen Justus und Clemens im Ersten Parkett rechts, neunte Reihe, platziert (ein Umstand, den sie erst viel später der sorgfältig aufbewahrten Karte entnahm), realisierte sie, dass die Musik einsetzte, als es zu dämmern begann. Sah sie, ohne recht zu sehen, drei düstere, tief verschleierte Frauengestalten im Vorspiel auftreten, spürte, wie währenddessen eine leichte Brise aufkam, die den dunklen Waldhintergrund in passend mystische Bewegung versetzte, beobachtete regungslos die erfolglosen Versuche der Nornen, den Lebensfaden weiterzuspinnen, ahnte, es würde alles in eine Katastrophe hineinlaufen. Ein Schaudern, ein Zittern. Merkte, dass der aufmerksame Justus ihr die Stola um die Schultern legte. Fühlte Wärme. Nicht so sehr die des Pelzes. Vielmehr jene, die Clemens' nahe Schulter ausstrahlte.

Die Sterne, die sah sie aufgehen. Staunte innerlich wie ein Kind über den Mond, der sich im rechten Moment der Beleuchtung zugesellte. Ließ sich überwältigen in dem Augenblick, als der Rausch der Musik sich mischte mit den unzähligen Stimmen der Waldvögel, die, von den gewaltigen Schiffsscheinwerfern aus seligem Schlaf aufgescheucht, einen Chor hören ließen, der dem auf der eigentlichen Bühne nicht nachstand, sich vielmehr harmonisch ergänzend einfügte. Keinen Moment hätte sie gezögert, Brünnhilde auf ihrem Ross in das Feuer zu folgen, das den toten Leib ihres geliebten, zu Unrecht in Misskredit geratenen Siegfried verzehrte. Sah Walhall brennen, spürte seltsame Diskrepanz zwischen dem Jubel der Musik und dem apokalyptischen Geschehen auf der Bühne.

Und hätte am Ende einfach so sitzen bleiben wollen. Zwischen den beiden Männern, die ihr, jeder auf seine Weise, so viel bedeuteten. Vor der Kulisse des Waldes, der Felsen, unter dem dunkelblauen Himmelszelt mit seinen unendlich vielen glitzernden Lichtern.

Applaus. Rumoren. Applaus, Applaus, Applaus. Frenetisch klatschte auch Constanze. Überwältigt. Kein Gedanke an Vaters analytische Wagnerbetrachtung. Schon gar nicht an Vaters merkwürdige Brückenschläge zu Clemens' Person.

Schließlich leere Bühne. Drängeln, Schieben, dem Ausgang zusteuerndes Publikum. Clemens' Arm schützend um ihre Taille. Gentlemanlike.

Justus? Wo war Justus?

Alle waren sie an ihnen vorbeigeflutet. Ernste Gesichter. Oder ergriffene.

Allein standen sie plötzlich am höchsten Punkt des Theaterrunds unter den alten Bäumen, lauschten dem Rauschen des Waldes. Noch immer lag sein Arm um ihre Mitte. Gemeinsam drehten sie sich noch einmal um, blickten auf die stille Szenerie hinunter.

»Habe ich zu viel versprochen? Hat es sich gelohnt?«, heischte er nach Bestätigung.

Constanze atmete tief ein. Wahrheit oder zaghaft um den heißen Brei? Sie entschied sich für die Wahrheit. Leise klang ihre Stimme. Dünn. »Jede Sekunde, Clemens! Aber nicht allein wegen der Musik, nicht nur wegen dieses zauberhaften Ortes.«

Er drehte sie zu sich, sah ihr direkt in die Augen. Sie entdeckte einen Stern sich in den seinen spiegeln. Egal, welcher. Wenn er nur nicht aufhörte, so zu lächeln; sie ja nicht losließ.

»Mehr als ein Jahr. So lange, Constanze …«, flüsterte er.

Sie schüttelte den Kopf. »Wie lange noch?«

Ein Lachen. Wie befreit. Dann endlich trafen sich ihre Lippen.

5
OSTPREUSSEN, DEZEMBER 1931 – ANHALTERKUCHEN

»Großmutter, back Anhalterkuchen«, begann Constanze Mitte Dezember ihren Brief an Charlotte. Sie würde schon wissen! Was in den ersten Sätzen zuversichtlich und übersprudelnd fröhlich klang, geriet jedoch, je weiter sie beim Schreiben kam, zu einem Hilfeschrei, denn es gab Probleme.

Constanze hatte geschüttelt. Immer wieder hatte sie im Gespräch mit Clemens die fraglichen, von Vater ins Kristallklar geschüttelten Sedimente aufgewühlt. Eines nach dem anderen zur Sprache gebracht. Anlässe hatte es in jüngster Zeit gegeben. Ihr war es gelungen abzuseihen, was an Vorwürfen Clemens' Charakterstruktur mit finsteren Schlieren hatte überziehen sollen. Für sie war nichts als pure Klarheit übrig geblieben.

Nicht so für die Eltern. Herrgott, was war es für ein Kampf mit Mutter und Vater! Mama hatte Constanzes Eröffnung, heiraten zu wollen, mit einem theatralischen Ohnmachtsanfall quittiert, kaum, dass sie erfahren hatte, wer der Auserwählte war. Und zwar ohne ein Wort mit ihm gewechselt oder auch nur einen einzigen Blick auf ihn geworfen zu haben. Auf ihn, der mit einem traumhaft schönen Blumenbouquet für die Dame des Hauses erschienen war. Nein. Sie wolle ihn jetzt nicht empfangen, ließ sie die geknickte Constanze Clemens ausrichten. Ein Affront! Aber so war sie. Clemens passte absolut nicht in ihr Beuteschema und damit war für Luise das Thema erledigt. Er trug es mit bewundernswerter Contenance. Constanze jedoch war Mutters Benehmen unsagbar peinlich.

Vater war etwas zugänglicher. Immerhin hatte er das Versprechen einzulösen, das er ihr in Cranz gegeben hatte, auch bei der Wahl ihres Ehepartners beratend zur Seite zu stehen. Auf ihn musste doch wenigstens Verlass sein!? »Schön, schön, ich werde ihn mir besehen. Wohlwollend. Selbstverständlich«, hatte Karl sie in Sicherheit gewiegt. Und sie dann, kaum dass er die ersten Worte mit den beiden gewechselt hatte, aus seinem Arbeitszimmer hinauskomplimentiert. Er wolle unter vier Augen mit dem Bewerber um die Hand seiner Tochter reden, hatte er in ernstem, aber durchaus nicht unfreundlichem Ton gesagt. Sie ging. Widerstrebend, aber ganz folgsame und natürlich hoffnungsvolle Tochter. Leicht konnte sie sich ausmalen, wie Clemens zwischen den beiden finster blickenden Büsten und dem vermutlich lauernden Gesichtsausdruck ihres Vaters schmoren würde. Wohl war ihr nicht.

»Was war zwischen euch, Clemens?«, fragte sie ungeduldig, als er, schwer um Beherrschung bemüht, ins Musikzimmer zurückkam, wo sie eine knappe, nein, nicht knappe, sondern unendlich lange Stunde gewartet hatte.

Clemens schüttelte den Kopf.

»Wie bitte? Er hat nicht zugestimmt?« Constanze hatte das Gefühl, der Boden würde ihr unter den Füßen weggezogen. Sie musste sich setzen. Schaute erklärungsheischend zu ihm auf.

»Ich würde es mal so ausdrücken: Unsere Weltanschauungen stimmen nicht ganz überein. Dein Vater ist ein ausgesprochen kluger, aber auch sehr sturer Mann. Er hat eherne Prinzipien.

Beispielsweise ist ihm meine Religionszugehörigkeit nicht genehm. Ich stamme nun mal aus einer sehr alten polnischen Familie. Da ist man katholisch.«

»Das hat er dir zum Vorwurf gemacht?«

»Er hat einen langen Diskurs gehalten über Sinn und Unsinn von Religion im Allgemeinen und die katholische im Besonderen. Er hat seine Kritik vorgebracht. In zahlreichen Punkten teile ich sogar seine Auffassung. Aber er übersieht, dass Religion und das Sich-Einfügen eines Menschen in bestimmte gesellschaftliche Normen häufig eng miteinander verbunden sind. Dass diese Verbindung nicht einfach so durch bessere Einsichten gelöst werden kann, ohne dass das Individuum innerhalb seiner Zugehörigkeit Gefahr läuft, zum Ausgestoßenen zu werden. Deines Vaters Ansprüche sind absolut. Entweder ich verlasse die Kirche oder ich bekomme deine Hand nicht. Er wirft mir Opportunismus vor …«

Constanze unterbrach ihn stöhnend. »Oh, auf die Idee kam er schon, als er von einem Freund gewisse Informationen über deine eventuelle oder zu vermutende politische Ausrichtung bekam. Damals in Cranz, weißt du, hat der dich mit ein paar Braunhemden zusammensitzen sehen. Damals war an ein Erstarken der von Papa rundweg abgelehnten NSDAP noch gar nicht zu denken … die mit ihrem nicht mal vollen Prozentchen im Volkstag, ich bitte dich! Aber Vater witterte schon Ungemach und hat dich mir nichts, dir nichts dem nationalsozialistischen Lager zugerechnet. Das wiederum passte in seiner Lesart absolut nicht zu deiner Herkunft. Also, schloss er haarscharf, mussten dich gewisse Vorteile veranlassen, mit solchen Leuten Umgang zu pflegen. Und jetzt kreidet er dir, dem gebürtigen Polen, ausgerechnet den Katholizismus an? Meine Güte!«

»Constanze, diese Männer waren alte Bekannte. Freunde würde ich sie nicht nennen. Einige haben mit mir zusammen studiert! Ist es gleich opportunistisch, wenn man noch mit ihnen spricht, obwohl sie zugegebenermaßen recht fanatisch von einer bestimmten politischen Sichtweise infiltriert sind? Einer Sichtweise übrigens, die anscheinend ein paar gute Denkanstöße beinhaltet, wie man die Nachwehen der Wirtschaftskrise überwinden könnte. Ich spreche jetzt überdies einmal für die Bürger meiner Stadt. Die Danziger fühlen sich als Deutsche, Constanze. Der Versailler Vertrag hat sie vom Deutschen Reich abgetrennt. Ist es nicht völlig verständlich, dass sie sich der Partei zuneigen, die ihnen verspricht, die alten Verhältnisse wiederherzustellen? Ich glaube, nicht umsonst kam die Partei bei den Volkstagswahlen im Oktober letzten Jahres dann schlussendlich auf beachtliche sechzehn Prozent der Stimmen. Was sich die Stimmberechtigten mit ihrer Wahl sonst eingekauft haben, muss natürlich genau betrachtet werden. Taugen die Ideen? Kann ich sie mit meinen Einstellungen vereinbaren? Ich jedenfalls nehme mir die Freiheit heraus, mir solche Dinge zunächst genauer anzusehen, ehe ich sie rundweg ablehne. Das muss mir auch dein Herr Vater zugestehen. Was ich nicht genau kenne, kann ich doch nicht beurteilen, Mensch!«

»*So* hättest du argumentieren müssen, Clemens! Vater sagt immer, nur Wissen verleiht das Privileg, beurteilen zu können. Da hättest du ihn mit seinen eigenen Argumenten geschlagen«, erwiderte Constanze wütend und fügte seinen Ausführungen noch ihr ganz persönliches Schmankerl hinzu: »Was glaubst du, was ich tun musste, ehe ich deiner Einladung nach Danzig in die Wagneroper folgen durfte?«

Er schaute sie verblüfft an. »Da hattest du zunächst Vorgaben zu erfüllen?«

»Allerdings! Hausaufgaben sollte ich machen. Ich musste Hitlers zwei Bände kritisch durchackern und die Gemeinsamkeiten mit Wagners Pamphlet zum Judentum in der

Musik ergründen. Jawohl, mein Lieber! Ganz einfach hatte ich es nicht, Vaters Zustimmung zu gewinnen.«

Clemens lachte kopfschüttelnd. Er nahm sie in die Arme, wiegte sie wie ein Kind, sagte: »Ach du, mein Armes! Was hat er dich gequält.«

Constanze schmiegte sich an, genoss kichernd sein spätes Mitleid, nuschelte an seiner Brust: »Aber es hat sich gelohnt!«

»Na, wenigstens kannst du das jetzt so sehen! Was machen wir nun? Mir ist es ganz schön unangenehm, dass ich deinen Vater nicht von meinen Qualitäten überzeugen konnte. Ich fühle mich geschlagen. Rhetorisch ist er mir gewaltig über. Und ich war nicht auf derartige Anwürfe vorbereitet. Wäre ich es gewesen, hätte ich Antworten gehabt, die mich in dieser unseligen Diskussion auf seine Stufe gehoben hätten. Jetzt *konnte* ich nur miserabel abschneiden. Vielleicht hättest du mich warnen sollen?«

»Ach, hätte ich dich vorbereitet, wäre ihm garantiert was anderes eingefallen. Wenn ihm danach ist, quatscht er alle Leute gegen die Wand. Ich sage dir, er ist am Ende nichts als eifersüchtig. Immerhin …«, sie löste sich von ihm, machte eine theatralische Geste, wies mit dem Finger auf ihre Brust. »Immerhin geht es hier um mich, seine einzige Tochter. Ich hätte es aber ehrlich gesagt nicht für möglich gehalten, dass er dich derart durch die Mangel dreht. Ich dachte, meine Auskünfte hätten ihm gereicht. Und ich glaubte, es genügte ihm zu wissen, dass ich dich liebe. Muss er so ausschließlich seinem Kopf folgen? Warum erlaubt er seinem Herzen nicht, sich einzumischen?«

Sie ließ den Kopf an seine Brust sinken, dachte angestrengt nach. Er hielt still. Dann kam ihr die zündende Idee. »Ich hab's! Weißt du was? Ich werde die Sache in Großmutters Hände legen. Die ist die einzige Person, von der Vater sich was sagen lässt. Und ich garantiere dir, die haben wir einsfix auf unserer Seite. Spätestens, wenn sie dich kennengelernt hat.«

»Hoffen wir also auf die Weisheit und den Einfluss deiner Großmutter. Ich erzittere schon jetzt vor ihrer Macht und hoffe, ihren Ansprüchen genügen zu können.«

Constanze lachte. »Mach dir keine Sorgen. Sie wird dich lieben.« Dann wurde sie ernst. Ein Gedanke bohrte unangenehm und sie musste die Frage aussprechen. »Sag, Clemens … hast du sie gewählt?«

»Nein«, sagte er.

* * *

Am 21. Dezember fuhr die Familie Warthenberg geschlossen in Richtung Gut. Nur einen Tag später machte sich auch Clemens auf den Weg. Er folgte einer »herzlichen« Einladung Charlotte von Warthenbergs, die Weihnachtsfeiertage gemeinsam mit ihrer Familie in ihrem »Häuschen« zu verbringen.

Clemens fuhr aus zweierlei Gründen langsam. Zum einen hatte es in der vergangenen Nacht Nebel und Frost gegeben; der tief stehenden Wintersonne war es bis Mittag nicht gelungen, den Raureif aufzutauen, der die Landschaft in ein zauberhaftes Wintermärchen verwandelt hatte. Und nun, nachmittags um drei Uhr, war die Dämmerung schon wieder nicht mehr weit und die Temperaturen lagen immer noch knapp unter dem Gefrierpunkt. An einigen Stellen waren die Straßen gefährlich rutschig.

Zum anderen war ihm überhaupt nicht wohl in seiner Haut. Normalerweise würde er sich jetzt in Warschau befinden. Wie jedes Jahr zu Weihnachten. Zusammen mit der ganzen Familie in dem herrlichen Stadtpalais am Königsweg. Man würde gemeinsam essen, scherzen, lachen, trinken, die Messen in der Heilig-Kreuz-Kirche wahrnehmen, beten, singen … und dann wieder essen, scherzen, trinken …

Dort wäre er willkommen. Sie liebten ihn, er liebte sie. Alle!

Was würde jetzt werden? Die Ablehnung, ja beinahe Feindseligkeit, die ihm in der Warthenberg'schen Villa entgegengeschlagen war, hatte ihn verletzt. Und nun ein ganzes Weihnachtsfest gemeinsam mit der kompletten Sippe? Gut, Constanze … ja! Sie war alle Mühen, alle zu befürchtenden Demütigungen wert. Die Brüder waren ihm immerhin gewogen. Aber die Eltern? Und wie würde die von Constanze so sehr geschätzte Großmutter ihn aufnehmen?

Weihnachten war für Clemens das Fest der Familie. Der Besinnlichkeit, der Achtsamkeit und Liebe. Ein wichtiger Zeitraum im Jahr. Kam er sonst nach Silvester zurück nach Danzig, hatte er stets das Gefühl gehabt, seine Lebenskräfte erneuert zu haben. Wie viel Energie würde er dieses Mal mit zurücknehmen können? Und würde es gelingen, am Ende doch noch das Einverständnis der Familie für seine geplante Eheschließung mit Constanze zu erringen?

Es hatte etwas Tröstliches zu wissen, dass sie am 2. Januar ihren einundzwanzigsten Geburtstag feiern würde und von diesem Tag an selbst entscheiden konnte. Aber Clemens genügte diese Tatsache im Grunde nicht. Sein Ziel war es, zu überzeugen. Nicht, notgedrungen akzeptiert zu werden. Familie! Als Keimzelle jedes gesellschaftlichen Miteinanders, als zuverlässiger Ruhepol, als Fluchtpunkt in schwierigen Zeiten … Familie war ihm wichtig. Er war der Familie wichtig. Er hatte es so gelernt und verinnerlicht. Es war gut so. Es verursachte ein warmes Glücksgefühl zu wissen, dass da Menschen waren, denen er in jeder Situation vertrauen, sich anvertrauen konnte, die klug und herzlich waren, die das schützende Nest im Leben bildeten, auch lange, nachdem er dieses Nest verlassen hatte. Jederzeit konnte er zurückkehren. Und war er fort von daheim, nahm er es in seinem Herzen mit.

Auch die Warthenbergs schienen zusammenzuhalten. Das gefiel ihm. Hoffentlich, dachte er, während die Sonne den Reif schon in rosiges Abendlicht zu tauchen begann, öffnen sie mir nicht nur die Türen.

Wie leicht hatte Constanze es doch gehabt, als er sie vor vier Wochen nach Warschau entführt hatte! Zu Hause hatte sie von einer Exkursion der Fakultät gelogen. Und während der Fahrt nach Warschau Gewissensbisse gehabt. Lügen gehörten nicht zu ihrer Persönlichkeit. Sie war geradeheraus. Ehrlich. Manchmal erschreckend ehrlich, verletzend ehrlich. Aber er mochte das. Darin unterschied sie sich von den meisten jungen Frauen, die ihm bisher begegnet waren. Schmeicheln lag nicht in Constanzes Natur. Höflichkeit aber sehr wohl. Obschon höflich gehaltene Ehrlichkeit bisweilen viel mehr traf als unhöflich beigebrachte Wahrheiten. Da konnte man wenigstens sauer werden. Nicht bei ihr. Man musste hinhören, musste sich auseinandersetzen. Sie war nicht oberflächlich, nie. Manchmal machte sie Fehler. Stieß man sie darauf oder bemerkte sie sie selbst, war sie selbstkritisch und zerknirscht. Und dann sofort bemüht, alles zu tun, um auszubügeln, was sie verbockt hatte. Harmonie war ihr wichtig. Und selbst, wenn sie sich stritten, focht sie immer alles durch, bis die Welt wieder in Ordnung war, bis beide Seiten mit dem Ergebnis leben konnten. Sie war anstrengend. Aber auf merkwürdige Weise angenehm anstrengend. Ein Streit mit Constanze konnte erschöpfen wie ein Marathonlauf. Nicht physisch. Aber mental. Ausgestritten aber blieb das wohlige Gefühl, etwas Ungeheures geleistet zu haben. Und Zufriedenheit.

Erkannte sie, etwas falsch gemacht zu haben, ruhte sie nicht, bis sie es geradegebogen hatte, soweit es eben ging. Oder sie lernte. Aus Fehlern, die nicht wiedergutzumachen waren. Bemerkenswert fand Clemens in diesem Zusammenhang, dass sie keine Angst davor hatte, Fehler zu machen. Sie war nicht verbissen oder verkrampft. Eine Leichtigkeit voller Tiefe. Das sollte ihr erst mal eine nachmachen.

Ein winziges, aber ganz typisches Beispiel fiel ihm ein und er musste schmunzeln. Constanze war nicht mit dem Brauch vertraut, sich als Frau in der Kirche das Haar zu bedecken. Und er hatte es versäumt, sie darauf aufmerksam zu machen, als die Familie zur Frühandacht geschlossen Polens bedeutungsträchtigstes Gotteshaus betrat. Die Höflichkeit der Frauen seiner Familie verbot es, Constanze darauf hinzuweisen, aber eine fremde alte Frau tat es. Clemens sah, wie Constanze rot anlief. Dann schien sie einen Augenblick zu überlegen, nach einer Lösung zu suchen. Er hatte einen winzigen Rückwärtsruck an seinem Arm verspürt, mit dem er sie untergehakt hatte. Raus? Flüchten? Nein. Das wäre nicht sie gewesen. »Bitte, gib mir dein Taschentuch.«

Clemens hatte es rasch hervorgezogen. Blendend weiß, riesig, frisch gebügelt. Sie hatte es zum Dreieck gefaltet, mit schnellen Bewegungen übergelegt und ein zufriedenes Nicken der Alten geerntet.

Nachher am Frühstückstisch mit der Familie hatte sie sich entschuldigt. Sie musste nicht erklären, dass sie mit dieser Sitte nicht vertraut gewesen war. Sie brauchte keine Rechtfertigung. Sie bereute, etwas falsch gemacht zu haben. Und hatte die Situation gerettet. So sah sie das.

Sie hatte ihn einmal gefragt, warum er sie liebte. Er hatte keine richtig gute Antwort gehabt.

War es diese manchmal durchscheinend wirkende Schönheit? Sein jüngerer Bruder Andrzej (bei dieser Namensgebung hatte Mutter Vater erlaubt, sich durchzusetzen!) hatte sie »ätherisch« genannt und war vollkommen entzückt von ihr. Man konnte das Blut unter der feinen Haut ihrer Schläfen pulsieren sehen, dachte unweigerlich an die Eleganz des Schwans, wenn man den Schwung ihres Nackens betrachtete, den das meist hochgesteckte

Haar freigab. Man fühlte sich an die Biegsamkeit einer jungen Birke erinnert. Beobachtete man sie bei irgendeiner alltäglichen Verrichtung und fiel der Blick bei der Gelegenheit unwillkürlich auf ihre Handgelenke, die vielleicht gerade aus dem hochgeschobenen Ärmel eines Wollpullovers herausschauten, hatte man Angst, es würde eins abbrechen, wenn sie etwas hob, das mehr als ein Pfund wog. Aber es brach nichts ab. Constanze war zäh. Und kräftig. Sie wirkte nur so. So, dass Männer sich zur sofortigen Übernahme der Beschützerrolle animiert sahen.

Solche Frauen, dachte Clemens, werden manchmal von anderen Frauen gehasst. Bei Constanze war es anders. Sie hatte eine Art, sich einzulassen, Interesse an ihrem Gegenüber zu zeigen, andere für sich einzunehmen, die einzigartig war. Egal, ob Mann oder Frau: Alle verliebten sich in sie. Sowohl Mutter (die Constanze sofort um den Finger gewickelt hatte, als sie voller Bewunderung behauptete, Clemens sei mit seinem blonden Haar und den feinen, aristokratischen Zügen ihr männliches Ebenbild) als auch Clemens' Schwester Katarzyna. Vater sowieso, denn der war Frauenkenner und Genießer.

Nicht mal Großmutter Rahel hatte Einwände. Bisher hatte sie immer welche gehabt, wenn er mit einem neuen Mädchen nach Hause gekommen war. Eine war ihr zu dünn, die andere zu dick, zu stark oder zu wenig geschminkt, die Nächste zu doof, wieder eine andere zu eingebildet gewesen. Mit Constanze scherzte sie und das wollte was heißen. Sie bekrümelte sich vor Lachen, wenn Constanze in ihrer trockenen Schlagfertigkeit ganz frei heraus dies oder das kommentierte. Die Kommunikation zwischen den beiden hatte in Englisch stattgefunden, denn Großmutter war als einziges Familienmitglied der deutschen Sprache nicht mächtig, hatte allerdings als gut siebzigjährige Frau nachgeholt, was sie schon als junges Mädchen gern getan hätte: Sie hatte sich an der Warschauer Universität für das Fach Volkskunde eingeschrieben und ganz nebenher zum Verständnis der Fachliteratur Englisch lernen müssen. Sowohl Constanze als auch Großmutter waren keine großen Sprachgenies, was ihre Unterhaltung in der für beide fremden Zunge zusätzlich ausgesprochen lustig wirken ließ. Großmutters zunehmende Schwerhörigkeit hatte dem Ganzen außerdem eine besondere Note gegeben und die Unterhaltung bisweilen in eine urkomische Art Stille-Post-Spiel verwandelt.

Es hatte keinen halben Tag gedauert, da war sie in seine Familie aufgenommen worden. Mit ihrer Leichtigkeit hatte sie das gemacht. Oder mit dieser ihr eigenen Tiefe. Eben mit Constanzes Leichtigkeit voller Tiefe. Vielleicht hätte er das sagen sollen, als sie ihn gefragt hatte, warum er sie liebte.

Clemens hielt an. Schaute auf die Karte. Von Heilsberg aus, das er vor einer knappen halben Stunde durchfahren hatte, waren es nur noch fünfundzwanzig Kilometer bis zum Ziel gewesen. Felder, Wälder, ein, zwei, drei, vier, fünf kleine Dörfer seither. Da vorne musste es doch rechts abgehen. Gleich. Ein bisschen rutschte ihm das Herz in die Hose. Hier sagten sich Fuchs und Hase gute Nacht. Kalt würde es werden. Und vielleicht doch noch ein paar Flocken zur Heiligen Nacht geben?

Die Sonne versank. Glutroter Reif. Verdammt viel Dramatik. Eine Eichenallee, eine Brücke, ein Kornspeicher. Dann links und du bist da.

Hell erleuchtet.
Bist du beeindruckt?
Allerdings!
Willkommen!
So warm, so lebendig, so leicht. Constanze!

* * *

»›Häuschen‹ hat deine Großmutter geschrieben, Constanze. Häuschen! Das ist kein Häuschen, das ist ein ausgewachsenes Schloss.«

Außer einem flüchtigen Blick gewährte Constanze Clemens allerdings zunächst keine weiteren Einblicke, denn sie hatte den Auftrag, ihn umgehend nach seiner Ankunft bei Großmutter in der Küche abzuliefern. Die Küche im Souterrain war ihr ungefähr das, was Vater sein Arbeitszimmer war. Wer, mal abgesehen von den Familienmitgliedern, in Charlottes Küche gerufen wurde, hatte entweder etwas ausgefressen oder war besonders gern gesehen, erklärte sie ihm, während die beiden die ausgetretenen Stufen hinunterstiegen.

»Mach dir keine Sorgen. Sei du selbst und alles wird gut.«

»Wenn die Unterredung so ausfällt, wie es hier duftet, kann ja nur alles wunderbar werden.«

»Großmutter backt zusammen mit Alma, ihrer ältesten Freundin und gleichzeitig einzigen Hausangestellten, die letzten Plätzchen. Lass die Finger vom Teig, sonst setzt es was«, scherzte Constanze und öffnete die schwere Eichentür. »Hier ist er! Vorstellen muss ich euch ja nicht mehr. Gib ihm einen Kaffee und was zu essen, ja? Er hatte einen weiten Weg.«

Charlotte schaute Clemens mit diesem Lächeln an, mit dem sie besonders wohlgeratene Fohlen betrachtete. Constanze hatte keinerlei Sorgen, die zwei sich selbst zu überlassen, wie es besprochen war. Alma schlüpfte zu ihr heraus, die Hände noch voller Mehl, im Gesicht einen verschwörerischen Ausdruck. »Schicker Kerl, Kind! Er wird ihr gefallen.«

Um es kurz zu machen: Ja. Er gefiel ihr. Clemens war vollkommen gelöst, heiter und erleichtert heraufgekommen, Constanze hatte ihn abgefangen und in den gemütlichen »Kleinen Salon« geführt, wo im Kamin ein munteres Feuerchen brannte. Eigentlich hatte sie zu dem chinesischen Tee, der schon eine Weile auf dem Stövchen wartete, nur noch ein paar frisch aus dem Ofen gezogene Kekse für sich und Clemens in der Küche abstauben wollen, als sie unbeabsichtigt Zeugin einer Unterredung wurde, die Charlotte mit ihren Eltern führte. Großmutters Stimme, ernst, streng, keinen Widerspruch duldend, hielt sie jedoch im letzten Moment davon ab, die Tür zu öffnen.

»… und deine Argumentation, mein lieber Sohn, ist vollkommener Humbug. Was wirfst du ihm vor? Hast dir ein feines Konstrukt gebastelt, er wäre einer, der alles dafür täte, seinen eigenen Vorteil zu sichern, ja? Hantierst mit schieren Verdachtsmomenten, um dir ein Urteil über den jungen Mann zu bilden. Und verlangst auf der anderen Seite von ihm, seine Religionszugehörigkeit abzulegen, um die Hand deines Goldschatzes zu bekommen … Ja, merkst du denn gar nicht, dass seine Weigerung, dies zu tun, exakt diametral zu deinem Vorwurf steht?«

Constanze kicherte in sich hinein. So hatte sie das noch gar nicht gesehen. Verdammt, Großmutter hatte ja so etwas von recht!

Leise war Mamas Stimme. Leise und ein bisschen beleidigt. Sie konnte nicht viel verstehen, aber diesen Tonfall kannte sie nur allzu gut. Der war immer dann aus Mutters Mund zu hören, wenn ihr die Argumente ausgingen, sie aber noch lange nicht und schon aus Prinzip nicht einsehen wollte, dass sie im Unrecht war. Umso besser waren Charlottes Worte zu hören.

»Mein liebes Luischen, ausgerechnet du solltest ganz hübsch den Mund halten …«

»Mutter!«, tönte Vater vorwurfsvoll dazwischen.

»Und du auch, mein Sohn! Du glaubst nicht im Ernst, dass es für deinen Vater und mich damals eine leichte Entscheidung war, auf dich hier im Landgut zu verzichten, dich einfach ziehen zu lassen, nicht wahr? Es wäre deine Pflicht gewesen, wie es generationenlang selbstverständlich angenommene Pflicht jedes

Erstgeborenen war. Aber wir beide wollten damals eurem Glück nicht im Wege stehen, und du weißt, wie schwer mir manchmal die Verantwortung wurde, nachdem dein Vater nicht zurückkehrte. Ich habe die Last gerne getragen. Nicht nur, aber auch euch beiden zuliebe. Ich denke ein wenig moderner als deine Vorfahren und vertrete die Auffassung, niemand hat das Recht, die Wege seiner Kinder zu bestimmen. Leiten, stützen, ausstatten mit allem, das ihnen nützen kann, ja! Aber sich niemals vor eine Liebe werfen und versuchen, das Glück zweier Menschen aus Eigennutz zu verhindern. Luise wünscht sich Geldadel für ihre Tochter. Den Adel hat sie selbst sich ja schon erheiratet. Nun braucht sie nur noch eine kandierte Kirsche auf ihrer Königsberger Marzipantorte. Bist du eigentlich nie zufrieden, Luise? Du hast doch alles, was du brauchst! Ich möchte sogar behaupten, du hast weit mehr, als du brauchst, oder anders ausgedrückt, als dir in meinen Augen zusteht. Noch nie in deinem Leben musstest du einen Finger krumm machen. Dein Mann trägt dich auf Händen, die Erziehung deiner Kinder hast du Gouvernanten überlassen. Gesegnet bist du mit wohlgeratenen, gesunden Kindern. Ich weiß wirklich nicht, womit du so viel Glück verdient hast. Erarbeitet hast du es dir jedenfalls nicht. Aber genug, um euch geht es jetzt nicht. Lasst euch gesagt sein: Mir hat eine halbe Stunde mit Clemens genügt, um festzustellen, dass der Junge ein absolut geeigneter Ehepartner für eure behütete Tochter ist. Und ich kann mich auf meine Menschenkenntnis immer verlassen. Wenn ihr beide nicht in der Lage seid, ihn richtig einzuschätzen, verlasst euch gefälligst auf mich. Ich will ... nein, ihr Lieben, ich *fordere* von euch, dass ihr auch Constanze den Weg zu ihrem Glück frei macht. Das ist mein letztes Wort zu dieser Sache. Entscheidet positiv oder verlasst mein Haus. Und jetzt raus aus meiner Küche! Ich gebe euch eine Viertelstunde. Dann steht ihr hier mit freundlichen

Gesichtern und vernünftigen Einsichten, oder ich will euren überkandidelten Maybach vom Hof rauschen hören.«

Constanze hörte das Schaben der hölzernen Küchenstühle auf dem blank gescheuerten Steinboden. Sie drehte auf dem Absatz um und stürzte die Treppe hinauf. Außer Atem konnte sie im letzten Moment noch die Tür hinter sich schließen, ehe schon Mutters aufgebrachte Stimme in der Halle zu hören war.

»Meine Güte, was ist passiert?«, fragte Clemens.

»Großmutter hat sich meine Eltern zur Brust genommen. Aber wie! Sie hat ein Ultimatum gestellt. Ein sehr knapp bemessenes. Entweder die beiden gehen binnen fünfzehn Minuten in sich und stimmen unserer Verbindung zu, oder sie haben dieses Haus zum letzten Mal betreten.«

»Mein Gott! Und das zu Weihnachten? Constanze, bist du sicher, dass es eine gute Idee war, mich herkommen zu lassen?«

»Ganz sicher«, nickte sie überzeugt.

Die Gespräche in der Halle wurden ruhiger. Clemens und Constanze konnten nichts von dem verstehen, was gesprochen wurde. Sie standen am Fenster, sahen hinaus auf den Uhrturm über der Einfahrt. Sanft beleuchtete die kleine Laterne im Torbogen die Szene.

»Oh, schau mal, Clemens, ich glaube, es hat ein ganz kleines bisschen Puderzucker gegeben.« Sie schmiegte den Kopf an seine Schulter. »Wie schön wäre es doch, wenn sie sich besinnen würden. Friedliche, fröhliche Weihnachten ohne Streit, das wünsche ich mir so sehr. Ich liebe sie, weißt du? Beide. Auch wenn Mama manchmal ein fürchterliches Aas ist. Es wäre entsetzlich, unsere Liebe mit dem Verlust der Liebe meiner Eltern bezahlen zu müssen. Und so unnötig!«

Wie gebannt schaute sie dem Vorrücken des Zeigers auf dem Turm zu. Clemens sagte nichts, hatte nur sanft einen Arm um ihre Schultern gelegt. Beruhigend. Dennoch vibrierte Constanze innerlich. Eben noch so sicher, fürchtete sie in diesem Augenblick nichts mehr als das Aufheulen des Motors von Vaters Wagen. Dort hinaus bis nach Königsberg? Bei Schneefall? Und dann? Weihnachten ohne die Eltern? Nein, bitte, bitte nicht! Und was hatte sie Clemens angetan? Wie grässlich musste es sich für ihn anfühlen, was sich hier abspielte. Verstohlen wischte sie sich eine Träne weg.

Es fuhr niemand.

Ein bisschen reserviert war die Stimmung beim Abendessen. Natürlich. Die Entscheidung war unter enormem Druck gefallen. Damit musste sich ein Mann wie Vater erst mal arrangieren. Und Mutter musste zunächst üben, irgendeinen Weg zu finden, normal und freundlich mit Clemens umzugehen. Die Jungen versuchten recht erfolglos, die Sache vollmundig mit Ausgelassenheit zu überspielen. Es schmeckte fad. Aber am Ende rang sich Vater (nach zwei ziemlich hastig vernischelten Gläsern Rotwein) endlich durch, ans Kristall zu klimpern und der versammelten Familie kundzutun, dass er ... nein, dass Luise und er beschlossen hätten, die geplante Eheschließung zwischen Constanze und Clemens gutzuheißen. Es gäbe ergo etwas zu feiern. Er hob sein Glas. »Auf euch! Möget ihr nie bereuen, euch füreinander entschieden zu haben.«

Das Poltern der Steine, die rundum von den Herzen fielen, war zweifellos bis rüber in die Kreisstadt Bartenstein zu hören. Vaters offizielle Stellungnahme galt. Mundwinkel hoch, Kinder. Trinkt!

Danach war die Kuh vom Eis.

Eis. Gab es am nächsten Morgen reichlich. Dem Brücklein überm Wasserfall waren über Nacht dolchspitze Zähne gewachsen. Eine dünne Schneeschicht hatte sich über den gestrigen Reif gelegt, krallte sich sogar noch zur Mittagszeit tapfer an den feinen Kristallzacken fest. Der Himmel hatte festliches

Winterblau angezogen, die Sonne eine Christbaumkugel in vornehm blassem Komplementärgelb.

Constanzes Laune hätte besser nicht sein können. Nach dem ausgedehnten gemeinschaftlichen Frühstück wollte sie mit Clemens zu den Ställen hinüber, und obwohl sie eigentlich ganz gerne mit ihm allein gegangen wäre, schloss sich die ganze Familie an. Justus' Frau Anne hatte den jüngsten Warthenberg-Spross (Stammhalter! Arndt Friedrich) in einen klobigen Schneeanzug gesteckt, ihm eine viel zu große Fellmütze übergezogen, sodass nur noch das niedliche rote Näschen rausguckte, und dem stolzen Vater den Sohn in den Arm gedrückt, um endlich mal die Hände freizuhaben. Aus dem spärlichen Weiß formte sie bröselige Schneekügelchen, die sie ausgelassen nach Constanze warf. Die wusste sich zu wehren.

Wie die Kinder! Endlich diese bedrückende Sorge los! Im Handumdrehen entwickelte sich auf den weiten Streuobstwiesen zwischen Schloss und Stallungen die herrlichste alberne Schneeballschlacht, selbst Klein Arndt Friedrich quietschte vergnügt und Constanze blieb fast der Mund offen stehen, als sie einer Schneeattacke von hinten gewahr wurde. Die war aus Mutters Richtung gekommen und sie bückte sich tatsächlich schon wieder.

Charlotte warf keine Schneebälle. Aber sie fühlte tief im Innern satte Zufriedenheit. Wann hatte das Gut zum letzten Mal so viel Lachen erlebt? Es hätte in die Hose gehen können. Und das hätte ihr das Herz gebrochen. Aber es war nicht in die Hose gegangen.

* * *

Am Weihnachtsmorgen entfuhr Constanze ein spitzer Schrei, als sie die Gardinen in ihrem Zimmer aufzog. Rasch schlüpfte sie in Morgenmantel und Pantoffeln, lief den Gang entlang, bollerte gegen Clemens' Gästezimmertür.

»Clemens, Clemens, wach auf und schau!«

»Herein!«

Er hatte nicht abgeschlossen. Verstrubbelt saß er im Bett. Constanze riss die Vorhänge auf, ließ die blendende Sonne herein.

»Schönes Wetter wieder«, knurrte er und rieb sich die Augen. »Gibt's da draußen sonst noch was zu sehen?«

»Jetzt komm schon her!«

Dann standen sie da, sein Kinn auf ihrem Scheitel, die Arme hatte er von hinten um ihre Taille geschlungen, und bewunderten die glitzernde Pracht. Zwanzig sicher, vielleicht sogar dreißig Zentimeter hatte es über Nacht gegeben. Watteweicher, prächtiger Pulverschnee.

»Lass uns einen Schlitten anspannen! Oh, ich liebe es, bei solchem Wetter rauszufahren. Hast du Lust?«

»Na klar! Gib mir zehn Minuten.«

Er bekam einen Kuss auf die Wange. »Wir treffen uns unten am Frühstückstisch. Zieh dich warm an.« Weg war sie.

Sie waren die Ersten heute Morgen. Alma hatte gedeckt, Kaffee gemacht, Brot, Butter, Eier, Wurst und Schinken standen bereit. Constanze war es recht so. Ganz sicher hätten sich die anderen wieder angeschlossen, aber sie wollte diese Schlittenfahrt mit ihm allein machen.

Gut gestärkt, Constanze im Pelz, Clemens auf dem Kopf eine Fellmütze mit Ohrenschützern, über die sie sich amüsierte (»Lach du nur. Ich kriege wenigstens keinen kalten Kopf!«), langten sie bei den Stallungen an. Sie wusste genau, welches Pferd sie anspannen wollte, brauchte wenig Hilfe vom Stallburschen, um den zuverlässigen Balduin anzuschirren.

»Du fährst sehr sicher«, fand Clemens, als sie zunächst im gemächlichen Schritt auf der Allee zwischen den Pferdeweiden hindurch hinaus ins hügelige Land kutschierte, und brüllte: »Nicht so schnell!«, als der kräftige Braune erst mal Schneeluft gewittert hatte und in munteren Galopp fiel.

»Stadtpflänzchen, du. Hast du Angst?«

»Überhaupt nicht«, log Clemens und sie lachte. Hinauf und hinunter, in den Wald, wieder raus auf leicht hängige Wiesen, vorbei an den Fischteichen, hinein in finsteres Tannendickicht. Waren da Wege? Clemens konnte in dem tiefen Schnee keine erkennen. Aber sie schien zu wissen, wo sie hinwollte.

Ja, Constanze hatte ein Ziel. Es war die alte Jagdhütte, die nach gut anderthalb Stunden flotter Fahrt mitten im Wald vor ihnen auftauchte. Großvater hatte sie immer benutzt, Armin wohl eher nicht, denn ihm lag das Waidwerk wenig. Constanze war als junges Mädchen oft hier gewesen. Immer, wenn sie allein sein wollte, wenn die Welt und das Leben ihr Rätsel aufgegeben hatten, die sie nicht ohne Weiteres lösen konnte, war sie hierhergekommen, um nachzudenken. Und als sie älter geworden war, hatte sie für sich einen Plan gefasst. Wenn eines Tages der richtige Mann gekommen sein würde, dann wollte sie ihn hierher entführen. Niemand würde stören. Keiner wissen, wo sie war.

Sie war stets zu Pferd gekommen. Das Gras auf der kleinen Lichtung musste für die Pferde eine Delikatesse gewesen sein, denn nie hatte sie eins anbinden müssen. Jetzt gab es kein Gras. Aber den kleinen Schauer, unter dem im Sommer immer etwas Heu für die spätwinterliche Wildfütterung eingelagert wurde. Platz genug für den tapferen Balduin, dem jetzt kleine Dampfwölkchen über den dick beplüschten Ohren aufstiegen. Brav war er, ließ sich hinter eine lange Birkenstange sperren, einen grauen Woilach über den Rücken werfen, soff von dem

Brunnenwasser, das Clemens ihm mit dem ollen Eimer heraufzog, schnaubte zufrieden und kaute genüsslich.

»Dem geht es gut. Los, komm mit herein in mein Kinderrückzugshäuschen.«

Knarzend öffnete sich die Tür. Dunkel war es. Und staubig. Wann war Constanze das letzte Mal hier gewesen? Nur ein Wimpernschlag, und sie erinnerte sich genau. Zwei Wochen nach der Regatta in Cranz. Mit ihrem Lieblingsreitpferd war sie gekommen, der Rappstute Fleur, die Charlotte ihr zuliebe nicht jedes Jahr ein Fohlen bekommen ließ, damit sie der Enkelin zur Verfügung stand. Die Stute liebte diese gemeinsamen, einsamen Ausflüge mit Constanze, oder, und das war ihr immer die logischste Erklärung gewesen, sie liebte die kleine Kräuterwiese auf der Lichtung vor der Hütte.

Hier hatte sie im letzten Jahr fantasiert. Von Clemens. Von einer Liebe zwischen ihnen. Von dem Tag, an dem sie ihn mit hierherbringen würde. Noch nie waren ihre Träume konkret gewesen, wenn sie sich ausspann, wie er sein würde, dieser Mann, der … Zum ersten Mal hatte die Figur ein Gesicht gehabt. Sein Gesicht. Und nun war er hier. Sah sich im fahlen Licht um, entdeckte den Kamin, sagte: »Arschkalt hier«, und ging ganz pragmatisch Holz holen.

»Bring Wasser mit, ja?«, bat Constanze und hielt ihm den Blechkessel hin.

Er nickte und verschwand. Sie zündete die Kerzen an. Schnell erfüllte mildes Licht den eisigen Raum. Sie öffnete die Teedose, schnupperte. Roch völlig in Ordnung. Der Zucker nicht. Der war zu einem Klumpen zusammengeklebt. Aber Tee ging auch ohne Zucker. Clemens feuerte an. Der Kamin zog anständig, das Wasser siedete schnell.

Da hockten sie. Auf der niedrigen Bank vor dem Feuer, jeder ein Schaffell unter dem Hintern, eines über den Knien, und wärmten sich die Hände an den Steingutbechern mit heißem Tee.

»In Romanen«, sagte Constanze und lachte, »hat bei solchen Gelegenheiten immer irgendjemand Cognac dabei.«

»In unserem Roman auch«, antwortete er und zog einen Flachmann heraus. »In den Tee?«

»Ja, gern!«

Er goss einen bedenklich großen Schuss hinein.

»Ich werde besoffen werden und gleich nackt auf dem Tisch tanzen.«

»Ich bitte darum«, grinste er. Sie knuffte ihn.

»Sag mal, Constanze, Liebling, es geht mich ja nichts an, aber du wirkst geübt in der Bewirtung von Männern hier draußen in der Einsamkeit. Wie viele hast du vor mir mit hierhergebracht?«

»Keinen.« Sie wandte sich ihm zu, sah Erstaunen über seine Züge gleiten. »Ja, das ist die Wahrheit! Ich hatte noch keinen Mann.«

»So gar nicht?«

»Nein. Und du? Hattest du schon viele Frauen?«

Er schüttelte den Kopf. »Nein, viele nicht. Aber ich bin siebenundzwanzig und ich denke, es wäre ein bisschen merkwürdig, wenn ich dir so gar nichts voraushätte.«

Constanze atmete hörbar auf. »Wenigstens keine zwei Ahnungslosen.«

»Du hast das hier geplant, nicht wahr?«

»Schon kurz nach Cranz.«

»So sicher warst du dir?«

»Und du?«

»Ich habe seit diesem Abend keine andere angerührt.«

»Uh, du musstest tapfer sein.«

»Nicht, wenn man auf die Richtige wartet. Ich hatte nur Angst, irgendein anderer würde kommen und dich wegschnappen, solange ich unterwegs war. Hätte nicht Justus mich beruhigt, wäre ich wahrscheinlich durchgedreht.«

»Mein Bruder …«, lachte sie. »Ein stilles, tiefes Wasser. Er hat sich spät verplappert, erst als deine Einladung kam.«

»Schweigepflicht des Juristen. Oder eben einfach ein großartiger Kerl.«

»Das ist er.« Sie nippte an ihrer Tasse und stellte mit Erschrecken fest, dass sie während der kurzen Unterhaltung bereits fast alles ausgetrunken hatte. Warm war es geworden vor dem Feuer. Sie ließ das Fell von den Knien rutschen. Schwindelig war ihr nicht. Nur danach, sich anzulehnen, ein wenig watteweich.

Ihr Kopf an seiner Schulter. Seine Arme, die sie hochhoben und hinüber auf das einfache Jägerlager trugen. Ein Rausch, wie kein Cognac allein ihn zu verursachen vermocht hätte. Sie hielt sich fest an ihm, fühlte die glatte Haut seiner Schultern unter ihren Fingern, fand keinen Halt, die Arme schwer, sackten hinterm Kopf auf raue braune Wolldecken. Er nahm ihre Hände, Finger glitten ineinander, schlossen sich umeinander, sein Mund überall, sein Gewicht auf ihrem nackten Bauch nicht schwer, nur überwältigend. Plötzlich Schmerz. Ein rasendes Gefühl des Zerrissenwerdens, unwillkürliches Zusammenzucken, ungewolltes Schluchzen. Bewegungslosigkeit. Pssst, ganz ruhig, ganz langsam, es vergeht. Gemeinsames Atmen. Immer langsamer, tiefer, entspannter. Fort, der Schmerz. Sein Blick eine Frage. Ihre Antwort ein Lächeln. Dann war nur noch Liebe.

* * *

Constanze wusste nicht, wie lange sie geschlafen hatte. Das Feuer glühte nur mehr, die Kerzen waren weit heruntergebrannt. Ein Wiehern hatte sie geweckt. Balduin. Was hatte er? Sie richtete sich halb auf, lauschte nach draußen, zog die Felle über ihre kalten Schultern, schaute hinab auf Clemens. Er schlief. Den Schlaf des Gerechten. Oder des ermatteten jungen Helden. Er musste sie zugedeckt haben. Sie erinnerte sich an nichts. Nur noch einen Moment, einen Augenblick wieder den Kopf unter seine Armbeuge kuscheln, ihm ganz nah sein. Balduin wieherte erneut und jetzt erwachte auch Clemens. Sah sie an, murmelte: »Meine Frau!« Stolz. Besitzerstolz. Keine Frage.

»Warum meckert er da draußen? Meinst du, er hat nichts mehr zu fressen? Oder ist er einfach einsam? Warte, ich gehe gucken.«

Was es zu sehen gab, erkannte sie schon in dem Moment, als er die Tür öffnete. Es schneite. Nicht nur ein bisschen. Es schneite, was nur runterwollte. Und es wollte viel runter. In dicken, weißen Flocken.

»Wir müssen los, Constanze! Es ist schon halb drei. Der Wind hat alles unter den Schauer geblasen. Das Pferd sieht aus wie eine Schneeskulptur und du siehst die Hand vor Augen kaum. Ob wir das noch vor Einbruch der Dunkelheit schaffen? Sie werden sich Sorgen machen daheim.«

Constanze war schon auf den Füßen. Clemens löschte die Glut. Gemeinsam spannten sie den empörten Balduin an, saßen auf und stellten schon bald fest, dass das Pferd es nicht schaffte. Zu tief war der Schnee inzwischen. Also nahmen sie ihn abwechselnd beim Kopf und stapften zu Fuß. Was auf dem Hinweg anderthalb Stunden gewesen waren, zog sich jetzt. Nur gut, dass Constanze den Weg auch blind gefunden hätte.

Alle drei völlig erschossen, erreichten sie gegen halb sieben endlich die Stallungen. Händeringend wartete der Stallbursche. In die Kirche hätte er längst gemusst, zum Christessen, zu seiner Familie! »Geh nur, Janos, wir machen das hier schon. Der Schnee hat uns in der Jagdhütte überrascht. Hab herzlichen Dank, dass du gewartet hast. Fröhliche Weihnachten! Ich werde mich erkenntlich zeigen, hörst du? Gleich morgen werd ich dir eine Freude machen.«

»Fröhliche Weihnachten! So wie er aussieht, hat er einen Schöpper mehr in der Krippe verdient.«

»Kriegt er. Geh nur, geh. Verlass dich auf uns! Und tu mir den Gefallen, sag drüben im Schloss Bescheid, dass wir wohlbehalten zu Hause sind.«

Er zog die Mütze, grüßte, ging.

Eine Viertelstunde später standen sie noch ein Weilchen und sahen dem tapferen Wallach zu, wie er, jetzt kräftig trocken gerubbelt, eine weiche Wolldecke über dem Rücken, zufrieden seinen Hafer malmte. Clemens hatte einen Arm um ihre Taille gelegt.

»Wie fühlst du dich?«, fragte er.

»Ich habe gehört, dass es eine aufregende Sache sein soll«, sagte Constanze schmunzelnd, »aber dass es *so* aufregend werden würde, hatte ich mir nicht ausgemalt.«

»Es hätte weniger aufregend werden können. Weißt du, in einem gut geheizten Zimmer, nebenan ein warmes Bad, weiche Matratzen und Daunendecken. Ganz kultiviert. Aber ich glaube, bei dir ist alles anders.«

»Ich werde es nie vergessen, Clemens. Es war wunderschön. Wenn ich an dich denke, später mal, wenn ich sehr, sehr alt geworden bin, werde ich immer den Geruch von überlagertem Brennholz und zigmal feucht gewordenen Kerzen in der Nase haben, werde wieder kratzige Wolle und alte Felle auf nackter Haut spüren und an den Himmel in deinen Armen denken.«

Balduin schnaubte. Clemens sagte es zum ersten Mal. »Ich liebe dich!«

»Ich liebe dich auch.«

Ein Moment noch, still, ineinander versunken, bis er flüsterte: »Ich wünschte, unser Leben würde immer so bleiben wie in diesem Augenblick. Mehr Glück kann einem Menschen nicht widerfahren. Aber jetzt komm, sie werden auf uns warten, lass uns vernünftig sein und gehen, Constanze. Die Nacht beginnt, in der die Tiere sprechen können. Wir dürfen sie nicht stören.«

Beide gaben sie dem Pferd noch ein Zuckerstück zum Dank. Dann liefen sie Hand in Hand zum hell erleuchteten Schloss hinüber.

6

DANZIG 1932/33 – MISSTRAUEN

Es hatte sich angeschickt, wunderbar zu werden, das Leben. Oder wunderbar zu bleiben. Ganz, wie man es nahm. Constanze gab Clemens Anfang Juni das Jawort. Da die beiden weder Clemens' katholischer Familie noch Charlottes protestantischer Konfession und schon gar nicht Vater Karls atheistischen Geist vor den Kopf stoßen wollten, beschränkten sie sich auf eine standesamtliche Trauung. Dennoch wurde es eine großartige Hochzeit. Charlotte hatte es sich nicht nehmen lassen, die ganze Sache auszurichten, und drei Tage lang erlebte das alte Gut Feierlichkeiten, die im ganzen Bartensteiner Land ihresgleichen suchten.

Wenn Constanze später an dieses rauschende Fest zurückdachte, kamen ihr stets die Worte »Sorglosigkeit« und »Leichtigkeit« in den Sinn. Letztlich blieben dies für sie die Leitbegriffe jener Zeit. Die Familie von Warthenberg spürte nicht allzu viel von den Auswirkungen der Wirtschaftskrise. Finanziell bereits generationenlang auf sicheren Füßen stehend und in keiner Weise von den Banken abhängig, gab es genügend Rückhalt, um gewisse Einbußen während der Krise wegstecken zu können. Vater Karl sprach zwar hin und wieder davon, dass es schon bessere Zeiten gegeben hätte, aber er war weit davon entfernt gewesen, nervös zu wirken, und gehörte zu den wenigen, die niemanden auf die Straße setzen mussten.

Passend zu dieser empfundenen »Leichtigkeit« war auch Clemens' Hochzeitsgeschenk für Constanze ausgefallen. Obwohl manche Gäste (insbesondere Luise) Brillanten erwartet hatten, konnte sich niemand der besonderen Faszination des Schmuckstückes entziehen, das Clemens seiner Braut nach der Trauung ansteckte. Es war eine Brosche in der Form einer schwebend leichten Libelle. Der Leib bestand aus kirschrotem Bernstein und war so perfekt der Natur nachgebildet, dass man regelrecht darauf wartete, das Tierchen würde gleich zu schwirren beginnen, um den hübschen Platz an Constanzes Dekolleté zu verlassen. Die Flügelchen waren hauchfein gefertigt aus feinsten Gold- und Silberfädchen, in denen wiederum winzige verschiedenfarbige Bernsteine irisierend jedes bisschen Licht einfingen. Besondere Sorgfalt hatte der Goldschmied den Augen des zarten Geschöpfes gewidmet. Aus kristallklarem, zitronenfarbenem Bernstein in abertausend winzige Facetten geschliffen, wirkten sie fast unheimlich lebensecht und schienen in ihrer Klarheit alles und jedes wahrnehmen und durchschauen zu können.

Constanze war nicht nur hingerissen von der Schönheit ihres Geschenks.

»Wie bist du ausgerechnet darauf gekommen?«, fragte sie ihn während des ersten Walzers, und Clemens erzählte, wie er sich gefühlt, welche Gedanken er sich gemacht hatte, als er Weihnachten zum ersten Mal auf dem Weg zum Gut gewesen war.

»Es ist mir nie mehr aus dem Kopf gekommen, welche Quintessenz ich fand, als ich versuchte, dein wundervolles Wesen in ein Wortkonstrukt zu fassen, das dir auch nur halbwegs gerecht wird, mein Liebling.«

Constanze sah gespannt zu ihm auf. »Und? Sag, worauf bist du gekommen?«

Es schien ihm ein wenig peinlich zu sein, sie in seine tiefsten Seelengründe hinabschauen zu lassen. Leise antwortete er und schaute sie nicht richtig an. »Leichtigkeit voller Tiefe, Constanze. So bist du. Und was wirkt leichter als eine Libelle?«

Sie lachte, schaute hinunter auf den Rand ihres Ausschnittes. »Die Leichtigkeit sehe ich sofort. Das trifft es ... wenn ich denn wirklich in deinen Augen so bin ... aber wo ist die Tiefe?«

»Du musst sie dir nachher einmal genauer ansehen. Wir haben tatsächlich einen Stein gefunden mit Einschlüssen, die wie ein Herz geformt sind. Weißt du, ich wollte nichts Fertiges. Ich wollte etwas Besonderes, das nur für dich und mich Bedeutung hat. Danzig, meine Heimat, die Welthauptstadt des Bernsteinhandels ... nirgends werden schönere Preziosen daraus gefertigt. Und ein winziges gemeinsames Erlebnis, an das ich mich aber zu gern erinnere. Weißt du noch, dieser ungewöhnlich heiße, träge Sonntagnachmittag, als wir zu Pfingsten hier waren? Da kam mir die Idee.«

»Ach, natürlich! Oh ja, Clemens, du meinst diesen Tag, als wir zusammen am Fuß der Schlosswiese unter den alten Bäumen gesessen und die Beine zum Kühlen in den Fluss gehalten haben, während alle Welt auf das erlösende Gewitter wartete. Da schwirrten sie doch zu Hunderten über den Ufergräsern.«

Clemens nickte und Constanze sah ihm an, dass er sehr verlegen war. Was war das doch für ein wundervoller Nachmittag gewesen! Still nebeneinander im Gras. Nur an den Händen hatten sie sich gehalten, den Libellen zugesehen, wie sie standen, dann plötzlich zuckten, so blitzschnell die Position wechselten, dass man mit den Augen kaum folgen konnte. Die köstliche Kühle des kristallklaren Wassers, in dem Schwärme kleiner silbriger Fischchen vorbeiflitzten, da drüben auf dem dicken Stein ein Frosch, dem das Sonnenbad zu viel wurde, der sich – platsch! – mit einem

Satz ins Schilf rettete, die Vögel im trägen nachmittäglichen Gezwitscher über ihren Köpfen. Und dann, irgendwann, das erste Donnergrollen. Sie hatten sich angesehen, synchron in den Himmel gezeigt, wissend gelächelt. Gleich würde es eine Husche geben. Noch ein Weilchen sitzen bleiben. Die ersten Böen, das Rauschen in den Kronen, kühle Brise … herrlich. Schnell war es näher gekommen, schon zuckten Blitze und dennoch wollten sie auskosten bis zur letzten Sekunde.

Gleichzeitig auf den Füßen, als die ersten schweren Tropfen fielen, einander nicht loslassen. Lachen, rennen, den kurz gemähten Rasen unter nackten Sohlen, nass bis aufs Hemd den Wintergarten erreichen. Stilles Haus, hinauf in ihr Zimmer. Regen auf der Haut. Und dann nur noch die Haut des Geliebten …

Walzer, Walzer, Walzertakt. Noch immer wollte Clemens es nicht erlauben, dass sie seinen Blick einfing, dass ihre Augen sich trafen, ineinander verweilten. Sie kniff ihn während der nächsten Rechtsdrehung spielerisch in die Schulter.

»Du dummer Mann! Warum weicht dein Blick mir aus? Weißt du eigentlich, wie wundervoll ich es finde, wenn ein Mann … nein, wenn *mein* Mann zu solch geradezu poetischen Überlegungen fähig ist? Du siehst aus, als würdest du dich fürchterlich genieren. Das sollst du nicht, Clemens. Versprich mir, dass du so bleibst, ja? Und dass du mir immer erlauben wirst, in dieses Eckchen deines Wesens zu schauen. Auch wenn du vielleicht denkst, so etwas wäre ›unmännlich‹. Ich finde, es ist ein weiteres Mosaikstückchen in dem sehr besonderen Bild, das ich mir nach und nach von dir mache. Und nun schau mich endlich richtig an!«

Er konnte es nicht. Aber er beendete den Eröffnungstanz mit einem langen, innigen Kuss. Constanze war es recht so, denn sie war so gerührt, dass sie schon spürte, wie Tränen in ihren Augen aufstiegen. Das ging doch nicht für eine glückliche Braut. Oder eben doch und gerade? Ein Poet. Eine sensible

Seele. Einer, der Augen hatte, einen Sinn, ein Herz für den Zauber des Lebens. Jetzt trug sie seinen Ring an der rechten Hand. Er gehörte ihr. Sie gehörte ihm. War es nicht herrlich?

* * *

Es blieb keine Zeit für Flitterwochen und beide hatten nicht einmal das Gefühl, dass ihnen etwas fehlte. Zu schön waren die Tage auf dem Gut gewesen, hatten ihnen so viele erinnernswerte Momente beschert, dass sie satt waren und mehr vielleicht gar nicht zu schätzen gewusst hätten.

Constanze durfte vorerst an der Universität nicht fehlen, wollte sie nicht wenigstens ihr Grundstudium ordentlich beenden. Clemens suchte derweil in Danzig nach einer etwas größeren Wohnung für die beiden. Mit anderthalb Zimmern, darüber waren sie sich einig, würden sie nicht glücklich werden. Es vergingen einige Monate, in denen sie zwar fast täglich einige Sätze am Fernsprecher austauschen konnten, sich die neuesten Neuigkeiten übermittelten, sich gegenseitig ihrer Liebe und unerträglichen Sehnsucht nacheinander versicherten. Sehen aber konnten sie sich tatsächlich nur alle paar Wochen. Dann verkrochen sie sich in ihrem Liebesnest, sperrten die Welt aus, betranken sich aneinander und waren sich vollkommen genug. Kurz nach den letzten Prüfungen war sich Constanze sicher, dass sie ein Kind erwartete. Es war Anfang Oktober; goldrote, milde Tage, manchmal schon sehr klamme Nächte, und die Luft roch nach Herbst.

Dieses Kind, anders konnte es gar nicht sein, war an jenem Tag entstanden, als sie sich dem Leben so nah gefühlt hatte wie nie zuvor. Die ganze Familie hatte sich traditionsgemäß zur Weizenernte auf dem Gut eingefunden, um Hand anzulegen. Zum ersten Mal war auch Clemens dabei und hatte sich entgegen Constanzes, wie sie fand, »liebevollen« Frotzeleien (er als eingefleischter Städter könne ja nicht einmal Weizen von Mais unterscheiden, geschweige denn die Gabel richtig herum halten, um Strohballen auf den Wagen zu hieven … und derlei mehr im Spaß vorgebrachte Anwürfe), ausgesprochen wacker geschlagen und ordentlich zugepackt. Constanze hatte den Traktor gesteuert, hinten angehängt die glorreiche neue »Raußendorf Siegfried«, eine Presse, die das Raufuttererwerben seit letztem Jahr so famos vereinfachte. Bahn um Bahn war sie die Schwaden angefahren, während die Männer unter sengender Augustsonne eilig die festen Bündel einsammelten und auf die Ladewagen am hinterhertuckernden Trecker stakten.

»Du taugst ja richtig«, sagte sie in einem Tonfall, der zwischen Anerkennung und zärtlichem Spott changierte, während Clemens im Wirtschaftshof einen Eimer voll eisigen Wassers aus dem Brunnen hochzog und sich über den verschwitzten Kopf goss.

Er schüttelte sich. Funkelnd stoben die Tropfen im Nachmittagslicht, schon setzte er zum Sprung auf sie an, prustete: »Na warte, dir werd ich helfen!«

Constanze nahm quietschend die Beine in die Hand, behielt ihn im Blick, rannte wie um ihr Leben. Er erwischte sie im Heuschober. Blitzschnell hatte er sie gefasst, seine Augen blitzten. Wut? Amüsiertheit? Jedenfalls eine … ja, ja, anders konnte man das nicht nennen, eine Triebhaftigkeit, die ihr neu war. Zu weit gegangen, Constanze. So darf man einen Mann nicht ungestraft beleidigen. Nicht einmal im Spaß.

Mit einem Fußtritt warf er das Tor zu, packte sie mit eisernem Griff bei den Ellenbogen, grinste sie gefährlich an, schob sie rücklings in einen Haufen duftenden Heus, raunte: »Allerdings, ich tauge richtig. Wozu noch, wirst du gleich sehen, du freches Weib«, und begrub sie unter seinem Gewicht.

Zu der Erinnerung an den Geruch überlagerten Brennholzes, vielfach feucht gewordener Kerzen und dem

Gefühl von kratzigen Wolldecken und alten Fellen auf nackter Haut gesellte sich an diesem Tag die Wucht des hilflosen Überwältigtseins. Zwischen zweifelsfrei bewiesener (Mannes-) Kraft und einer fordernden Zärtlichkeit, die sie so zuvor noch nie gespürt hatte.

Ermattet war er neben ihr ins weiche Heu gesunken. Einen Arm über ihren nackten Bauch gelegt, reckte er die muskulösen Glieder. »Ich glaube, das Landleben gefällt mir.«

»Du Wüterich!«, hatte Constanze gekichert. »Ich kenne dich kaum wieder.«

»Och, man muss sich eben den kernigen Sitten anpassen. Und außerdem … wer so austeilt wie du, muss eben auch einstecken können.«

»Gern geschehen.« Wie gurrend ihre Stimme klingen konnte. So was!

»Für dich würde ich alles tun.«

Merkwürdig. Es lag plötzlich so viel Ernst in seiner Stimme. Ach nein, ach was. Wie konnte er jetzt ernst sein? Von der Seite schaute sie ihn an. Da lachte er und sie sah kleine, Mutwillen widerspiegelnde Funken in seinen Augen blitzen.

Wohlig streckte sie sich neben ihm aus, legte den Kopf auf seine Brust, schaute dem Staub zu, wie er in dem schmalen Lichtstreif torkelte, der vom Torspalt hereindrang, fand ihr Lager weich, atmete den Duft von Heu und Clemens. Und wusste schon in diesen Minuten, diese Vereinigung war eine besondere gewesen, und sie würde Folgen haben.

Justus hatte sie aus dem Schober kommen sehen. Hand in Hand. Ein wenig verwühlt und eventuell etwas ab von dieser Welt hatten sie sicher ausgesehen. Justus hatte den Hut in den Nacken geschoben, sich mit der Hand über die Augen gewischt … und sein Grinsen hatte Bände von Begreifen gesprochen.

***

Constanzes Besuch beim Gynäkologen bestätigte ihre Vermutung. Der Doktor beglückwünschte sie herzlich. War es nicht fantastisch? Sie würden ein Kind haben. Clemens war vollkommen aus dem Häuschen vor Freude, als sie ihm am Wochenende höchstpersönlich und offiziell die Botschaft überbrachte, hob sie hoch, schwenkte sie im Kreis, bis ihr schwindelig wurde.

Als hätte irgendeine wohlmeinende Macht ein besonders liebevolles Auge auf sie geworfen, war nicht nur Clemens' Suche nach einer geeigneten Bleibe wenig später endlich erfolgreich, sondern zeitgleich hatten ihn auch noch sein Fleiß und Ehrgeiz eine Stufe die Beamtenleiter hinaufgeschoben. Zu diesem Zeitpunkt konnte sie noch nicht ahnen, dass der unerwartet frühen Beförderung ihres Liebsten noch weitere Ursachen zugrunde lagen. Constanze plante also voller Begeisterung ihren Umzug nach Danzig und richtete sich gemeinsam mit Clemens in derselben Straße ein, wo sie bereits damals anlässlich des Opernbesuches ein so wunderbar friedvolles Gefühl überkommen hatte. Es war das Nachbarhaus der studentischen Verbindung, wo in der Beletage eine geräumige Vierzimmerwohnung frei geworden war, die sich über das gesamte Stockwerk erstreckte. Unendlich viel Platz, unendlich viel Raum, der eingerichtet werden wollte. Aus Warschau kam ein Lastkraftwagen an, vollgepackt mit herrlichen Kirschholzmöbeln. Eine Essgruppe für acht Personen inklusive solider Anrichte nebst feinem Porzellangeschirr und Silberbesteck. Ein Kleiderschrank mit floral gestalteten Buntglastüren, so gewaltig, dass sich die Kleidung der beiden darin ganz verloren ausnahm, ein dazu passendes Bett, zwei auf zwei Meter samt Kommode und Nachttischchen, alles in schwebend leichtem Jugendstil.

Auch Charlotte hatte sich nicht lumpen lassen. Von ihr wurde der barocke Intarsienschreibtisch geschickt, der

Constanze schon als Kind wegen seiner raffiniert versteckten Geheimfächer so fasziniert hatte. Großvaters wuchtigen Ledersessel gab es dazu.

Vater Karl und Luise hatten die Küchen- und Badausstattung zugesagt. Tagelang arbeiteten die Handwerker. Für Clemens und Constanze blieb neben der Ausstaffierung des Wohnzimmers nur mehr die Wäsche,- Teppich- und Vorhangfrage. Lediglich ein Raum blieb vorläufig leer. Das hatte Zeit. Hier würde derjenige residieren, den Clemens schon jetzt »seinen Stammhalter« nannte. Er rechnete fest mit einem Jungen. Bei *dem* Zeugungsakt? Was sollte da sonst entstanden sein?

»Ja!«, hatte schon bei der ersten Wohnungsbesichtigung Constanzes Herz gesagt. Hier würden sie ihr Kind aufziehen. Hier würden sie glücklich sein. Schnell lebte sie sich ein und hatte Freude an der neuen Position als Hausfrau. Ihre Einkäufe erledigte sie auf dem nahen Markt, kannte schon bald die Händlerinnen mit Namen, wurde selbst mit dem noch ungewohnten neuen Namen angesprochen, überall freundlich empfangen und bedient. Sie gewöhnte sich rasch an die Danziger Währung, rechnete schon nach kurzer Zeit den Wert der Gulden nicht mehr in Reichsmark um. Clemens hatte ihr Wirtschaftsgeld großzügig bemessen. Constanze war es nicht gewohnt, mit Haushaltsausgaben umzugehen, aber sie lernte rasch. Mithilfe einer kleinen Kladde verschaffte sie sich binnen weniger Wochen einen Überblick, wie viel sie wofür benötigte, und hatte es schnell heraus, mit viel Charme und Witz auch mal um den Preis für einen Räucheraal, ein Bund Petersilie oder ein Kilo Äpfel zu handeln. Es war wie eine neue Sportart, für die sie Ehrgeiz entwickelte. Dank ihrer Umsicht gelang es, am Monatsende stets einen kleinen Betrag übrig zu haben, den sie in einer Zigarrenkiste im Geheimfach des schönen Sekretärs verbarg. Nicht wirklich vor Clemens, nein. Vielmehr hatte sie sich das Ziel gesetzt, ihn irgendwann mit den Früchten ihrer kleinen Marotte zu überraschen.

Das Kochen erledigte sie selbst. Schließlich hatte sie viel von Großmutter gelernt. Gott sei Dank gab es Großmutter. Mama hatte wahrscheinlich zeit ihres Lebens keinen Kochlöffel in der Hand gehalten und es eingedenk der hochfliegenden Pläne, die sie für ihre Jüngste gehegt hatte, auch nie für nötig befunden, ihr in dieser Hinsicht Kenntnisse beibringen zu lassen. Clemens jedenfalls aß mit Begeisterung, was sie zauberte, lobte ihr Können über den grünen Klee, und auch wenn sie Gäste hatten, konnte sie mit ihren Kochkünsten punkten.

Clemens erwies sich als sehr rücksichtsvoller werdender Vater, nahm ihr jede schwerere Arbeit selbstverständlich ab, hatte abends, wenn sie für sich allein waren, stets einen so sorgenvollen Blick auf sie, dass Constanze ihn bald auslachte, obwohl sie es an sich sehr genoss, wie er sie umsorgte.

»Clemens, ich bin nur schwanger und nicht krank. Es ist wundervoll, wie lieb du bist, aber übertreib es nicht, sonst gewöhne ich mich noch daran und werde ganz unselbstständig«, sagte sie eines Tages, als er ihr wieder einmal Kissenberge ins Kreuz und eine Schlummerrolle hinter den Nacken stopfte, den Puff vors Sofa schob, damit sie die Füße hochlegen konnte, sie sorgsam in eine weiche Kaschmirdecke hüllte und eine große Tasse Kamillentee anreichte.

»Doch, doch!«, erwiderte er ernsthaft, ließ sich mit seiner aktuellen Lektüre neben ihr nieder und legte einen Arm um ihre Schultern. »Wenn wir uns schon keine Angestellten leisten können, muss ich wenigstens abends dafür sorgen, dass du zur Ruhe kommst. Du bist immer so müde. Ich mache mir Gedanken. Hoffentlich ist alles in Ordnung.«

Constanze lachte. »Ja, das ist mir auch aufgefallen. Deshalb habe ich den Arzt gefragt. Er sagt, das sei in der Frühschwangerschaft normal. Es hat etwas mit der Hormonlage zu tun, Liebling. Der Körper schaltet in einen ganz ruhigen Modus, damit die Frucht sich in aller Ruhe einnisten kann. Mach dir keine Gedanken. Immerhin bin ich von Übelkeit verschont. Also bräuchte ich eigentlich wirklich keinen Kamillentee. Warte nur ein wenig, in ein, zwei Monaten schlafe ich dir nicht mehr jeden Abend schon um neun Uhr ein. Dann könnten wir auch mal wieder ausgehen. Ins Kino vielleicht? Die Garbo spielt in *Menschen im Hotel*. Soll sehr gut sein.«

»Oder Hans Albers als Clown vielleicht? *Quick* heißt der Streifen, glaube ich.«

»Am besten beide«, gähnte Constanze, »und gleich noch *Blonder Traum* mit Willy Fritsch. Ich sehe den so gerne, weil er mich immer an dich erinnert. Du bist ihm sehr ähnlich, wusstest du das?«

»Hat mir noch niemand gesagt«, schmunzelte Clemens. »Aber wenn er denn so ein Frauenschwarm ist, wie alle behaupten, will ich mich mal geehrt fühlen.«

Constanze kicherte und gähnte schon wieder. Sie kuschelte sich an und verdankte es schon Sekunden später allein seiner Umsicht, dass sie sich nicht die Kamille in den Schoß kippte. Clemens nahm ihr im richtigen Moment die Teetasse aus den Händen, ehe sie auch schon weggenickt war.

Das Eheleben gewann schnell ein gewisses Gleichmaß, das beide als angenehm empfanden. Jeder erste Samstagabend im Monat war traditionsgemäß den Kameraden aus dem Segelklub vorbehalten. Mal bei diesem, mal bei jenem wurde gemeinsam gegessen, getrunken, gefeiert, gelacht. Constanze wurde herzlich aufgenommen. Man hatte von ihrem Regattasieg gehört, brachte ihr auch als Sportlerin Achtung entgegen. Einige der Männer waren liiert und sie verstand sich recht gut mit den zugehörigen Frauen. Echte Frauenfreundschaften erwuchsen aber nicht, und Constanze heulte sich darüber ab und zu brieflich bei ihrer fernen Freundin Edith aus, die ihr sehr fehlte. Nicht so sehr aber, dass sie nicht mit ihrem Leben zufrieden gewesen wäre.

Sonntags stand Clemens als Erster auf, um den katholischen Gottesdienst in der prachtvollen »Königlichen Kapelle« zu besuchen, die nur wenige Fußminuten entfernt lag. Zärtlich verabschiedete er sich jedes Mal bei ihr mit einem Kuss, und obwohl er stets sagte, sie sollte doch noch ein Weilchen schön weiterschlafen, stand sie auf, sobald er das Haus verließ, um das Frühstück vorzubereiten. Den Sonntag ließen sie gerne gemächlich angehen. Genossen die Zweisamkeit beim ausgedehnten Frühstück, und sofern das Wetter mitspielte, machten sie in ungefähr zweiwöchigem Abstand einen Besuch an den Gräbern von Clemens' Großeltern auf dem idyllischen Garnisonsfriedhof. Wenn es sich ergab, nahm er frische Blumen mit. Gelegentlich fuhren sie gegen Mittag an die See, unternahmen ausgedehnte Strandspaziergänge oder ließen sich im Sporthafen zu einem kleinen Segeltörn sehen.

Mittwochs hatte Clemens allwöchentlich »Herrenabend«. Constanze wusste nur, dass er sich mit einigen Bekannten im »Café Derra« traf. Mit wem, wusste sie nicht und fragte sie nicht. Er berichtete nie, kam nicht allzu spät heim, war nie betrunken, wenn er sich rücksichtsvoll ins Bett schlich, ihr einen zärtlichen Gutenachtkuss gab, manchmal übers Haar strich und die verrutschte Bettdecke gerade zog.

Es herrschte Harmonie im Haus in der Frauengasse vier. Das Einzige, was Constanze über den Kopf wuchs, war das Putzen der großen Wohnung. Auf solche Aufgaben hatte sie niemand vorbereitet. Daheim hatte es immer Hausmädchen gegeben. Clemens sagte nie etwas, aber es war Constanze peinlich, als er eines Tages ein Buch aus dem Regal zog, es auf den Tisch legte und sie eine kleine Staubwolke aufstieben sah.

Da ergab es sich hervorragend, dass sie die Bekanntschaft einer Nachbarin machte. Hannah Alsbach bewohnte, wie sich herausstellen sollte, mit Mann, zwei Kindern und Schwiegereltern das komplette Haus schräg gegenüber. Eines Spätnachmittags waren sie sich auf der Straße begegnet, hatten einander einen schönen Abend gewünscht und jede hatte mit Kennerblick das Bäuchlein der anderen gemustert. Zugelächelt hatten sie sich und waren ihrer Wege gegangen. Am nächsten Morgen trafen sie an beinahe derselben Stelle zusammen. Constanze mit einem frischen Brot unterm Arm, Hannah im Begriff, ihre Kinder auszuführen. Einen Buben hatte sie an der Hand, ein kleines Mädchen saß in der Karre.

»Wer ist die Frau?«, hörte Constanze den Jungen flüstern, nachdem sie Hannah einen Morgengruß entboten hatte, und Hannah blieb stehen.

»Ich bin Constanze Rosanowski und wohne mit meinem Mann in der Nummer vier«, beantwortete sie die Frage des Kleinen. »Und wer bist du? Wir sind ja jetzt Nachbarn, da ist es schön, wenn jeder den Namen des anderen kennt, nicht wahr?«

Er reichte ihr seine kleine Hand, machte eine Verbeugung. »Guten Morgen, Frau Rosanowski, es ist mir ein Vergnügen, Sie kennenzulernen. Ich bin David. Dies ist meine Mama Hannah Alsbach und hier meine zweijährige Schwester Sarah«, stellte er außerordentlich höflich und gewandt vor und ergänzte mit einem schelmischen Lächeln und Fingerzeig auf Mutters Taille: »Na ja, und wie dieser Alsbach heißen wird, wissen wir noch nicht.«

Über Hannahs Gesicht ging ein Lächeln. Sie strich dem Jungen über den dunklen Schopf.

»Donnerwetter, liebe Frau Alsbach, das ist ja mal ein wohlerzogener junger Mann. Ich freue mich, Sie kennenzulernen.«

Auf Anhieb waren sie sich sympathisch, kamen ins Plaudern, sprachen über das Wetter, die Kinder, Kartoffelpreise und die vielen Bettler, die die prächtige Langgasse bevölkerten.

»Es muss etwas passieren, Frau Rosanowski. Wir sind eine so stolze Stadt, haben doch uralte Hansetraditionen! Armut hat es in diesem Maße hier nie gegeben. Aber jetzt haben wir so viele Erwerbslose wie noch nie, die Statistiken sprechen von neununddreißigtausend. Wohin soll das nur noch führen? Sie kennen doch unseren Wahlspruch ›nec temere nec timide‹ … Na, aber in letzter Zeit werden wir doch alle etwas furchtsam, was die Zukunft betrifft. Hoffentlich wird da bei den nächsten Wahlen aus lauter Not nicht doch noch der eine oder andere unbesonnen sein Kreuzchen machen.«

Constanze wusste, worauf sie hinauswollte, gegenseitig bestätigten sie sich (und realisierten beide mit einem Zwinkern, dass sie die Stimmen gesenkt hatten), wie kritisch sie die Absichten der aufstrebenden NSDAP betrachteten. Fanden allerlei Übereinstimmungen im Denken, kamen vom Hölzchen aufs Stöckchen. Hin und wieder ein Blick auf die Kinder, die langsam ungeduldig wirkten. Sicher eine Viertelstunde blockierten sie den Fußweg, mussten ab und zu für einen Passanten Platz machen, und als es plötzlich heftig zu regnen begann, verabredeten sie sich kurz entschlossen für den nächsten Nachmittag zum Kaffee bei Constanze. »Bringen Sie die Kinder gerne mit, Frau Alsbach!«, rief sie ihr noch im Laufen über die Schulter zu.

»Nein, nein, die beiden Racker lasse ich beim Kindermädchen, sonst können wir doch gar nicht in Ruhe unseren Frauengesprächen frönen«, erwiderte Hannah lachend und winkte ihr noch einmal zu.

Am Abend erzählte sie Clemens von ihrer Begegnung. »Wie schön, du schließt Freundschaften!«, sagte er. »Du wirst sehen, bald hast du dich ganz und gar eingelebt.«

»Und schwanger ist sie auch. Ich glaube, in dieser Lebensphase kann eine Frau ganz gut eine Freundin gebrauchen, die weiß, wovon man spricht, zumal alle weiblichen Verwandten, mit denen man sich austauschen könnte, weit weg sind. Aber ich sage dir, Clemens, es fällt mir überhaupt nicht schwer, mich einzugewöhnen. Ich liebe diese schöne, freie Stadt.«

Eben noch bestens gelaunt, wurde er plötzlich ernst. »Frei … ja nun, das klingt gut. Aber bedenke bitte, dass unsere sogenannte ›Freiheit‹ heutzutage stets unter der Aufsicht des Völkerbundes steht. Was ist sie dann noch wert? Wie frei sind wir wirklich? In unserem speziellen Falle bedeutet doch Freiheit insbesondere, abgetrennt zu sein von unserer eigentlichen Zugehörigkeit zum Deutschen Reich. Und das will mir gar nicht schmecken.«

»Du fühlst dich vollkommen als Danziger, nicht wahr?«

»Absolut! Wahrscheinlich ist es der starke mütterliche Einfluss gewesen, und schließlich bin ich hier geboren.« Ein versonnenes Lächeln huschte über sein Gesicht. »Offenbar wollte ich das so, denn eigentlich hätte meine Mutter noch beinahe zwei Wochen bis zur Niederkunft gehabt, als sie mit Vater zusammen hier bei den Großeltern zu Besuch war. Ich fühle mich als Danziger … ja! Aber vor allem als Deutscher, Constanze. Ich habe immer schon den falschen Pass.«

»Wenn es denn so für dich ist, warum änderst du es nicht?«

»Ich arbeite daran …«

Er wandte sich ab. Offensichtlich, und Constanze stellte dies nicht zum ersten Mal fest, war es ein Thema, das er gern mit sich selbst abmachen wollte, obwohl es ihn schwer zu bedrücken schien. Sonst gab es nichts, das zwischen ihnen ausgeklammert wurde, aber hier hatte sie stets das Gefühl, gegen eine Mauer zu stoßen.

Hannahs Kaffeebesuch war nicht nur der Auftakt zu einer täglich enger werdenden Freundschaft. Sie bescherte Constanze auch ganz praktisch die Lösung ihres Putzproblems, denn Hannah erklärte sich bereit, eines ihrer Hausmädchen für zwei Nachmittage in der Woche auszuleihen. Bereits am nächsten Tag erschien Ida, ausgestattet mit einem Eimer voller Putzmittel, Mob, Besen, Staubwedel und allerlei weiteren Utensilien, um ihren Dienst bei der »gnädigen Frau Rosanowski« anzutreten. Wie ein Wirbelwind sauste sie durch Constanzes Haushalt und hinterließ blitzfrische Sauberkeit. Wie gut, dass es das Zigarrenkästchen gab! Nicht einmal Clemens musste sie bitten, um ihre neue Hilfe zu entlohnen. Constanze fühlte sich großartig.

* * *

Anfang Dezember ereignete sich etwas, dessen Bedeutung Constanze nicht recht einordnen konnte. Sie hatte eine Reihe Anzüge zusammengesucht, um sie von Ida in die Reinigung bringen zu lassen, als ihr auffiel, dass Clemens' Übergangsmantel, der an der Garderobe hing, einen hässlichen Fleck aufwies. Noch am Vortag hatte er ihn getragen, aber über Nacht waren die Temperaturen empfindlich gefallen. Kurz entschlossen nahm sie den Überzieher vom Bügel, und ehe sie ihn auf den Wäschekorb legte, griff sie wie gewohnt in die Taschen. Taschentuch und einen Füllfederhalter zog sie heraus, tastete noch einmal über den Stoff, spürte etwas in der Brusttasche.

Es war ein Reisepass. Im auf die Spitze gestellten Dreieck das Wappen mit der goldenen Krone über den weißen Tatzenkreuzen. Und nagelneu! Sie täuschte sich nicht, bestens konnte sie sich erinnern, dass Clemens beim Einreichen der Unterlagen anlässlich ihrer Eheschließung einen polnischen Pass besessen hatte. Sie schlug die Seiten auf. Zweifellos: Das

Dokument gehörte ihm. Wie war er nun zum Danziger geworden? Und … wenn es ihm doch eigentlich ein so wichtiges Anliegen war, warum hatte er ihn ihr nicht gezeigt?

Am Abend fragte sie Clemens, bemüht, ihre Stimme möglichst beiläufig klingen zu lassen, und traf auf unwirsches Abwiegeln. Sofort wechselte er das Thema, drückte sich um eine Antwort. Verwirrt gab Constanze auf, hörte im ersten Moment gar nicht richtig hin, als er ihr mit stolzer Miene von einer Einladung erzählte, schwieg, sah ihn an und doch irgendwie durch ihn hindurch.

»Freust du dich denn gar nicht? Das ist die hochoffizielle Aufnahme in die bessere Danziger Gesellschaft, Liebling.«

»Wie bitte? Was? Verzeih, ich habe nicht aufgepasst.«

Verärgert schüttelte er den Kopf. »Am übernächsten Samstag sind wir zum Abendessen bei Albert Forster eingeladen. Ein relativ intimer Kreis, weißt du … aber lauter wichtige Leute. Forster wird von dir begeistert sein. Geh ruhig noch mal zum Friseur, lass dir eine schicke neue Wasserwelle legen und … warte, komm mit …«

Er nahm sie bei der Hand, zog sie ins Schlafzimmer und öffnete den Kleiderschrank. Kleid um Kleid nahm er heraus, betrachtete jedes kritisch, hängte es wieder hinein. Machte Bemerkungen wie »zu bunt«, »zu freizügig«, »zu schlicht«. Constanze stand mit hängenden Armen neben ihm und verstand nicht, was für ein Gewese er um ein schlichtes Abendessen bei diesem Forster machte, von dem sie noch nie gehört hatte.

»Schatz, da ist wirklich nicht das Richtige dabei. Du musst gleich morgen früh einen Termin bei der Schneiderin machen. Aber bitte, leg ihn in den Spätnachmittag. Ich möchte dabei sein.«

»Du warst noch nie dabei, wenn ich ein Kleid in Auftrag gegeben habe. Was sind das plötzlich für merkwürdige neue Sitten? Und denk dran … allzu viel Geld würde ich jetzt nicht für neue Garderobe ausgeben. Lange wird sie sowieso nicht passen.«

»Und wenn du es nur ein einziges Mal trägst. Egal! Ich möchte den bestmöglichen Eindruck hinterlassen.«

»Na schön«, seufzte Constanze und fühlte sich plötzlich unendlich unwohl. Da half es auch nicht, dass Clemens sanft über ihr Bäuchlein streichelte, sie in die Arme nahm. Irgendetwas lief hier gerade ganz gewaltig an ihr vorbei.

* * *

Am nächsten Tag erzählte sie Hannah davon. Natürlich nachdem sie bei der Schneiderin einen Termin für den frühen Abend ergattert hatte. Hannah wurde für einen kleinen Augenblick blass, setzte ihren Kaffee eine Spur zu heftig ab. Die Untertasse klirrte misstönig. »So … bei Forster …« Ihre Stimme klang tonlos.

Kam es ihr nur so vor, oder war Hannah auf einmal innerlich von ihr abgerückt? Warum? Was hatte es auf sich mit diesem Mann, dessen pure Erwähnung solch eine Veränderung hervorrief? Angst stieg in Constanze hoch, Angst, die noch so frische, zerbrechliche Freundschaft mit der einzigen Vertrauten in der neuen Umgebung ahnungslos aufs Spiel gesetzt zu haben. »Was ist mit dir, Hannah? Warum reagierst du so komisch? Wer ist denn dieser Forster? Clemens hat mir nichts Genaueres erzählt. Ich weiß nur, dass ihm diese Einladung offenbar mächtig am Herzen liegt.«

»Er hasst uns«, sagte Hannah leise. Sie hielt den Kopf gesenkt.

»Er hasst euch? Warum?«, fuhr Constanze entgeistert auf. »Gab es Unstimmigkeiten zwischen ihm und euch?«

Die Freundin schüttelte den Kopf. »Wir kennen uns nicht persönlich, aber …«

»Aber was? Wie kann er euch hassen, wenn er euch nicht kennt?«

»Würde er uns … also«, sie brach ab, schüttelte wieder den Kopf, schien sich dann einen Ruck zu geben und schaute Constanze direkt in die Augen. »Würde er uns, uns als Menschen kennen, könnte er uns vielleicht nicht hassen. Was er hasst, ist unsere Zugehörigkeit, unser Glaube. Wir sind Juden, Constanze. Nicht die Art von Menschen, die das ständig vor sich hertragen. Mein Mann läuft nicht mit der Kippa durch die Straßen, lässt sich keine Pejes wachsen, kreuzt nicht überall mit dem Talmud unter dem Arm auf. Du hast ihn gesehen. Er ist ein ganz normaler, unauffälliger Mann, nicht zu unterscheiden von jedem anderen ganz normalen Deutschen. Dummerweise ist er Bankier. Von alters her *die* Profession, die Juden zugestanden wird. Geldverleiher. Das riecht von vornherein nicht gut. Geld stinkt nämlich doch. Zumindest dann, wenn es in den ›falschen Händen‹ ist. Und jüdische Hände sind immer falsche, ja, schmutzige Hände, verstehst du? Nicht vertrauenswürdig, zwielichtig, schonungslos gierig, verschlagen und schmierig … das sind wir. Machen unseren Reibach mit anständigen Menschen. Immer schon, seit Jahrhunderten, weißt du? Verzichten kann man nicht auf uns. Aber hassen kann man uns natürlich. Je erfolgreicher, je wohlhabender wir sind, desto mehr, denn dann kommt auch noch der Faktor Neid dazu.«

Constanze schluckte trocken. Zum zweiten Mal begegnete ihr jetzt dieses Thema. Was bei dem Verhältnis zwischen Richard Wagner und seinem jüdischen Förderer Meyerbeer weit weg gewesen war und sie dennoch bereits höchst unangenehm berührt hatte, betraf nun direkt ihre lieb gewonnene Freundin. Was sie aber erzählt hatte, war ihr noch zu wenig, zu allgemein. Sie wollte Genaueres erfahren.

»Ich habe mich mit dem Thema schon einmal beschäftigt. Oder genauer gesagt, beschäftigen müssen, Hannah«, begann Constanze und lieferte Hannah eine Zusammenfassung ihrer Auseinandersetzung im Zusammenhang mit dem Waldopernbesuch. Hannah hörte geduldig zu. Aber es war ihr anzusehen, dass sie mit Constanzes harmlos anmutenden Erzählungen nicht recht etwas anfangen konnte. Innerlich schien sie zu kochen und explodierte, kaum, dass Constanze mit ihrer Frage: »Worin besteht jetzt aber Forsters Rolle konkret?«, den Stab wieder an sie weitergereicht hatte.

»Hast du nicht gehört oder gelesen, Constanze? Immer wieder stand es in den Zeitungen, dass SA-Leute angeblich gloriose Erfolge bei der Bekämpfung kommunistischer und sozialdemokratischer Randalierer auf den Straßen Danzigs verbuchen konnten. Und diesem Schlägertrupp steht Forster als Führer des NSDAP-Gaus Danzig vor. Allein in der ersten Hälfte des Jahres hat es rund achtzig solcher Vorfälle gegeben. Sogar einige Tote waren zu beklagen. Stets ging die Provokation angeblich von der anderen Seite aus. Die SA hatte immer eine reine Weste. Dabei wissen wir, dass alles ganz anders läuft. Immer wieder hören wir von Freunden, dass sie angepöbelt werden. Wehren sie sich, eskalieren solche Situationen sofort. Wehren sie sich nicht, bleiben sie stumm oder nur einfach höflich, eskaliert es genauso. Man weiß überhaupt nicht mehr, wie man sich benehmen soll. Es mag sicher sein auf den Straßen für eine offensichtlich deutsche Frau, wie du es bist. Schau mich an, ich habe dunkles Haar. Vielleicht Gesichtszüge, die nicht richtig nordisch wirken. Ich habe Angst, abends allein irgendwohin zu gehen. All diese Vorfälle ereignen sich dort, wo Menschen wohnen. Aber glaub ja nicht, irgendjemand käme zu Hilfe. Angeblich hat immer niemand etwas bemerkt. Weißt du, ich meine, es ist das Wesen des Terrors, dass er nicht greifbar ist, dass keiner wagt einzuschreiten, weil er Todesangst hat, dann selbst dran zu sein, weil nämlich im Terrorismus die Regeln der Menschlichkeit außer Kraft gesetzt sind. Und es ist nichts als Terror, was diese braune Bande da betreibt. Was denkst du, wie es sich anfühlt, beschimpft zu werden? Wie fühlt man sich, wenn eine Truppe im Stechschritt an einem vorbeiläuft, die Gesichter hassverzerrt, und einem ›Juda verrecke‹ oder ›Kampf den Todfeinden des deutschen Volkes‹ hinterherbrüllt?«

»Das hast du erlebt? Mein Gott!«

»Ja, Constanze!«, keuchte Hannah, den Kopf hochrot. »Das habe ich erlebt. Nicht nur einmal. Mein Gott, dein Gott … ich frage dich, kann Gott das gewollt haben? Ich bin kein Feind des deutschen Volkes. Ich bin Danzigerin mit Leib und Seele, mein Mann ist Deutscher, unsere Vorfahren waren es, viele Generationen, unsere Kinder sind es, unsere Sprache ist Deutsch, unsere Herzen schlagen deutsch. Wir lieben dieses Land, möchten ihm dienen, tun keiner Menschenseele ein Leid. Aber wenn man beispielsweise Hitlers wirtschaftspolitischem Berater, Otto Wagener, glauben soll, dann ist es in etwa so mit uns Juden: Ein Dackel, der von einem Dackelrüden gezeugt, von einer Dackelhündin in einem Windhundzwinger geboren wird, bleibt ein Dackel und wird kein Windhund. Ein Jude, der in Deutschland zur Welt kommt, bleibt Jude und ist kein Deutscher. Womit haben wir es verdient, so verachtet und gehasst zu werden? Damit, dass unser Gott einen anderen Namen hat und dabei doch derselbe ist?«

»Ich bin noch nicht einmal im Glauben erzogen worden, Hannah. Mein Richter ist mein eigenes Gewissen.«

»Dann sollte dieses dein Gewissen jetzt schlagen, und bitte verzeih, eigentlich steht es mir nicht zu, mich einzumischen, aber vielleicht solltest du mit deinem Mann reden.«

»Das werde ich!«, erwiderte Constanze und plötzlich schoss ihr wie ein Blitz die rettende Erleuchtung durch den Kopf. Ganz ruhig und mit einem erlösten Lächeln sprach sie die nächsten Worte. »Und hör mal, Hannah … ich kann mir beim besten Willen nicht vorstellen, dass Clemens eine Abendeinladung bei *diesem* Forster angenommen hat. Schau, das ist doch ein recht gängiger Name.«

Hannah wirkte erschreckt, schlug sich mit der Hand vor die Stirn. »Liebe Güte, natürlich! Du hast recht, Constanze. Entschuldige! Selbstverständlich ist das möglich. Oje, was habe ich gerade mit dir gemacht? Es tut mir so leid!«

Constanze hatte sich halbwegs gefangen. »So wird es sein. Jaja, es wird eine zufällige Namensgleichheit sein. Du weißt doch, Clemens stammt aus polnischer Familie. Seine Großmutter ist Jüdin. Dass er sich neuerlich hat eindeutschen lassen, liegt nur an seiner Liebe zu dieser wundervollen Stadt, immerhin die Heimat seiner Mutter und seine eigene Geburtsstätte. Ich kann das ganz gut nachvollziehen. Ach, Hannah, mir fällt ein Stein vom Herzen. Was du gerade erzählt hast, hat mich vollkommen überwältigt. Mit solchen Menschen würde mein Clemens niemals etwas zu tun haben wollen.«

Sie umarmten sich zum Abschied inniger denn je. Und Constanze war sich derart sicher, die Auflösung gefunden zu haben, dass sie später Clemens gegenüber kein Wort über diese erschütternden Dinge verlor. Völlig normal gab sie sich bei der Schneiderin, ließ Maß nehmen für ein elegantes Seidenkleid und einen passenden langärmligen Bolero in gedecktem Lavendelton, lachte und alberte mit Clemens über die neue Rundlichkeit ihrer Hüften, malte sich mit ihm zusammen aus, wie sich ihr Bauchumfang noch vergrößern würde.

Der Abend verlief gelöst und vergnügt. Was Hannah erzählt hatte, schob sich an den Rand des Bewusstseins und schien nur einmal noch auf, als sie dicht aneinandergekuschelt auf den Schlaf warteten. Constanzes Fantasie spielte ihr Streiche, führte Bilder von Gejagten, Geprügelten, Hilflosen vors innere Auge. Hastig griff sie nach Clemens' Hand. Schlaftrunken murmelte er: »Gute Nacht, Liebling«, und sie fühlte sich sicher und entspannt. Wie in Abrahams Schoß.

Nein. Niemals würde er mit solchen Menschen Umgang pflegen. Es war scheußlich, was Hannah berichtet hatte. Aber es betraf sie nicht.

* * *

Zunächst sprach an jenem Samstagabend alles dafür, dass Constanzes zurechtgelegte Erklärung richtig war. Ihre Sinne waren vielleicht nicht so geschärft, wie sie es hätten sein müssen. Aber was hatte es schon zu tun mit Hannahs grauenvollen Schilderungen, dass Albert Forster schon gewisse Bemerkungen machte, als sie sein Haus betrat?

»Seien Sie mir willkommen, gnädige Frau! Wenn ich nicht irre, sind Sie eine geborene von Warthenberg, nicht wahr? Alter deutscher Landadel. Wunderbar, Sie passen in unseren Kreis«, sagte er, während er sich zum Handkuss herunterbeugte, und ergänzte mit einem Zwinkern an Clemens: »Gratuliere Ihnen, Rosanowski! Entzückende kleine Frau. Da wollen wir mal auf reichen Kindersegen hoffen.«

Er ließ Constanzes Hand nicht los und starrte unverhohlen auf die kleine Wölbung, die sich unter dem eng anliegenden Kleid abzeichnete. Sie fand seine Worte viel zu intim, seinen Blick unverfroren, hätte am liebsten seine Hand abgeschüttelt, fühlte sich für einen Moment wie eine Kuh, die zur Zuchtbucheintragung gemustert wird, und erinnerte sich unangenehm an ihre eigene empörte Fragestellung dem Vater gegenüber bezüglich Hitlers Rassenideologie: »Will der womöglich Menschen züchten?«

Unsinn! Natürlich, stolz wie er war, hatte Clemens nirgends damit hinterm Berg gehalten, dass er bald Vater sein würde. Und schließlich war er hier ja nicht unter Fremden. Er kannte doch den Gastgeber. Nein, nein, das war nichts als freundliche Jovialität!

Bei Tisch platzierte man Constanze zwischen Clemens und einer Dame namens Gertrud Deetz, die wiederum neben ihrem Vater, einem dem Vernehmen nach sehr angesehenen Danziger Bauunternehmer, saß. Clemens kannte anscheinend den alten Deetz aus der Zusammenarbeit an verschiedenen Projekten, die das Stadtbauamt derzeit durchführte.

Fräulein Deetz war von der Art der verwöhnten Töchter. Teuer gekleidet, mit Schmuck behängt und deutlich zu stark bemalt. Dabei nicht besonders hübsch mit ihrem flächigen Gesicht und dem wenig grazilen Körper. Sie sprach zu laut, lachte zu laut, mischte sich ständig in jedes Gespräch. Constanze ordnete sie insgeheim unter »Trampel« ein. Dennoch flirtete Forster heftig mit ihr. Gut, dachte Constanze und ertappte sich bei einer Gehässigkeit, die eigentlich nicht zu ihren Gewohnheiten gehörte, aber aus den ersten Sätzen ihres Gastgebers resultierte. Gut, vielleicht passte diese Gertrud zu ihm. Ein etwas feineres weibliches Wesen hätte wohl einen zu starken Kontrast zu seiner eigenen Grobschlächtigkeit dargestellt. Gleich und Gleich gesellte sich eben gern. Da wollen wir mal auf reichen Kindersegen hoffen.

Constanze gegenüber saß ein gewisser Wilhelm Zarske, Schriftleiter des *Vorpostens*, einer Wochenzeitung, die Constanze nie las, obwohl Clemens sie abonniert hatte. Neben ihm Max Linsmayer. Das Tischgespräch drehte sich insbesondere um die Absichten, die Zeitung demnächst täglich herausbringen zu wollen, um »die Danziger zu erwecken«. Was genau die Männer in den Bürgern erwecken wollten, offenbarte sich Constanze nicht, denn die Unterhaltung wurde für ihr Empfinden irgendwie verklausuliert geführt.

Dafür war das Essen eine Offenbarung, der Wein (»Aus dem Rheingau!«, wie Forster begeistert bekundete) etwas zu schwer, aber lecker. Sie nippte dennoch nur. Mit Rücksicht auf das Baby. Und hielt schnell die Hand über ihr Glas, als Forster nachschenken wollte.

»Aber, aber, Frau Rosanowski, das kleine Schluckchen wird doch einem richtigen deutschen Jungen nicht schaden!«

»Trinken darf er … oder sie, man kann es ja nicht wissen, Herr Forster, wenn er … oder sie erwachsen sein wird. Ich halte mich da ganz an die Ratschläge meines Arztes.«

Forster schlug sich mit der flachen Hand gegen die Stirn, grinste weinselig und erwiderte: »Aber natürlich, gnädige Frau! Wir wollen doch das kostbare deutsche Erbgut nicht mit Alkohol schädigen. Sie haben ganz recht. Ich bitte um Verzeihung.«

Constanze gelang es mit Mühe, ihre Gesichtszüge unter Kontrolle zu behalten und lediglich den Kopf mit einem charmanten Lächeln zu neigen. Himmelherrgott! Das kostbare deutsche Erbgut. Wenn mal Hannah nicht doch auf der richtigen Spur gewesen war. Sie würde dieses Abendessen mit Würde hinter sich bringen. Clemens zuliebe. Clemens zuliebe?

* * *

Sie sprachen nicht auf der Heimfahrt. Eine ungewöhnliche Tatsache, die Clemens durchaus zu bemerken schien, so häufig, wie er den Kopf wandte und versuchte, ihren Blick einzufangen. Sie jedoch gab sich alle Mühe, Unzugänglichkeit zu signalisieren. Respektvoll blieb er still.

In Constanze tobte ein Aufruhr. Das also war die »bessere Danziger Gesellschaft«, von der er gesprochen hatte? Dieser Gesellschaft fühlte er sich zugehörig? Dieser Gesellschaft wollte er sie beifügen? Ja, wusste er denn von nichts? Oder, noch schlimmer, wusste er und goutierte womöglich, was vorging? Wer war er wirklich? Was war er wirklich? Kannte sie ihn überhaupt? Schlamm trübte das kristallklare Bild. So heftig, wie nicht einmal der misstrauische Vater es hatte trüben können.

Je näher sie ihrem Zuhause kamen, desto mehr kochte es in Constanze. Zuhause. Ein Hort der harmonischen Zweisamkeit. Tatsächlich?

Heute wartete sie nicht, bis er ihr wie sonst höflich den Wagenschlag geöffnet und die Hand gereicht hatte. Er schaute etwas verwundert, sagte aber nichts. Wortlos stiegen sie in den ersten Stock hinauf, Clemens machte Licht, schloss ab, hängte, wie immer, seinen Überzieher an die Garderobe, wollte ihr, wie immer, aus dem Mantel helfen, doch sie war schneller, zog ihn allein aus. Nicht wie immer. Er runzelte die Stirn. Offensichtlich ahnte er nicht, was in ihr vorging. Sie rauschte an ihm vorbei ins Wohnzimmer, er kam ihr nach. »Was ist los, Constanze? Du bist so merkwürdig. Hat es dir nicht gefallen?«

Was für eine Frage! Wie aufs Stichwort explodierte sie. Wütend schleuderte sie ihre Pumps von den Füßen. Sie musste jetzt nicht groß wirken und dafür wackelig auf den Beinen stehen, sie wollte barfuß sicheren Stand haben. Breit, jedenfalls so breit sie ihre zarte Figur dazu befähigte, baute sie sich vor ihm auf und holte tief Luft.

»Gefallen? Ich höre wohl nicht richtig. Was war das da heute Abend, Clemens? Was verbindet diese Leute untereinander? Und vor allem, was verbindet sie mit dir? Was verschweigst du mir?«

»Nichts«, sagte er, zuckte verständnislos die Achseln und zog seinen Krawattenknoten auf.

»Nichts? Mir gehen langsam ein paar Lichter auf, denn es kommt mir doch verdammt so vor, als hätten wir es mit einigen Herrschaften aus dem Dunst- oder gar Führungskreis der hiesigen SA zu tun gehabt. Moment, Moment …« Sie schoss an ihm vorbei, griff in den Zeitungsständer neben dem Sofa, zog eine Ausgabe des *Vorposten* heraus, studierte kurz das Titelblatt. »Aha! Herausgeber ist also Albert Forster. Derselbe Forster, welcher überdies die hiesige SA anführt, ist es also, dessen Gäste wir heute waren, ja?«

Er nickte. »Aber ja. Nur ... warum regst du dich darüber so auf? Ich verstehe nicht ...«

»Na, dann muss ich mich ja nicht mehr wundern, dass der Herr den ganzen Abend über eine dieser unerträglichen deutschtümelnden Anspielungen nach der anderen gemacht hat.«

»Was meinst du?«

»Clemens, ich bitte dich! Tu doch nicht so treuherzig. Ich bin ein wenig sensibilisiert, weißt du? Das mag daran liegen, dass ich schwanger bin. Und ich finde es ausgesprochen wenig witzig, wenn dieser Forster mich in der Manier eines Zuchtwartes betrachtet wie eine Mutterkuh mit besonders kostbarem Erbgut, die ganz offenbar vom richtigen Bullen gedeckt worden ist und prächtige Nachzucht für dieses Land bringen wird. Wenn dieser Umstand, eben *mein* ›anderer Umstand‹, so bemerkenswert ist, bedeutet es nämlich im Umkehrschluss, dass es wesentlich weniger liebevoll beäugte Mutterkühe in Deutschland gibt. Und ich kenne eine solche, Clemens. Eine, die Angst haben muss, mitsamt ihrer ganzen Familie ausgemustert zu werden. Wenn nicht gar Schlimmeres.«

»Herrgott, Constanze! Wie kommst du zu solch verdrehten Überlegungen?«

»Oh, ich verkehre seit einiger Zeit nicht in den ›besseren‹, sondern ›falschen‹ Kreisen, und da erfährt man so einiges. Überdies weißt du ja, dass ich mich dazu verpflichten musste, mich mit den Ideologien des Herrn Hitler auseinanderzusetzen, ehe ich mich zum ersten Mal mit dir treffen durfte. Ich bin also im Bilde und erkenne die Zeichen.«

»Schatz, du verrennst dich«, sagte Clemens kopfschüttelnd, »du scheinst ein bisschen überspannt.«

»Bin ich nicht! Ich beziehe meine Informationen nur aus anderen Quellen als du. Weißt du eigentlich, was die glorreiche SA so treibt, wenn abends die Laternen auf den Straßen angehen?«

»Was werden sie schon treiben? Dasselbe wie wir, schätze ich«, sagte er leichthin und kam lächelnd mit ausgestreckten Armen auf sie zu.

Constanze wich hektisch zurück. In Clemens' Augen zeichnete sich Verblüffung ab.

»Nein, das glaube ich nicht!« Ihre Stimme klang eisig. So eisig, dass eine unsichtbare, unüberwindliche Wand sich zwischen ihnen aufbaute. Er fuhr zurück, als habe er sich gestoßen. »Ich verrenne mich durchaus nicht, Clemens. Du aber scheinst dich vollkommen vergaloppiert zu haben. Du hast dich mit den falschen Leuten eingelassen und mir kommt es so vor, als hätten sie dich hübsch für dumm verkauft, sofern du mir jetzt nicht nur völlige Naivität vorspielst, was ich dir nicht geraten haben möchte. Ich habe erfahren, was sie tun. Willst du die Wahrheit wissen? Ich erzähle sie dir. Setz dich.«

Er zögerte, wirkte auf einmal verunsichert. In Constanzes Wut begann sich Zweifel zu mischen. Wusste er wirklich gar nichts? Ahnte nicht einmal?

»Setz dich, bitte!«

Jetzt drehte er sich um und nahm im Sessel Platz. Anders als sonst, wenn sie an gemütlichen Abenden dicht aneinandergeschmiegt auf dem Sofa den Tag ausklingen ließen. Anders als jemals zuvor. Constanze setzte sich ihm gegenüber. Abstand. Abstand, ja. Sehen wollte sie ihn. Seine Reaktion beobachten, abschätzen können. Sie hatte dieses Katz-und-Maus-Spiel nie leiden können, wenn Menschen umeinander herumschlichen, etwas mitteilen wollten, aber nicht mit allem herausrückten, ständig lauernd, ob nicht doch noch ein Ass im Ärmel übrig bleiben musste, um die eigene Position zu festigen. Clemens war ja nicht ihr Feind, sie zog in keinen Krieg. Die Augen wollte sie ihm öffnen. Wenn er erfuhr, was sie wusste, würde er verstehen, würde entsetzt sein und selbstverständlich Abstand nehmen von diesen Figuren.

Zunächst sprach sie so sachlich wie irgend möglich von den zahlreichen gewalttätigen Auseinandersetzungen auf Danzigs Straßen. Stellte die Opferzahlen in den Raum, wartete ab, was er dazu sagen würde, und musste sich entsetzlich zusammenreißen, ihm nicht direkt an den Kragen zu gehen, als er abwiegelte: »So ist es doch immer, Liebling. Die einen erzählen so, die anderen so. Ich kenne die Variante, nach der die SA-Leute lediglich für Ordnung im öffentlichen Raum sorgen. Und es ist doch angenehm, wenn man sich auch abends in der Stadt sicher fühlen kann, nicht wahr?«

»Clemens! Wer kann sich sicher fühlen? Jeder, der blond, blauäugig und klar erkennbar Deutscher ist? Ich kann dir berichten, was Hannah mir erzählt hat. Willst du es hören?«

»Bitte«, sagte Clemens schlicht und Constanze berichtete ausführlich. Er hörte gesenkten Kopfes konzentriert zu, bis sie mit den Worten endete: »Es hat mich fertiggemacht, was Hannah da von den Schlägern des ehrenwerten Herrn Forster berichtet hat, Clemens. Meine Vorstellungskraft ist viel zu rege, als dass ich mir nicht allzu genau ausmalen könnte, wie so etwas aussieht. Es ist grauenvoll, Clemens! Und es geht ihnen nicht nur um Juden. Ich habe mir die ganze Zeit vorgestellt, es hättest auch du sein können. Du bist Pole …«

»Gewesen, Constanze«, sagte Clemens und schaute sie mit offenem Blick an.

»Gewesen?« Constanze war fassungslos. »In deren Augen bist du doch der Dackel im Windhundzwinger und wirst nie ein Windhund. Auch wenn du tausendmal hier geboren bist, hast du doch die falsche Abstammung. Warum verleugnest du deine Vorfahren?«

»Ich verleugne sie nicht. Aber es schien mir gemessen an den politischen Vorgängen opportun …«

Sie ließ ihn nicht ausreden, sprang auf, funkelte ihn erbittert an. »Opportun? Soso! Da hatte Vater doch im allerersten Ansatz recht, ja? Du hängst deine Fahne nach dem Wind, wenn es dir Vorteile bringt. Egal, welcher Sauhaufen sich anschickt, die Macht zu ergreifen – wenn es dir nützt, bist du dabei? Ja, hast du denn gar kein Gewissen, Mann? Wen habe ich geheiratet? Warum hat Großmutters Menschenkenntnis nicht alle Alarmglocken Sturm läuten lassen? Mit dir soll ich zusammenleben? Dein Kind soll ich aufziehen? Dich soll ich lieben? Warum?«

Constanze lief vor ihm auf und ab. Die Hände zu Fäusten geballt. Tränen der Wut und Enttäuschung. Schon rannen sie ihr in unaufhaltsamen Strömen über die Wangen. In ihrem Kopf herrschte Chaos. Wie konnte sie sich so getäuscht haben? Koffer packen. Flüchten. Weg. Weg von diesem Mann. Warum sagte er nichts? Warum verteidigte er sich nicht? Warum saß er nur da und schaute sie an wie ein zu Unrecht Verurteilter? Was sah sie da in seinen Augen, die jeder ihrer Bewegungen folgten? Ohne wegzuschauen. Warum senkte er nicht wenigstens den Kopf? Überführt. Schuldig. Aber was konnte man sehen, wenn ein Tränenschleier alles zum Zerrbild machte?

Clemens stand auf, kam auf sie zu. Sie wich zurück, wie man vor einer giftigen Natter zurückweicht.

»Ich werde dich verlassen, Clemens!« Hart, selbstsicher, bestimmt hatte ihre Stimme klingen sollen. Und war nur ein Schluchzen.

»Tu das nicht, Constanze. Wirf nicht gleich alles hin. Ich bitte dich. Gib mir eine Chance, zu erklären. Wenigstens das bist du mir schuldig. Hör mich an. Und wenn du dann immer noch der Meinung bist, ich sei deiner nicht würdig, dann kannst du immer noch gehen.«

Wie sanft und doch bestimmt er sich anhörte. Woher nahm ein derart Überführter diese Ruhe? Aufrecht stand er vor ihr.

Hatte sich ihr direkt in den Weg gestellt. Constanze schaute rechts und links an ihm vorbei, suchte einen Fluchtweg, wollte ihn jetzt nicht, nein, wollte ihn nie wieder ansehen.

Doch er blieb stur. Jetzt war er es, der sie sich stoßen ließ an unsichtbaren Mauern, die ihr den Ausweg verstellten.

»Constanze! Wir sind intelligente, vernünftige Menschen. Wir werden bald Eltern sein. Für ein Leben mehr Verantwortung tragen. Selbst wenn du mich immer noch fortstößt, nachdem du mich angehört hast, müssen wir uns doch wenigstens um das Wohl und die Zukunft dieses kostbaren Lebewesens gemeinsam sorgen.«

»Pah! Ich wäre nicht die erste alleinerziehende Mutter auf dieser Welt. Dazu brauche ich dich nicht«, fauchte sie ihn an. »Auf einen Vater, der solchem Mordgesindel in den Arsch kriecht, kann mein Kind ohne Weiteres verzichten.«

Clemens sog hörbar die Luft ein. Dann griff er nach ihren Händen, die zu Fäusten geballt waren, und hielt sie fest. »Setz dich hin, Constanze Rosanowski, und hör mir zu«, sagte er in bestimmtem Ton, und sie ließ sich aufs Sofa niederdrücken.

»Zuallererst: Ich bin genauso entsetzt wie du, denn ein zerschlagenes Menschenleben ist mit keinem Gesetz vereinbar. Dennoch, wir wissen beide nicht ganz genau, was bei diesen Vorfällen passiert ist und welche Vorgeschichten sie möglicherweise hatten. War da womöglich irgendetwas, das unmenschliche Wut entfesselt hat? Bitte, ich will nichts beschönigen oder verteidigen, das musst du mir glauben. Aber ich sehe durchaus, wie viel Gewaltbereitschaft auch im roten Lager herrscht. Viele Deutsche haben Angst vor dem Bolschewismus. Und das mit Recht. Du würdest auch keinen Gefallen an sowjetischen Verhältnissen haben. Wenn Anhänger gegensätzlicher Strömungen aufeinandertreffen, mag es wohl auch mal rau zugehen. Vielleicht sogar ohne Rücksicht auf Verluste. Überall im Land kommt es seit Jahren immer wieder zu Ausschreitungen.

Unsere junge Demokratie steht auf tönernen Füßen. Die Deutschen sind vielleicht noch gar nicht reif für echtes demokratisches Bewusstsein. Vielmehr hat man den Eindruck, sie fühlten sich führerlos und könnten mit dieser freien, selbstbestimmten Staatsform nicht recht etwas anfangen.«

Constanze fuhr schnaubend auf. »Du meinst also, es gälte, den Kaiser irgendwie zu ersetzen? Und dafür taugt dieser kleine Gefreite, der in seinen Kreisen als ›Führer‹ gilt und in Stellung gebracht werden soll? Und das mit allen Mitteln? Ist es die neue Form von Überzeugungsarbeit, wenn eine Schlägertruppe die Bevölkerung auf solche Art und Weise drangsaliert? Immerhin eine Truppe, die ganz eindeutig aus den Reihen einer bestimmten Partei befüllt wird, nicht wahr?«

»Einer demokratisch gewählten Partei, liebe Constanze«, sagte Clemens kühl und ließ endlich ihre Hände los.

»Und dieser Partei fühlst du dich neuerdings doch nahe? Erinnere ich mich falsch oder hattest du vor gar nicht allzu langer Zeit behauptet, du hättest sie nicht gewählt? Hast du deine Meinung geändert? Warum?«

»Ich sagte dir damals, dass ich sie mir genauer ansehen würde.«

»Und dein genauerer Blick hat dich überzeugt?! Was hat man dir geboten?«

»Jetzt reicht es aber! Ich lasse mich nicht kaufen. Was denkst du von mir?«

»Aber du lässt dich gern überzeugen, wenn etwas für dich dabei herausspringt?«, fragte sie scharf und sah ihn lauernd an.

»Was soll herausgesprungen sein? Was meinst du?!«

»Wie sind wir zu dieser schicken Wohnung gekommen? Wie konnte es sein, dass du so schnell befördert worden bist? Wird ein Kritiker zum intimen Abendessen eingeladen? Alles Zufall? Nein, Clemens, das stinkt doch zum Himmel. Da haben wir ihn doch, Vaters Opportunisten. Pfui!«

»Wenn etwas opportun ist, und nicht mehr habe ich gesagt, Constanze, dann ist es angemessen, ist es geraten, angebracht, empfehlenswert. In meinem Falle ist es sogar gleichbedeutend mit ›vernünftig‹. Du siehst nur dieses Schimpfwort ›Opportunist‹, das deinem Vater so prächtig auf mich zu passen scheint. Ich bin aber kein Gesinnungslump. Ich muss meinen Mann stehen. Nicht nur für mich denken, sondern auch für meine Frau, bald für meine Familie. Du lebst seit jeher auf der richtigen Seite. Kannst es dir erlauben, eine große Lippe zu riskieren, denn du bist qua Herkunft unangreifbar, musst nur deinen Mädchennamen nennen und alles erstarrt vor Ehrfurcht. Hast es doch gerade vor ein paar Stunden erlebt. Wenn du es noch nicht getan haben solltest, probier es einmal bewusst aus. Du wirst sehen: Niemand schlägt einer von Warthenberg die Tür vor der Nase zu. Du kannst auf einen wie mich herabblicken. Einen, der sich durchschlagen muss, weil seine Herkunft ihn nicht von vornherein ganz selbstverständlich eingliedert. Ich bin vielleicht der Dackel im Windhundzwinger. Aber ein wohlgelittener Dackel. Hast du dir mal die verschiedenen Programme der Parteien angeschaut, die zur Wahl standen? Bist du zu dem Schluss gekommen, mit irgendeiner in allen Punkten absolut übereinstimmen zu können?«

Constanze räusperte sich. Nein, so genau hatte sie sich nun wirklich nicht auseinandergesetzt. Sie spürte, dass er ihr mit seinen Argumenten über war. Hatte sie zu Unrecht einen Zwergenaufstand geprobt, war sie (ach ja, ja, typisch weiblich) nur ihrem Bauchgefühl gefolgt? Wider besseres, wider *sein* besseres Wissen? Was schaute er jetzt derart herausfordernd? Offensichtlich kampfbereit und wahrscheinlich gut informiert. So kannte sie ihn nicht. Er war ihr unheimlich in diesem Moment. Sie hatte doch nur unter den Eindrücken … mein Gott, Hannahs Geschichten … diese ekelhaften Bemerkungen Forsters, die nur allzu gut in ihr schablonenhaftes Denkmuster passten, das nicht einmal annähernd zu voller Gänze ihr eigenes, sondern im Wesentlichen vom Vater vorgegeben und mit Hannahs Erzählungen zu einem giftigen Cocktail vermischt war. Hätte sie einen ganz anderen Ton anschlagen müssen? Diskussion, nicht Konfrontation? Konnte sie zurück? Alles auf Anfang? Clemens, es tut mir leid, ich wollte dich nicht attackieren, wollte nur die andere Seite aufzeigen … wissen, wie du dich zu diesen grausigen Ereignissen stellst. So etwa?

Minutenlang rang sie mit sich. Fühlte seinen Blick auf ihrer gesenkten Stirn.

Zäh tropften die Sekunden. Die Stille: erdrückend. Es war, als presste eine unsichtbare Hand ihren Brustkorb zusammen. Und er sagte nichts. Kein Handreichen, kein Auf-sie-Zugehen mehr.

Er wartete ab. Es war an ihr.

Sie hätte es tun können. Es wäre vielleicht ganz leicht gewesen. Hätte womöglich sogar zu ihrem eigentlichen Ziel geführt, Klarheiten zu gewinnen. Gemeinsam mit ihm. Aber sie konnte nicht. Zu sehr fühlte sie sich mit dem Rücken an der Wand. Ohne eine Alternative zum Ausweichen wollte sie nicht auf ihn zugehen.

7

OSTPREUSSEN 1933 – GANS ODER LIBELLE?

Constanze wäre nicht Constanze gewesen, wenn sie geblieben wäre. Es brach ihr beinahe das Herz, dass sie Clemens wortlos hatte stehen lassen, ins Schlafzimmer gestürzt war und hastig einen kleinen Koffer gepackt hatte.

Clemens stand im Flur. Constanze griff nach Hut und Mantel. Sie spürte seinen Blick im Nacken. Er sagte nichts, aber als sie sich noch einmal halb zu ihm umdrehte, erkannte sie, seine ganze Haltung sprach von verständnisloser Verzweiflung. Den Bruchteil einer Sekunde zögerte sie, doch dann schlug sie die Tür hinter sich zu. Es war nicht Erleichterung, die sie fühlte, sondern eine entsetzliche, hoffnungslose Leere.

Schon während der vergangenen Viertelstunde war sie sich darüber klar geworden, dass sie unmöglich nach Königsberg fliehen konnte. Vater würde sie aufs Liebevollste aufnehmen. Oh ja, daran bestand kein Zweifel. Bestätigte doch alles nur seine schlechte Meinung über Clemens. Sie hörte ihn allzu deutlich sagen: »Siehst du, Kind, hatte ich also doch recht!«

Einen Augenblick lang hatte sie daran gedacht, bei Justus und Anne Unterschlupf zu suchen. Just würde vernünftig mit der ganzen Sache umgehen, konnte ein guter Berater sein, Anne würde sich sicherlich über ihren Besuch freuen, mit der ihr eigenen weiblichen Sensibilität auf sie eingehen. Eigentlich keine schlechte Idee. Aber in Wirklichkeit wusste sie nur zu gut, wo sie tatsächlich Verständnis und liebevolle Unterstützung finden würde.

Als sie die Eingangsstufen des Hauses in der Frauengasse hinuntergegangen war, schaute sie noch einmal zum ersten Stock hinauf. Eine Bewegung hinter der Gardine bewies, dass Clemens sie beobachtete. Und ihr Umdrehen bewies, dass sie durchaus nicht mit ihm fertig war. Nur Zeit brauchte sie. Zeit, um nachzudenken, neue Klarheit zu gewinnen. Und Ruhe. Wo sonst würde sie die finden als bei Großmutter?

Die Nacht war klamm. Nebel stieg von der Mottlau auf, waberte erbsensuppendick durch die Straßen. Kein Mensch war zu sehen. Constanze fand nicht einmal ein Taxi, legte den Weg bis zum Bahnhof zu Fuß zurück. Nur gut, dass sie so wenig eingepackt hatte. Mit jedem Schritt wurde sogar dieses winzige Köfferchen schwerer. Wann würde der erste Zug gehen? Die Uhr in dem prächtigen Neorenaissanceturm über der Bahnhofshalle zeigte nicht mal halb eins. Ein Blick auf den Fahrplan bewies, sie würde noch Stunden warten müssen. Ein Nachtschalter war geöffnet. Sie kaufte ihre Karte.

»Setzen Sie sich doch hier vorn«, sagte der Mann hinter dem Glas mitleidig. Sie nahm auf der Bank Platz. Wartete. Dachte nach. War so müde. Zu müde, um Ordnung in die Gedankengänge zu bekommen.

Irgendwann musste sie eingenickt sein. Den Ellenbogen auf das Köfferchen gestützt, die Faust unterm Kinn.

Jemand legte ihr eine Hand auf die Schulter. »Wachen Sie auf, Ihr Zug geht gleich!« Der Schalterbeamte. Ein freundliches Gesicht unter der Mütze.

Constanze rieb sich die Augen, dankte. In diesem Augenblick wusste sie nicht einmal mehr, warum sie hier saß. Der kurze Schlaf hatte all ihre Wut weggewischt. Wären da nicht die drei Männer in braunen Hemden gewesen, Knüppel an der Seite, die jetzt in merkwürdig zackigen Schritten die Halle durchmaßen, hätte sie sich einfach schütteln, eines anderen besinnen und ein Taxi rufen können, um zu Clemens zurückzukehren. So aber sprang sie auf und eilte stracks zum Gleis.

* * *

Sie hatte sich nicht angemeldet. Aber sie wusste, sie würde willkommen sein, wie sie hier immer willkommen war. Auch frühmorgens um sechs Uhr. Charlotte fragte nicht, schaute sie nur prüfend an, sagte: »Kaffee, Kind? Du siehst müde aus. Komm in meine Küche.«

Sanft legte sich Großmutters Arm um ihre Schultern, schob sie auf den Platz am blank gescheuerten Küchentisch, wo sie schon als kleines Mädchen am liebsten gesessen hatte. Den Platz, von dem aus man durch die Souterrainfenster direkt den Torbogen der Einfahrt sehen konnte. Im Sommer rahmte das idyllische Bild das Rot der herrlichen Rosen, die die Schlossfassade hinaufkletterten. Jetzt sah Constanze nur ein paar kahle Dornen.

Rosinenstuten, Erdbeermarmelade, Honig, Butter, Kaffee mit viel Milch. Charlotte hatte seit jeher gewusst, wie sie einen bitteren Morgen versüßen konnte. »Iss, mein Schatz. Und dann geh ein bisschen schlafen. Ihr beide …«, sie warf einen unmissverständlichen Blick auf Constanzes Bäuchlein, »braucht Ruhe, scheint mir. Schön, dass ihr bei mir seid.«

Constanze lächelte. Den Mund voll warmer Süße. »Ich bin so froh, dass es dich gibt!«

Mit dem Handrücken strich ihr Charlotte flüchtig über die Wange. Es tat gut.

»Ich bin hier, weil …«, versuchte Constanze einen Anfang, aber sie kam nicht weiter.

»Pscht. Nicht jetzt schon. Später, Kind. Du brauchst mich, das habe ich schon verstanden. Ich bin da und laufe dir nicht weg. Erklär mir, wenn du ausgeschlafen bist. Wir werden reden und jedes Problem gemeinsam lösen, wie wir es immer gemacht haben. Du bist satt? Gut. Dann erst mal marsch, ab ins Bett mit dir. Lass deine Sorgen hier liegen. Wir begucken sie uns nachher. Schlaf dich aus.«

* * *

Es war schon heller Mittag, als Constanze aus tiefem, traumlosem Schlaf erwachte. Wohlig räkelte sie sich in ihrem Mädchenbett. Sie hatte schlecht einschlafen können, war viel zu überdreht gewesen, hatte sich schwach und zittrig gefühlt. Aber irgendwann hatte die Sicherheit, die das stille große Haus vermittelte, sie eingehüllt und all ihre Sorgen für Stunden ausgeschaltet.

Wenn man auf Gut Warthenberg war, fühlte man das besondere Gleichmaß des Lebens auf dem Lande. Hier lebte man im Einklang mit der Natur, mit den Jahreszeiten, mit sich selbst. Jeder Tag hatte für alle seinen eigenen stetigen Takt. Die Dinge mussten täglich zur selben Zeit erledigt werden. Das Vieh bestimmte in erster Linie, was wann getan werden musste. Arbeit bildete für alle Menschen ein stützendes Korsett im Alltagsverlauf. Jeder kannte seine Aufgabe. Es gab geschäftige und ruhige Jahreszeiten. Jetzt waren die Felder bestellt oder warteten fertig vorbereitet auf die Frühjahrssaat. Bis zum Holzeinschlag, der im Januar begann, war noch Zeit. Man besann sich, blickte auf das Jahr zurück, ließ es langsamer angehen, rückte in den Stuben enger zusammen, fand Zeit füreinander, wartete auf die Wintersonnenwende, wartete auf das Licht und fieberte bereits auf die Weihnachtszeit.

Constanze hatte die Atmosphäre des Gutes immer geliebt. Hätte sie jemand gefragt, wo sie wirklich zu Hause war, hätte sie Gut Warthenberg genannt. Bei aller Liebe zum turbulenten, bunten Königsberg, bei aller Begeisterung für die schöne Hansestadt Danzig, hier lagen seit vielen Generationen ihre Wurzeln, hier fühlte sie sich verwachsen. Ob es daran lag, dass sich an diesem Ort nie etwas änderte? Man hätte das Leben gleichförmig nennen können. Langweilig gleichförmig? Nein, auf gewisse Weise beruhigend gleichförmig. Beständig. Nichts ersehnte sie im Augenblick mehr als Beständigkeit, denn alles, was sie sicher geglaubt hatte, drohte ihr zu entgleiten. Niemand anderes als Charlotte war die Hüterin dieser Beständigkeit. Constanze wusste, sie hatte die Fähigkeit, Dinge zu überblicken, abzuwägen und den richtigen Rat zu geben.

Die hastig zusammengerafften Kleidungsstücke im Köfferchen boten wenig Auswahl. Etwas Unterwäsche zum Wechseln, ein Pullover, ein Rock, ein blaues Kleid, das sie in der Hektik des Aufbruchs gerade zu fassen bekommen hatte. Sie zog es heraus. Es war zerknüllt. Constanze hängte es auf einen Bügel, strich die Falten heraus. Auf dem weißen Kragen saß die Libelle. Schaute sie aus glasklaren Bernsteinaugen an, schien einen etwas erstaunten, wenn nicht gar mürrischen Ausdruck zu haben. Was machen wir hier?

»Uns Hilfe holen«, murmelte Constanze. »Es ist vorbei mit der Leichtigkeit, weißt du? Du bist gefangen an meinem Kragen, ich bin gefangen in meinen Zweifeln. Lass uns schauen, ob wir uns lösen und etwas von der Leichtigkeit zurückgewinnen können, für die man uns so schätzt … Du natürlich eher nicht, meine Liebe. Du bleibst da sitzen, wo ich dich festpinne, und siehst weiterhin einfach nur gut aus … Genau betrachtet hast du es wirklich leichter als ich.« Sie musste lächeln über ihren

Monolog. Die Libelle blieb stumm. Natürlich. Aber immerhin guckte sie jetzt zweifellos verständnisvoller.

Der unverwechselbare Duft von Kapern zog durchs Haus. Das konnte nur eins bedeuten: Königsberger Klopse. Das Lieblingsgericht aller Warthenberg-Kinder. Constanze bekam Appetit.

Armin sprang auf, kaum dass sie die Speisezimmertür geöffnet hatte, umarmte sie herzlich. »Na so was, Schwesterchen, was suchst du denn hier?« Ehe sie antworten konnte (oder musste), hielt er sie von sich weg, nickte anerkennend. »Man sieht es schon. Scheint kräftig zu wachsen. Brauchtest du Landluft? Hast ja recht. Ist gut für das Kleine. Kommt denn dein Göttergatte ohne dich klar? Na, er ist ja erwachsen, wird er wohl hinkriegen. Schön, dass du uns besuchst. Setz dich, fütter das Baby ordentlich.«

Er fragte nicht weiter, Charlotte warf ihr ein Zwinkern zu und Armin verabschiedete sich wohltuend schnell wieder. »Muss zurück in den Betrieb. Spitze wieder mal, deine Klopse, Großmutter! Lass da bloß nie die Alma ran. Kann keine so wie du.«

Rasch drückte er beiden noch einen Kuss auf den Scheitel, dann stob er schon hinaus.

»Er macht seine Arbeit gut, nicht wahr, Großmutter?«

»Es ist ein Segen für mich, dass er hier ist. Langsam spüre ich, dass ich alt werde. Da geht nichts über einen jungen, tatkräftigen Mann. Und ich glaube, er liebt es.«

»Das tut er. Ich weiß es. Aber geh mir los mit ›alt werden‹. Du wirst nicht alt. Nie. Untersteh dich! Alt werden riecht immer so schrecklich nach Ende. Und allein der Gedanke daran macht mich unglücklich.«

Charlotte schmunzelte. »Na, na, das ist eben der Lauf der Dinge, Kind. Es wird sich nicht vermeiden lassen, alt zu werden.

Aber ich gedenke, noch eine Weile aufrecht stehen zu bleiben. Darüber mach dir also keine Sorgen. Du scheinst genug andere zu haben. Komm, erzähl mir.«

Sie schob die Schüsseln zwischen ihnen beiseite, stellte die benutzten Teller übereinander, langte nach zwei Schälchen mit Birnenkompott und den Dessertlöffeln. »Probier. Williams Christ. Von dem alten Baum neben dem Brunnen. Köstlich!«

»Dir gelingt es immer wieder, mir meine Bitterkeit zu versüßen«, lachte Constanze. »Ich komme mir schon albern vor. Vielleicht habe ich überreagiert.«

»Dazu neigst du, Kind«, sagte Charlotte in festem Ton. »Manchmal bist du etwas zu impulsiv. Aber berichte erst mal aus deiner Sicht. Clemens' Version kenne ich übrigens bereits.«

»Wie bitte? Woher?«

»Was tut ein liebender Ehemann, wenn ihm aus für ihn wenig erfindlichen Gründen die Frau davonläuft? Er versucht herauszufinden, wo sie geblieben ist, nicht wahr? Er hat in aller Früh angerufen, und wenn ich ihn richtig verstanden habe, war es sein einziger Anruf.«

»Ach! Na, da war er ja ein richtiger Sherlock Holmes. Donnerwetter. Ein wirklich schwierig zu lösendes Rätsel. Wohin hätte ich denn sonst gehen können? Wenn er wusste, dass ich zu dir reisen würde, warum ist er mir dann nicht zum Bahnhof gefolgt?«, empörte sich Constanze und erntete erneut ein Schmunzeln.

»Er kennt dich anscheinend schon ganz gut. Eine Auseinandersetzung am Zug? Was hättest du ihm denn gesagt?«

»Dass er sich zum Teufel scheren soll.«

»Na siehst du! Clemens ist nicht dumm. Und übrigens bereits auf dem Weg hierher.«

»Großmutter! Ich bin vor ihm geflüchtet. Und du erlaubst ihm das?« Constanze schlug die Hände vors Gesicht. »Kann ich mich denn auf niemanden mehr verlassen?«

Charlotte stand auf, kam um den Tisch herum, umschlang ihre Enkelin und wiegte sie zärtlich. »Schätzchen, es gibt eine ganze Menge Menschen, auf die du dich verlassen kannst. Deine ganze Familie will dich glücklich sehen und würde alles dafür tun, dass du es bist. Und dein Clemens, den du unbedingt und gegen jeden Widerstand haben wolltest, will ganz gewiss besonders dringend eine glückliche Ehefrau.«

»Warum tut er dann so fürchterliche Dinge? Warum lässt er sich auf Leute ein, die in meinen Augen für nichts als das Böse stehen? Hat Clemens dir denn erzählt, was ich von meiner Freundin Hannah erfahren habe?«

»In groben Zügen, ja. Ich verstehe dein Entsetzen, Constanze. Aber ich verstehe auch Clemens' Einwände. Tatsächlich sind diese Vorkommnisse im Nachhinein immer schwer zu beurteilen. Beide Seiten werden mauern. Aber mal abgesehen davon … kommen wir doch mal zu dir. Schau, du hast dein ganzes Leben in einem Elfenbeinturm verbracht. Dein Vater ist ein feinsinniger Mann. Er hat Prinzipien und die hat er seinen Kindern mit aller Kraft zu vermitteln versucht. Das ist zunächst sehr löblich. Solange nicht gewisse Umstände das neue Bedenken von Prinzipien notwendig machen, kann man leicht mit ihnen leben und sie sehr stolz, vom hohen Ross herunter, vertreten. Aber wehe den Prinzipien, wenn die Welt sich verändert. Ein glühender Pazifist ist er, dein Vater. Aber was hat ihm das genützt, als er eingezogen wurde? Und eines Tages im Schützengraben den Mündungslauf eines Franzosen vor der Nase hatte? Da galt nur noch: er oder ich. Aus war es mit dem stets vehement vertretenen Pazifismus. Dein Vater lebt. Der Franzose nicht.«

»Jetzt ist aber kein Krieg«, unterbrach Constanze sie verstockt.

»Nein, es ist kein Krieg. Aber für manche Menschen ist das Überleben, das Fortkommen, das Sorgen für die anvertrauten

Liebsten nicht so einfach wie für jemanden wie deinen Vater oder für dich. Ihr seid mit dem sprichwörtlichen ›goldenen Löffel im Mund‹ geboren. In jeder Hinsicht abgesichert, stets auf der richtigen Seite. Ihr könnt euch nicht vorstellen, wie schwierig es sein kann, sich durchzulavieren und sich dennoch morgens noch im Spiegel anschauen zu können, ohne sich angewidert abwenden zu müssen. Clemens ist zwar finanziell vonseiten seiner Familie relativ gut gestellt. Aber er ist nicht der Mann, der sich damit zufriedengibt, von anderen zu leben. Er will selbst etwas schaffen. Will beruflich vorwärtskommen, will allein in der Lage sein, seine Familie zu ernähren. Und dafür muss er manchmal Kompromisse schließen. Er spricht fließend Polnisch. Insofern konnte man ihn gut brauchen, um die Kommunikation zwischen den Polen und Deutschen im Hafenstreit aufrechtzuerhalten. Du weißt ja sicherlich, wie schwer es der Danziger Hafen hat, nachdem die Polen Gdingen so aggressiv in den Vordergrund gespielt haben, dass lediglich noch ein Viertel des Im- und Exportgeschäfts über Danzig abgewickelt wird. Und zweifellos hast du von der äußerst kritischen Situation aus erster Hand erfahren, die sich im Juni vor der Westerplatte abgespielt hat, nicht?«

Constanze drehte sich abrupt zu Charlotte um. »Nein! Davon wusste ich nichts.«

»Ach, nicht? Als ein polnisches Kriegsschiff dort ankerte und auf das erstbeste öffentliche Gebäude feuerte, haben die Danziger natürlich geglaubt, ein neuer Krieg bräche aus. Dabei hatte schlussendlich nur der polnische General Pilsudski anlässlich des Besuchs einer britischen Zerstörerflottille ein bisschen die Muskeln spielen lassen wollen. Du weißt, Polen hat beachtlichen Einfluss in Danzig, das ja immerhin bis dato die Hauptstadt des jetzt Polen zugesprochenen Westpreußens war und nun zur Insellage verdammt ist. Das Wissen um ein gut gefülltes polnisches Munitionsdepot direkt vor den Toren der Stadt, die Kenntnis, sozusagen umzingelt zu sein von einer Nation, dessen Heer dreimal so stark ist wie das deutsche, fühlte sich für die überwiegend deutsche Bevölkerung noch nie gut an. Es ist bestens nachvollziehbar, was in den Köpfen der Menschen vorging, als sie von dort aus Kanonendonner hörten. Die Lage wirkte bedrohlich, und Clemens wurde gebeten, bei den nachfolgenden diplomatischen Bemühungen die Rolle des Übersetzers wahrzunehmen. Er war nun mal verfügbar, saß da in seinem Amt, eloquent, intelligent, polnischsprachig, und schien bestens geeignet. Dem Vernehmen nach hat er seine Sache gut und diskret gemacht. Der Senat war ihm dankbar, also stattete man ihn mit gewissen Privilegien aus. Eure Wohnung, eine bessere Position, natürlich höher bezahlt, und seinem Wunsch folgend sogar das Zugeständnis, in die Freie Stadt eingebürgert zu werden. Dass man sich als Beamter nicht aussuchen kann, welches Parteienspektrum die Bürger gerade an die Macht gewählt haben, verstehst aber auch du, oder?«

»Mein Gott, Großmutter, wie blind war ich? Ich habe das Ganze tatsächlich nur aus einer einzigen Perspektive betrachtet.«

»Unser Deutschland krankt an dem Schandfrieden, den die Sieger des Krieges uns aufgezwängt haben. Kaum jemand empfindet den Kriegseintritt 1914 anders denn als einen selbstverständlichen Bündnisfall. Zahlen tun aber nur wir. Schau dir an, wie groß die abgetretenen Gebiete sind, wie schwer es die Wirtschaft hat. Zumal, seit die Folgen der in Amerika gemachten Krise auch noch so viele deutsche Unternehmen in den Abgrund gestürzt haben. Kaum steckt eine Nation die Nase wieder ein bisschen aus dem Dreck, schon gibt es wieder eins drauf. Ist es da verwunderlich, dass die Menschen sich wehren wollen, dass sie nur noch an sich, nur noch national denken? Ist doch von den anderen nichts Gutes mehr zu erwarten.«

Constanze witterte sicheres Fahrwasser, erwiderte: »Ich kenne diese Argumentationsfolge auch von Vater. Aber er zieht andere Schlüsse. Er zeigt keinerlei Verständnis für nationales Denken. Beharrt auf Kants Imperativ, befürchtet zuvorderst, dass die Menschen auf der Suche nach Schuldigen sind. Und glaubt, alles ›Undeutsche‹, in erster Linie die Juden und Ausländer, bekämen den schwarzen Peter zugeschoben.«

Charlotte lachte hart auf, ließ ihre Enkelin los und setzte sich direkt neben sie. »Der hochverehrte, so empathisch wirkende Herr Kant … ach, du mein harmloses Mäuschen … hatte seine ganz eigene Einstellung zu den jüdischen Menschen. Er wünschte ihnen eine schöne Euthanasie. Damit befindet er sich übrigens in bester Philosophengesellschaft. Heidegger, Hegel, Kant und zuvorderst der großartige Reformer Martin Luther, der zu seiner Zeit die protestantischen Fürsten schriftlich dazu aufforderte, alle Synagogen und jüdischen Häuser niederzubrennen, damit die Menschen hernach wie Zigeuner in Ställen leben sollten. Am liebsten aber wollte er sie ganz verjagen. Ebenso wie jedes andere fremde Volk, dem er von vornherein nur niederste Fähigkeiten zugestand. Ach komm, hör auf, Constanze. Die ganzen Aufklärer und Reformer sind bei genauerem Hinsehen intolerante Rassisten. Rassismus und Intoleranz haben Tradition seit Jahrhunderten. Und jetzt schau dir an, wie es sich mit deinem Clemens verhält. Gebürtiger Pole. Mit einer jüdischen Großmutter. Herzlichen Glückwunsch, kann man da nur sagen. Der Mann muss irgendwie zurande kommen, um gerade in Zeiten des Erstarkens von nationalem Denken die Füße auf die Erde zu bekommen. Er könnte auch gemütlich in Warschau sitzen und darauf verzichten, sich Gedanken über die Vorgänge in Deutschland zu machen. Aber er empfindet eine tiefe Zuneigung zur Heimat seiner Mutter, ist stolz darauf, Danziger Staatsdiener zu sein. Ist das etwas Verwerfliches? Obendrein hat er mit dir die Frau seines Herzens gefunden und wäre niemals auf die Idee gekommen, dich aus deinem Vaterland zu entführen, um dich in Polen neu einzuwurzeln.

Er hat den schweren Weg gewählt. Aus Liebe zu dir. Und aus Liebe zu diesem unserem Land. Statt ihn voller Borniertheit und Arroganz anzugreifen, ihm bei Nacht und Nebel stiften zu gehen, solltest du ihn besser mal fragen, wie er sich bei diesem schwierigen Spagat fühlt, und ihm zur Seite stehen. Verzeih mir, mein Schatz, ich weiß, mit zweiundzwanzig ist man weit davon entfernt, ein fertiger Mensch zu sein. Aber bei aller Liebe: Dein Handeln empfinde ich als erschreckend kindisch. Das musste leider mal gesagt werden.«

Constanze biss sich auf die Lippen, fühlte sich wie betäubt, sah ihre Großmutter nicht an. So hatte sie noch nie mit ihr gesprochen. Mein Gott, war das unangenehm! Jetzt schien Charlotte zu spüren, dass Constanze allein sein wollte, räumte das Geschirr zusammen und verließ das Speisezimmer. Das Denken, im Moment dem Gefühl tiefer Demütigung untergeordnet, brauchte ein Weilchen, ehe es wieder funktionieren wollte. Sie starrte auf den kleinen Fleck Birnensaft auf der Tischdecke, als läge dort der Schalter, der den Motor im Kopf wieder anspringen lassen konnte.

Zunächst einmal Gedanken und Gefühle zu trennen versuchen. Ordnung schaffen. Wo lag der Ursprung ihrer Weltsicht? Vater schien vor ihrem inneren Auge auf. Der anständige, ehrliche, stets aufrechte Vater. Hatte er also seine Prinzipien eines Tages doch verleugnen müssen. Um zu überleben. Wie schwer musste ihn das angekommen sein! Und wie lebte er damit? Gesprochen hatte er nie über diese Situation. Vielleicht, weil er sie selbst verdrängte, da sie alles ad absurdum führte, was er zu predigen pflegte und sie niemals infrage zu stellen gewagt hätte?

Wie sicher war Constanze doch immer gewesen mit den wunderbaren Prinzipien, die Vater Karl ihr eingetrichtert hatte wie einer Stopfgans die Nahrung. Exakt so, wie eine dumme, unbewegliche, infiltrierte Gans war sie gewesen, jawohl! Den Magen voll, das Gemüt satt vor lauter Selbstgefälligkeit, der

Stall sicher gegen den Fuchs. Was hatte es bisher schon geschadet, dass man nichts sah als dichte Reihen von Maß-Stäben, die das Denken, das wahre, freie Denken, das Schauen über den Rand des eigenen Futtertroges hinaus einschränkten? Ein Blick zwischen den vergoldeten Gitterstäben hindurch hatte einen scheußlichen Einblick gewährt. Einen! Wenn sie es schon niemals gewagt hätte, den sicheren Käfig zu verlassen, vielleicht hätte sie wenigstens einmal aus anderer Perspektive hinausblicken sollen? Aber es hatte alles so logisch, einfach und klar gewirkt. Dass es Situationen gab, die es notwendig machten, von noch so anständigen Prinzipien abzuweichen, das hatte Vater nie erwähnt.

Und nun? Wo war sie hin, die libellengleiche »Leichtigkeit voller Tiefe«, die Clemens ihr attestiert hatte? Wie unbeweglich war sie wirklich? Und wie leicht ins Bockshorn zu jagen? Moment, Moment … ließ sie sich gerade von Großmutter aus dem einen ins nächste Bockshorn treiben? Constanze überlegte. Wie gut waren ihre Argumente gewesen? Gut genug, um jetzt eine Kehrtwendung zu machen und ihrem Denken zu folgen?

Das Denken … schön und gut. Aber sie bestand doch aus mehr als nur Kopf. Was sprachen ihre Gefühle? Durfte man, musste man, ja, konnte man das einfach voneinander trennen? Zu Hannah empfand sie eine tiefe Zuneigung. Clemens liebte sie. War es nun recht gewesen, Clemens sozusagen für die Bedrohung, die Hannah für sich und ihresgleichen empfand, und für all die entsetzlichen Vorfälle verantwortlich zu machen, ihm zu unterstellen, dass er gemeinsame Sache machte mit diesem Braunhemdenmob und keinen Deut besser war? Ihr Herz sagte Nein. Clemens setzte ein, was er hatte, was er konnte, um ihre gemeinsame Position zu verbessern. Und Charlotte hatte weiß Gott recht, wenn sie sagte, ein Beamter könne sich nicht aussuchen, wen das Volk in die Regierungsgewalt eines demokratischen Systems wählte. Selbst wenn er gewollt hätte: Er war

Staatsdiener. Hätte nichts ändern, sich nicht einmal auflehnen können, hatte sich zu beugen und musste das Beste daraus machen. Nicht mehr hatte er getan. Und sie hatte ihm daraus einen Strick drehen wollen.

»Ich bin eine dumme Gans«, seufzte sie halblaut, war so versunken, dass sie gar nicht bemerkt hatte, nicht mehr allein im Raum zu sein, und schreckte hoch, als Charlotte antwortete: »Das hast *du* gesagt!«

Constanze schaute auf, lächelte zerknirscht. »Einsicht ist der beste Weg …«

»Komm in meine Arme, Kind!«

»Danke! Du hast mir sehr geholfen. Manchmal geht es anscheinend bei mir nur mit der Holzhammermethode.«

»Du musst mit ihm sprechen. Man muss immer miteinander sprechen. Merk dir das. Gute Ehen funktionieren, weil die Menschen miteinander reden. Du kannst nicht erwarten, dass dein Gegenüber Gedanken lesen kann. Allzu viele Missverständnisse entstehen durch Schweigen. Schräge Annahmen, merkwürdige Verdachtsmomente und derlei verselbstständigen sich, aus Mücken werden Elefanten. So manche Partnerschaft scheitert nur daran. Ihr seid noch so jung verheiratet. Später, vielleicht in zwanzig, dreißig Jahren, werdet ihr euch unter Umständen auch wortlos verstehen. Dann wird ein Blick, eine Geste genügen. Aber ihr müsst das üben. Jahrzehntelang.«

Die Türglocke ging.

»Ich glaube, er kommt. Ihr solltet nicht warten. Ich bringe ihm etwas zum Mittagessen. Es ist noch reichlich da. Lass ihn essen und dann fangt an. Ich habe zu tun und werde euch nicht stören.«

Constanze drückte ihrer Großmutter einen Kuss auf die Wange. Dann ging sie die Tür öffnen.

Sie blieben bis zum Einbruch der Dämmerung. Redeten. Stundenlang. Sie hatte *ihm* die Augen öffnen wollen. Und Großmutter hatte ihr bewusst gemacht, wie viele Mosaiksteinchen *ihr* noch fehlten, um überhaupt erst mal ein eigenes Bild von der Welt, und sei es auch nur von ihrer eigenen, kleinen Welt, zusammensetzen und sinnstiftend vermitteln zu können. Clemens ließ, ebenso wie Großmutter, keinen Zweifel daran, dass er bereit war, ihr jedes fehlende Puzzleteil zu liefern, dessen er habhaft war. Selten war ihr derart bewusst gewesen, wie ungenügend sie die Dinge überblickt hatte.

Als sie beim Blick in den Rückspiegel Gut Warthenberg im winterlich klaren Abendlicht verschwinden sah, die Linke in Clemens' Hand, die Rechte unwillkürlich schützend auf ihren Bauch gelegt, fühlte Constanze Dankbarkeit, Sicherheit, eine diffuse Demut. Und Liebe.

8

1933 – UM TOD UND LEBEN

Die ganze Sache ging unter dem Codewort »Adventskrise« in die Geschichte der beiden ein, und sie waren sich der Tatsache bewusst, dass diese Krise die Tür zu einer besseren Partnerschaft aufgestoßen hatte. Wenn es in den folgenden Monaten und Jahren einmal zu Missverständnissen kam, erinnerten sie sich gegenseitig an das Versprechen, das sie sich auf Gut Warthenberg gegeben hatten, immer und über alles offen miteinander zu sprechen. Manchmal genügte nur ein Lächeln, ein erhobener Zeigefinger, ein andermal die Erwähnung des Schlüsselwortes.

Clemens blieb nicht mehr stumm, wenn er nach seinen Männerabenden heimkam. »Es kommt etwas auf uns zu, Liebling …«, sagte er in den ersten Wochen des neuen Jahres immer häufiger und beide hatten das Gefühl, ein politischer Umbruch stünde unmittelbar bevor.

Einladungen in das Haus des NSDAP-Gauleiters Albert Forster wehrte Clemens neuerdings mit dem Hinweis auf die zarte Gesundheit seiner Gattin erfolgreich ab und erntete vollstes Verständnis. Dass er sich dabei einer Notlüge bediente, denn es ging ihr ausgesprochen gut, nahm ihm Constanze nicht krumm und fand Forster nie heraus.

Sie selbst brachte häufig Nachrichten aus Hannahs Familie mit in die gemeinsamen Abende. Die Alsbachs hatten zunehmend mit Repressionen zu kämpfen. Seit am 30. Januar Adolf Hitler zum Reichskanzler ernannt worden war, machte sich auch in der Freien Stadt Hass auf die jüdische und zahlenmäßig nicht unerhebliche polnische Bevölkerung breit. Mit Besorgnis blickten Clemens und Constanze auf die Ende Mai anstehenden Wahlen zum Danziger Volkstag, denn die Sieger der Reichswahlen hatten es sich natürlich nicht nehmen lassen, auch Danzig mit ihren pompösen Jubelveranstaltungen zu beglücken.

Überall hingen die Wahlplakate für *Liste 1*, die Nationalsozialisten, die der Stadt die Rückkehr ins Deutsche Reich versprachen. Ein Versprechen, das der deutsche Anteil der Bevölkerung nur allzu gern erfüllt sehen wollte. Gleichzeitig stieg seit dem Reichstagsbrand das Misstrauen gegen nichtdeutsche Bürger der Stadt. Plötzlich blickten Nachbarn zu Boden, grüßten nicht mehr, wenn Hannah mit den Kindern ausging. Man hatte zu tuscheln begonnen, manche Leute wechselten die Straßenseite, die Anwaltskanzlei ihres Schwiegervaters wurde boykottiert, Kunden der Bank ihres Ehemannes, insbesondere schwergewichtige Geschäftsleute, lösten ihre Konten auf oder transferierten erhebliche Gelder. Es ging den Alsbachs nicht anders als vielen polnischen oder jüdischen Einzelhändlern, deren Läden neuerdings leer blieben oder gar in der Nacht mit schwer wieder zu entfernenden Hakenkreuzen und antijüdischen Parolen beschmiert wurden. Noch gab es keine offene Aggression. Aber die Befürchtung machte sich breit, dass spätestens nach den Volkstagswahlen die Schonfrist auch auf der »friedlichen Insel« Danzig, deren Verfassung die jüdische Bevölkerung in weitreichendem Umfang schützte, bald vorbei sein könnte.

Eines Tages brachte Clemens die Botschaft mit, dass Albert Forster den ehrgeizigen Plan verfolgte, Danzig schneller als alle anderen Gaue »juden- und polenfrei« zu machen. Seinem Führer hündisch ergeben, versuchte er, sich in besonderer Weise hervorzutun. Für Constanze ein Anlass, Hannah zu warnen.

»Ich weiß, Liebes!«, nickte Hannah, den neugeborenen Benjamin auf dem Arm. »Auch wenn die Anfeindungen hier in Danzig noch wesentlich harmloser ausfallen, als es im Reich schon seit Jahren der Fall ist, fürchten wir eine Eskalation. Es tut mir jetzt schon im Herzen weh, aber du musst mir bald auf Wiedersehen sagen. Ich werde die Geburt deines Kleinen nicht miterleben. So gerne hätte ich dich unterstützt. Das Erste ist immer etwas ganz Besonderes und man braucht eine gute Freundin. Aber wir gehen nach Amerika. Schon im Februar.«

Sie umarmten sich. Beide die Nasen im duftenden Babyflaum. Klein Benjamin seufzte nur schläfrig und scherte sich nicht weiter um die Tränen der Freundinnen auf seinem Köpfchen.

»Ehe es zu spät wird, Constanze …«, fügte Hannah beinahe entschuldigend hinzu.

»Natürlich, Hannah! Ich verstehe dich doch«, seufzte Constanze. Der Gedanke, Hannah so bald zu verlieren, lag schwer auf ihrer Brust.

»Aber nicht heute und nicht morgen«, beruhigte Hannah mit einem Zwinkern. »Ich finde, solange wir uns noch haben, sollten wir uns doch das Leben schön machen. Was denkst du? Ich habe für Mittwochabend vier Kinokarten ergattern können und meine Kinderfrau bleibt über Nacht. Hast du nicht Lust mitzukommen? *Menschen im Hotel* wird gespielt. Mein lieber Gatte hat sich heute mit dem Hinweis auf eine ganz dringende Vorstandssitzung rausgeschummelt. Er kann Kino nicht leiden. Aber für männliche Begleitung ist dennoch gesorgt, denn

Rafael, ein guter Freund der Familie, und seine Frau Miriam kommen mit.«

»Oh, wie schön«, strahlte Constanze. »Den Film wollte ich sowieso gern sehen. Außerdem hat Clemens mittwochs immer Herrenabend und ich hocke allein zu Hause.«

Clemens freute sich für sie und als sie am Abend das Haus gemeinsam verließen, winkte Hannah schon von der anderen Straßenseite. Constanze gab Clemens vergnügt einen Kuss, warf seine Autotür zu; er brauste davon und sie schloss sich der kleinen Gesellschaft an, die zu Fuß den kurzen Weg ins Kino nahm. Sympathisch waren die beiden. Rafael ein ebenso charmanter wie witziger Begleiter, Miriam eine zauberhafte Schönheit mit außergewöhnlich scharfsinnigem Humor. Constanze fühlte sich sofort aufgenommen, lachte und scherzte mit den dreien und hatte das sichere Gefühl, es würde ein großartiger Abend werden.

Der Film gefiel allen gut. »Herrje, wie wundervoll die Garbo leiden kann«, seufzte Constanze, als sie den UFA-Palast wieder verließen.

»Ja, und so ein schönes Verwirrspiel. Lauter Zufälle. Immer Zufälle«, pflichtete Hannah bei.

»Was auch immer uns Frauen passiert, wir müssen nur drauf achten, dass wir stets genug Geld in der Tasche haben. Dann finden wir auch noch im abgehalfterten Zustand einen jungen Mann, der sich in uns verliebt, nicht wahr, Rafael? Was bin ich froh, dass ich finanziell so unabhängig bin, sonst hätte ich mir solch einen schicken Bengel wie dich auch nicht an Land ziehen können«, spielte Miriam auf die Garbo-Rolle als depressiver, längst ins künstlerische Aus geratener ehemaliger Bühnenstar an und knuffte ihn in die Seite.

»Du bist drei Monate älter als ich«, grinste Rafael. »Aber von mir aus, halt mich ruhig fein aus. Ich ertrag's. Wie sieht es aus, meine hochverehrten Damen, darf ich Sie jetzt noch zu einem Schlummertrunk einladen? Gleich da vorn ist eine nette Bar, die hat noch geöffnet.«

Sein Vorschlag fand Zustimmung. Rafael bestellte Champagner. Hannah trank wenig, Constanze hielt sich mit Rücksicht auf ihr Baby gleich ganz an Johannisbeersaft (schön sauer, pass auf, Constanze, es wird ein Junge!), taute jedoch in der netten Gesellschaft auch ohne Alkohol auf. Ein herrlicher Abend mit Freunden!

Gegen elf Uhr verließen sie die Gaststätte. Beschwingt beschwipst. Und unbeschwipst genauso beschwingt. Albern wie die Teenager.

So lange, bis ihnen Männer entgegenkamen. Ein rundes Dutzend in braunen Hemden mochte es gewesen sein. »Uppala«, kicherte Constanze, »seht nur, alle im Stechschritt. Wie beeindruckend. Zack, zack, Freunde, ordentlich ins Glied und stille!«

Man hatte sie entdeckt. Jetzt kamen sie direkt auf sie zu. Constanze hielt den Atem an. Ob die jetzt womöglich genau so, wie Hannah damals erzählt hatte …? Nur, weil sie zufällig hier entlangliefen?

Oh, wartet, Herrschaften, wagt es nicht! Wenn ihr euch an meinen Freunden vergreift, sollt ihr mich kennenlernen. Sie spürte eine Mischung aus Furcht und außergewöhnlicher Wut gepaart mit Energie.

Im nächsten Augenblick nur noch Furcht.

Die Kerle hatten sie erreicht. Umzingelten das Grüppchen. Junge Kerle. Eifrige Gesichter. Ihre Lehrer würden Freude an ihnen haben. Constanze öffnete den Mund, aber sie fand keine Worte.

Plötzlich begann ein Gerangel und Geschubse. »Na, Vater Abraham, ein paar Weiber am Arm? Und sogar eine blonde deutsche Frau? Kommen Sie, gnädige Frau, Sie haben in dieser

Gesellschaft von jüdischen Untermenschen doch nichts verloren.« Einer packte sie am Ellenbogen.

»Lassen Sie mich los! Das sind meine Freunde.«

Unverwandt sah der Mann sie an. »Gehen Sie! Mit denen hier machen wir kurzen Prozess. Gehen Sie, oder wollen Sie mitgehangen sein?«

»Es sind freie Bürger einer freien Stadt! Was bilden Sie sich ein?«

»Es sind Ratten. Und Ratten erschlägt man. Wollen Sie zusehen, gnädige Frau? Schauen Sie doch, geht schon los.«

Er drehte Constanze so, dass sie sehen konnte, sehen musste, was inzwischen geschah. Fünf Mann hatten sich Rafael vorgenommen, die anderen standen im Kreis. Sie schubsten ihn von einem zum anderen, schlugen ihm mit Fäusten in den Magen, dass er in die Knie ging, versetzten ihm Ohrfeigen, holten mit den Knüppeln gegen seine Beine aus, hieben auf seinen Kopf ein. Constanze schrie. Schrie wie am Spieß. Aber der rabiate Vogel nahm sie in den Schwitzkasten und hielt ihr den Mund zu.

»Juda verrecke«, johlten die Männer im Chor. Wieder und wieder. Miriam hatte versucht, ihm beizustehen, lag jetzt neben Rafael. Constanze sah die zerrissenen Strümpfe, die aufgeschlagenen Knie. Einer zerrte sie am langen Haar, trat gegen ihre Ohren.

Hannah drosch mit der Handtasche auf Miriams Peiniger ein. Ein Schlag schien gesessen zu haben. Er ließ los. Hannah griff nach Miriams Hand, zog sie hoch, duckte sich mit ihr unter den geschlossenen Reihen hindurch. Beide kamen zu Fall, rappelten sich auf. Der Mann, der Constanze hielt, schaute mit offenem Mund und dämlichem Gesichtsausdruck zu. Einen Augenblick lockerte sich sein eiserner Griff. Blitzschnell drehte sich Constanze aus der Umklammerung, holte so fest aus, wie sie konnte, und trat ihm mit der Spitze ihres Schuhs zielsicher dorthin, wo es Männern wehtut. Ächzend sank er zusammen.

Die Gelegenheit, zu Hannah und Miriam zu kommen. Miriam war auf Strümpfen, Hannah schleuderte ihre Schuhe von den Füßen, Constanze tat es ihr nach. Miriam sträubte sich. Wollte bleiben. Helfen. Retten. Beide Freundinnen zerrten an ihren Armen.

»Komm! Los! Sei nicht verrückt«, brüllte Constanze. »Du kannst allein nichts ausrichten. Wir müssen Hilfe holen.«

Wie ein Treibanker hing Miriam an ihren Händen.

Mit letzter Kraft erreichten sie die Toreinfahrt neben einem Juweliergeschäft. Sichernd, vorsichtig, ganz vorsichtig, schaute Constanze um die Ecke, hielt Miriam gewaltsam hinter sich. Keiner war ihnen gefolgt. Direkt neben ihrer Schulter die Haustürklingel. Sie schellte. Schellte. Schellte. Hinter der Tür bewegte sich etwas. Ein Schlüssel drehte sich im Schloss.

»Ja, sind Sie denn von allen guten Geistern verlassen, meine Damen?« Der Juwelier im Nachthemd.

»Lassen Sie uns herein, ich bitte Sie. Wir sind überfallen worden. Bitte, helfen Sie uns!«

Zögernd schaute der alte Mann sie an.

»Bitte, wir brauchen einen Fernsprechapparat. Wir müssen die Polizei rufen. Der Mann meiner Freundin wird totgeschlagen da draußen.«

»Ich weiß nicht recht, merkwürdig …«

In diesem Moment erinnerte sich Constanze an etwas, das Clemens einmal zu ihr gesagt hatte. Sie hatte die Szene genau vor Augen, als sie beide sich während des Auftakts zur Adventskrise gegenübergestanden und sich angefunkelt hatten. »… Niemand schlägt einer von Warthenberg die Tür vor der Nase zu …«

Wollen wir doch mal sehen, dachte sie und sagte: »Sehen Sie zu, Mann! Ich bin Constanze von Warthenberg und ich bin es nicht gewohnt, dass man sich mir widersetzt.«

»Oh, pardon ...«, murmelte der Alte. »Natürlich ... natürlich ... kommen Sie.«

So verrückt es auch war: Sie musste in diesem Augenblick grinsen. Recht hatte Clemens gehabt! Constanze schob den Juwelier beiseite. Er leistete keinerlei Widerstand mehr. Sie zog die Freundinnen hinter sich herein. Warf die Tür zu.

Oben in der Diele telefonierte Constanze. Sie hatte noch immer kaum Atem, aber sie formulierte glasklar. »Und schnellstens! Dafür zahle ich nämlich Steuern. Bewegen Sie sich gefälligst hierher!«

Der Juwelier erlaubte den Frauen, vom Fenster seines Wohnzimmers aus einen vorsichtigen Blick auf die Straße zu werfen. Er machte kein Licht.

Im Schein der Straßenlaterne sahen sie Rafael liegen. Allein. Kein Mensch mehr zu sehen. Hinuntergehen oder auf die Polizei warten? Miriam wollte sofort hinausstürzen, aber die beiden anderen hielten sie fest.

»Tu das nicht. Sie müssten jeden Moment hier sein. Bitte, bring dich nicht auch noch in Gefahr!«

Widerstrebend fügte sie sich. Minuten später sahen sie die Polizisten.

Einen herzlichen Dank an den alten Mann. Schon waren sie auf der Straße. Reglos lag Rafael da. In einer merkwürdig verkrümmten Korkenzieherhaltung. Als hätte man ihm das Rückgrat gebrochen und das Vordere um den Nabel nach hinten gekehrt. Sie konnten sein Gesicht nicht sehen, als sie den leblosen Körper erreicht hatten. Constanze blieb stehen, erklärte sich dem Schutzmann.

Miriam sank neben Rafael zu Boden, warf sich über ihn und schrie. Schrie zum Gotterbarmen. Nichts rührte sich in den dunklen Häusern. Nur am Fenster des Juweliers eine Bewegung.

Rafael war tot.

Sein Gesicht so zerschmettert, dass Miriam nicht einmal mehr seinen Mund finden konnte für einen allerletzten Kuss.

* * *

Clemens war schon da. Weinend fiel sie ihm um den Hals. Ihr Körper zitterte wie Espenlaub. Er hob sie auf die Arme, trug sie auf die Couch, schob ihr ein Kissen unter den Kopf, hockte sich neben sie, fragte nicht, hielt sie nur, flüsterte beruhigend auf sie ein, wartete.

Es dauerte. Immer wieder schüttelten Weinkrämpfe Constanzes Körper. Nach unendlich scheinender Weile wurde sie endlich ruhiger, nahm das x-te Taschentuch, das er ihr hinhielt, schnäuzte sich, sah zu ihm auf, die Augen rot und verquollen, murmelte: »Nicht einmal mehr seinen Mund hat sie finden können für einen allerletzten Kuss.«

Clemens erstarrte. »Was hast du da gesagt? Was ist …«

»Nicht einmal mehr seinen Mund hat sie finden können für einen allerletzten Kuss«, wiederholte Constanze. Schon wieder kamen die Tränen, erstickten jeden Ansatz, erklären zu wollen.

Er schlang seine Arme fest um sie. »Mein Gott, was hast du erlebt?«

Wieder und wieder nur dieser eine einzige Satz. Bis Clemens sie fragte, ob er nicht doch besser einen Arzt rufen sollte. Sie schüttelte den Kopf. Schluchzte. »Ärzte können diese kranke Gesellschaft nicht heilen.«

Clemens zog die Augenbrauen zusammen. »Liebling, was ist geschehen?«

Er verstand nicht. Konnte doch nicht verstehen. Immerhin. Andere Worte hatte sie geformt. Nach Stunden. Gleich. Gleich würde sie ihm erzählen können. Wenn nur der Mund nicht derart trocken wäre. Bei so vielen Tränen. Kloß im Hals, alles wund.

Constanze setzte sich auf. Nahm das Glas Wasser, das er ihr geistesgegenwärtig anbot, trank es in einem Zug aus, hustete. Dann schüttelte sie sich, schaute ihn an, sah ihn wie durch Milchglas.

»Es geschieht, Clemens. Ich habe heute Abend erlebt, dass es genau so passiert, wie Hannah es angedeutet hat. Zufällig zur falschen Zeit am falschen Ort. Du hast ihn gesehen, als wir vorhin losgegangen sind, nicht wahr? Rafael. Er ist tot. Totgeschlagen von einem SA-Sturmtrupp. Wegen nichts. Nur, weil er zufällig heute Abend mit uns ins Kino gegangen ist.«

Clemens starrte sie an. Sprachlos.

* * *

»Sie müssen fort«, sagte Clemens am nächsten Abend, als er aus dem Büro heimkam. »Sag deiner Freundin Hannah, dass sie sich beeilen sollen. Hätte ich doch geahnt, was die Brüder gestern Abend im Schilde führten, als sie aus dem Café losgezogen sind! Die Stadt sichern. Jaja! Constanze, ich hätte es niemals für möglich gehalten, dass sie zu solchen Taten fähig sind. In meinen Augen waren sie harmlos. Bisschen auf dicke Hose machen sie manchmal. Aber das? Niemals hätte ich ihnen so etwas zugetraut.«

»So kann man sich in Menschen täuschen, Clemens. Mit der richtigen Ideologie gefüttert, vielleicht etwas Alkohol im Blut, vielleicht selbst nicht die hellsten Kerzen, gierig an den Führerlippen hängend, der ihnen den Eindruck vermittelt, allein durch ihr Deutschtum etwas Besonderes, etwas Besseres zu sein, nicht nur die unbedeutenden Dummen zu sein. Und dann im Trupp. Ein Dutzend Männer gegen einen Einzigen.

Feiges Pack! Jeden Einzelnen würde ich wiedererkennen. Aber was hat die Polizei gesagt, als ich das mehrmals beteuerte?«

Clemens schaute sie fragend an.

»Sie würden sich melden, falls sie meine Aussage bräuchten.«

»Die werden sich nie von sich aus melden, Constanze. Unter ihnen sind genug, die sympathisieren. Ich fürchte, sie werden alles tun, um zu vertuschen.«

»Soll ich Anzeige erstatten, Clemens? Mir werden sie doch wenigstens Aufmerksamkeit schenken und der Sache nachgehen müssen.«

»Wird nicht die Witwe das sowieso tun?«

»Ich weiß es nicht. Ich glaube, Miriam wird außer sich sein vor Trauer und Angst. Die Trauer wird es nicht besser machen. Aber die Angst schüren. Ich denke, sie wird sich genauso der Tatsache bewusst sein, dass sie als Jüdin höchst gefährdet im Fokus steht, so wie Hannah und ihr Mann. Glaubst du, es hilft der Gerechtigkeit, wenn ich die Kerle anzeige? Oder müssen dann auch wir die Koffer packen?«

Clemens sah sie mit einem Ausdruck zwischen Verzweiflung und unbändiger Wut an. »Ich fürchte, ja.«

»Was für Zeiten, Clemens!«

Fest umschlangen sie sich. Fanden Halt aneinander.

Wenige Wochen später sagten sich die Freundinnen Constanze und Hannah im Hafen ein trauriges Adieu. Auch Miriam hatte sich zur Emigration entschlossen, stand neben ihnen, als sich Constanze und Hannah herzlich und vorsichtig – um den kleinen Benjamin auf Hannahs Arm herum – umarmten. Als sie einander nach langer Zeit widerstrebend losließen, schenkte er ihnen ein umwerfendes Babylächeln, zauberte ein letztes gemeinsames Lächeln zwischen all die Abschiedstränen, griff wenig zielsicher in Constanzes Locken und nahm vielleicht ein Haar in seine neue Heimat mit.

Constanze blieb an Clemens' Seite zurück. Mit äußerst gemischten Gefühlen. Einerseits war sie froh, die Freundinnen auf dem Weg in die Sicherheit zu wissen, denn was kommen würde, konnte niemand abschätzen. Andererseits vermisste sie sie schon in dem Augenblick, als das Schiff ablegte. Eines Tages, wenn die Welt zur Vernunft gekommen ist, werden wir uns wiedersehen, dachte sie und sprach es laut aus.

»Ach natürlich! Das ist doch nur ein Zwischenspiel der Politik, Liebling, das geht vorüber«, stimmte ihr Clemens im Brustton der Überzeugung zu. »In zwei Monaten haben wir Hitler in die Ecke gedrückt, dass er quietscht«, hat der Vizekanzler gesagt, und der ist ein alter Hase in der Politik. Der weiß, wovon er redet.«

Im Mai sagte er so etwas nicht mehr.

In Königsberg hatte die Studentenschaft am Zehnten des Monats eine generalstabsmäßig geplante Bücherverbrennung auf dem Trommelplatz organisiert. Constanze konnte es nicht fassen, als sie davon erfuhr. Ihre eigenen Kommilitonen waren dabei gewesen, als die Schriften jüdischer, als undeutsch oder gar »entartet« geltender Autoren unter »Sieg Heil«-Rufen vor dem Haus der Bücher den Flammen übergeben wurden. Vater war daheim schier verrückt geworden, hatte Constanze angerufen und ihr haarklein erzählt, was vorgefallen war. Heinrich Mann, Heinrich Heine, Kästner, Tucholsky, Zweig, Hemingway, Brecht, Werfel, Ringelnatz … die Liste, die Vater vorlas, schien nicht enden zu wollen. Sie hatten das Entsetzen geteilt. Vater, Clemens und Constanze. Und eine Schwere aus bösen Vorahnungen hatte sich über ihre Herzen gelegt, die ihnen immer dann, wenn sie daran denken mussten, für Augenblicke die Luft zum Atmen nahm.

* * *

Am Nachmittag des 28. Mai, einem Sonntag, setzten bei Constanze die Wehen ein. »Pünktlich wie ein Maurer«, scherzte sie zwischen zwei schmerzhaften Wellen. »Nur gut, dass es sich so fein an den Zeitplan hält, sonst wäre dein Urlaub verloren gewesen, Clemens.«

Zwei gemeinsame Wochen lagen vor ihnen und sie hatten beide gebangt, ob sie richtig gerechnet hatten.

»Mein Sohn weiß eben, was sich gehört«, sagte Clemens lachend. »Wollen wir uns auf den Weg in die Klinik machen?«

»Warte noch, bis die Abstände kürzer werden. Beim Ersten geht es nicht so schnell, hat Hannah gesagt.«

Clemens war reizend. Trug ihr alles heran, was sie gern haben wollte, kochte Tee, stopfte Kissen in ihr Kreuz, schaute hilflos besorgt, wenn Constanze das Gesicht zu einer schmerzhaften Grimasse verzog.

»Du bist nervöser als ich, Clemens. Beruhige dich. Ich brauche jetzt einen starken, souveränen Mann.«

»Wir werden als Männer auf alles Mögliche im Leben vorbereitet, Schatz. Lernen beim Militär sogar, wie man Menschen das Leben nimmt. Aber wie man einem neuen Leben am besten Unterstützung leistet, das lernen wir nicht«, klagte Clemens.

»Da seid ihr Männer nicht allein. Als Frau hast du bestenfalls den rechten Instinkt. Aber auch keine Ahnung, was genau auf dich zukommt«, japste Constanze unter einer heftigen Wehe.

»Und was sagt dein weiblicher Instinkt jetzt? Losfahren?«

Sie nickte. »Eingedenk der Tatsache, dass es doch ein Stückchen Wegs ist rüber nach Langfuhr, sollten wir …«

Clemens war sofort auf den Beinen. Endlich konnte er etwas tun. Vorbereitet war längst alles. Er nahm den kleinen Koffer, der alle wichtigen Utensilien für die Entbindung inklusive der Baby-Erstausstattung enthielt, brachte ihn in Windeseile hinunter zum Wagen, um sofort dienstfertig wieder neben ihr zu stehen. Bereitwillig ließ sie sich stützen. Das hieß schon etwas bei Constanze!

Alle paar Minuten spannte sich ihr Körper im Sitz neben ihm und eine neue Schmerzwelle überflutete sie. Er blickte sie besorgt an, während er das Auto über die Breitenbachbrücke steuerte, welche die Mottlau überspannte. »Ogottogott. Hoffentlich schaffen wir es noch. Wir hätten auch ein näher gelegenes Krankenhaus wählen können, Constanze. Warum ausgerechnet das Storchenhaus?«

»Weil ein anständiger Danziger eben im Storchenhaus zur Welt kommt«, seufzte sie und versuchte immer noch zu lächeln. Es gelang schlechter, fand Clemens.

Eine seltsame Mischung aus Erleichterung und dem Gefühl von Nutzlosigkeit überkam ihn, nachdem die Schwester ihm seine geliebte Frau vor dem Eingang zur Entbindungsstation aus dem Arm genommen hatte.

»Sie können wieder nach Hause fahren, Herr Rosanowski.«

»Aber nein! Ich bleibe natürlich. Was denken Sie?«

»Tun Sie, was Sie mögen. Aber jetzt steht Ihre Frau im Vordergrund. Das hier ist reine Frauensache.«

Weg waren sie. Die Tür hinter seinen Liebsten hatte sich geschlossen. Und ihn ausgeschlossen.

Clemens sah auf die Uhr hoch oben über dieser Tür. Halb vier. Wie lange mochte es dauern, ein Kind zur Welt zu bringen?

Er setzte sich auf eine Bank. Starrte weiße Wände an. Die Ellenbogen auf die Knie gestützt, die Hände unruhig. Warten. Warten. Warten.

Ab und zu kam jemand heraus. Eine Schwester. »Wissen Sie etwas? Meine Frau, Constanze Rosanowski …«

Kopfschütteln. Und ein Lächeln. Wissend, schien ihm. Nun ja, wie viele Väter mochten hier tagtäglich genauso sitzen wie er?

Um halb fünf ein Arzt. »Wissen Sie etwas? Meine Frau, Constanze Rosanowski …«

»Dauert noch. Alles in Ordnung. Fahren Sie nach Hause. Eine Erstgebärende. Da funktioniert's nicht wie's Brezelbacken. Gehen Sie doch wenigstens in den Garten, holen Sie sich ein Bier am Kiosk. Das beruhigt.«

Clemens ging nicht.

Erst als ein Leidensgenosse, ebenso wie er kürzlich – seine Frau eigentlich kaum mehr als ein schmerzverzerrtes Gesicht und eine enorme Kugel unterm Herzen –, den Gang entlangkam und seine Gattin abgab, war er nicht mehr allein. Dasselbe bekam der zu hören: Fahren Sie nach Hause. Aber auch er wollte bleiben, gesellte sich zu Clemens. Zunächst Schweigen. Dann ab und zu ein nervöses Aufstöhnen, ein Blick. Mal Clemens, mal der andere.

Irgendwann stellten sie sich einander vor. Bekannte für begrenzte Zeit. Bekannte nur, weil sie eine gemeinsame Situation zu bestehen hatten.

»Sollten wir ein Bier trinken gehen? Der Arzt empfahl es zur Beruhigung. Übrigens … Rosanowski mein Name …«

»Schulte. Angenehm. Ja, gehen wir ein Bier trinken.«

Schulte erhob sich und ging zielstrebig los.

»Nicht das erste Kind, Herr Schulte?«

»Nein, das dritte. Meine Frau wird sich nicht lange damit aufhalten. Das ist auch gut so, denn ich muss heim zu den anderen Kindern. Sie werden nur Schabernack im Kopf haben.«

Clemens lachte. »Es geht schneller beim dritten?«

»Oh ja. Es geht jedes Mal schneller.«

»Nicht so schnell wie die Produktion.«

»Nein.« Jetzt lachte Schulte auch.

Sie standen Schulter an Schulter draußen am Stehtisch und tranken. Schulte rauchte eine nach der anderen. Obwohl geübter werdender Vater, war er nicht sehr gelassen. Bot Clemens eine an und der griff zu, obwohl er eigentlich nicht rauchte. Husten musste er beim ersten Zug. Dann war es doch angenehm, lenkte ab, war was zum Festhalten.

Sie rauchten eine Schachtel leer.

Halb sechs.

»Sollten wir nicht nachschauen gehen?«

»Ach was, Herr Rosanowski. Die wissen, wo sie frischgebackene Väter finden. Alle, die nicht so abgeklärt sind, ihre Frauen nur abzugeben und wieder zu verschwinden, stehen hier. Sie kommen und sagen Bescheid, wenn es so weit ist.«

»Lenken wir uns also ab. Bin gespannt, wie die Wahl ausgeht. Wann werden wir etwas wissen?«

»Schätze mal, gegen acht, halb neun. Wo haben Sie Ihr Kreuzchen gemacht, Rosanowski? Danzig heim ins Reich gewählt, wie es sich gehört? Oder geht das mit den Wehen schon so lange, dass Sie es am Ende versäumt haben?«

»Genau«, log Clemens mit einem vielsagenden Lächeln.

»Na, Kamerad, auf die eine Stimme, oder konkret auf die zwei, kommt es wohl nicht an. Wird schon alles seine Ordnung bekommen heute.«

Clemens rückte ein Stück von Schulte ab. Er hätte wenig Lust verspürt, in der gegenwärtigen Situation womöglich in ein Streitgespräch mit Schulte zu geraten, indem er gestanden hätte, dass er, genau wie Constanze, schon in aller Früh den Sozialdemokraten seine Stimme gegeben hatte. Da kam also gerade ein neuer NSDAP-Wähler zur Welt, dadrinnen. Um ein Haar wären es zwei geworden. Hätte Constanze nicht derart an ihm gerüttelt, hätten sie nicht nächtelang miteinander um die richtige Richtung gerungen, wären es zwei. Dafür war er zum notorischen Lügner geworden. So wie just eben ging es ihm ständig. Man gewöhnte sich nicht daran. Es fiel ihm schwer.

Um viertel sieben holte eine Schwester den Schulte. Clemens begleitete ihn und wurde Zeuge einer ersten Begegnung zwischen Vater und dem zum Bündel gewickelten Söhnchen. Rührend, wie der Mann mit dem Säugling redete, zärtlich über die Stirn des Winzlings strich. »Adolf heißt er! Hat meine Frau schon Bescheid gesagt?«

»Direkt, als er raus war«, lachte die Schwester.

Clemens wandte sich ab, nahm die alte Position auf der Bank wieder ein.

»Alles Gute für Sie und die Familie, Herr Schulte«, sagte er zum Abschied.

»Danke Ihnen! Für Sie auch. Wird ja ein prächtiges Kind … bei Ihrem Aussehen.«

Der Schwester konnte Clemens gerade noch ein neues »Dauert noch!« entlocken, bevor sie wieder verschwand, und er verbrachte weitere zweieinhalb Stunden stocksteif in Wartestellung vor dem Kreißsaal. Dann ging er sich kurz die Füße vertreten, kehrte jedoch schleunigst zurück.

Gegen Mitternacht, er war ein wenig eingenickt auf der unbequemen Bank, war es endlich so weit.

»Herzlichen Glückwunsch, Herr Rosanowski! Hier ist sie.«

»Sie?«

»Ja, Sie dürfen stolz sein. Eine zauberhafte kleine Tochter. Schauen Sie nur. Ihre Frau hat gesagt, sie soll Eva heißen.«

Da lag sie, ein zerknautschtes Gesichtchen unter der viel zu groß wirkenden Mütze, spinnendünne, beinahe durchscheinend zarte Finger, und blinzelte aus dunkelblauen Augen gegen das grelle Licht der Deckenlampe.

»Guten Abend, Eva«, hauchte Clemens, tat es dem Schulte nach, zeichnete mit der Fingerspitze die zarten Wangen, die winzigen bebenden Nasenflügel nach. Eva schien sich angenehm gekitzelt zu fühlen, verzog ganz putzig die Züge. Clemens gluckste: »Sie hat gelächelt, nicht?«

»Ganz bestimmt.«

Es klang unkonzentriert, wenig überzeugt. Aber er hatte es doch gesehen!

»Darf ich?«

Die Schwester nickte. Clemens beugte sich hinunter, schob vorsichtig die Mütze ein wenig hoch, berührte mit den Lippen den unglaublich weichen, blonden Schopf über der Stirn, atmete tief den unvergleichlichen Duft aus etwas Babypuder und viel Baby, flüsterte selbstvergessen: »So zart!« Diesen Geruch würde er nie vergessen. Diesen Moment würde er nie vergessen. So also fühlte sich Vaterglück an! Er wollte sich nicht trennen, den Kopf zwischen dem breiten Busen der Schwester und dem bezaubernden Säugling, und fühlte sich aus dem Paradies vertrieben, als er ein Räuspern vernahm: »Ach, Ihre Frau ist übrigens wohlauf. Ich soll Sie grüßen. Kommen Sie morgen früh. Sie braucht noch etwas Ruhe und schläft jetzt.«

Clemens hob den Kopf. »Ich darf nicht zu ihr?«

»Nein. Der Arzt sagt, sie soll auf keinen Fall gestört werden. Aber machen Sie sich keine Sorgen. Es ist alles in Ordnung. Das ist normal bei einer Erstgebärenden.«

»Schade. Sagen Sie ihr, dass ich sie liebe, ja?«

»Das tue ich.«

Nur ein hastig hingeworfenes Lächeln, schon war sie fort mit seinem Kind und er stand allein da. Eine Weile blieb er noch, reglos, und starrte auf die geschlossene Tür. Er fühlte sich wie berauscht. Sicher nicht von der Flasche Bier vor Stunden. Irgendwann riss er sich los, ging langsam den Flur entlang, hinaus in die tiefschwarze Nacht, stieg in seinen Wagen und fuhr sehr langsam heim.

Was waren das für Lichter? Je näher er der Innenstadt kam, desto intensiver nahm er den Schein wahr. Mein Gott, brannte es irgendwo? Kein Rauch zu entdecken. Wo kein Rauch aufstieg, konnte doch auch kein Feuer sein. Er kurbelte das Wagenfenster herunter, schnupperte. Nur schwach nahm er Brandgeruch wahr, vermischt mit einem Hauch von schwelendem Öl. Was war da los?

Clemens bog in die unwirklich hell erleuchtete Jopengasse ein. Jetzt sah er. Hörte er. Gespenstisch flackerte der Fackelschein auf den alten, ehrwürdigen Patrizierfassaden. In engen Reihen marschierten sie. Die Augen geradeaus, die Rechte hoch erhoben. »Heil«, brüllten sie im Chor. »Heil dem Führer.«

Es war kein Durchkommen. Zu eng die Reihen. Er musste warten, bis der unendlich scheinende Zug in die Kürschnergasse eingebogen war. In dieser Nacht feierte Clemens still die Geburt seiner Tochter. Und die Nationalsozialisten feierten lautstark den Gewinn der absoluten Mehrheit.

9

1933 – KLEINE SORGEN, GROSSE SORGEN

Schon am Morgen nach der Geburt erhielt Clemens einen besorgten Anruf aus der Klinik und eilte wie vom Teufel gejagt nach Langfuhr. Constanzes Körpertemperatur war auf über vierzig Grad angestiegen. Als er eintraf, gab man ihm einen Kittel, schüttete Desinfektionsmittel über seine Hände und ließ ihn erst dann ein. Alles, was er sah, war ihr hochrotes Gesicht, waren die zarten Hände, die gefaltet auf der gestreiften Bettwäsche lagen, als hätte jemand sie schon vorausschauend aufgebahrt. »Wochenbettfieber«, murmelte die Schwester und es klang seltsam entschuldigend.

Drei Tage lang wich er nicht mehr von ihrem Bett, hielt ihre Hand, kühlte die glühende Stirn, redete beruhigend auf sie ein, wenn sie in wirren Fieberträumen schrie. Entsetzt verfolgte er, wie die kostbare Muttermilch in regelmäßigen Abständen abgepumpt und hernach weggeschüttet wurde, während seine Tochter mit Ersatzmilch versorgt wurde. Gut fünf Pfund hatte Eva bei der Geburt auf die Waage gebracht. Und in den ersten Tagen fast ein halbes verloren. Er durfte nicht zu ihr, die Ärzte fürchteten die Infektionsgefahr. Nur wenn sich eine Schwester erbarmte, ihm das Baby für einen kurzen Augenblick hinzuhalten, durfte er den einsamen Winzling durch die Scheibe des Kinderzimmers sehen.

Das Kind war eine Sache. Immerhin ging es der kleinen Eva nicht schlecht. Sie war, im Gegensatz zu ihrer Mutter, nicht in Lebensgefahr. Aber Constanze! Wie sehr er sie liebte, wie überwältigend die Angst war, er könnte sie verlieren, wurde ihm von Sekunde zu Sekunde bewusster.

Am Abend des dritten Tages stieg die Temperatur noch einmal an. »Die Krise«, sagte der Arzt. »Jetzt kommt es drauf an. Hoffen wir, dass das Antibiotikum greift und ihr Körper noch genügend Kraft hat.«

Clemens tat nichts, als Constanze zu beobachten. Manchmal, wenn ihr Atem ein wenig ruhiger ging, zählte er die Tropfen, die unablässig in ihre Vene liefen. Er aß kaum, trank zu wenig, schlief so gut wie gar nicht. Nur hin und wieder fielen ihm die Augen zu. Beide Hände um Constanzes, sein Kopf auf die Kante ihres Bettes gesunken. Minuten erschöpfter Ruhe mochten es sein, dann schreckte er wieder hoch. Sein Kinn war stoppelig geworden, die Augen blutunterlaufen, die Haut blass. Clemens betete. So viel, so intensiv, so verzweifelt hatte er in seinem Leben noch nie gebetet.

Nach und nach trafen Glückwünsche und die herrlichsten Sträuße ein. Schon in der Nacht hatte er die ganze Familie informiert und niemand hatte es sich nehmen lassen, prompt zu reagieren. Nun schmückten all die hübschen Bouquets den Gang vor Constanzes Zimmer. Drinnen hatte möglichst sterile Sauberkeit zu herrschen.

Man schickte ihn hinaus, wenn Constanze gewaschen wurde. Es waren Momente, in denen Clemens das Gefühl hatte, man hätte einen Teil seiner selbst abgeschnitten. Da stand er, inmitten des leuchtenden Blumenmeeres, entfernte sich keinen Schritt weit, horchte angestrengt, spürte unendliche

Erleichterung, wenn die Tür sich wieder öffnete, die Schwestern mit einem gefalteten Stapel schmutziger Wäsche herauskamen, ihm lächelnd wieder Einlass gewährten. »Solche Ehemänner wie Sie sind selten«, sagte einmal eine. Es war wohl als kleines Kompliment gemeint. Aber … was sonst sollte ein liebender Mann tun? War es nicht selbstverständlich?

In solch einer Situation der Verbannung begegnete ihm Schulte auf dem Flur. »Na, Herr Rosanowski? Alles in bester Butter? Hoffe doch. Meine Frau wird heute schon entlassen. Ihre auch?«

Clemens schüttelte den Kopf. Diese joviale, überschwänglich vergnügte Art konnte er im Augenblick schwer ertragen. »Dauert noch«, antwortete er, unbewusst auf die gemeinsame Wartezeit während der Kindsgeburten zurückgreifend.

»Wird schon, wird schon …«, ermunterte Schulte und klopfte ihm auf die Schulter.

»Ja, wird schon …«

Die Tür zu Constanzes Zimmer öffnete sich und Clemens schlüpfte ohne einen Gruß an Schulte hinein.

Am Morgen des vierten Tages (Clemens bejubelte innerlich den Silberstreif am Horizont und schickte ein inniges Dankgebet gen Himmel) fiel die Temperatur zum ersten Mal unter vierzig. Um am Abend erneut anzusteigen. Hoffnung. Wie widerwärtig trügerisch Hoffnung sein konnte!

Und dennoch: Er gab sie nicht auf, seine Hoffnung. Constanze musste wieder gesund werden. Sie würde wieder gesund werden! Im Licht des Nachttischlämpchens sah er sie lächeln, sah im nächsten Augenblick einen todtraurigen Ausdruck, sah Tränen aus ihren Augenwinkeln laufen. Er griff zum Taschentuch, befand es als zu rau. Küsste ihre Tränen zärtlich weg. Ihre Wangen glühten. Jetzt bewegte sie die Lippen. Ganz dicht hielt er sein Ohr daran. Aber er verstand kein Wort. Clemens begriff: Constanze träumte.

»Wie hübsch sie ist«, *sagt Clemens, mein wunderbarer, schöner, großer Clemens fröhlich. »Wie ungewöhnlich hübsch! Und gar nicht mehr zerknautscht. Was habt ihr angestellt, dass sie jetzt ganz glatt und rosig aussieht?«*

»Milch und Liebe. Ich habe schier unendlich viel Nahrung für sie. Und stell dir vor, die Kinderschwester hat mir erzählt, letzte Nacht hat sie schon acht Stunden durchgeschlafen, ohne zu murren. Sie ist ein braves Mädchen. Ich hoffe, das entschädigt ein bisschen für die Tatsache, dass sie nicht der Bub geworden ist, den du dir so sehnlich erhofft hast.«

»Aber Liebling! Das Geschlecht spielt doch gar keine Rolle. Hauptsache, ihr beiden seid gesund«, entgegnet er.

Was mochte in ihrem Kopf vorgehen? Clemens strich sacht mit dem Handrücken über ihre Wange. Sie öffnete die Lider ein wenig. Ein merkwürdig zweifelnder Ausdruck huschte über ihr Gesicht. Dann schien sie wieder wegzudämmern.

War er aufrichtig? Warum war er so blass, wirkte so besorgt? Clemens war doch vollkommen sicher gewesen, dass sie ihm einen Stammhalter schenken würde. Und nun war es ein Mädchen! Wo ist das Mädchen? So schwach, so müde, so heiß ... und dieser schmerzende Kopf! Ach, wie gern hätte ich seine Erwartungen erfüllt. Neidisch bin ich auf diese Frau Schulte, die, nur durch einen Vorhang abgeteilt, nebendran im Kreißsaal gelegen und, ohne auch nur einen Mucks von sich zu geben, ruckzuck ihren gleich so kräftig brüllenden kleinen Adolf geboren hat. Gelobt haben die Schwestern sie. Frau Schulte hier, Frau Schulte da, großartig, Frau Schulte.

Und ich? Nichts konnte ich richtig machen. Evchen hat mich ganz schön gequält. Es ging und ging nicht voran. Zu gern wäre ich zwischendurch einmal aufgestanden, um das malträtierte Kreuz ein bisschen zu dehnen und zu beugen, vielleicht die etwas schräge Kindslage zu korrigieren. Angefühlt hat es sich, als klemmte das Baby irgendwo in den Geburtswegen fest. Und der Arzt hat auch so etwas gesagt. Ein klein wenig Mithilfe der Erdanziehungskraft und ein bisschen Rütteln, dann wäre der Knoten bestimmt geplatzt. Aber die Hebamme hat mich ja immer wieder in diesem forschen Ton zum langen Ausstrecken auf dem Rücken gezwungen. Warum haben sie mich nicht gelassen? Ich hätte es doch selbst richten können!

Sterbenselend, dazu dieser grässliche Durst, aber nichts trinken dürfen. Ganz so wie jetzt. So ein Durst! Ich hätte so gerne Clemens an meiner Seite gehabt. Jemanden, an dem man sich festhalten kann, der tröstete, ermunterte. Nicht nur die zackige Hebamme, die immerzu ein Gesicht gemacht hat, als schüttle sie innerlich missbilligend den Kopf, dass ich immer noch nicht zu Potte gekommen bin oder mich schrecklich anstelle. Ein paarmal habe ich sogar gesehen, wie sie ungeduldig auf die Uhr schaute.

Ich muss aufwachen. Clemens ist da. Jetzt ist er da. Ich spüre es doch. Ich muss ihm alles erzählen. All das Schreckliche, das sie dann mit mir gemacht haben, Clemens.

Sie hatte seinen Namen gesagt. »Ja, Liebling, ich bin da!«

Er nahm ihren Kopf in beide Hände, streichelte vorsichtig die Schläfen. Täuschte er sich oder sank die Temperatur? »Constanze? Bist du wach?«

Er bekam keine Antwort. Nur ihre Hand bewegte sich hinauf zu seiner Schulter, als wolle sie sich festhalten, und sank im nächsten Moment schlaff auf die Bettdecke zurück.

Er hört mich nicht. Ich muss ihm erzählen. Von der Zange. So ein Ding, ganz ähnlich wie das silberne Salatbesteck, das Mutter mir zum Geburtstag geschenkt hat.

»Zu schmal gebaut, die Frau«, sagt der Arzt. Dafür kann ich doch nichts! »Herztöne schwach«, schreit die Hebamme. Die Schere. Dieses grauenvolle Geräusch. Wie das Durchtrennen eines Gänsehalses klingt es. Er hat mich zerschnitten.

Tapfer soll ich sein, sagen sie … aber Mutters Salatbesteck …

Constanze schrie gellend auf. Clemens wollte dem ersten Impuls folgend nach der Schwester schellen. Schwer ging ihr Atem. Was ging in ihr vor? Was erlebte sie in diesem Albtraum?

»Ruhig, Liebling, ganz ruhig. Alles wird wieder gut.«

Sie schien zuzuhören. Er wartete ab, ließ sie nicht aus den Augen.

Warum kann ich nicht genauso diszipliniert sein, wie es die Frau hinterm Vorhang gewesen ist? Oh doch, ich kann! Der Schmerz. Er hat aufgehört. Der Druck ist fort. Ist es da? Wo ist es? Aufrichten. Schauen. Nein! Was ist das? Es rührt sich nicht, es schreit nicht. Das andere Kind, das hat doch so gebrüllt. Warum hat es dicke rote Flecken am Köpfchen und einen ganz bläulichen Hautton unter all der Käseschmiere? Was ist los? Lebt es?

Sie drücken mich in die verschwitzten Kissen zurück. Heben mir die Beine in harte, kalte Metallschalen, drücken mir auf dem Bauch herum, bis etwas aus mir heraustritt. Und nun? Was geschieht? Spitze Nadeln. Ich weiß es. Sie nähen mich zu. Ich soll kein Kind mehr bekommen. Ich habe es nicht gut gemacht. Das ist die Strafe. Sie nähen mich einfach zu!

Wo ist mein Kind? Was tun sie da? Nicht schlagen! Bitte! Es ist doch so klein. Es wimmert. Es klingt wie ein Kätzchen. Ist es ein Kätzchen? Aber es lebt doch. Gebt es mir!

Da ist es. Kein Kätzchen. Ein Kind. Mein Kind, mein Kind, mein Kind! Ich kann es fühlen. Aber ich kann es kaum sehen. Ich bin so müde. Ich muss doch aufwachen, muss es sehen.

Erstes Morgenlicht fiel durch einen Gardinenspalt. Clemens spürte ein zärtliches Streicheln, sah einen Hauch von Glückseligkeit auf Constanzes Zügen. Jetzt war sie ganz ruhig. Er hielt ihre Hand, sie fühlte sich kühl an. Er legte seinen Kopf an ihre Hüfte und schloss die Augen. Alles würde gut werden.

* * *

»Es ist überstanden«, sagte der Arzt während der Morgenvisite. »Sie haben vier Tage lang gewacht, Herr Rosanowski. Gehen Sie heim, rasieren Sie sich, ruhen Sie sich ein wenig aus. Wir passen schon auf Ihre Frau auf. Machen Sie sich keine Sorgen.«

Clemens blickte Constanze an. Erst seit wenigen Stunden war sie wach. So fadenscheinig zart und schmal sah sie aus, wie sie da in den frischen Kissen lag. Jetzt sollte er sie alleine lassen? Unwillkürlich griff er nach ihrer Hand.

»Ja, Clemens. Geh heim, iss etwas Anständiges, leg dich ein paar Stunden hin. Es geht mir ganz gut. Aber komm wieder, ja?«

Die letzten Worte klangen beinahe ängstlich. Der Tonfall schnitt ihm ins Herz.

»Liebling! Natürlich komme ich wieder. Bist du sicher, dass ich gehen soll?«

»Ja!«

Dieses »Ja« hatte sich klar und stark angehört. Dennoch war ihm überhaupt nicht wohl, als er die Klinik verließ. Er fühlte sich getrieben. Ganz schnell nach Hause, alles flott erledigen, fix baden, rasieren, eine Mütze voll Schlaf, dann schleunigst zurück.

Clemens fand keinen Schlaf. Es war heller Tag, die Vorhänge hielten das strahlende Sonnenlicht nicht richtig ab, von der Gasse drangen die alltäglichen Geräusche herauf. Was in dieser Nacht während der Geburt geschehen war, hatte sie ihm stockend erzählt, nachdem sie endlich aus ihrem Fiebertraum erwacht war. Und nun ging ihm wieder und wieder all das im Kopf herum, was sie gesagt hatte. Sie schien von Schuldgefühlen geplagt zu sein, hatte ständig beteuert, es beim nächsten Kind »besser machen« zu wollen. Es hatte nichts genützt, dass er versucht hatte, sie zu beruhigen, ihr diesen Blödsinn, denn etwas anderes war es in seinen Augen nicht, auszureden. Wie war sie nur darauf gekommen, dass er nur mit einem Söhnchen zufrieden gewesen wäre? Nur wegen seiner flapsigen Bemerkungen? Meine Güte, wie sollte er sie bloß von dieser verrückten Idee wieder abbringen? Er hatte ihr gesagt, welche Ängste er ausgestanden hatte, wie sehr er sie liebte, wie entzückend er die kleine Eva fand, wie gern er sie endlich mal im Arm halten wollte. Aber er wurde das Gefühl nicht los, dass er gar nicht recht zu ihr durchgedrungen war.

Die Zeit würde es vielleicht heilen, dachte Clemens. Die Zeit heilte fast jede Wunde. Er wollte alles dafür tun, ihr geknicktes Selbstbewusstsein wieder aufzurichten. Wenn es ihm allein nicht gelänge, dann würde er mit Charlotte reden. Charlotte rückte die Welt immer wieder gerade. Und es würde sicherlich bald ein zweites Baby geben. Ihm wäre eine zweite Tochter recht gewesen. Am liebsten ein halbes Dutzend winziger Abbilder dieser wundervollen Mutter!

Mit diesen guten Gedanken dämmerte Clemens endlich in einen erschöpften, traumlosen Schlaf.

Constanze machte derweil die ausgesprochen erfreuliche Bekanntschaft Gerdas. Nach der Visite hatte sie im Liegen ein wenig von dem leichten Frühstück essen können, das neben ihrem Bett stand. Ein paar Bissen Weißbrot, etwas Tee. Dann war sie wieder eingenickt. Als sie nun erwachte, spürte sie, wie durstig sie war. Sie konnte kaum schlucken, so trocken war ihre Kehle, rief nach der Schwester, hörte sogleich Gummisohlen über den Flur eilen und blickte in ein junges, fröhliches Gesicht. Dieses Gesicht gehörte zu Schwester Gerda, einer Hebammenschülerin im dritten Jahr, die Constanze jetzt wie ein rettender Engel erschien. Gerda lief, kam mit lauwarmem Stilltee zurück, half ihr, sich aufzurichten, wusste sofort, was zu tun war, als Constanze kurz aufschrie: »Ich kann nicht sitzen. Es tut so weh.«

Gerda besorgte in Windeseile ein ringförmiges Kissen, das die garstig schmerzende Naht schonte. »Besser, Frau Rosanowski?«

»Viel besser! Darf ich jetzt endlich meine Tochter sehen?«

»Ich werde mir ordentlich Ärger einhandeln, es ist keine Stillzeit im Moment, aber warten Sie …«

Schon war sie aus dem Zimmer und kehrte wenige Minuten später mit Eva zurück.

Constanze streckte dem Baby beide Arme entgegen, nahm das Bündel aus Gerdas Händen, schaute mit einem verzückten Ausdruck auf das Kind hinunter, küsste die kleine Stirn, drückte sie vorsichtig an die Brust, suchte den ersten Blickkontakt. Eva lag ganz still in ihrem Steckkissen und schaute unverwandt aus ihren dunkelblauen Augen herauf.

»Da bist du ja endlich!«, flüsterte Constanze, nuschelte unverständliche Koseworte, wischte sich verstohlen eine Glücksträne aus dem Augenwinkel und knöpfte dann ganz selbstverständlich ihr Nachthemd auf.

»Oh, nein, nein, warten Sie. Es tut mir leid, aber solange Sie unter Antibiose stehen, müssen sich Mutter und Kind noch etwas gedulden. Wir wollen aber weiterhin abpumpen, damit der Milchfluss nicht versiegt. In ein paar Tagen haben Sie beide es überstanden. Dann wird die Kleine sich auf Muttermilch umstellen dürfen.«

»Wie schade«, seufzte Constanze.

Gerda zog ein Milchfläschchen aus ihrer Schürzentasche. »Aber ein bisschen üben können Sie trotzdem schon. Dann weiß sie wenigstens, wer in Zukunft für ihre Nahrung zuständig sein wird. Warten Sie, ich helfe Ihnen«, sagte Gerda lächelnd und half ihr, das Kind richtig hinzulegen.

Eva trank. In ruhigen, konzentrierten Zügen leerte sie ihr Fläschchen bis auf den letzten Tropfen.

»Sie wird sich vielleicht ein bisschen anstellen, wenn sie endlich an die Mutterbrust darf. Da muss sie sich mehr anstrengen als beim Sauger. Aber wir bekommen das gemeinsam schon hin und ich finde es wichtig, dass sie von nun an jede Mahlzeit nur noch bei ihrer Mami findet«, erklärte Gerda und schickte mit gesenkter Stimme kichernd hinterher: »Wenn Sie also gerne möchten, werde ich mich bei meiner Oberschwester unbeliebt machen und die Kleine zu Ihnen bringen, sobald sie einen Mucks von sich gibt. Wissen Sie, der olle Drachen ist nämlich der Auffassung, Säuglinge hätten sich nicht nach dem Knurren ihrer kleinen Mägen oder den Wünschen ihrer Mütter, sondern nach der Klinikuhr zu richten. Ich gerate immerzu mit ihr aneinander, aber meiner Meinung nach sollten die Säuglinge so viel wie möglich bei ihren Müttern sein. Ist doch widernatürlich, sie immer wieder wegzunehmen, nicht?«

»Das würden Sie für uns tun, Schwester Gerda? Oh ja, bitte!«, rief Constanze begeistert aus und Evchen gniggerte zufrieden dazu.

»Sie haben es so schwer gehabt, Frau Rosanowski. Jetzt wollen wir doch mal sehen, ob Sie uns hier und das ganze Drama rund um die Geburt nicht doch noch in guter Erinnerung behalten können. Ich für meinen Teil werde jedenfalls alles dafür tun. Und auf Ihren Mann scheint ja auch Verlass zu sein. So ein Treuer! Den hätten Sie mal erleben müssen. Sie waren ja so fertig mit der Welt, dass Sie nur geschlafen haben. Keinen

Moment ist er von Ihrer Seite gewichen. So einen würde sich jede Frau wünschen. Halten Sie den bloß gut fest.«

»Tue ich! Ich weiß, was ich an ihm habe, Schwester Gerda. Er wollte bloß so gern einen Jungen. Na, vielleicht beim Nächsten.«

Kam es ihr nur so vor, oder wurde die Schwester einen Moment lang blass? Merkwürdig. Nein, sie hatte sich schon wieder gefangen.

»Ja, natürlich, Frau Rosanowski. So, nun muss ich Ihre kleine Prinzessin aber mal zum Bäuerchen hochnehmen und wieder zurückbringen. Ich komme wieder, wenn sie knatschig wird.«

»Danke!«, rief Constanze ihr hinterher. Sie verschwand viel zu schnell.

Zweimal täglich kam Gerda vom nächsten Tag an, um kleine gymnastische Übungen mit ihr zu machen. Sie flitzte los und holte das Baby für Constanze, wann immer sie wollte, und ließ sich nicht einmal dadurch beirren, dass sie sich einige Rüffel ihrer Vorgesetzten einfing.

Constanze hatte einen siebten Sinn dafür, wann ihr Töchterchen hungrig war. Ganz nah lag der Saal, in dem die Kleinen Bett an Bett aufgereiht waren, und sie hörte auch das leiseste Jammern ihrer Tochter. Dann zog sich der Bauch zusammen, die Milch schoss nur so in die Zellstoffvorlagen. Dass all dies ganz natürlich sei und mit der Hormonumstellung zu tun habe, wusste die junge Hebamme. Und auch für die merkwürdigen, todtraurigen Momente, in denen Constanze die Tränen nicht zurückhalten konnte, hatte sie Erklärungen, die wohl sogar wissenschaftlich untermauert waren, wie sie strahlend bekundete. »Wochenbettdepression, Frau Rosanowski. Nicht ernst nehmen, bitte.« Constanze konnte diesem Strahlen einfach nie widerstehen und ließ sich überdies, Biologin, die sie war, gern von gesicherten Erkenntnissen überzeugen. So ergab alles Sinn, so fiel alles ganz leicht. Bald lachte sie nur noch leise in sich hinein, wenn wieder einmal helle Ströme über ihre Wangen liefen. Jaja, die Hormonchen … Ach, wie wunderbar, dass sie da war! Wäre sie doch nur auch während der Geburt dabei gewesen. Das hätte die ganze Sache viel schöner gemacht.

Schön und leicht würde es *bald* werden! Endlich daheim mit den Liebsten. Clemens brachte täglich Blumen, blieb stundenlang bei seinen »beiden Frauen«, wie er sich ausdrückte. Wenige Tage später durfte Evchen die ersten Schlucke Muttermilch bekommen. Die Quälerei mit dem Abpumpen hatte sich gelohnt. Constanze produzierte bald genug Milch für ihre Tochter, ihre Genesung machte sichtlich Fortschritte und Evas Gewicht stieg stetig. Nach einer Woche machte Constanze mit Clemens den ersten Spaziergang im Park. Sehr weit kamen sie noch nicht, aber es war ein Anfang.

Es grauste ihr ein bisschen davor, direkt nach der geplanten Entlassung allein mit Evchen zu Hause sein zu müssen. Clemens' Urlaub würde vorbei sein. Aber Gerda, mit der sich inzwischen eine Freundschaft anbahnte, versprach, ab und an vorbeizukommen, um nach Mutter und Kind zu sehen. Das beruhigte ungemein.

Als der Tag gekommen, das Köfferchen gepackt war, sie schon auf der Bettkante saß und auf Clemens wartete, der sie gleich abholen würde, schaute sich Constanze noch einmal in dem Zimmer um, das fast zwei Wochen lang ihre Bleibe gewesen war. Die ganze Familie, die Freunde, der Segelklub, alle hatten Glückwünsche geschickt und es tat ihr etwas leid, die herrlichen Sträuße zurücklassen zu müssen. Das dickste Bouquet war ihr am wenigsten lieb gewesen, denn es stammte von Albert Forster. Clemens hatte ihr sogar in einem stillen Augenblick erzählt, dass der Mann sich erboten hätte, die Taufpatenschaft zu übernehmen.

»Oh, bitte nein, nicht der!«, hatte Constanze ausgerufen. »Was hast du ihm geantwortet, Clemens?«

»Dass wir die Kleine wohl gar nicht taufen lassen werden.«

»Gut gemacht! Das hätte mir gerade noch gefehlt. Wie hat er denn darauf reagiert? Hast du ihn damit nicht kräftig vor den Kopf gestoßen?«

Clemens hatte geschmunzelt. »Überhaupt nicht. Er hat haarscharf geschlossen, wir würden inzwischen dem germanischen Götterglauben anhängen, und war entzückt. Ich musste gar nicht lügen, habe nichts dazu gesagt und ihm seine Annahme gelassen.«

Constanze prustete. »Soll er glauben, was er will. Unser Kind kriegt er jedenfalls nicht in die Fänge. Und wenn ich wieder mal nach Gut Warthenberg flüchten muss.«

»Ihr beide bleibt schön bei mir! Fast zwei einsame Wochen waren schon hart genug. Daheim fehlt dein Geist. Alles ist fürchterlich unpersönlich, wenn du nicht da bist. Ich will jetzt endlich meine Familie genießen.«

Noch ein gemeinsames Wochenende lag vor ihnen. Jetzt nur noch die Kontrolluntersuchung und dann …

Gerda steckte den Kopf zur Tür herein. »Es kann losgehen. Kommen Sie mit?«

Sie stand auf und folgte ihr. Gerda klopfte an die Tür des Untersuchungszimmers, meldete sie an und schloss leise die Tür hinter Constanze, nachdem sie eingetreten war.

Es war unangenehm, wie es immer unangenehm war. Aber Constanze war in Gedanken schon bei ihren Lieben und ließ es gelassen über sich ergehen. »Alles in Ordnung, Doktor?«, fragte sie, während sie ihren Rock wieder herunterzog.

»Wie es eben bei Ihnen in Ordnung sein kann«, antwortete der Arzt, ging zu seinem Schreibtisch, setzte sich, machte einige Notizen. »Bericht bekommt Ihr Hausarzt.«

Was für eine seltsame Aussage! »Was meinen Sie?«

»Sie werden keine Kinder mehr bekommen können, Frau Rosanowski. Seien Sie zufrieden mit Ihrem Töchterchen. Es war knapp. Das wissen Sie ja. Benutzen Sie in Zukunft Kondome und seien Sie auf der Hut. Eine weitere Schwangerschaft könnte Sie das Leben kosten.«

Das Bild des Arztes verschwamm vor Constanzes Augen. Sie suchte Halt am Untersuchungsstuhl, nahm verschwommen wahr, wie er aufsprang, ihr zu Hilfe eilte, sie auffing, auf eine schmale Liege bettete.

Aus. Alles aus!

* * *

Es war durchaus nicht alles aus. Clemens bemühte sich rührend um die beiden. Da gab es wahrhaftig keinen Zweifel. Stolz war er auf seine kleine Tochter und sagte Constanze jeden Tag wieder, wie glücklich er sei, dass jetzt die Familie »komplett« war. Im Grunde war Constanze vollkommen klar, dass er damit verdeutlichen wollte: Weitere Familienplanungen hatte er leichten Herzens an den Nagel gehängt und war zufrieden mit dem, was er hatte. Im Grunde hätte sie sich einfach entspannen und glücklich sein können. Aber das Gefühl, versagt zu haben, ließ sie gegen jede Vernunft nie ganz los.

Dabei war es sonnenklar, das hatte der freundliche, alte Hausarzt Dr. Nestor, der schon Clemens' Eltern bis zum Tode begleitet hatte, ihr geduldig auseinandergesetzt: Eine weitere Schwangerschaft würde mit erheblichen Risiken einhergehen. Unter der Zangengeburt war es zu einem bösen Riss in der Zervix gekommen. Alles war gut verheilt. Aber einen vollständigen Schluss während einer neuen Schwangerschaft konnte niemand mehr garantieren. Sie würde, sofern der Körper sich tatsächlich einließe, einen Großteil der neun Monate liegend zubringen, mit einem risikobehafteten Kaiserschnitt rechnen müssen, denn dieser Muttermund war nun stark vernarbt und hatte seine Dehnungsfähigkeit ganz und gar eingebüßt. Noch einmal, so Dr. Nestor, würde man die Sache nicht ohne Weiteres flicken können, sie möge also lieber vernünftig sein und »Maßnahmen« ergreifen.

Maßnahmen ergriff Clemens. Constanze musste sich um gar nichts kümmern. Und trotzdem hing immer, wenn sie beisammen waren, ein wenig Angst in der Luft. Was, wenn solch ein Gummiding mal kaputtging? Diese Befürchtung machte den beiden das Eheleben schwer. Die Leichtigkeit der frühen Jahre war einer verspannten Krampfigkeit gewichen und immer häufiger täuschte Constanze Unpässlichkeiten vor.

Eines Tages, Anfang Juli, eskalierte das Ganze. Clemens hatte eine Reise mit dem frisch ernannten stellvertretenden Senatspräsidenten Arthur Greiser und dessen parteilich übergeordneten Konkurrenten Albert Forster zu unternehmen. Folglich musste er Constanze einige Tage mit dem Baby allein lassen. Forster hatte Clemens wieder einmal um Unterstützung ersucht, denn er selbst war ja, anders als Arthur Greiser, der polnischen Sprache nicht mächtig und benötigte dringend einen Übersetzer, der zudem mit den Landessitten bestens vertraut war. Man wollte, so die offizielle Lesart, fahren, um die polnische Regierung von den friedlichen Absichten der neuen Machthaber zu überzeugen. In Clemens sträubte sich alles, denn erstens wusste er, dass zwischen dem SA-Mann Forster und dem SS-Angehörigen Greiser eine tiefe Feindschaft bestand, was die Reise nicht gerade angenehm machen würde. Zweitens vermutete er eher ein heimtückisches Auskundschaften der Polen. Drittens fühlte er sich in seiner Rolle von vornherein als Verräter an dem Land seiner väterlichen Ahnen. Aber es blieb ihm wieder einmal nichts anderes übrig, als gute Miene zum bösen Spiel zu machen.

In diese Situation hinein kreuzte Mutter Luise auf.

Wie es Luises spezielle Eigenart war, mischte sie sich ausgesprochen gern da ein, wo sie Krisen und folglich die Notwendigkeit für ihr persönliches Eingreifen vermutete. Ganz ähnlich wie damals, als Vater im Frankreichfeldzug gewesen war und Luise sein Kontor gründlich »beaufsichtigt«, sprich durcheinandergebracht hatte, war sie jetzt in Danzig angereist, um Constanze zu »unterstützen«. Die Unterstützung bestand in erster Linie darin, dass sie störte und sich von vorn bis hinten bedienen ließ. Das allein hätte sich nach ihrer Abreise leicht vergessen lassen. Aber sie hatte auch ein spezielles Näschen für Unstimmigkeiten und quetschte Constanze genauestens über ihren gesundheitlichen Zustand nach der »grauenvollen Geburt« und ihr Eheleben aus. Constanze wusste von jeher, dass sie keine Ruhe geben würde, bis sie alles wusste. Bis ins Detail. Und ließ sich hinreißen, von ihren Sorgen zu sprechen. Der Rat, den Mutter ihr am Ende eindringlich gab, entsprach dem sprichwörtlichen ins Ohr gesetzten Floh. Statt Constanze aufzumuntern, ihr Selbstbewusstsein wieder aufzurichten, sie von den unsinnigen Schuldgedanken zu befreien, trichterte sie Constanze eine teuflische Scheußlichkeit ein.

Constanze rang mit sich. Hatte Mutter nicht im Grunde ganz recht? Durfte sie Clemens einfach so, ganz egoistisch, um seine Rechte betrügen? Mein Gott, ja, sie hatte sicherlich recht. Als Clemens zurückgekehrt und Luise abgereist war, fasste sie sich ein Herz und schlug ihm mit zaghafter Stimme vor, sich für seine körperlichen Bedürfnisse eine Geliebte zu suchen.

Clemens stand da, als hätte sie ihm gerade einen Eimer Eiswasser über den Kopf geschüttet. Er war völlig perplex, brauchte eine ganze Weile, bis er fähig war zu sprechen, und sagte dann: »Constanze! Bist du von allen guten Geistern verlassen? Wie kommst du auf solch eine irrwitzige Idee? Ich *habe* eine Geliebte. Das bist du. Nur dich allein will ich. Andere Frauen existieren für mich nicht. Was schlägst du mir da vor?

Ich soll gegen mein Herz eine fremde Frau anfassen? Das fällt mir überhaupt nicht ein. Selbst wenn du buckelig, stinkend und zahnlos wärst, würde ich so etwas nicht tun.«

Ganz gegen ihre verkrampfte innerliche Befindlichkeit musste Constanze nun doch lachen. »Na gut. Ich werde mich waschen, auf meine Zähne achten und mich gerade halten. Wenn du das so siehst, will ich wenigstens das, was ich beeinflussen kann, tun, damit du dich nicht doch irgendwann umentscheidest.«

»Allerdings sehe ich das so. Und nein ... da gibt es nichts zum Umentscheiden. Wird es auch niemals geben, solange du mich nicht von dir stößt. Was passiert ist, geht uns beide an. Hätte ich dich nicht geschwängert, wäre dir nichts geschehen.«

»Aber wir hätten nicht unsere süße kleine Tochter.«

»Eben! Hör auf, dir Vorwürfe zu machen. Ich will mir auch keine machen, denn es ist passiert und wir können es nicht ändern, müssen nur damit umzugehen lernen. Wir vergeuden unser Leben, wenn wir nicht gemeinsam daran arbeiten. Und belasten absolut unnötigerweise unsere Liebe.«

Sie fiel ihm um den Hals, flüsterte: »Und ich habe mich übrigens ausgesprochen gern von dir schwängern lassen«, und hatte für einen kleinen Moment das Gefühl der Leichtigkeit wiedergewonnen.

Aber es wollte nicht bleiben. Die Angst kam wieder, die vorsichtigen Bemühungen der beiden, wieder zueinanderzufinden, verliefen nach und nach wieder im Sande. Constanzes Furcht schwelte leise unter der Oberfläche weiter wie ein Moorbrand, das miese, alle Freude verzehrende Feuerchen war nicht auszubekommen, und Clemens wusste sich eines Tages keinen anderen Rat mehr, als die ganze delikate Geschichte anlässlich eines Wochenendbesuches auf Gut Warthenberg heimlich vor Charlotte auszubreiten.

Sie hörte ihm aufmerksam zu und es erschien ihm wie ein Licht der Hoffnung, dass sich ihre Züge erhellten, sobald sie in voller Kenntnis des Problems war.

»Ach, Junge …«, sagte sie versonnen und schmunzelte. »Was macht ihr euch das Leben schwer. Lass mich mal mit ihr reden.«

* * *

»Setz dich, Kind!«, befahl Großmutter, klopfte mit der flachen Hand auf das Sofapolster neben sich und Constanze nahm artig Platz. »Ich habe hier etwas für dich.«

Charlotte zog ein längliches, stoffbezogenes Kästchen aus der Tasche ihres Glockenrockes und reichte es Constanze. »Vorsichtig! Es ist zerbrechlich.«

Gespannt war sie. Was war das? Ein Armband vielleicht? Langsam öffnete sie den Deckel. Vor ihr lag ein Quecksilberthermometer mit sehr feiner Einteilung.

Ratlos schaute sie zu Großmutter. »Äh, danke. Aber ich verstehe nicht … warum schenkst du mir ein Fieberthermometer?«

Charlotte lächelte verschmitzt. »Nun, du darfst nicht schwanger werden, stimmt's? Ich will dir ein bisschen helfen, deine Ängste zu überwinden und wieder etwas Selbstbestimmung zu gewinnen. Du bist Biologin, mein Schatz. Du wirst leicht verstehen, was du damit anstellen sollst. Es ist so: Ein ganz kluger holländischer Arzt hat vor ein paar Jahren eine Entdeckung gemacht, die insbesondere den katholischen Frauen die Möglichkeit eröffnete, nicht ständig zu sündigen, indem sie sich ihren Männern aus lauter Angst vor Schwangerschaften verweigerten. Die Kunde drang natürlich auch einsfix zu uns und wurde ausgerechnet von einem deutschen Pfarrer weiterverbreitet, der Mitleid mit seinen weiblichen Schäfchen hatte. Meinst du, du bist die erste Frau der Welt, die besser keine Kinder mehr bekommen sollte? Millionen Frauen versuchen seit Hunderten von Jahren, ein wenig selbst über ihre Körper bestimmen zu können, ohne auf die Freuden der Liebe verzichten zu müssen. Und wenn ich deinen Clemens richtig verstanden habe, stehst du kurz davor, das zu tun. Als erfahrene Frau sage ich dir: Mach diesen Fehler nicht.«

»Und das Ganze soll mit einem Fieberthermometer funktionieren?«

»Allerdings. Du musst nur sehr diszipliniert jeden Tag zur gleichen Zeit vor dem Aufstehen deine Körpertemperatur messen und jedes Ergebnis akribisch in eine Fieberkurve eintragen. Der weibliche Zyklus hat, sofern er regelmäßig stattfindet, und ich denke, das wird sich spätestens nach dem Abstillen wieder einpendeln, gewisse hormongesteuerte Eigenarten. Nach einem Eisprung, der ungefähr auf der Hälfte des Zeitraumes zwischen einer und der nächsten Blutung passiert, steigt die Temperatur nämlich um bis zu einem halben Grad und fällt erst wieder ab, wenn deine folgende Menstruation einsetzt. Du wirst also jetzt ein paar Monate lang Buch führen und verstehen lernen, was dein Körper so treibt. Bist du zwischendurch einmal erkältet und fühlst dich fiebrig, vermerk das, damit du keine falschen Schlüsse ziehst. Wenn du Regelmäßigkeit erkennen kannst, wirst du immer sicherer in der Beurteilung werden und weißt bald auch, an welchen Tagen du Clemens lieber abends mit einem großen Bier glücklich machst.«

Constanze kicherte. »Du bist einfach genial, Großmutter! Gibt es überhaupt ein Problem, für das dir keine Lösung einfällt?«

»Ja«, seufzte Charlotte, »gibt es. Was die sich da drüben in Berlin denken und was sie so treiben … das wird Probleme machen, die ich auch nicht werd lösen können.«

10
AUGUST/SEPTEMBER 1939 – DIE POST

Charlottes Präsent erwies sich als Segen für die junge Ehe. Die Methode erwies sich nach einigen bangen Monaten als so zuverlässig, dass Constanze ihre Gelassenheit wiedergewann. Mit dem Verschwinden der bohrenden Angst hatte auch die Liebe neue Chancen. Die beiden erlebten glückliche Jahre.

Aber auch mit ihrer düsteren Vorahnung hatte Charlotte den Nagel auf den Kopf getroffen. Wahrscheinlich hatte sie damals gar nicht so sehr Constanzes neue Heimatstadt im Auge gehabt, aber Danzig gewann zunehmend besondere politische Bedeutung, schwebte es doch als begehrenswertes geschichtsträchtiges Prestigeobjekt seit dem Inkrafttreten des Versailler Vertrages in einer hauchdünnen, verletzlichen Blase zwischen zwei Mächten.

Die deutsche Bevölkerung Danzigs wartete sehnsüchtig auf die Umsetzung des Wahlversprechens, die Stadt wieder »heim ins Reich« zu holen. Stattdessen schloss Hitler mit Pilsudski einen Friedensvertrag. Immerhin eine Vereinbarung, die bis zum Tode des polnischen Diktators 1935 für relativ ruhige Verhältnisse sorgte.

Hitlers Forderung allerdings, wenigstens eine direkte Anbindung zum Reich mithilfe eines Korridors zu schaffen, wurde von polnischer Seite strikt abgelehnt. In der Folge zeichneten sich die Beziehungen zwischen den beiden Regierungen durch eine Politik der Nadelstiche aus. Polnische und deutsche Zöllner arbeiteten im kleinen Grenzverkehr nicht mehr mit-, sondern gegeneinander. Insbesondere im extrem heißen Sommer 1939 führte dies zu katastrophalen Verlusten bei Fisch und Agrargütern.

Im deutsch-polnischen Grenzgebiet kam es immer wieder zum Niederbrennen deutscher Gehöfte, Vorfälle, in denen deutsche Bürger in Polen drangsaliert wurden, führten zu ebensolchen Racheaktionen gegen polnische Einwohner auf deutschem Gebiet. Polnische Militärtransporte fuhren dreisterweise ungenehmigt mitten durch die Stadt, was auf deutscher Seite als Synonym für Machtdemonstrationen empfunden wurde. Deutsche Truppen wurden vermehrt an den Grenzen zwischen beiden Ländern zusammengezogen. Danzig hatte eine ganze Reihe neuer Luftschutzbunkeranlagen bekommen und die Bevölkerung war aufgerufen worden, ihre Dachböden zu entrümpeln. Das ließ nichts Gutes vermuten.

Die Bemühungen Forsters, jüdisches Leben aus Danzig zu vertreiben, fruchteten dank zunehmend brutaler werdender Übergriffe. Wer nicht freiwillig die Beine in die Hand nahm, wurde abgeholt und verschwand mit unbekanntem Ziel auf Nimmerwiedersehen. Die Zoppoter Synagoge brannte ebenso wie viele andere jüdische Gotteshäuser in der Reichspogromnacht. Die Danziger hielt bis zum Mai '39. Dann ließ die NSDAP-Regierung sie abreißen. Forster hatte sein Vorhaben umgesetzt. Der »Führer« klopfte seinen willfährigen Wachhund und besorgte ihm ein Leckerchen. Am 28. August '39 wurde Forster zum Staatsführer der freien Stadt gewählt und war damit de facto Staatsoberhaupt. Endlich sah er seinen

Traum erfüllt, den ewigen Konkurrenten Greiser auszustechen. Wie schnell dieses besondere Bonbon Hitlers aufgelutscht sein würde, ahnte der Mann an diesem triumphalen Tag nicht.

Ganz so leicht, wie er die »Judenfrage« gelöst hatte, erreichte Forster das Ziel nicht, die Stadt zu »entpolonisieren«. Widerstand formierte sich in der alteingesessenen polnischen Bevölkerung. Mitte der 1930er-Jahre waren die organisierten Polen noch weit davon entfernt gewesen, durch Sabotage oder gar Waffengewalt gegen die deutsche Übermacht, die mehr und mehr zum Feind wurde, vorzugehen. Man beließ es beim heimlichen Kleben von Plakaten oder Verteilen von Flugblättern. Man wehrte sich gegen Ungleichbehandlung, die sich beispielsweise in einem Badeverbot für Polen an den Stränden und ähnlichen Drangsalierungen ablesen ließen. Nach und nach verschärften sich die Differenzen, die Gewaltbereitschaft wuchs auf beiden Seiten und es schwelte ein Brandherd, der lediglich eines Hauches bedurfte, um eine Eskalation herbeizuführen, die in einen neuen Krieg münden konnte.

Constanze und Clemens ging jedenfalls der Gesprächsstoff über die politischen Verhältnisse nie aus. Beide hatten Befürchtungen, wenn sie ins Reich hinüberschauten. Zwar hatten sich gewisse Dinge, zuvorderst die Beschäftigungsstatistiken, in beachtlicher Weise verbessert, seit der neue Reichskanzler die Regierungsgeschäfte übernommen hatte, aber es wurde zunehmend ein geradezu totalitär und militaristisch wirkender Stil gepflegt. Bisweilen waren sie gar nicht unfroh über die Inselstellung ihrer Heimat weit weg von krassen Umbrüchen. Noch konnte man sich in Danzig sicher fühlen.

Friedliche Insel oder Zankapfel? Eine Frage, die Clemens immer mal wieder aufwarf, wenn Constanze einen allzu gemütlichen Eindruck machte. Er bekam im Gegensatz zu ihr in seinem Amt sehr viel von dem mit, was die neuen Machthaber im Schilde führten, und seit einiger Zeit war er es nun, der

Constanze immer wieder wachrüttelte, wenn sie ihm in politischen Dingen zu eingelullt wirkte. Schon Tage vor der öffentlichen Bekanntgabe wusste Clemens beispielsweise schon Ende April davon, dass Hitler den Nichtangriffspakt mit Polen aufgekündigt hatte, und berichtete Constanze vom Aufstellen der sogenannten SS-Heimwehr und davon, dass die Polen sogar ihre Beamten neuerdings mit Waffen ausgestattet hätten. Beunruhigende Nachrichten reisten schnell im Mikrokosmos der Amtsstuben.

»Aufrüstung ist immer ein Zeichen für bevorstehende Konflikte«, sagte er und sie entdeckte Sorgenfalten auf seiner Stirn. Dennoch fühlte sie sich sicher. Es würde doch niemand auf die irrwitzige Idee kommen, so kurz nach dem verheerenden Krieg auf neue Konfrontationen hinzusteuern. Nein. Constanze wollte daran nicht glauben. Sie beschäftigten ganz andere Ideen.

Über all die Jahre hatte sie den Kontakt zu Gerda aufrechterhalten und es hatte sich eine solide Frauenfreundschaft entwickelt. Über das zunächst bloße Verhältnis zwischen Hebamme und Wöchnerin hinaus gab es zwischen den beiden eine besondere Übereinstimmung. Gerda war zum Zeitpunkt ihres ersten Zusammentreffens im Storchenhaus mit einem jungen Polen verlobt gewesen. Zu den Zugeständnissen, die die »Zweite Polnische Republik« dem Völkerbund abgerungen hatte, gehörte ab 1925 auch das Privileg eines eigenen Postdienstes in Danzig mit einer ganzen Reihe im Innenstadtbereich aufgestellter Briefkästen, einem Zustelldienst sowie drei Postämtern, die von polnischen Beamten geführt wurden. Einer von ihnen war Antoni, den Gerda Ende 1933 geheiratet hatte.

Häufig unternahmen die beiden Paare etwas miteinander. Clemens und Antoni verstanden sich prächtig und machten sich manchmal einen Spaß daraus, ihre Frauen zu verwirren, indem sie vorgeblich gemeine Lästereien in polnischer Sprache austauschten. Sie zogen richtig fiese Gesichter dazu und wenn die beiden Frauen empört nach Übersetzung verlangten, erwies sich stets alles als harmlos. Es waren Situationen, die sich immer in vierstimmiges Gelächter auflösten. Aber Gerda und Constanze ärgerten sich, dass sie trotz aller Bemühungen nie rechten Zugang zur Muttersprache ihrer Männer fanden. Antoni kommentierte einmal: »Wenn ihr die Worte richtig aussprechen wollt, müsst ihr euch die oberen Schneidezähne ziehen lassen. Sonst kriegt ihr es nie hin«, woraufhin alle vier beschlossen, lieber auf vollständige Gebisse als auf weitere Versuche Wert legen zu wollen.

1934 war Gerdas Töchterchen Sophie zur Welt gekommen und inzwischen verband sie die Mutterschaft mit einer Arbeit als selbstständige Hebamme. Diese Lösung hatte sich als äußerst praktisch herausgestellt und bot dem Klinikdienst gegenüber viele Vorteile. Sie konnte ihr Kind zu den meisten werdenden Müttern einfach mitnehmen, sich ihre Zeit relativ frei einteilen, entwickelte ein erfreulich lockeres und intimes Verhältnis zu ihren Patientinnen, konnte sich aussuchen, wen sie betreuen wollte, und verdiente sogar ein wenig besser. Schnell hatte sich ihre reizende Art in Mütterkreisen herumgesprochen und der Andrang war so groß, dass sie zu ihrem Bedauern manchmal sogar eine Frau ablehnen musste, um sich nicht völlig aufzubrauchen. Die neue Regierung hatte ihr überdies in die Hände gespielt, denn Hausgeburten wurden neuerdings stark propagiert. Gerdas Position hätte kaum besser sein können.

Constanze gab ihr häufig zu verstehen, wie sehr sie sie um ihre erfolgreiche Selbstständigkeit beneidete. Sie selbst fühlte sich in ihrer Rolle als Ehefrau und Mutter oft unterfordert und überlegte seit Jahren schon, wie sie es anstellen sollte, ihr Studium doch noch zu beenden. Natürlich war es in gewisser Weise luxuriös, nichts anderes tun zu müssen, als Evchen den ganzen Tag über mit aller Liebe und Aufmerksamkeit durch alle Phasen ihrer Kindheit zu begleiten. Und natürlich war es zauberhaft, sich an den Abenden ganz Clemens widmen zu können, herrliche Familienwochenenden zu genießen. Oder ganz entspannt an warmen Sommermorgen die Badekleider einzupacken, mit der Kleinen per Straßenbahn hinauszufahren an den Heubuder Strand, zu dösen im Schatten duftender Kiefern, zu planschen, Muscheln zu sammeln, die Zehen im Sand zu vergraben, stundenlang Sandförmchen zu füllen, umzustülpen. Eva beim lachenden Zerstören gerade fertig gebauter Burgen zuzusehen. Tage, Wochen, Monate, Jahre voller Sorglosigkeit und Harmonie.

Clemens hatte seiner vergötterten kleinen Prinzessin diesen Sommer erst das Schwimmen beigebracht und dann begonnen, sie in die Segelkunst einzuweisen. Wie entzückend, den beiden zuzusehen! Er saß an der Pinne, hatte Eva auf dem Schoß, führte ihr Händchen, gab ihr aber immer das Gefühl, ganz allein zu steuern. Dieses Bild, seine Hand über Evchens gelegt, das bewundernde Aufblicken zum Vater und der sprühende Stolz in den blauen Kinderaugen! Constanze liebte es, die zwei so zu sehen.

Und wie sie vertrauensvoll Großmutters Hand hielt, wenn die beiden auf Gut Warthenberg unterwegs waren … ganz so, wie es damals in Constanzes eigener Kindheit immer gewesen war. Charlotte brachte ihr so viel bei. Gemeinsam schnitten sie die herrlichen Rosen im Gutsgarten, säten dies und das und Eva bekam ein eigenes Stückchen Gemüsebeet, das sie sorgsam pflegte. Alles wuchs unter ihrer Obhut. Sie hatte einen wahrhaft grünen Daumen und pflegte voller Freude über die Erfolge auf ihrem »eigenen Land«, wie sie es nannte, zu schwärmen. Constanze schmunzelte dazu. Das eigene Land! Ja, das war etwas, das viel galt in der Familie. Die Grundlage für Generationen. Seit Generationen. Bei Evchen hatte Charlotte einen feinen, aber bestens gedeihenden Keim gepflanzt.

All diese friedlichen, schönen Eindrücke standen bei Constanze einem gewissen Grimmen gegenüber, das sich nach und nach immer deutlicher bemerkbar machte. Da es mit der geplanten großen Familie nichts werden sollte und Evchen eines Tages nicht mehr ihre volle Aufmerksamkeit fordern würde, blickte Constanze mit immer weniger Zuversicht auf Entfaltung ihrer eigenen Talente in die Zukunft. Es wurmte sie. Ich werde faul im Geist, sagte sie sich und das kleine Glöckchen im Kopf, das jahrelang nur hin und wieder leise gebimmelt hatte, schwoll zur Alarmglocke, deren Signale nicht mehr zu überhören waren. Nein, sagte sie sich eines Tages. Ich bin zu intelligent, um mit der gegenwärtigen Situation auf die Dauer vollkommen glücklich sein zu können. Mein Kopf braucht wieder Arbeit. Irgendetwas muss geschehen!

Clemens, dem sie all das erzählte, verstand sie, und die beiden versuchten sich daran, vernünftige Pläne zu schmieden. Nach Königsberg hätte sie zurückgemusst. Wenigstens über die Woche. Eigentlich doch gar kein Problem, die Kleine mitzunehmen, in Königsberg einzuschulen und bei den Eltern zu wohnen.

An einem stillen Freitagabend während der heißen Augusttage des Jahres hatten sie es sich dicht am weit geöffneten Wohnzimmerfenster bei einer Flasche kühlen Weißweins gemütlich gemacht. Eva schlief bereits, sie hatten Zeit füreinander, besprachen die mehr oder weniger aufregenden Wochenereignisse, bis es nichts Neues mehr zu bereden gab. Nachdenklich blickte Constanze hoch in den blauen Spätsommerhimmel, schaute den fedrigen, golden glühenden Wölkchen hinterher und entdeckte plötzlich die überdimensionale Zigarre direkt über dem Haus, die einen riesigen Schatten auf die Gasse warf. Sie sprang auf.

»Schau doch, Clemens, da ist wieder so ein Ding. Ich habe noch nie einen Zeppelin derart tief fliegen gesehen.«

Er trat neben sie, reckte den Hals aus dem Fenster, wandte das Gesicht nach oben. »Ich könnte fast eins der Seile greifen! Wir sollten winken. Bestimmt sehen uns die Leute da oben.«

Tatsächlich! Die Menschen im Luftschiff reagierten. Aufregend.

»Er fliegt an der Küste entlang nach Osten, Clemens. Ich glaube, ich sollte es ihm nachtun. Wollen wir jetzt Nägel mit Köpfen machen? Sonst sind die Einschreibefristen an der Uni vorbei.«

Clemens sah sie ernsthaft an und nickte entschlossen. Constanze erzählte ihm nicht, dass sie vorgegriffen und ihre Immatrikulation längst erledigt hatte.

* * *

Alles war vorbereitet. Constanze schwebte in einem Zustand zwischen Aufregung, Vorfreude, leiser Furcht und Wehmut. Sie hatte ihr Danziger Zuhause so lieb gewonnen, würde Clemens entsetzlich vermissen, wusste schon jetzt, dass die alte Freundschaft zu Edith niemals die innige Beziehung zu Gerda würde aufwiegen können. Und hatte ein wenig Angst vor allzu heftigen Einmischungen Luises in Evas Erziehung. Die würden nämlich kommen wie das Amen in der Kirche. Constanze spürte schon jetzt, wie ihr der Kamm schwoll, wenn sie an Mutters Einstellung zu Kindern dachte. Sie tröstete sich mit dem Gedanken, dass es ja nur eine begrenzte Zeit gehen würde. Und außerdem konnte sie sich Clemens' Rückhalt absolut sicher sein.

Über das erste Septemberwochenende wollten sie den Umzug bewerkstelligen. Clemens hatte sich bei dem Bauunternehmer Deetz einen Kleinlastwagen geliehen und die beiden hatten ihn zusammen mit dem wahnsinnig aufgeregten Evchen, das jedes Kuscheltier, jede Puppe unbedingt einzeln hinuntertragen und bequem für die Reise verstauen wollte, mit Kisten und Koffern beladen. Gleich morgen, wenn Clemens vom Dienst kam, würden sie gemeinsam gen Königsberg starten.

* * *

Constanze schlief schlecht in dieser Nacht vor dem Abschied. Sie waren zeitig zu Bett gegangen, aber schon bald gestört worden. Erst hörte man es aus der Ferne. Der Gleichschritt vieler schwerer Stiefel mischte sich mit dem Rhythmus des eigenen Pulses, dass man dachte, die Schlagzahl hätte sich verdoppelt. Unruhe machte sich im Körper breit. An Schlaf nicht zu denken. Mit dem Näherkommen irritierte das penetrante Metronom der Straße mehr und mehr das eigene Herz, zwang es am Ende in denselben Takt. Sie marschierten. Und sie sangen. Wo man singt, da lass dich ruhig nieder. Böse Menschen haben keine Lieder. Nicht? Oh doch, sie hatten. Und niemals hätte sie sich in diesem Kreise niederlassen wollen. Constanze tat geradezu körperlich weh, was sie sangen:

»Es zittern die morschen Knochen
Der Welt vor dem roten Krieg
Wir haben den Schrecken gebrochen
Für uns war's ein großer Sieg

Wir werden weiter marschieren
Wenn alles in Scherben fällt
Und heute gehört uns Deutschland
Und morgen die ganze Welt

Und mögen die Spießer auch schelten
So lasst sie nur toben und schrein
Und stemmen sich gegen uns Welten

Wir werden doch Sieger sein

Und liegt vom Kampfe in Trümmern
Die ganze Welt zu Hauf
Das soll uns den Teufel kümmern
Wir bauen sie wieder auf«

Constanze wartete mit angehaltenem Atem, bis sie fertig waren. Sie wusste, was am Ende des Liedes noch kommen würde. So oft waren sie in den vergangenen Wochen marschiert. So oft hatten sie gesungen. So oft war sie innerlich in Deckung gegangen, denn sie fürchtete von Tag zu Tag mehr, dass dieses großkotzige Gebrüll da unten vorerst nur die vergleichsweise harmlose Willensbekundung für etwas war, das sich grauenvoll ausweiten würde.

Sie hielt sich die Ohren zu und hörte es doch: »Hängt die Juden, stellt die Polen an die Wand. Ruckzuck!«

Wieder und wieder.

Seit sie es zum ersten Mal gehört hatte, wusste sie, wie klug Clemens gewesen war. Polen an die Wand stellen … Wie gut, dass er vorgesorgt hatte! Clemens griff nach ihrer Hand, führte sie in der Dunkelheit an die Lippen und küsste sie.

»Ich kann es nicht mehr hören, Clemens! Hoffentlich gibt es wenigstens das in Königsberg nicht.«

»Ich kann es leider nur allzu gut hören … und ja, ich hoffe auch, dass du in Maraunenhof davon verschont sein wirst. Da draußen in der Villengegend gibt es nicht genügend Ohren. Mitten in der Innenstadt lohnt sich das Spektakel aber richtig. Diese Nachtwächter träufeln jedem Bürger ihr Gift zum Schlafengehen ins Ohr. Steter Tropfen höhlt fast jedes Hirn. Irgendwann glaubt das dumme Ding jeden Mist. Und so hübsch vielstimmig im Chor dargeboten, dazu im beliebten Marschtakt, verfehlt es sicher die geplante Wirkung nicht.

Es bleibt im Kopf, frisst sich in den Träumen fest und kann sich eine ganze Nacht lang einnisten. Bei allzu vielen bleibt es unbearbeitet sitzen, nistet sich ein wie eine selbstverständliche Wahrheit. Am nächsten Morgen sind sie, ohne es zu ahnen, der Liedgutpropaganda aufgesessen und singen oder summen demnächst ganz vergnügt mit.«

Die Stiefeltritte entfernten sich. Zogen eine Straßenecke weiter; da hoben sie erneut an. Danach kehrte endlich Ruhe ein. Dennoch wälzte sich Constanze noch stundenlang hin und her. Die Schlafzimmerfenster standen weit offen, um die Nachtkühle hereinzulassen, trotzdem war es immer noch unerträglich heiß. Träge bewegten sich die Vorhänge in der leichten Brise, fächelten ein wenig frische Luft herein. Nicht genug. Längst hatte sie ihre Bettdecke fortgeschoben, das knielange dünne Baumwollnachthemd bis über den Bauchnabel hochgezogen, um jeden Hauch an die Haut zu lassen. Gegen viertel vier in der Früh, daran konnte sie sich später erinnern, warf sie einen letzten Blick auf den Wecker und dämmerte endlich wenigstens in einen unruhigen Halbschlaf hinüber. Um kaum mehr als eine halbe Stunde später plötzlich senkrecht aufzufahren.

»Clemens, wach auf!« Sie rüttelte seine Schulter. »Clemens, wach auf, verdammt noch mal, es ist Krieg!«

Schlaftrunken öffnete er die Augen. »Was ist los? Krieg?«

»Ja, hör doch!«, kreischte sie außer sich vor Entsetzen.

Gleichzeitig sprangen sie aus dem Bett, waren mit zwei Sätzen am Fenster. Lauschten. Es kam von zwei Seiten. Geschützdonner aus Richtung Hafen, Maschinengewehrsalven irgendwo in der Innenstadt.

»Mami, was ist das für ein Lärm da draußen? Ich kann gar nicht mehr schlafen.«

Evchen stand im langen Nachthemd in der offenen Tür. Die Augen schreckgeweitet, das lange blonde Haar wirr in der Stirn, die Lieblingspuppe fest an die Brust gepresst. Clemens nahm sie auf den Arm, drückte sie, flüsterte beruhigende Worte. Constanze strich ihr die Tränchen von den Wangen. »Es hört bestimmt gleich auf, Eva.«

Es hörte nicht auf.

Nur wenige Minuten später läutete jemand die Türglocke Sturm. Clemens schob Constanze das verängstigte Kind zu, ging öffnen, kam mit der völlig aufgelösten Gerda zurück, die die kleine Sophie genauso an sich gepresst hielt wie Constanze ihre Tochter.

»Kann ich bei euch bleiben? Es passiert etwas Furchtbares im Postamt am Heveliusplatz.«

»Natürlich, Gerda!«, sagte Clemens. »Was ist los da draußen? Haben wir Krieg?«

»Ich weiß es nicht. Das Postamt wird beschossen. Und Antoni ist da drin. Er hat Frühdienst. Der ganze Platz ist voller Polizei mit Maschinengewehren. Sie fahren mit Radpanzern auf und ab und feuern aus allen Rohren. Ihr hört es doch. Ich habe versucht, ihn telefonisch zu erreichen. Aber die Leitung scheint tot zu sein.«

»Und am Hafen drüben? Was passiert da?«

»Die Leute auf der Straße sagen, ein deutsches Kriegsschiff beschießt das polnische Munitionsdepot auf der Westerplatte.«

»Wartet. Ich rufe Forsters Sekretär an«, beschloss Clemens.

Constanze zog Gerda mit sich in die Küche, schloss das Fenster. So war der Lärm ein wenig gedämpft. Die Kinder … sie waren beide völlig durch den Wind.

»Setzt euch hin. Ich mache Kaffee. Und für euch zwei Mäuse Kakao?«

Zögernd nahm Gerda Platz. Rechts und links nun ein Mädchen im Arm. Die Kinder nickten. Constanze hatte nicht den Eindruck, dass sie im Moment wild waren auf Kakao. Aber was sollte sie tun, außer nach Ablenkung zu suchen? Clemens würde schon etwas herausbringen. Mit einem Ohr blieb sie bei dem Telefongespräch, das nur wenige Meter entfernt im Flur stattfand. Clemens hatte gesprochen, das hatte sie gehört, und jetzt schien er stumm zuzuhören. Alles dauerte kaum eine Minute. Aber es kam ihr vor wie eine Ewigkeit. Mit fahrigen Händen füllte sie Kaffeepulver in den Filter, hätte ihn beinahe von der Kanne gestoßen, als sie die erste Ladung Wasser eingoss, schnappte nach dem Griff, schüttete sich einen Schwall kochenden Wassers über den Handrücken. Sie fluchte leise, wollte keine Aufmerksamkeit der anderen für ihre Ungeschicklichkeit, biss die Zähne zusammen und hielt die Hand zum Kühlen unter den Hahn.

Clemens kam. Ihm konnte sie nichts vormachen. Ein Blick genügte ihm. »Verdammt! Was ist denn da passiert, Constanze? Komm, lass mal sehen.« Er betrachtete die feuerrote Haut, verzog das Gesicht zu einem schmerzhaften Ausdruck. »Kühl weiter, Schatz. Ich mache das hier schon fertig.«

»Das ist doch jetzt nicht wichtig! Erzähl! Was hast du in Erfahrung gebracht?«, fragte sie ungeduldig.

Wortlos schaltete Clemens den Radioapparat ein. Constanze sah, wie angespannt seine Kiefer mahlten, wie fest er die Lippen aufeinanderpresste. Die Uhr zeigte fünf, als Albert Forsters Stimme erklang. Er verkündete die Wiedervereinigung Danzigs mit dem Deutschen Reich. Im nächsten Augenblick mischten sich Kirchenglocken in den Gefechtslärm.

Es herrschte kein Jubel in der Beletage der Frauengasse vier.

»Hat er nicht lange Spaß dran gehabt, am Staatsoberhauptsposten«, sagte Clemens sarkastisch, »drei Tage, und schon ist er entbehrlich geworden.« Er sollte sich irren.

Aus Constanzes Mund kam nur ein »Oh«. Sie glaubte ihm seine bissige Gelassenheit nicht, aber offensichtlich hatte er sich ungeheuer gut im Griff. Er suchte einen tiefen Topf heraus, füllte kaltes Wasser hinein, setzte ihn auf den Tisch, schob Constanze auf einen Stuhl und hieß sie, ihre Hand hineinzustecken. Gerda war so steif und starr vor Schreck, dass sie erst in diesem Augenblick realisierte, was Constanze passiert war. Jetzt kam ihre medizinische Ausbildung an die Oberfläche. »Du liebe Güte! Der ganze Handrücken. So was tut verflucht weh. Clemens hat recht. Kühl, so gut es geht, dann schauen wir nachher mal, ob eine Blase entsteht. Das versorge ich dir dann. Du Arme!«

Clemens stellte den Kaffee auf den Tisch, winkte Sophie und Eva zu sich und sagte in sehr bestimmtem Ton: »Kommt, ihr beiden. Ihr kriegt euren Kakao in Evas Kinderzimmer.« Folgsam gingen die beiden Mädchen mit. Constanze und Gerda schauten sich an. Schüttelten fast unmerklich die Köpfe. Jede wusste, was die andere dachte. Dass er die Kinder aussperrte, hatte nichts Gutes zu bedeuten. Dass er dennoch so ruhig wirkte, besagte, dass sie hier in Sicherheit waren.

Als er zurückkehrte, schloss er die Küchentür hinter sich, nahm Platz, legte Constanze tröstend eine Hand auf den Arm. Erst dann berichtete er. »Wir sollen uns nicht ängstigen, sagt er. Es sei noch kein Krieg. Aber ich befürchte, die Betonung liegt auf ›noch‹. Das Einzige, was zu fehlen scheint, ist die offizielle Kriegserklärung, denn wenn ich das richtig verstanden habe, hat das deutsche Militär gestern in den Abendstunden Ausgangsstellung an den Grenzen zu Polen bezogen und rückt offenbar zur Stunde in Polen ein. Es hätte hellhörig machen müssen, dass sie kürzlich drei ganze Jahrgänge eingezogen haben. Aber wer hätte das ahnen können? Mit der unglaublichen Zahl von anderthalb Millionen Mann, dreieinhalb Tausend gepanzerten Fahrzeugen und zweitausend Flugzeugen wird angegriffen. Ich glaube nicht, dass Polen in diesem Moment mit einem Angriff rechnet, denn in den letzten Tagen liefen die internationalen Diplomaten doch noch ständig alle von hier nach da … und am Ende immer zu Hitler. Der soll allerdings dem Vernehmen nach langsam ungeduldig geworden sein. Ich vermute ja eher, er hat ein Verwirrspiel mit der Diplomatie betrieben, um von seinen wahren Plänen abzulenken und loszuschlagen, solange sich noch niemand recht in Verteidigungsposition begeben hat. Was Danzig im Speziellen angeht, konnte ich zweierlei in Erfahrung bringen. Punkt eins: Die deutsche *Schleswig-Holstein* hat das polnische Munitionsdepot angegriffen. Zusätzlich sind wohl Stukas in der Luft. Punkt zwei: Die Polizei vermutet angeblich Freischärler im Postamt Nummer eins am Heveliusplatz und hat zum Sturm auf das Gebäude angesetzt.«

»Antoni ist kein Freischärler!«, schrie Gerda empört auf. »Er ist ein vollkommen harmloser Beamter und tut nicht mehr, als Telegramme aufzunehmen, Briefe und Päckchen zu frankieren. Ihr wisst es doch. Er ist absolut unpolitisch!«

Clemens schaute Gerda freundlich an. »Ja, Gerda, das wissen *wir*. Ich hoffe, die Polizei weiß es auch. Mach dir vorläufig keine Sorgen. Sie suchen nach Agitatoren und ein solcher ist er nicht. Wir können jetzt nur abwarten. Forster sagt, die Polizei hat die Sache im Griff.«

»Die Sache im Griff?« Schon wieder überschlug sich Gerdas Stimme. »Die Beamten sind bewaffnet. Antoni, der nicht vernünftig schießen kann, hat eine von den Handgranaten zugeordnet bekommen. Spätestens wenn sie sich verteidigen, wird der Freischärlervorwurf ihnen zum Verhängnis werden. Wie soll er da je wieder rauskommen?« Sie schlug die Hände vors Gesicht und begann hemmungslos zu weinen.

Constanze drehte den Rundfunkempfänger an. Tanzmusik. Keine Sondermeldung. Sie stellte das Gerät leiser. Zur vollen Stunde vielleicht? Es würde ihnen nicht entgehen.

Um Punkt sechs Uhr lauschten sie. Über den deutschen Rundfunk wurde eine Proklamation an die Wehrmacht als Sondermeldung gesendet. Die drei schauten sich entsetzt an, als sie vernahmen, dass Deutschland sich von nun an den »unerträglichen polnischen Provokationen« widersetzen wolle.

Mittags war die Lage endgültig klar. »Seit fünf Uhr fünfundvierzig wird zurückgeschossen!«, hatte Adolf Hitler in seiner vormittäglichen Rede vor dem Reichstag erklärt und sein Tun mit allerhand Begründungen hinterlegt, die keinen anderen Schluss für die deutsche Bevölkerung zulassen konnten, und für die Welt zulassen *sollten*, als den, dass Deutschland keineswegs als Aggressor losgeschlagen, sondern sich lediglich verteidigt hatte. Ein gutes Dutzend kleiner Vorfälle zwischen Polen und Deutschen, speziell irgendeinen polnischen »Überfall auf den Sender Gleiwitz«, schob er vor, spielte den Geduldigen, Gekränkten, Missverstandenen, Mitleidheischenden. Die Danziger wussten es anders und Clemens scherzte bitter, dem »Führer« müsse man mal eine zuverlässige Uhr schenken, sonst würde die Welt noch in hundert Jahren glauben, das deutsche Militär wäre früh nicht aus den Federn gekommen.

»Wann auch immer ...«, sagte er leise und es kam den Frauen so vor, als sagte er es nur zu sich, »Zweifel gab es heute Morgen. Heute Morgen, das ist Vergangenheit, das ist die Zeit vorher gewesen. Die Schwebe zwischen Krieg und Frieden. Jetzt sind wir in der Gegenwart. Und in der Gegenwart herrscht Krieg!«

* * *

Constanze und Clemens fuhren nicht nach Königsberg. Clemens meldete sich in seinem Büro als unabkömmlich, schob Constanzes Verbrühung als Grund vor und murmelte etwas Diffuses von Klinik und Schockzustand. Im Amt wusste man natürlich auch bereits, was vorging. Clemens' direkter Vorgesetzter zeigte Verständnis und berichtete, er sei durchaus nicht der einzige Beamte, der heute nicht zum Dienst erscheinen würde. Viele waren aus purer Furcht zu Hause bei ihren Familien geblieben. Er empfahl Clemens nicht nur dringend, sowohl den Hafen als auch den Heveliusplatz zu meiden und nach Möglichkeit in geschlossenen Gebäuden zu bleiben, sondern hatte auch noch einen äußerst wertvollen Tipp zur Hand. »Wenn Sie wissen wollen, was genau am Postamt vorgeht, rufen Sie den Kollegen Krömer an. Der wohnt gegenüber und hat einen Fernsprechanschluss.«

Clemens versuchte es sofort. Besetzt. Versuchte es nach Minuten wieder, wieder und immer wieder. Besetzt. Stundenlang. Anscheinend hatte nicht er allein diesen Ratschlag bekommen. Wahrscheinlich lief Krömers Apparat schon heiß. Keiner von ihnen konnte heute auch nur einen Happen hinunterbringen. Die Mädchen hatten im Kinderzimmer eine Wolldecke über den Spieltisch gezogen und versuchten, sich mit ihren Puppen abzulenken. Immer wieder, wenn das Geheul der Sturzkampfbomber vom Hafen zu hören war, hielten sie sich die Ohren zu, um das nachfolgende Einschlagen der Bomben nicht hören zu müssen. Nervös wie Gerda, Clemens und Constanze selbst waren, gelang es keinem der drei, den Kindern die Angst zu nehmen, wenn sie in regelmäßigem Turnus abwechselnd nach ihnen sahen. Keine Milch wollten sie, keine mit Zucker bestreute Butterstulle, keinen der rotbackigen Äpfel, die sie letztes Wochenende auf dem Gut noch von Großmutter eingepackt bekommen hatten, nicht mal Kekse oder die angebotenen Karamellbonbons. Aus ihrer Höhle waren sie nicht hervorzulocken. Nur dort fühlten sie sich sicher.

Es war bereits kurz nach halb acht am Abend, nach und nach war durchgesickert, dass die Deutschen zum Überraschungsangriff auf ganz Polen angesetzt hatten, Militärlager, Industriegebiete, Warenlager, aber auch Städte und Dörfer zu Land und aus der Luft beschossen und bombardierten. Es hieß, Polen sei so perplex gewesen, dass es kaum Widerstand gäbe und die deutschen Truppen »vorzüglich vorankämen«. Alles wartete auf das Eingreifen der polnischen

Verbündeten, England und Frankreich. Doch London und Paris hielten sich vorerst zurück.

Kaum einmal für Minuten war der Gefechtslärm in Danzig während der letzten Stunden verstummt, Gerda längst ein Nervenbündel, als Clemens endlich ein Freizeichen hörte. Just in dem Moment, als Clemens' angespanntes Gesicht ein Hoffnungsschimmer überzog, er mit einem Nicken an die Frauen »frei« flüsterte, hatte Gerda zum Stich in die Riesenblase auf Constanzes Handrücken angesetzt. Er sah, wie es in ihren Augen kurz flackerte. Dann riss sie sich offenkundig zusammen, besann sich auf ihre Profession und stach entschlossen mit einer über der Flamme desinfizierten Nähnadel aus Constanzes Handarbeitskörbchen unter die Haut. Clemens konnte sehen, wie die Wundflüssigkeit ablief. Und er sah, dass Gerdas Hände zum ersten Mal an diesem schrecklichen Tag nicht zitterten.

In den folgenden atemlosen Minuten hörte er sich an, was Krömer (»Jaja, verstehe, zum x-ten Mal heute, aber bitte, Kollege, man will doch informiert sein!«) auch ihm zu berichten wusste.

Das Gebäude der polnischen Post war exakt um dreiviertel fünf von der SS-Heimwehr Danzig und städtischen Polizeitruppen angegriffen worden. Zuvor hatte irgendjemand schon Strom- und Telefonleitungen gekappt, um den Polen das Herbeirufen von Militärunterstützung unmöglich zu machen. Annähernd sechzig Personen sollten sich im Postamt aufgehalten haben. Postbeamte aus Danzig, Gdingen und Bromberg. Letztere wohl mit militärischen Kenntnissen und alle bewaffnet, wenn man von dem Hausmeister mitsamt Frau und Kind sowie einem Eisenbahner absah. Gleichzeitig feuerte das Kriegsschiff *Schleswig-Holstein* auf der Westerplatte die ersten Geschosse.

Das war kein Zufall! Dieses Zusammentreffen, so viel war Clemens glasklar, deutete auf einen von langer Hand vorbereiteten Anschlagsplan hin, der sich nahtlos in die Gesamtaktivitäten der Wehrmacht fügte.

Vor dem Gebäude, so berichtete der ziemlich entnervt wirkende Krömer zunächst knapp, waren drei Radpanzer, beschriftet mit »Sudetenland«, »Ostmark« und »Saar« zur Deckung dreier von der Danziger Polizei befehligter Sturmtrupps aufgefahren. Ganz bestimmt nicht wahllos beschriftet, dachte Clemens. Vielsagend! Die sogenannte »Ostmark«, sprich Österreich, war ja bereits Teil des Reiches. Ebenso war das Saargebiet seit 1935 dem vom Völkerbund angeordneten französischen Mandat entzogen und dem Reich wieder angegliedert worden. Das Sudetenland, auch so ein verlorenes Kind des Krieges, war 1938 vom Deutschen Reich besetzt worden. Das Reich wuchs. Jetzt ging es offensichtlich darum, Danzig dem polnischen Einfluss zu entreißen!

Der erste deutsche Angriff war von den Verteidigern aufgehalten worden, obwohl die Agitatoren kurzzeitig am Hauptportal eindringen konnten. Auf deutscher Seite hatte es bei der Gelegenheit, so Krömer tief betroffen, wohl bereits zwei Tote gegeben. Auch einige Verletzte waren aus der umkämpften Frontseite herausgezogen und mit Krankenwagen abtransportiert worden. Dann hatte man es erfolglos vom Seiteneingang aus versucht. Hier fiel der erste Pole. Krömer hielt es anscheinend für ein besonders lustiges Schmankerl, dass die eigene Handgranate den Mann zerfetzt hatte. Er nannte einen Namen. Nein, es war nicht Antoni, der Mann, der so schlecht schoss, dass man ihm eine Granate zugeteilt hatte. Clemens war erleichtert.

Nun begannen Krömers Erzählungen von Schadenfreude nur so zu strotzen. »Aufs Ultimatum, sich bis fünfzehn Uhr zu ergeben, haben sie gepfiffen, die Polacken. Aber unsere hatten Ideen, Rosanowski. Ich sage Ihnen, durchschlagskräftige Ideen! Die Bude abfackeln, jawoll! Um fünfe waren unsere beinahe drin. Die Polacken immer noch am Feuern. Dann haben wir ihnen mal gezeigt, wie das mit Feuer wirklich geht und schön Benzin in den Keller dieses Rattennestes laufen lassen. Ein paar Flammenwerfer dazu, Rosanowski, und bumm! Schon mal Fackeln laufen sehen? War wirklich ein Bild für die Götter!«

Clemens verschlug es einen Moment die Sprache. Was für eine menschenverachtende Haltung! Aber er verkniff sich Kommentare. Schließlich wollte er den Kollegen weiter aushorchen. »Und weiter? Was wissen Sie?«

»Jetzt ist es ruhig. Kamen um sieben zwei mit der weißen Fahne rausgewackelt. Unsere haben nicht lange gezögert und sie umgeblasen. Der Rest hat sich dann zack, zack ergeben. Wurden natürlich sofort festgenommen. Haufen verletzte Polacken abtransportiert. Na, welches deutsche Krankenhaus wird sich da schon Mühe geben?«

Clemens biss sich beinahe die Zunge ab. Es erforderte äußerste Disziplin, jetzt noch anscheinend solidarisch zu tun. Es gelang ihm kaum, aber Krömer war nun in Rage.

»Paar sind geflüchtet, Rosanowski. Passen Sie auf Ihre Familie auf. Denen ist doch alles zuzutrauen. Aber die werden wir schon auch noch flott einfangen. Bin ganz zuversichtlich. Endlich passiert hier mal was in Danzig. Ging ja nicht mehr so weiter! Die Fahne flattert jetzt überm Amt. Und gehen Sie mal nachschauen, Rosanowski ... flattert aus jedem Fenster, hinter dem ein anständiger Deutscher wohnt. Auch schon rausgehängt? Na, ich hoffe doch.«

Als er leise aufgelegt hatte, den Blick immer sichernd auf die beiden Frauen am Küchentisch gerichtet, die Gott sei Dank gerade mit dem Verbinden der Wunde abgelenkt waren, flüchtete Clemens ins Badezimmer, drehte den Wasserhahn weit auf und steckte den Kopf darunter. Die Informationen waren entsetzlich. Er brauchte einen Augenblick allein, wollte sich sammeln, überlegte fieberhaft, wie er den Frauen beibringen sollte, was er gerade gehört hatte. Minutenlang ließ er das eisige

Wasser über den Schädel laufen. Es spülte die Tränen gleich mit weg, kühlte, besänftigte diese erbärmliche aufsteigende Panik wenigstens ein bisschen. Es war nur der Anfang. Ein Anfang, der so unsinnig, so brutal war, dass er sich allzu gut vorstellen konnte, wie es weitergehen würde. Das würden die Polen nicht auf sich sitzen lassen. Und der Zankapfel Danzig lag nun mal umzingelt von einer Grenzlinie, die jetzt nicht mehr friedlich nachbarschaftlich würde bleiben können.

Wie wenig Handlungsfreiheit den Polen zu diesem Zeitpunkt tatsächlich noch blieb, konnte er nicht ahnen.

Clemens schlug mit der flachen Hand auf den Marmorrand des Waschtisches. Hätte er sich doch mehr Gedanken gemacht über diese dubiose Gemeinschaft, die den Decknamen »Bernhardt«, »Eberhardt« oder irgendwie ähnlich trug; er hatte so genau nicht hingehört im vergangenen Monat, als im *Café Derra* ein paar Männer getuschelt hatten … Das *Café Derra*! Exakt dort wollte er seine gerade gewonnenen Erkenntnisse vertiefen. Da würden sie feiern. Und wenn sie feierten, waren die Zungen lose. Er musste herausfinden, ob es Listen gab (und es gab eigentlich immer Listen, die Nationalsozialisten liebten Listen), musste sich über Antonis Schicksal vergewissern. Nein, er würde Constanze und Gerda jetzt nicht berichten. Nicht Entsetzen schüren, ehe er kein hundertprozentig klares Bild der Lage hatte.

Er trocknete sich das Haar ab. Nahm ein frisches Hemd vom Bügel, das Constanze gestern Abend zusammen mit Unterwäsche für die heutige Reise nach Königsberg zurechtgelegt hatte, zog den Krawattenknoten zu, schaute noch einmal in den Spiegel und verzog das Gesicht zur Fratze. Einer schleimigen Fratze. So einer, wie man sie braucht, um dort geschätzt zu werden, wo er jetzt hinwollte. Clemens ekelte sich vor sich selbst.

✳ ✳ ✳

Er hatte die beiden, die ihn mit erwartungsvollen, ängstlichen Augen angesehen hatten, beruhigt. Man wisse nichts Genaues. Auch Krömer nicht. Nun sei es vorbei, alles ruhig am Heveliusplatz. Er würde jetzt gehen, wüsste, wo er fundierte Informationen bekommen könne.

Eingeschärft hatte er ihnen, das Haus nicht zu verlassen, ehe er wieder da war. Ja. Natürlich hatte Gerda Antoni eine Nachricht auf den Küchentisch gelegt, damit er wusste, wo er sie finden konnte. Wenn es jetzt vorbei war, würde er bestimmt bald hier aufkreuzen. Vielleicht sogar eine Flasche Wein mitbringen. Täte gut jetzt, würde beruhigen.

Die Gesichter so vertrauensselig. Als wären sie sicher, er könne die aus den Fugen geratene Welt wieder ins Lot bringen. Wer war er schon? Ein geduldeter Dackel im Windhundzwinger. Er wusste, er musste verdammt vorsichtig sein, um diese Duldung jetzt nicht zu verspielen. Die Sicherheit seiner eigenen Familie hing davon ab. Aber Antoni und Gerda waren Freunde, und Clemens war es gewohnt, für Freunde alles zu tun, was ihm möglich war.

Einige hatten fliehen können, hatte Krömer gesagt. Clemens betete im Stillen, dass Antoni unter ihnen sein würde. Und er betete, dass Antoni daheim seine Benachrichtigung fände, ehe man ihn fand. Sollte er zu den Flüchtigen gehören, nähme man sicherlich an, dass er nach Hause ginge. Dieser Gedanke ließ Clemens das Blut in den Adern gefrieren. Herrgott! Von dort aus nur ein winziger Schritt bis in die Frauengasse vier. Bis zu seiner Familie! Und die hatte er gerade alleine gelassen.

Clemens stoppte den Wagen. Beinahe wäre ihm ein Taxi ins Heck gefahren. Laut hupend zog der Fahrer vorbei und zeigte ihm einen Vogel. Er schaute in den Rückspiegel. Alles frei. Atmete tief durch. Wendete. Das *Derra* auf der rund acht Kilometer entfernten Karthäuserstraße musste warten. Zunächst galt es, sich Einlass in Gerdas und Antonis Wohnung zu verschaffen. Wie, war ihm noch völlig unklar. Gerda um den Schlüssel zu bitten, hätte die noch schlafenden Hunde geweckt. Irgendeine Idee würde ihm schon kommen. Zurück also in die Innenstadt.

Ein paar Kinder huschten gerade in den Hausflur. Er zwängte sich mit durch. Stieg hinauf in die Mansarde. Ihm blieb beinahe das Herz stehen, als er realisierte, dass die Wohnungstür sperrangelweit offen stand. Sie waren also dagewesen?! Das erhöhte die Wahrscheinlichkeit, dass Antoni davongekommen war. Aber fachte auch die glühende Angst um die Frauen und Kinder an. Clemens lief den Korridor entlang auf die Küche zu. Jede Tür rechts und links offen. Überall Verwüstung. Federn quollen aus den zerschnittenen Bettdecken, der Kleiderschrank leer, alle Kleidung auf dem Boden verstreut, Regale umgestürzt, überall lagen Bücher herum, Gerdas kleiner Sekretär aufgebrochen, Papiere in irrem Durcheinander. Clemens hastete in die Küche. Töpfe, Pfannen, Besteck herausgerissen, Geschirr zertrümmert. Dazwischen Kartoffeln, verschüttetes Mehl, ein halbes Graubrot, fünf Glas Erdbeermarmelade. Zersplitterte süße, sommerliche Hausfrauenmühe. Der Tisch umgekippt, Sophies Kinderstühlchen fehlten zwei Beine. Clemens suchte. Wie sollte er feststellen, ob eine – vermutlich liebevoll geschriebene – Notiz da war, irgendwo inmitten des Chaos steckte oder mitgenommen worden war?

Er nahm einen Besen, dessen Stiel durchgebrochen war. Teilte den wüsten Haufen auf dem Fußboden auseinander, arbeitete fieberhaft, stets ein Ohr in Richtung Tür, alle Nervenfasern zum Bersten gespannt. Vertat er Zeit? Waren sie längst bei Constanze und Eva? Und er fegte hier Porzellan- und Steinguttrümmer in Mehl-Erdbeer-Brei.

Einmal schreckte er zusammen. Hatte etwas gehört. Es war nicht von der Tür gekommen. Clemens lauschte. Im nächsten Moment sah er eine Taube über dem Dachfenster aufflattern und ins letzte Dämmerlicht davonfliegen. Gut. Nur eine Taube!

Verschmiert war er, der kleine Zettel. Clemens las: Vergiss nicht, dass du Freunde hast.

Drei Schreibfehler in den paar Wörtern. Dennoch. Clemens lächelte. Kluge Gerda! Die Worte standen da in polnischer Sprache.

* * *

Clemens fuhr nicht mehr ins Café. Für den Moment wusste er alles, was er wissen musste. Offenbar war Antoni entkommen. Welchen Grund sollte es sonst geben, die Wohnung zu durchsuchen? Er jagte das Treppenhaus hinunter, nahm immer drei Stufen auf einmal, warf sich in seinen Wagen und raste nach Hause.

Hoffnung machte sich in ihm breit. Antoni würde Gerdas Botschaft im Gegensatz zu jedem Deutschen, der bei der Verwüstung der Wohnung dabei gewesen war, verstanden haben. Aber … Moment mal … hatte er sie gelesen? Hätte er nicht diesen kleinen, vielsagenden Zettel mitgenommen, wenn er ihn gelesen hätte, um ja keinen Hinweis dazulassen? Er jedenfalls hätte das getan. Verdammt! Was tun? Doch ins Café? Unbeteiligt tun, wie er es meist tat, und einfach mal die Ohren offen halten?

Nein. Zunächst nach den Frauen sehen.

Sie schauten ihn an wie einen Erlöser, als er eintrat.

Was für ein scheußliches Gefühl, ihnen keine Erlösung präsentieren zu können. Nichts als einen Hoffnungsschimmer hatte er mitgebracht. Wahrscheinlich suchten sie Antoni. Aber er, Clemens, hatte ihn nicht gefunden.

Stumm reichte er Gerda den beschmierten Zettel. Sie nahm ihn und Tränen liefen über ihre Wangen. »Er hat ihn nicht gefunden.«

Clemens zuckte lahm die Schultern. »Wahrscheinlich nicht, Gerda. Aber hätten sie eure Wohnung auf den Kopf gestellt, wenn sie ihn hätten? Oder wenn er umgekommen wäre? Ich glaube, die Mühe hätten sie sich nicht gemacht.«

»Du hast recht. Aber was tun wir?«

»Abwarten«, sagte Constanze rigoros. »Keine Risiken eingehen. Blinder Aktionismus bringt uns nur alle in Gefahr. Antoni ist nicht dumm. Er weiß um unsere Freundschaft. Wenn er die Möglichkeit hat, wird er sich melden.«

Gerda schaute sie zweifelnd an. Clemens anerkennend. Sie hatte richtig entschieden.

Sophie wurde zusammen mit Eva in dem breiten neuen Kinderbett untergebracht, das erst kürzlich das Gitterbettchen ersetzt hatte, und Constanze machte für Gerda im Wohnzimmer die Couch zurecht.

»Es ist ganz bequem, Gerda, aber ich fürchte, du wirst trotzdem kaum schlafen können«, sagte sie mitleidig. »Versuch es dennoch. Vielleicht haben wir Glück. Dann brauchen wir alle einen klaren Kopf.«

Gerda nickte. Müde, verzweifelt, hoffnungslos. Constanze strich ihr übers Haar.

Auch sie selbst kam nicht in den Schlaf. Es herrschte wieder Stille in der Stadt. Wie lange? Wann würde wieder etwas passieren? Wohin würden die ersten Kampfhandlungen führen? Würde die Sache eskalieren oder der Frieden zurückkehren? Wann? Völlig überreizt waren ihre Nerven. Schon die vergangene Nacht war kurz und ruhelos gewesen. Dringend hätte ihr Körper eine Auszeit gebraucht. Alle Türen zum Flur hatten sie offen gelassen, um ja nicht ein eventuelles Schellen, sei es des

Telefons oder der Türglocke, zu überhören. Constanze suchte nach Clemens' Hand. Er schlief nicht. Drückte ihre fest.

»Wird es gut gehen, Clemens?«, flüsterte sie ins Dunkel.

»Wird es!«, sagte er bestimmt.

Es gab keinen guten Grund, ihm zu glauben. Trotzdem entfalteten diese zwei Worte eine Wirkung wie ein Fläschchen Baldrian. Tatsächlich entspannte sich Constanze und fiel in erschöpften Schlaf.

* * *

Gegen fünf Uhr früh ging das Telefon.

Zwanzig Minuten später verließ der Lieferwagen die Frauengasse. Clemens am Steuer, Constanze und Eva neben ihm auf der Sitzbank. Eine ganz normale junge Familie, die eine Fahrt ins friedliche Königsberg unternahm.

Ziel der Reise war jetzt aber nicht Königsberg, sondern zunächst einmal der Schlachthof am Stadtrand. Clemens hatte Antoni nicht gefragt, warum er sich ausgerechnet dort verbarg, aber er hatte seine Vermutungen. Alle üblichen Anlaufstellen, die ihm zur Verfügung gestanden hätten, waren viel zu naheliegend und hätten zweifellos das Risiko einer raschen Festsetzung geborgen. Kurz und knapp war das Gespräch ausgefallen. Clemens hatte die Frauen in wenigen Sätzen informiert gehabt und auf seine zögerliche Frage, ob er allein fahren sollte, hatte Constanze eine eindeutige Entscheidung getroffen. »Wir fahren alle. Gerda bleibt nicht zurück mit dem Kind. Was glaubst du, blüht ihr, wenn sie ihre Wohnung wieder betritt, Clemens? Ewig ist sie auch hier bei uns nicht sicher. Irgendwann werden sie sie finden, versuchen, sie auszuquetschen, sie vielleicht in ›Schutzhaft‹ nehmen, Sophie weiß der Deibel wo unterbringen und Gerda zwingen, den Lockvogel zu spielen. Mit einem Kind im Hintergrund tut eine Mutter alles. Nein. Wir versuchen, die ganze Familie nach Polen rüberzubringen.«

In den wenigen Minuten, die ihr blieben, schaffte es Constanze, sich unglaublich aufzuhübschen. Sie wählte ein elegantes cremefarbenes Kostüm zu einer hellblauen seidenen Schluppenbluse, einen leichten, wollweißen Kaschmirmantel und ein paar helle Spangenpumps. Mit wenigen Griffen schminkte sie sich dezent und doch effektvoll, frisierte sich besonders damenhaft, legte Parfum auf. Als sie Kamm und Bürste in die Schublade der kleinen Kommode zurückschob, fiel ihr Blick auf etwas, das sie vor Jahren ärgerlich dort hineingepfeffert hatte. Ein Lächeln glitt über ihr Gesicht, als sie es herausnahm und in ihre sandfarbene Handtasche steckte.

Clemens und Gerda erwarteten sie im Flur. Sie hatten derweil die Mädchen angezogen. Constanzes Erscheinen entlockte allen ein bewunderndes »Ooooh!«.

»Mami, bist du aber schön heute«, sagte Eva andächtig und Clemens zog fragend eine Augenbraue hoch.

»Man weiß nie, wo gut für, Herr Rosanowski«, sagte sie mit einem Zwinkern.

Zunächst lief alles glatt. Noch war es stockfinster, Clemens wusste um einige typische Punkte, an denen mit Straßenkontrollen gerechnet werden musste, und umfuhr sie geschickt. Am Englischen Damm, exakt an der Stelle, die Antoni bezeichnet hatte, parkten sie den Wagen und es dauerte nur zwei Minuten, bis Clemens hinter Antoni und seiner dort verborgen kauernden Familie die Plane des Lasters wieder zugeknöpft hatte und der Wagen in südlicher Richtung der Stadtgrenze zurumpelte.

»Er war da, als ich in die verwüstete Wohnung kam, Constanze!«, erklärte Clemens.

»Und du hast ihn genauso wenig finden können wie seine Häscher? Wie ging das denn?«, fragte sie erstaunt.

»Er war nur Minuten vor denen eingetroffen und hatte das Zettelchen auch gesehen. Dann hörte er sie die Treppen heraufstampfen und hat sich geistesgegenwärtig am Dachfenster hochgehangelt. Bei der Gelegenheit ist es ihm wohl aus der Hosentasche gerutscht und hinuntergesegelt. Jedenfalls hat er den Einsatz der Herrschaften von dort oben aus verfolgt. Ich hatte ja einmal das Gefühl, da wäre etwas auf dem Dach. Ich dachte, ich hätte ein Geräusch gehört. Aber dann flog eine Taube auf und ich wäre nie auf die Idee gekommen, genauer nachzusehen.«

Constanze lachte nervös auf. »Antoni hat dich nicht gesehen?«

»Er sagt, doch. Aber er hat es in dem Moment nicht gewagt, schon herunterzukommen, sondern lieber gewartet, bis es dunkel wurde. Er hatte die Befürchtung, dass man mich eventuell dort gesehen haben könnte und einen Schluss gezogen hätte. Deshalb kam er nicht direkt zu uns, suchte auch nicht Zuflucht in der Kirche oder bei irgendwelchen Landsleuten. Alles viel zu naheliegende Anlaufpunkte. Er schlug sich lieber im Schutz der Nacht bis zur Stadtgrenze durch, immer in der Hoffnung auf eine glückliche Gelegenheit, sich bei uns zu melden. Tja, und landete am Schlachthof, wo es ihm gelang, hineinzuflutschen, verborgen hinter aufgehängten Schweinehälften abzuwarten, bis sich eine Gelegenheit bot und er den Fernsprechapparat, der dort an der Wand hing, zum Absetzen seiner Botschaft nutzte. Nun haben wir ihn also. Und Gott möge uns alle beschützen.«

Constanze sagte etwas, das eigentlich nicht zu ihr passte. Aber in diesem Augenblick empfand sie es so und sprach es in voller Überzeugung aus. »Ja, Clemens. Möge Gott uns alle beschützen!«

Dann herrschte über viele Kilometer angespannte Stille im Fahrerhaus. Eva war an Constanzes Schulter eingenickt. Immer näher kamen sie ihrem Ziel, es machte sich schon fast ein Gefühl von Erleichterung breit, eine gefährliche Mission erfolgreich ausgeführt zu haben, als …

»Scheiße!«, fluchte Clemens.

»Aber, aber, Clemens!« Constanze sah ihn kopfschüttelnd an. Es war auch ihr erster Gedanke gewesen, als sie die Sperre entdeckt hatte. Aber es war zu spät, einen anderen Weg einzuschlagen. Jetzt galt es, kühlen Kopf zu bewahren.

Clemens wurde angehalten. Drei Mann. Ein junger Leutnant trat vor, etwa in Clemens' Alter, den Constanze im fahlen Licht der ersten Morgendämmerung als leicht zu beeindruckend einschätzte. »Heil Hitler!«, grüßte er zackig. »Papiere bitte!«

Clemens erwiderte mit so weit vorgerecktem rechten Arm, wie es der enge Raum des Führerhauses zuließ, reichte Wagenpapiere und Führerschein hinaus.

»Wohin?«

»Ein Umzug. Nach Königsberg.«

»Hier entlang nach Königsberg? Steigen Sie mal aus und öffnen Sie die Ladefläche.«

Clemens wollte schon nach dem Türgriff fassen, als Constanze ihm sanft die Hand auf den Arm legte und unmerklich den Kopf schüttelte. Dann stieg sie aus, ging um den Wagen herum.

Clemens sah ihr zu. Nein, Constanze *ging* nicht einfach um den Wagen herum. Sie *schwebte* im Scheinwerferlicht, den weiten Kaschmirmantel offen, auf den uniformierten Mann zu, wie eine gleißende Lichtgestalt, positionierte sich so vor der Haube, dass sie von hinten angestrahlt und der Polizist geblendet wurde, und sprach mit ihm. Jetzt wies sie auf die Reklamebeschriftung des Kleinlasters, dann zog sie irgendetwas aus ihrer Handtasche, rückte ein wenig zur Seite, sodass der Mann es ansehen konnte. Durch ihn schien ein Ruck zu gehen. Seine ganze Haltung änderte sich. Mehrfach beobachtete Clemens, dass er an seine Mütze tippte. Unterwürfig und verlegen wirkte er plötzlich. Bot nun Constanze sogar seinen Arm, den sie lächelnd nahm, führte sie zurück zur Beifahrertür, öffnete, grüßte Clemens mit einem einnehmenden Gesichtsausdruck, half Constanze einzusteigen und wünschte »Gute Fahrt, gnädige Frau«, ehe er die Tür zuschlug.

»Gib Gas«, sagte Constanze. Und Clemens gab Gas.

»Was hast du gemacht?«, fragte er, als die Straßensperre außer Sichtweite war.

»Nichts Besonderes«, grinste Constanze. »Ich war nur ich.«

»Das ist zweifellos beeindruckend«, lachte Clemens. »Aber in solch einer Situation beeindruckend genug? Du hattest doch irgendwas, das du ihm gezeigt hast, nicht?«

»Ja.«

»Jetzt sag doch schon. Was war das?«

Constanze schüttelte sich vor Lachen. »Das war ... warte, ich zeige es dir ...«

Sie klipste den Bügel der Tasche auf und hielt es ihm dicht neben das Lenkrad. Es war jene Einladung, die Constanze damals so vehement anzunehmen abgelehnt hatte. Nämlich die Einladung Albert Forsters zum Danziger Umtrunk anlässlich seiner Hochzeit mit Gertrud Deetz. *Deetz Bauunternehmen* stand in schön geschwungenen Lettern im Werbeaufdruck der Lkw-Planen zu lesen. Und es gab wahrhaftig niemanden in Danzig, der keine Presseberichte über die Feierlichkeiten in der Reichskanzlei gelesen hatte, denn Adolf Hitler hatte es sich nicht nehmen lassen, den Trauzeugen zu geben.

»Man soll nichts wegwerfen, Clemens. Die skurrilsten Dinge sind manchmal zu etwas nütze. Sogar ein klangvoller Mädchenname in schöner Eintracht mit der Einladung zum Begießen eines prominenten Nazipaares.«

»Ach!«, machte Clemens.

Später dachte Constanze oft wehmütig an diesen Abschied zurück. In einem Waldweg nahe Sobbowitz, direkt an der Grenze zu Polen, hatten sie sich zum letzten Mal in den Armen gehalten. Die Sonne hatte sich gerade über die Baumwipfel erhoben, Morgentau lag auf unzähligen glitzernden Spinnweben im Farn, die Vögel sangen ihre Morgenlieder, es duftete nach Harz, nach Moos, nach Erde. Lange noch sahen sie den dreien hinterher, bis der Wald sie verschluckt hatte. Gerda, Sophie, Antoni. Sie wussten nicht, ob sie sich jemals wiedersehen würden.

11
1939/40 – BLITZKRIEG

Wohlbehalten gelangten Constanze, Clemens und Eva nach Königsberg. Schon beim Auspacken ihrer Habseligkeiten hatte Constanze das Gefühl, dass es nach den gestrigen Ereignissen keine wirklich gute Idee mehr war, sich zu trennen. In Königsberg war bisher alles ruhig geblieben. Aber wie würde es in Danzig weitergehen? Keine ruhige Minute würde sie haben, Clemens dort zu wissen. Wie viel Verlass war auf Forster? Würde er noch die Hand über ihn halten, jetzt, wo Deutschland und Polen miteinander im Konflikt lagen? Konnte sich die Lage womöglich wieder entspannen, auch nachdem Schüsse gefallen waren? Eine Kriegserklärung hatte es nicht gegeben. Insofern durfte man noch von einem Konflikt ausgehen.

Am Sonntag änderte sich die Lage. Frankreich und England fühlten sich an ihr Bündnis mit Polen gebunden und erklärten dem Deutschen Reich den Krieg.

Clemens machte sich gegen Spätnachmittag zur Abfahrt bereit. Lange standen sie am Wagen und hielten sich in den Armen.

»Gib auf dich acht, ja? Versprich es mir, Clemens!«

»Ich verspreche es. Und komme nächstes Wochenende wieder.«

Mit der Linken streichelte er über Evas Köpfchen; eng an die Eltern gepresst stand sie neben ihnen. Den rechten Arm hatte er fest um Constanzes Taille geschlungen. »Ihr beide seid hier gut aufgehoben und außer Schussweite von deutsch-polnischen Auseinandersetzungen. Schließlich ist es kaum mal zwei Wochen her, seit Hitler und Stalin den Nichtangriffspakt unterschrieben haben. Von Osten droht gewiss keine Gefahr und viel weiter östlich als Königsberg geht es ja kaum.«

»Dein Wort in ...«, murmelte Constanze und ersparte sich dieses Mal eine Erwähnung Gottes, denn Vater Karl war neben sie getreten.

»Macht euch keine allzu großen Sorgen, Kinder! Ehe die bis hierher vorgedrungen sind, wird es dauern. Und, Clemens ...« Er nahm seinen Schwiegersohn aus Constanzes Armen, packte ihn bei beiden Schultern und schaute ihm direkt ins Gesicht. »Du bist von nun an hier jederzeit und auch gern als Dauergast willkommen. Ich wollte es dir nur gesagt haben, für den Fall, dass dir in Danzig der Boden unter den Füßen zu heiß werden sollte. Dein Verhalten während der vergangenen Tage hat mich von deinem Charakter überzeugt.«

Clemens' Gesicht erhellte sich. »Danke, Schwiegervater«, sagte er und umging erstmals die sonst zwischen den beiden immer noch übliche Siezerei.

Mit einem Ruck zog Karl ihn an die Brust, klopfte ihm kräftig auf den Rücken und sagte: »Kannst Karl zu mir sagen, mein Sohn.«

Clemens war verlegen. Constanze fiel endlich der Stein vom Herzen, der so lange Jahre darauf gelastet hatte.

Gemeinsam winkten sie ihm hinterher. Dann zog Karl Tochter und Enkelin hinter das große schmiedeeiserne Tor, schloss die Flügel, drehte den altertümlichen schweren Schlüssel, und sie gingen Hand in Hand den rhododendrongesäumten langen Kiesweg zur Villa hinüber.

* * *

In den folgenden Tagen überschlugen sich die Ereignisse. Als Clemens zum Wochenende nach Königsberg kam, hatte die deutsche Wehrmacht im Sturmschritt weite Teile Polens erobert. Krakau war bereits eingenommen und das Vorrücken nach Warschau erfolgte unaufhaltsam. Die polnischen Truppen, zahlenmäßig weit unterlegen, befanden sich auf dem Rückzug. England und Frankreich drehten Däumchen. Niemand kam Polen zu Hilfe.

»Du siehst blass aus, Liebling«, sagte Constanze besorgt. »Isst du nicht genug?«

Er schüttelte den Kopf und berichtete, was es an Neuigkeiten gab. Scheußliche Nachrichten brachte er mit. Einige entfernte Verwandte aus der durchs ganze Land verstreuten Familie Rosanowski hatten ihr Leben im Sturm der ersten Kriegswoche verloren. In Warschau hatten Clemens' nächste Angehörige zunächst wie die Kaninchen vor der Schlange dagesessen und schließlich die Flucht aus der Stadt angetreten. Vorerst hatten sich die Eltern mitsamt seiner Schwester auf das etwa dreißig Kilometer entfernte Landgut zurückgezogen. Sein jüngerer Bruder Andrzej hatte die Einberufung bekommen. Nur Clemens' Großmutter war nicht zu überzeugen gewesen, mitzugehen. Wunderlich und sturköpfig, manchmal sogar aggressiv sei sie geworden, hatte Clemens' Vater geschrieben; bisweilen erkenne er seine eigene Mutter kaum wieder. Es käme ihm vor, als lebe sie in einer ganz eigenen Welt, zu der sie nur selten noch Mitgliedern der Familie Zutritt gewähre. Clemens hatten diese Informationen über seine geliebte Großmutter beunruhigt und er hatte sich vorgenommen, demnächst genauer nachzufragen. Doch nun stand zunächst einmal für ihn selbst eine drängende Gewissensentscheidung an.

Nach dem Abendessen waren sie noch ein wenig in den Garten gegangen. Clemens rauchte. Völlig neu und ungewohnt für Constanze.

»Seit wann tust du das denn? Musst du dich an irgendetwas festhalten, jetzt, wo ich nicht mehr ständig bei dir bin?«, versuchte sie die gedrückte Stimmung aufzulockern.

»Vielleicht ist es das. Ich bin schrecklich nervös, fühle mich, als hätte mir jemand eine Hälfte meines Seins abgeschnitten, seit ich dich hier abgeliefert habe. Es ist ja gut so, denn in Königsberg ist alles ruhig und an sich bin ich ja froh, euch beide in Sicherheit zu wissen … aber …«, er holte tief Luft, »ich muss etwas mit dir besprechen, Constanze. Ich habe die Wahl zwischen Pest und Cholera.«

»Das klingt schrecklich. Was ist los?«

Sie setzten sich nebeneinander auf die kleine Bank, von wo aus man den Teich durch die alten Bäume schimmern sehen konnte. Die Sonne warf einen roten Schein übers spiegelglatte Wasser. Enten und Schwäne zogen gelassen ihre Bahnen, zeichneten hier und da ein krisseliges, rotgolden glitzerndes V in die Oberfläche. Constanze griff zu ihrer Wolljacke. Es wurde jetzt abends schon schnell kühl. Clemens legte einen Arm um ihre Schultern, drückte sie fest an sich.

Sie spürte seine Wärme und war für Sekunden glücklich. Nein, es war kein Vergnügen, von ihm getrennt zu sein. Natürlich war es vernünftig so. Aber wie lange würden sie das durchhalten? Eine Überlegung, die bei Clemens' nächsten Worten schon keine Bedeutung mehr hatte.

»Neben dem Drängen, endlich der Partei beizutreten, die mich doch nun wirklich immer so bevorzugt behandelt, habe ich das geradezu liebevoll vorgetragene Angebot bekommen, Mitglied der SS-Heimwehr zu werden, Constanze. Forster möchte mich im Wachsturmbann ›Eimann‹ haben. Du kennst ja seinen Plan, Danzig polenfrei zu machen. Diese Einheit ist speziell darauf ausgerichtet, die polnische Intelligenz zu eliminieren.«

»O Gott, nein! Das ist perfide, Clemens. Ausgerechnet dich gegen deine Landsleute missbrauchen? Was ist er für ein Schwein! Nein, Clemens, nein und noch mal nein!«

»War auch meine erste Reaktion. Ausgesprochen habe ich dieses ›Nein‹ allerdings noch nicht und mir einige Tage Bedenkzeit erbeten. Ich wollte erst mit dir reden. Weißt du, was die Alternative ist? Sie ist nicht minder grausig.«

Sie wandte ihm das Gesicht zu, schüttelte den Kopf, schaute ihn ängstlich an.

»Diesem Angebot kann ich mich nur widersetzen, ohne unangenehm aufzufallen, indem ich mich zur Wehrmacht melde. SS und Wehrmacht schnappen einander nicht gegenseitig die Leute weg. Man wird mich mit Kusshand nehmen. Ich bin Reserveoffizier der polnischen Streitkräfte. Genauso wie es mein Vater und sein Vater gewesen sind.«

Constanze krümmte sich, als habe ihr jemand einen Schlag mit der Faust in den Magen versetzt. »Das ist wirklich die Wahl zwischen Pest und Cholera.«

»Forster wollte mir einen Gefallen tun mit seinem Vorschlag. Ich könnte daheim in Danzig bleiben. Ein sicherer Job. Das Risiko für mein eigenes Leben ginge gegen null. Aber ich weiß, was sie tun in dieser besonderen Einheit. Sie spüren die Leute auf, treiben sie zusammen, lassen sie ihre eigenen Gräber ausheben, dann am Rand Aufstellung nehmen und knallen sie ab. Sie fallen rückwärts in die Grube, die dann nur noch flott zugeschippt werden muss. Ich müsste einem nach dem anderen direkt ins Auge schauen, anlegen und Leben auslöschen. Nein, Constanze, dafür bin ich nicht gemacht. Ich würde nie wieder in den Spiegel schauen können. Forster wird mich nicht verschonen, wenn ich ihm eine Absage erteile, so viel ist sicher. Irgendwo werde ich kämpfen müssen. Und wie man es auch dreht und wendet: gegen das Land meiner Väter.«

* * *

Sie hatten dieses Wochenende ausgekostet, sich aneinandergeklammert wie zwei Ertrinkende. Die entsetzliche Konsequenz aus den Köpfen gescheucht, sich geliebt, sooft es möglich war, hatten gegessen, getrunken, getanzt, gelacht, viel und viel zu viel getrunken. Alles getan, als sei es das letzte Mal.

Vater Karl war Clemens' Entschluss mit Hochachtung begegnet. Constanze mit Verzweiflung. Zwei Tage lang gelang es ihr, diese Verzweiflung wegzuschließen. Ihr nicht zu erlauben, die Oberhand zu gewinnen. Als er ging, brach sie zusammen.

Selbst Luise begriff. Zeigte sich von einer derart mütterlichen, verständnisvollen Seite, dass Constanze sie kaum wiedererkannte. In den folgenden Wochen liebte sie ihre Mutter mehr als je zuvor.

Eine knappe Woche später lag Clemens' Einheit bereits vor den Toren seiner Vaterstadt. Allzu gerne hatte man ihn genommen und der tödlich beleidigte Forster, neuerdings auch noch Chef des Militärbezirks Danzig-Westpreußen, hatte dafür gesorgt, dass Clemens sofort an den Brennpunkt geschickt worden war. Es hatte großzügig ausgesehen, ihn im selben Dienstgrad in die deutsche Wehrmacht zu übernehmen, den er in der polnischen Reservistenstellung erworben hatte. Aber es war nur noch eins obendrauf, denn nun hatte er als Oberleutnant auch noch Befehlsgewalt. Er sollte es büßen, richtig büßen, das generöse Angebot ausgeschlagen zu haben.

Währenddessen hatte Polen seit dem 17. September auch noch mit einer Bedrohung aus anderer Richtung zu kämpfen. Stalins Truppen marschierten von Osten her bis an die im

Hitler-Stalin-Pakt vereinbarte Demarkationslinie vor. Die überrumpelten Polen wussten nicht mehr, wo sie ihre Truppen zuerst hinbefehligen sollten, und trafen etliche Fehlentscheidungen.

Warschau war längst eingekesselt und wund geschossen. Ab dem 24. September fielen ununterbrochen deutsche Bomben auf die europäische Kapitale. Die polnische Regierung floh nach Rumänien.

Brücken, Straßen, Bahnhöfe, Krankenhäuser und die Wasserversorgung waren getroffen. Clemens sah die Stadt brennen, in der er aufgewachsen war. Wusste um die Großmutter in dem Flammenmeer und trug mit jedem Feuerbefehl, den er seiner Artillerieeinheit gab, aktiv dazu bei, sie tagtäglich erneut in Gefahr zu bringen, nebenbei unwiederbringliches jahrhundertealtes Kulturgut zu zerstören. Kurz: eine Stadt in Brand zu setzen, die er liebte. Mehr als alles andere wünschte er, es würde endlich Hilfe aus London und Paris kommen.

Es kam keine Hilfe. Am 27. September gab der Warschauer Stadtkommandant auf.

Im Triumphzug marschierten die Deutschen fünf Tage später ein. Hitler hatte es sich nicht nehmen lassen, dabei zu sein, um die Parade seiner fabelhaften Truppen abzunehmen. Clemens folgte einem Mann, den er inzwischen aus tiefstem Herzen hasste. Hassen musste, denn er sah jetzt mit eigenen Augen, was sie angerichtet hatten, sah, was auch er selbst zu verantworten hatte. Überall lagen tote Menschen und Pferdekadaver in den Straßen. Im Schritttempo ging es voran. Kein Durchkommen, überall Schutt, Asche, rauchende Trümmer. Es war kaum noch möglich, sich in der zerstörten Stadt zu orientieren. Tiefe Bombenkrater, herabgestürzte Fassaden machten das Passieren teils unmöglich, überall loderten noch Feuer in Fensterhöhlen. Niemand löschte. Womit auch? Das Wasserversorgungsnetz war zerbombt. Erst am Königsweg fand Clemens sich wieder wirklich zurecht. Auch hier, auf der geschichtsträchtigen Prachtstraße, zerbombte Fassaden. Die Oper, die Kirchen, die prächtigen Gebäude der Universität getroffen, das Königsschloss schwer beschädigt und ausgebrannt. Clemens hielt mit verbissener Mühe die Tränen zurück. Welchen Eindruck hätte es bei seinen Männern hinterlassen, über den gloriosen Sieg zu weinen?

Die Kolonne näherte sich jener Nebenstraße, in der er das Haus seines Vaters wusste. Beinahe hätte er es nicht gewagt, einen Blick hineinzuwerfen. Er tat es doch und sein Herz überschlug sich vor Glück, als er erkannte, dass das Haus stand. Kurz entschlossen zwinkerte er seinem Fahrer zu, »Mach langsam ... bin gleich zurück«, erntete einen unverwandten, fragenden Blick, den er schlicht ignorierte, sprang aus dem Wagen und rannte.

Die prächtige Eingangstür hatte gebrannt, war nur noch verkohltes Segment, Rauch hatte den hellen Sandstein-Türsturz bis hinauf unter die Fenster der ersten Etage geschwärzt. Aber offenbar hatte niemand versucht, sich Eintritt zu verschaffen. Ein Tritt und die Tür fiel zu einem Haufen Holzkohle und Asche zusammen. Dann ein beherzter Sprung und Clemens stand in der Halle. Nichts war hier passiert. Keine Verwüstung, keine Plünderung. Sein Blick folgte den beiden Treppenläufen hinauf ins erste Stockwerk. Vorbei an dem gewaltigen Kristalllüster, vorbei an den vertrauten Gemälden, hinauf zu den herrlichen Deckenmalereien. »Großmutter!«, schrie er. »Bist du da?«

Wie gebannt stand er. Wartete.

Noch einmal. »Großmutter! Antworte!«

Stille.

Clemens setzte zum Sprung auf die Treppen an. Die Hand erreichte den Nussbaumlauf des Geländers. Da hörte er sie.

»Clemens, mein Junge. Warte, ich komme hinunter. Sei nicht so ungeduldig. Es schickt sich nicht, eine Dame bei der Morgentoilette zu stören.«

Majestätisch schritt sie Stufe um Stufe herunter. Perfekt frisiert, in einem eleganten Tageskleid, um den Hals dezenten Goldschmuck.

Er umarmte sie so heftig, dass ihre zarte Gestalt unter seinem Ansturm ächzte. Tränen liefen ihm über die Wangen. »Du lebst. Gott sei Dank, du lebst!«

»Ja, was sollte ich nicht? Es war schon lästig in den vergangenen Wochen. Etwas laut, weißt du? Ich höre ja nicht mehr so gut, aber störend war es schon. Es hat mir manchmal den Genuss an meinem Chopin verdorben. Taktgefühl haben sie wirklich nicht, diese Angreifer. Was ist denn nun genau passiert in Warschau? Ich mag gar nicht hinausgehen und nachschauen. Sehe nur lauter Deutsche, wenn ich aus dem Fenster gucke. Meine Lieben haben alle Fersengeld gegeben. Fort, die ganze Mischpoke. Das Telefon funktioniert schon ewig nicht mehr. Ich habe keine Ahnung, wie es ihnen geht, und bin ein ganz klein wenig beunruhigt. Weißt du etwas, Junge?«

Clemens stöhnte auf. Ihm fehlten die Worte. Sie löste sich von ihm, hielt ihn um Armeslänge von sich weg, kniff die Augen zusammen und sagte in missbilligendem Tonfall: »Du trägst die deutsche Wehrmachtsuniform?«

Clemens senkte die Lider, erwiderte nichts.

Plötzlich hörte er sie kichern, schaute auf. Ein verschmitztes Lächeln glitt über ihre Züge und sie tätschelte ihm die Wange. »Ach, jetzt begreife ich. Du Schlingel! Hast dich verkleidet, um deine alte Großmutter zu retten? Das musst du nicht, mein Schatz. Bring dich doch nicht meinetwegen derart in Gefahr! Ich bleibe hier, bis sie mir das Haus überm Kopf zusammenbomben, diese unkultivierten Deutschen. Aber lieb von dir. Wirklich lieb von dir. Das muss ein gewaltiges Bubenstück gewesen sein, mein Bester. Ich bin stolz auf dich.«

Clemens drehte sich der Magen um. »Entschuldige mich … bitte«, murmelte er und erreichte mit knapper Not die kleine Gästetoilette unter der Treppe.

Dann kotzte er sich die deutsche Seele aus dem Leib.

Am 6. Oktober ergaben sich überall im Land die letzten Verteidiger und am 26. Oktober war die Schlacht um Polen endgültig geschlagen. Hitler löste den Staat per Erlass auf, schuf die Gaue Danzig/Westpreußen und Posen/Warthegau. Stalin verleibte sich vereinbarungsgemäß die östlichen Gebiete ein.

Polen existierte nicht mehr.

12

1939/40 – KÖNIGSBERG, ZEIT DER UNERFÜLLTEN HOFFNUNGEN

Fortan lebte Constanze von Clemens' Briefen wie andere von Brot und Butter. Sie waren ihre Nahrung, ihre Inspiration und blieben für lange Zeit die einzige Kontaktmöglichkeit. Clemens, im besetzten Warschau stationiert, nahm kein Blatt vor den Mund. Im November schrieb er:

> *Mein Liebstes,*
>
> *die Sieger benehmen sich wie die Axt im Walde, führen sich auf, als wäre ihnen jede Menschlichkeit abhandengekommen, und erwarten Unterwerfung. Aber einem Polen kauft man so schnell den Schneid nicht ab, Constanze. Auch wenn ihm das Dach überm Kopf heruntergebombt wurde, wenn er vom freien, stolzen Mann zum Sklaven der Deutschen degradiert worden ist, behält er seine Würde und nimmt sie notfalls erhobenen Hauptes mit ins Grab. Die Feigheit der deutschen Übermacht*

ist für mich kaum erträglich, und ich bin gezwungen, Befehle auszuführen, die tagtäglich gegen meine innerste Überzeugung gehen. Ich ertrage es nicht, wie meine Landsleute traktiert und zu Bittstellern, ja, zu Bettlern um das Nötigste gemacht werden. Ertrage es noch viel weniger, dass ich in den wenigsten Fällen helfen kann. Nur wenn ich unbeobachtet bin, und das ist höchst selten, denn man lässt mich kaum aus den Augen und würde mich vermutlich für jeden noch so kleinen Fehler an die Wand stellen, tue ich, was mir möglich ist. Ich weiß nicht, wem unter meinen eigenen Leuten ich trauen kann. Bin kommandierend und dennoch nichts als ein Gefangener.

Weißt Du, was ich versuchen muss? Polnischen Landsleuten nicht zu erkennen geben, dass ich ihrer Sprache dialektfrei mächtig bin. Ertappt mich einer, weil mir etwas sehr typisch Polnisches herausgerutscht ist, wünsche ich mir das nächste Erdloch, um mich zu verkriechen, denn jedem Umstehenden wird sofort klar: Da steht ein Opportunistenschwein. Wie recht Dein Vater doch hatte!

Der Zustand ist unerträglich und ich habe inständig darum gebeten, mich zu versetzen. Aber es ist abschlägig beschieden worden. Da ist sie, die bitterböse Strafe Forsters für meine Weigerung, mich der Partei und der Danziger SS anzuschließen.

Auch wird mir momentan Heimaturlaub strikt verweigert. Ich hoffe auf Weihnachten. Aber das tun all meine Kameraden hier, insofern weiß ich noch nicht, ob die Hoffnung auf ein Wiedersehen zum Fest auf Gut Warthenberg erfüllt werden wird.

Doch ich will nicht jammern. Ich habe mir diesen Weg ja selbst ausgesucht. Wie geht es Euch beiden? Hat Evchen, mein geliebtes Schätzchen (küss sie von mir!!!), schon Freundinnen gefunden? Wie kommst Du in der Universität zurecht? Hat man Dich wieder im Kommilitonenkreis aufgenommen, obwohl Du doch nun bereits eine »ältere Dame« bist? Ich denke ja, je gereifter ein Mensch ist, desto höher wird seine Auffassungsgabe, desto sicherer kann er sich Ziele stecken und sie mit aller Energie verfolgen. Wahrscheinlich bist Du den Mitstudierenden sogar in Deiner Arbeitsauffassung über und schreitest flotter voran als die verspielte, noch orientierungslos herumirrende Jugend, die ihren Weg erst finden muss.

Ich habe Dich geliebt, mein Herz, als Du selbst noch so bezaubernd herumirrtest. Ein wenig wie die Libelle. Eben noch hier, dann dort, ein wenig unstet, doch offen für jeden Weg und manchmal mit etwas lädierten Flügelchen, wenn Du Dich allzu arg verflogen hattest. Und heute? Heute liebe ich Dich tiefer und inniger denn je. Verlier sie nicht, diese unbändige, fröhliche Leichtigkeit und bewahr sie für uns beide, solange ich fort bin! Aber erlaub mir die Bemerkung, dass ich heute hinter all dem vordergründigen Flirren viel klarer Deine Tiefe erkennen kann. Sie hat sich ausgeprägt. Du bist lebenserfahrener, ruhiger, klüger geworden und Deine Klugheit drängt mehr und mehr in den Vordergrund.

Sei also ruhig einfach nur klug jetzt, ich sehe es gerne, halt durch und vertrau unserem Glück. Ich sehne mich nach Dir und bin heilfroh, Euch sicher aufgehoben zu wissen.

*Auf immer Dein
Clemens*

Constanze lächelte, als sie den Brief sinken ließ. Wie milde er ihre wütenden Tiraden der Vergangenheit jetzt in der Nachschau betrachtete. Ja, sie hatte sich in Königsberg gut wieder eingefunden. Und er hatte recht. Sie kam in einer Geschwindigkeit voran, die sie sich selbst nicht zugetraut hätte. Es war ihr auch aufgefallen, wie klar sie Wichtiges von Unwichtigem zu trennen vermochte, wie konzentriert sie arbeiten konnte. Sie wollte *wissen*. Und sie wollte binnen kürzester Zeit fertig werden. Die Bedingungen waren ideal. Eva verbrachte die Vormittagsstunden in der nahe gelegenen Schule und fand niemals ein leeres Haus vor, wenn sie heimkam. Constanze musste sich überhaupt keine Sorgen machen. Vater kümmerte sich nachmittags allzu gern um die Kleine, wenn Constanze Vorlesungen oder Seminare besuchte, und Mutter hielt sich erstaunlicherweise weitestgehend aus der Erziehung heraus. Königsberg galt, wie eigentlich ganz Ostpreußen, als »Luftschutzbunker des Reiches«. Alles ging seinen ganz normalen Gang, der Krieg war weit weg. Völlig schwerelos hätte Constanzes Alltag verlaufen können, wäre da nicht das große »Aber« gewesen. Auf dem Jahreskalender neben ihrem Schreibtisch strich sie die Tage ab, die Clemens nun schon fort war. Es waren so viele.

Nachts fand sie oft nicht in den Schlaf. Seine Hand, die ihre beim Einschlafen zu halten pflegte, seine Nähe, seine Wärme, sein Lachen, die vielen Stunden, die sie in Diskussionen über Gott und die Welt verbracht hatten ... er fehlte ihr entsetzlich. Und sie konnte so gut nachvollziehen, wie es ihm gehen musste. Es schnitt ihr Wunden ins Herz zu lesen, wie sein ganzes Selbst zwischen zwei Mühlsteinen zermahlen wurde. Scham sprach aus jeder Zeile, obwohl er sie mit seinem wohlbekannten Sarkasmus zu überdecken versuchte. Wie würde er in Zukunft damit umgehen können? Was würde es aus ihm machen? War er noch derselbe, wenn er zurückkam?

Welcher Mann ist schon noch derselbe, wenn er aus dem Krieg heimkehrt?, dachte Constanze. Es würde an ihr sein, ihn wieder aufzubauen. Allein für diesen Moment wollte sie ihre so häufig beschworene Leichtigkeit aufsparen. Es würde schon zu richten sein. Wenn er denn doch bloß endlich käme!

* * *

Gute Nachrichten gab es dennoch. Keinem von Clemens' engsten Familienangehörigen war während der Kriegshandlungen etwas geschehen. Andrzej, Leutnant in einer Reiterstaffel, hatte zu den wenigen Glücklichen gehört, die einen irrwitzigen polnischen Ansturm gegen die deutschen Linien überlebt hatten. Nach dem überraschend gelungenen Durchbrechen der vordersten Linie hatte seine Einheit plötzlich einer erschreckend schnell näher kommenden, breit aufgestellten Panzerdivision gegenübergestanden. Viele der Kameraden hatten ihre Pferde nicht mehr rechtzeitig abwenden können und waren zermalmt worden. Andrzejs Stute hatte sich und ihn mit einem gewaltigen Sprung gerettet. Zitternd vor Angst waren beide im unwegsamen Unterholz untergetaucht, hatten atemlos gewartet, bis das ohrenbetäubende Kettenrattern in der Ferne verklungen war. Niemand hatte sich die Mühe gemacht, Pferd und Reiter zu verfolgen. Es waren genug andere Opfer zu bejubeln.

Wohlbehalten waren Clemens' Eltern mit seiner Schwester Katarzyna nach Warschau zurückgekehrt. Ihnen kamen Ströme von Flüchtenden entgegen. Mit der nötigsten Habe verließ jeder, der irgendeine andere Bleibe ansteuern konnte, die Stadt. Entsetzt begutachteten sie die Verwüstungen in der Millionenmetropole, die den Besatzern keinerlei Aufmerksamkeit oder gar Wiederaufbauwillen entlockten, und entschlossen sich schleunigst, auf dem Absatz kehrtzumachen, um wieder aufs Land zurückzukehren. Dieses Mal mitsamt Großmutter, die sich zwar nach Kräften gewehrt, aber am Ende der Vernunft gebeugt hatte.

Clemens schrieb Anfang Dezember, wie glücklich er darüber war, dass sein Vater sich durchgesetzt hatte, nachdem er ihm gewisse Informationen hatte zukommen lassen können.

> *Warschau ist mal eine lebens- und liebenswerte Stadt gewesen. Jetzt herrscht Besetzerterror und organisierter Widerstand keimt schneller als Unkraut in einem Schuttberg. Ich hörte von konkreten deutschen Plänen, die jüdische Bevölkerung zu gettoisieren, und konnte die Familie warnen. Das war ein Argument, mit dem man Großmutter in einem ihrer raren, hellen Momente kriegen konnte, denn sie sagt, sie lebt lieber zwischen Hühnern und Kühen auf eigenem Grund, als am Ende doch aus ihrem geliebten Haus gescheucht und in einem »popligen Warschauer Viertel« kaserniert zu werden. Tja, Großmutter hält eben immer noch auf sich.*

Trotz der besorgniserregenden Andeutungen brachte er sie zum Lachen mit seinen Briefen. Kein gemeinsames Lachen mehr. Aber ein zeitverzögertes Lachen war immer noch besser als gar keins. Wenige Briefe später verging Constanze das Lachen allerdings endgültig. Wahrscheinlich hatte irgendjemand Anstoß an der etwas leichtsinnigen Preisgabe deutscher Pläne genommen. Sätze waren geschwärzt. Mindestens eine Seite fehlte ganz. Es bestand kein Zweifel: Clemens' Korrespondenz wurde zensiert.

Bis zur Abreise der Königsberger aufs Gut hatte Clemens keine Zusage bekommen, dass sein Weihnachtsurlaub genehmigt war. Constanze hatte lange überlegt, ob sie ihm sein Weihnachtsgeschenk schicken sollte, und sich am Ende entschieden, es nicht zu tun. Sie fürchtete die selbsterfüllende Prophezeiung, es wegzuschicken, war für sie gleichbedeutend mit dem Aufgeben jeder Hoffnung; dennoch sank ihre Zuversicht von Tag zu Tag, denn es kam keine erlösende Nachricht. Wie würde er die Feiertage verbringen? Vollkommen einsam oder vielleicht zusammen mit einer Handvoll Kameraden?

Sie wartete. Wieder und wieder lief sie zum Fenster, horchte nach draußen. Wartete am Heiligen Abend, wartete am ersten, am zweiten Feiertag. Wartete Silvester, Neujahr, wartete an ihrem Geburtstag. Sie bestand sogar darauf, dass zu jeder Mahlzeit ein Gedeck mehr aufgelegt wurde. Nur für den Fall, dass er just während des Essens ... Die ganze Familie lächelte milde und ließ sie seufzend gewähren.

Eva, die von Großmutter zu Weihnachten eine Mundharmonika der Marke »Hohner« geschenkt bekommen hatte, übte fleißig. Anfangs lobte Constanze, wo sie nur konnte. Genau genommen jeden richtig getroffenen Ton. Am Neujahrsnachmittag lagen ihre Nerven so blank, dass sie die Kleine anschnauzte, sie möge endlich aufhören. Mit Tränen in den Augen sah ihre Tochter sie an. »Mami ... ich kann doch auch nichts dafür, dass Papa nicht hier sein kann.«

Schluchzend warf Constanze ihre Arme um Eva, drückte sie, wiegte sie, murmelte Entschuldigungen. Sie weinten zusammen. Eine tupfte der anderen am Ende die Tränen weg. Sie versuchten ein Lächeln.

»Spiel ruhig weiter, Evchen, du machst es schon so schön«, sagte Constanze und Eva fast gleichzeitig: »Ich verspreche, ich höre auf zu üben, wenn du nicht mehr weinst.«

»Das ist ein schlechtes Geschäft, Eva, ich möchte doch, dass du übst ... nein, nein, spiel weiter. Sonst müsste ich ja ständig weinen.«

Eva runzelte die glatte Kinderstirn, legte einen Zeigefinger an die Nase, hielt den Kopf schief und überlegte eine Weile. Dann schien sie verstanden zu haben. Ein Leuchten glitt über ihr hübsches Gesicht, sie setzte die Mundharmonika an die Lippen und spielte leise und beinahe fehlerfrei »Ade nun zur guten Nacht«. Constanze schloss die Augen, summte erst und sang schließlich mit.

»... jetzt wird der Schluss gemacht, dass ich muss scheiden ... Im Sommer, da wächst der Klee ... im Winter schneit's den Schnee ... da komme ich wieder ...«

Das Gut lag tief verschneit. Aber Clemens kam nicht. Alles, was blieb, war die zauberhafte Erinnerung an vergangene gemeinsame Weihnachten. Daran hielt sie sich träumerisch fest. Und hatte am Ende doch begriffen, dass die Zeit der unerfüllten Hoffnungen angebrochen war.

* * *

Das Danziger »Nest« blieb verwaist. Clemens blieb in Warschau, Constanze in Königsberg. Manchmal fühlte sie sich schon wie eine alternde Witwe. Aber sie war keine Witwe. Sie teilte nur das Schicksal vieler junger Frauen, deren Männer irgendwo in fremden Ländern für Deutschlands Sieg und Ehre kämpften. Damit ging es ihr erheblich besser als so mancher Geschlechtsgenossin jedweden Alters, die inzwischen Vater, Bruder, Sohn oder

Ehemann verloren hatten. Die Traurigkeit, die sich in so vielen Gesichtern abzeichnete, machte all die Frauen, die versuchten, ihren Alltag nach einem solchen Verlust weiterzubestehen, in gewisser Weise gleich. Sie erkannten einander auf der Straße, ohne jemals ein Wort miteinander gewechselt zu haben. Auch diejenigen, die noch Hoffnung hatten, erkannten die Hoffnungslosen, und es war ein Blick der einen, der stumm sagte: »Warte, dich erwischt es auch noch«, oder ein Blick der anderen, der sagte: »Ich sehe, wie es dir geht, und hoffe, dass es nicht auch bald mich trifft.«

Justus, frisch ausgezeichnet mit dem Ritterkreuz für seine Verdienste bei der Besetzung der Niederlande und nicht eben stolz darauf, kam Ende Mai 1940 zum Fronturlaub nach Königsberg.

An einem wunderschönen, lauen Juniabend saßen die Geschwister auf den Terrassen der *Konditorei Schwermer* zusammen. Die Luft erfüllt vom Duft der Lindenbäume, in deren Blüten Bienen den letzten Nektar des Tages sammelten. Ihr Summen mischte sich mit dem vielstimmigen leisen Geplauder der Gäste. Kaum ein Plätzchen an den kleinen runden Tischen unbesetzt, kaum einer der gemütlichen Korb- oder weiß gestrichenen Caféhausstühle leer. Unter den dichten Kronen der Bäume leuchteten milchig weiß die elektrischen Glaslampen wie kleine, volle Monde. Vor sich jeder ein Kännchen Kaffee und ein Riesenstück vom berühmten, bereits auf der Weltausstellung 1900 goldprämierten Baumkuchen, den die Tochter des weithin bekannten Gartencafés noch heute nach demselben Rezept backen ließ wie damals ihr Vater. Justus trug Uniform, Constanze führte ihren nagelneuen, sehr breitkrempigen hellen Sommerhut zum ersten Mal aus. Sie wies auf das schicke Stück.

»Clemens hat ihn noch nicht gesehen. Genauso wenig wie den neuen Winterpelz, die Sandalen, die ich mir im Frühjahr gekauft habe, oder die eleganten Sommerkostüme. Eva wächst inzwischen ins Kraut. Sie misst schon einen Meter fünfunddreißig. Viel zu reichlich für ihre sieben Jahre. Wahrscheinlich wird sie so groß wie ihr Vater. Ich weiß gar nicht, ob er seine eigene Tochter noch wiedererkennen würde. Sie lassen ihn einfach nicht raus aus Warschau. Ich glaube, er ist der einzige Mann in seiner Einheit, der immer noch keinen Heimaturlaub bekommen hat, seit Hitler Polen ausgelöscht hat. Wirklich, Justus, ich frage mich, was das soll. Was hat der vor? Polen ist Geschichte, der Krieg im Osten ist lange aus. Warum ist er überhaupt gegen die Westmächte gezogen? Jetzt hat er doch genug Raum für sein Volk. Deutschland geht es gut, die Gebietsverluste sind mehr als aufgewogen. Was soll der Unsinn noch? Warum immer mehr Menschenleben riskieren? Hast du eine Ahnung?«

Justus lachte bitter auf.

»Der Krieg ist aus? Nur weil wir hier in Ostpreußen nicht viel davon mitbekommen? Meine süße kleine Schwester, du bist manchmal wirklich ein allzu argloses Schäfchen. Es reifen Pläne, die selbst mir als mit Orden behängtem Kriegshelden Angst machen.«

Constanze zuckte zusammen, schaute ihn fragend an, Justus stocherte in seinem Gebäck, schob kleine und größere Teile in nur scheinbar sinnlose Positionen.

»Hitler will kein kleines Stück vom Kuchen. Er will ein germanisches Weltreich. Hattest du nicht seinen *Kampf* sogar gelesen? Dann wirst du dich doch erinnern können, nicht wahr? Schau, das hier ist Deutschland, diese Krümel stell dir vor als die bereits dem Reich zugeschlagenen Gebiete. Hier hast du das besetzte Frankreich, dort Großbritannien, die Macht, die wirklich gefährlich werden kann, denn ihre Luftwaffe ist beachtlich und die Inselstellung macht es Hitler nicht eben leicht, das Land zu vereinnahmen. Und da …«, er deutete auf ein dickes schokoladenüberzogenes Stück, »da siehst du die Sowjetunion. Ein

Riesenreich. Voller Bodenschätze, mit unendlichen fruchtbaren Weiten und Raum für Milliarden Menschen. Dagegen nehmen sich die deutschen Gebiete geradezu mickrig aus, nicht wahr?«

Constanze grinste über Justus' Baumkuchendemonstration. »An Russland haben sich schon ganz andere Feldherren die Zähne ausgebissen. Denk an Napoleon. Wozu braucht Hitler Polen überhaupt? Hätte es nicht genügt, den Korridor zurückzuerobern?«

»Die bloße Rückeroberung hätte er für politischen Unsinn gehalten, Ausdehnungen des Lebensraumes in Richtung Westen oder Süden für Blödsinn. Sein Blick ging immer schon gen Osten. Polen ist das geplante Aufmarschgebiet für die Schlacht, die in naher Zukunft anstehen wird, Constanze.«

»Vorbei an uns? Das kann ja heiter werden für Ostpreußen. So sicher, wie wir immer denken, sind wir gar nicht?«

Justus schüttelte den Kopf. »Nein, sind wir nicht. Bedenke, Hitler hat schon immer ganz klar und deutlich skizziert, dass das Hauptziel seiner Außenpolitik ein Eroberungskrieg gegen die Sowjetunion sein würde. Schon in seinen Schriften aus den Zwanzigerjahren warf er, wie er es ja stets gerne tut, zweierlei Dinge in einen Topf: seinen Rassenwahn und den in westlichen Ländern so gefürchteten Bolschewismus. Diese Herrschaftsform lastete er nämlich, wie könnte es anders sein, auch gleich noch dem verhassten ›Weltjudentum‹ an, das er in enormer Masse im Osten verortet. Logischerweise muss nun die ›arische Rasse‹ aufstehen und die Welt von den ›Völkertyrannen‹ befreien. Mit der Vernichtung der Sowjetunion schlägt man folglich gleich zwei Fliegen mit einer Klappe.«

»Jessas!«, sagte Constanze und tippte mit ihrer Gabel gegen die krümeligen »Westmächte« auf Justus' Kuchenteller. »Wie stellt er sich die Kooperation mit denen vor?«

Justus zog die Stirn in Falten. »Na, er erwartet, dass die Engländer mir nichts, dir nichts die deutsche Besetzung

Frankreichs akzeptieren und sich mit uns verbünden. Die von Juden versklavten Slawen im zum Zusammenbruch reifen Sowjetreich würden damit gleich der großdeutschen Unersättlichkeit zum Fraß vorgeworfen.«

Justus kratzte die französischen und britischen Krümel auf dem Teller zusammen, nahm alles zusammen auf seine Gabel und schob es in den Mund. Dann zerteilte er den sowjetischen Schokoladenbrocken in drei Stückchen, die er zügig verdrückte, quetschte den reichsdeutschen Rest platt, formte daraus ein zwar dünnes, aber ausgedehntes neues Europa, rieb sich mit einem Grinsen den Bauch und sagte gedehnt: »Du siehst, Schwesterlein, das geht alles blitzartig und folgt immer einer ganz stringenten Logik meines hochverehrten Oberbefehlshabers.«

»Deine Süffisanz ist manchmal kaum auszuhalten, Just«, nörgelte Constanze und konnte sich doch ein Kichern nicht ganz verkneifen. Im Grunde war ihr gar nicht nach Kichern, denn was Justus da an zu erwartenden Ereignissen skizziert hatte, machte ihr Angst. Außerdem hoffte sie darauf, von ihm eine vernünftige Erklärung dafür zu bekommen, warum Clemens so strikt in Warschau festgesetzt wurde. Sie fragte ihn und seine Antwort kam so prompt, wie sie niederschmetternd war.

»Clemens hat profitiert. Und dann in die Hand gebissen, die ihn jahrelang gefüttert hat. Ihr dürft keine bevorzugte oder auch nur ›normale‹ Behandlung mehr erwarten. Forster ist ein ganz harter Hund. Er hat seine Finger überall. Und er ist eine Mimose. Den brauchst du nur ganz leicht an der falschen Stelle anzutippen, dann klappt er alle Blättchen seines Selbstbewusstseins beleidigt zusammen und lässt nichts und niemanden mehr an sich ran. Ihr müsst da jetzt durch. Erwarte nichts, bevor der Krieg nicht zu Ende ist.«

Constanze seufzte und nippte an ihrem Kaffee, der lange kalt geworden war. Genauso kalt, wie ihr jetzt der Frühsommerabend vorkam. Ein Schaudern überlief sie. Justus sah es, er nahm seinen Uniformmantel von der Stuhllehne und legte ihn ihr über die Schultern. »Gräm dich nicht so sehr. Schau, ich darf jetzt schon damit rechnen, in Richtung Osten geschickt zu werden. Schließlich bin ich erwiesenermaßen wahnsinnig tauglich und tapfer. Sei beruhigt, solange Clemens in Warschau sitzt. Da hockt er verhältnismäßig sicher. Auch wenn er das Ganze mit seiner Ehre natürlich nicht vereinbaren kann, ist das ganz gewiss noch die harmlosere Variante des Kriegseinsatzes. Es könnte schlimmer kommen, Constanze.«

* * *

Es kam schlimmer. Aber es blieb eine Karenzzeit, die Constanze manchmal beinahe schon vergessen ließ, welche Absichten Hitlers ihr Justus prophezeit hatte. Die Menschen hatten sich gewöhnt an den labilen außenpolitischen Zustand des Reiches, hatten gelernt, mit den ständig wie ein Damoklesschwert über ihnen schwebenden latenten oder auch realen Bedrohungen umzugehen. Sechzig Staaten waren mehr oder minder direkt an Kriegshandlungen beteiligt, einhundertzehn Millionen Menschen standen weltweit unter Waffen. Mal flammte hier, mal dort ein offener Kampf auf.

Dennoch ging das Leben weiter. Nicht überall auf der Welt herrschten gleichzeitig Kriegszustände. Die Bilder deutscher Städte glichen sich. Überall hingen die Hakenkreuzfahnen aus den Fenstern, überall herrschte nationalsozialistischer Geist, überall ging der rechte Arm zum Gruß empor, überall verschwand die jüdische Bevölkerung nach und nach aus der Gemeinschaft. Viele fanden es lediglich merkwürdig. Einige vermissten die kulturelle Vielfalt, die mit den verschwundenen

Menschen gegangen war, denn Deutschland hatte sich ausgefärbt und aus dem Bunt war trübes Einheitsbraun geworden. Nur wenige machten sich genauere Gedanken darüber, was vorging. Widerstand organisierte sich lautlos im Hintergrund. Widerstand jedoch war nichts für jedermann. Die meisten nahmen die Lage hin, waren froh und glücklich, endlich wieder ein sicheres Einkommen zu haben. Die Arbeitslosenzahlen hatten sich binnen kürzester Zeit rapide verringert. Dank dem »Führer«. Na, was sollte man denn haben gegen den Mann?

Kinder und Jugendliche wuchsen wie selbstverständlich in den »Bund Deutscher Mädchen« respektive die »Hitlerjugend« hinein. Was ihnen wie nicht enden wollende vergnügliche Abenteuer mit Wandertagen, Lagerfeuerromantik und Schnitzeljagden erschien, war nichts als die Tarnung des wahren Zweckes, jedes Kind, ob Mädchen oder Bub, frühzeitig der infiltrativen NS-Erziehung auszusetzen. Und es funktionierte! Ein ausgetüfteltes Propagandaprogramm gaukelte herrlich sichere Lebensumstände vor und stopfte jeden, ob er nun wollte oder nicht, mit einer glasklar umrissenen Ideologie voll, die gar keine Widersprüche dulden konnte, so wundervoll sie doch für das Wohlbehagen deutscher Menschen sorgte. Die Kinos waren allemal besetzt bis auf die letzten Plätze und punkteten mit Wochenschauberichten über gloriose deutsche Siege, Heile-Welt-Streifen oder Heldenepen. Natürlich, natürlich … es hatten mehr und mehr Familien einen Gefallenen zu beklagen. Aber das war eben der Preis und fürs Große, fürs Ganze hatte man sich eben zu arrangieren.

Auch Constanze hatte sich eingefügt. Es ging ihr gut in der neuen politischen Ordnung. Wenn man einmal von der traurigen Trennung von Clemens absah, viel zu gut, dachte sie manchmal bei sich und erwischte sich hin und wieder dabei, selbst in Hörner zu tröten, von denen sie eigentlich wusste, dass sie niemals ihre Musik hervorbrachten. Einen solchen Moment gab es, als ihr Justus im Juli 1940 unerwartet ins Kofferpacken platzte. Dank Bestnoten im Sommersemester war ihr eine besondere Vergünstigung zugestanden worden. Sie war gerade im Abreisen auf die Vogelstation Rossitten, da trat er in ihr Zimmer.

»Du siehst, Fleiß lohnt sich heutzutage, Justus«, sprudelte Constanze vergnügt. »Rossitten war für mich schon als junges Mädchen ein Traum. Vogelkunde, neueste Forschungsergebnisse, den Wissenschaftlern dort auf die Finger sehen, raus aus der grauen Theorie! Ich freue mich so und bin richtig stolz, zu den drei Auserwählten zu gehören. Wir bekommen ja im August einen neuen Professor in der Albertina. Konrad Lorenz. Schon mal gehört? Er soll ja sehr bekannt sein. Eigentlich ist er für das Fach Psychologie zuständig, aber in Biologenkreisen eine anerkannte Kapazität, da er sich nicht nur mit dem Menschen, sondern auch mit Tierpsychologie und Rassenkunde beschäftigt. Professor Lorenz ist schon in Königsberg und wird sogar bei der Exkursion dabei sein. Ich bin so gespannt darauf, wie er ist!«

»Allerdings schon mal gehört!«, schnaubte Justus. »Der hat ja prächtig vorgelegt, der Wiener, um den Verantwortlichen ins Ideologien-Konzept zu passen. Eingeschworener Parteigenosse ist er überdies. Ich habe gelesen, wie der sich angebiedert haben soll, um an die ehrwürdige Königsberger Universität berufen zu werden. Natürlich ist das seit alters eine Auszeichnung für jeden Wissenschaftler und viele würden einiges dafür tun. Allerdings fürchte ich, der glaubt den ganzen Quark von der Reinhaltung der nordischen Rasse wirklich selber. Ich hoffe jedenfalls, du flatterst ihm nicht völlig unkritisch hinterher. Hör mal gut hin, was er lehrt, und lies auch mal zwischen den Zeilen.«

»Och, du immer mit deinen Einwänden! Du willst mir doch nur die Freude verderben«, schmollte Constanze, wohl wissend, dass sogar die Riege altgedienter Professoren – aus den eben von Just vorgebrachten Gründen – Vorbehalte gegen die Positionierung Lorenz' gehabt hatte. Dennoch … sie war so sehr in ihrer Rolle, dass sie in herausforderndem Tonfall hinterhersetzte: »Du bist sowieso Pessimist und siehst schon die ganze Welt brennen. Mittlerweile bist du schlimmer als Vater. Was ist denn mit Hitlers Plänen aus deiner Baumkuchentheorie? Sind die vielleicht ein bisschen in Vergessenheit geraten?«

Er schüttelte vehement den Kopf. »Die Briten pfeifen ihm was, unserem Herrn ›Führer‹. Sie wollen und wollen die Sache mit Frankreich einfach nicht so hinnehmen. In Kürze wird es losgehen. Ich bin heilfroh, nicht bei der Luftwaffe zu sein und wenigstens eine Weile daheimbleiben zu können. Die Luftschlacht um England steht bevor. Die Planungen sind beinahe abgeschlossen. Ein offenes Geheimnis. Selbst Churchill hat bereits im Juni gesagt, dass er nun damit rechnet. Und es ist nicht davon auszugehen, dass der britische Premier es am Ende den Franzosen gleichtut und mit Hitler kollaboriert. Dort muss Hitler aufs Ganze gehen. Im Atlantik hat er ordentlich damit zu tun, amerikanische Waffenliefertransporte an Großbritannien mit seinen U-Booten abzufangen. Die britische Insel ist nicht leicht einzunehmen und Churchill nicht willens, klein beizugeben. Es ist noch allerhand zu tun. Aber du kannst gewiss sein, sobald England besiegt ist, geht es gegen den Osten los.«

»Ach, geh! Mal nicht immer so schwarz. Setz dich lieber mal auf meinen Koffer. Ich bekomme die Schlösser nicht zu.«

Justus ließ sich derart schwungvoll auf dem Pappdeckel nieder, dass er sich ächzend bog.

»Mal bitte etwas weniger Warthenberg-Gewichtigkeit, ja? Jetzt machst du alles kaputt«, seufzte Constanze lachend und scheuchte ihn wieder hoch. »Sieh mal, was du angerichtet hast. Der Deckel ist ganz verbeult.«

»Aber immerhin kriegst du ihn jetzt zu. Wie lange bleibst du? Und nimmst du Eva mit?«

»Nein, aber sie wird wundervolle Ferien haben, denn sie geht während der ganzen drei Wochen, die ich fort bin, ins Zeltlager an die Ostsee. Besser kann es doch gar nicht passen. Sie hat so viele Freundinnen gefunden. Spaß werden sie haben mit viel frischer Luft und Bewegung. Es wird schon viel getan für die Kinder. Als Mutter muss man sich gar keine Sorgen machen. Sie ist in den besten Händen.«

Skeptisch schaute Justus sie an. »Das wage ich zu bezweifeln! Bist du wirklich so konformistisch geworden, Constanze? Das gefiele mir aber gar nicht. Merkst du nicht, wie dieses Regime die Menschen umgarnt, ablenkt, damit sie nicht sehen, wohin der Hase wirklich läuft, sondern begeistert mitrennen? Schon bei den Kleinsten fängt es an. Kraft durch Freude, nicht? Brot und Spiele. Fähnchen vor den Augen schwenken, damit keiner mehr erkennt, was tatsächlich vorgeht. Eiserne Kreuze für Männer, die ihre Seele verkaufen, Mütterkreuze für die Frauen, die fruchtbar sind ohne Ende. Aber nur, wenn sie der richtigen Ethnie angehören. Frauenförderung, aber nur, sofern es um eine waschechte Arierin wie dich geht. Wenn nicht, kann eine Frau ja auch noch kräftig in Lagern arbeiten und damit etwas für den lieben ›Führer‹ tun. Bis sie nicht mehr kann. Dann kommt sie weg. Nein, du, rede nicht so mit mir, Constanze. Du lässt dich doch sonst nicht einfach billig einwickeln.«

Constanze zuckte innerlich zusammen. Ertappt. Durchschaut. Warum nur hatte sie ausgerechnet vor Justus die Fahnentreue gegeben? »Du hast ja recht. Mit allem recht. Ja, sie richten es für die Mehrheit der Menschen so gemütlich ein, dass kritische Stimmen mehr und mehr verstummen. Es ist ja auch herrlich, welche Möglichkeiten plötzlich offenstehen. Zumal für uns Frauen.«

Noch schärfer wurde sein Ton. Es schien ihm nicht zu genügen, was Constanze allzu sanft von sich gab. »Und was ist eigentlich mit Clemens? Kommt er endlich mal?«

Jetzt hatte er auch noch an ihren wundesten Punkt gerührt. Ihre vorgebliche Euphorie brach vollständig in sich zusammen. Tränen stiegen ihr in die Augen. »Clemens ... ach, vielleicht im September«, antwortete sie leise, hob hilflos die Achseln und erklärte: »Weißt du, ich habe fast das Gefühl, nur noch pro forma verheiratet zu sein. Seine Briefe werden immer melancholischer. Er wirkt irgendwie ... ja, irgendwie so abständig. Er schreibt zwar immer, dass er mich liebt, aber es fühlt sich an, als ob ich ihn gar nicht mehr kennen würde. Mir fehlen so viele Informationen. Ich kann mir überhaupt nicht vorstellen, wie er dort lebt. Er ist mir fremd geworden.«

Justus atmete hörbar ein und aus. »Oha! Das klingt nicht gut. Aber im Grunde wundert es mich auch nicht. Im Gegensatz zu dir, die du hier herrlich und in Freuden lebst, bekommt Clemens den Kriegsalltag ungefiltert mit. Zumal in seiner speziellen Situation ... das muss erdrückend sein. Ich verstehe übrigens, dass du nicht so bist, wie du gerade zu scheinen versuchst. So angepasst, so ... ach, ich weiß nicht. Mir musst du nicht das hirnlose Schaf vorspielen. Wenn du das Gefühl hast, damit sicherer durch die Welt zu kommen, musst du es wohl im Kommilitonenkreis oder vor deinen Professoren tun. Aber versuch nicht, mich zu verklapsen. Ich kann mir sehr gut vorstellen, wie es in deinem Inneren wirklich aussieht. Ich hoffe jedenfalls für euch, dass ihr beide die Kurve noch mal kriegt. Er ist ein feiner Kerl, Constanze.«

Sie fühlte, wie die Tränen jetzt über ihre Wangen liefen. Justus kannte sie wirklich zu gut. Er wusste, wie sie eigentlich dachte und fühlte. Aber irgendwie musste sie doch bestehen! Mit einem schiefen Lächeln schaute sie zu ihm auf und er breitete seine Arme aus. »Komm ...«, murmelte er, zog sie an die

Brust, umschlang sie fest, hielt sie, ließ sie heulen. »Das wird wieder, Schwesterchen. Pass auf, sobald du ihn erst mal wieder im Arm hast, wird das wieder! Aber hüte dich zuzulassen, dass der Rattenfänger dich kriegt.«

* * *

Es war September. Längst waren Tausende Tonnen Bomben auf englische Städte gefallen, hatten Zehntausende Zivilisten ihr Leben verloren – und Hitler nicht gesiegt. Da kam Clemens.

Es war ein merkwürdiges Gefühl. Langsam gingen sie aufeinander zu. Beklommene Herzen, die schon so lange nicht mehr im gleichen Takt geschlagen hatten. Kaum einen Meter voreinander blieben sie stehen. Sahen einander an wie Fremde. Unsicher. Nicht wirklich direkt. Keiner dem anderen ins Herz. Fast ein wenig lauernd, prüfend.

Gedankenblitze. Hat er in der Zwischenzeit …? Hat sie womöglich …?

Kaum merklich schüttelten beide gleichzeitig die Köpfe. Ahnten plötzlich doch jeder, was der andere dachte.

Endlich nach unerträglich langer Weile ein Lächeln. Zwei Lächeln.

Dann brachen die Dämme.

»Constanze!«, war alles, was Clemens hervorbrachte.

»Liebster!«, nuschelte sie an seiner Halsbeuge.

Er nahm ihr die Luft mit seiner Umarmung. Sie hatte das Gefühl, einer Ohnmacht sehr nahe zu sein. Sollte sie doch kommen, die Ohnmacht. Und die dreihunderteinundachtzig einsamen Tage auslöschen, ungeschehen machen.

Sie standen Minute um Minute … selbstvergessen, versunken im ersten Kuss, der nicht enden sollte. Sahen nicht, fühlten nur. Fühlten nur, hörten nicht. Noch und noch mal nicht.

Bis Eva mit dem Fuß aufstampfte, beiden am Ärmel ruckelte, »Papa, ich bin auch noch da« sagte, sie auseinanderfuhren, Clemens seine große Tochter hochhob, lachend herumwirbelte, Eva ihm die Beine um die Hüften schlang, die Ärmchen fest um den Hals, er endlich stehen blieb, seine beiden Frauen im Arm, »Mein Gott, bin ich glücklich« sagte.

Glücklich waren diese zwei Wochen, in denen sie versuchten aufzuholen, was ihnen das Jahr gestohlen hatte. Die Tage hell und mild, die Nächte heiß und voller Liebe. Es gab keinen Bruch. Clemens erzählte, wie es zuging in Warschau, malte das Grauen mit kräftigen Farben, schilderte, wie schwierig es für ihn war, unter der ständigen Beobachtung zu bestehen, erklärte, dass es nur einen einzigen Weg für ihn gab. Polen ausgelöscht. Auch wenn er gewollt hätte, es gab kein Zurück für ihn. Er musste mit, auch wenn es ihm die Seele aus dem Leib riss. Und jetzt … bald … ging es weiter, viel weiter gen Osten.

Constanze war starr vor Entsetzen. Dann wusste er also bereits, was Justus geahnt hatte, kannte das Ziel seines nächsten Einsatzes und gruselte sich jetzt schon.

»Russland ist so groß, so weit, so uneinnehmbar. Selbst wenn Hitler alles Material, alle Männer aus dem nicht enden wollenden Kampf um England abzieht, wird er sich mächtig schneiden. Es dringen allerdings vermehrt Nachrichten durch, dass die Amerikaner enorm aufrüsten. Nun steht zu befürchten, dass Deutschland inzwischen die Bodenschätze für weitere Aufrüstung ausgehen. Die fänden sich in der Sowjetunion. Wahrscheinlich ist es also, dass er hergeht und Stalin zu überrollen versucht, um genügend Rohstoffe zur Verfügung zu haben. Dieses Land ist aber nicht einsfix einnehmbar. Keiner kennt sich dort richtig aus. Und wer weiß hier schon davon, wie zäh die Russen kämpfen können? Bis aufs Blut werden sie sich wehren. Anders als die überraschten Polen sind sie vorgewarnt. Der Happen ist zu gewaltig, auch wenn die militärische Aufstellung

Deutschlands ihresgleichen sucht. Im Sommer plant er einzumarschieren. Brauchen werden die Truppen, um ins Herz vorzudringen. Und irgendwann wird der Winter kommen. Der lange, eisige, unbarmherzige russische Winter.«

Clemens hatte den Kopf gesenkt, während er sprach, seine Stimme war mit den beiden letzten Sätzen immer leiser geworden. Constanze schaute ihm auf den Scheitel. Da waren graue Strähnen im Blond. Jetzt schon!? Zärtlich fuhr sie mit den Fingerspitzen durch sein Haar.

»Wollen wir nach einem Ausweg suchen? Wir könnten es Hannah und ihrer Familie nachtun und emigrieren. Ehe du ganz grau wirst, Clemens.«

Er sah auf, lächelte. »Grau ist vielleicht das eine oder andere Haar, aber ich bin immer noch jung. Ich habe Amerika gesehen, Constanze. Sie brauchen dort junge, kräftige Menschen. Ich bin Städtebauer mit Leib und Seele. Auch wenn man sich bisweilen kaum noch dran erinnert, was man im zivilen Leben war … manchmal, weißt du, fällt es mir wieder ein. Zum Beispiel immer dann, wenn ich zerstörte Städte und Dörfer sehe – und du kannst mir glauben, es gibt unzählige allein schon zwischen Warschau und Königsberg –, stelle ich mir vor, wie ich sie wieder aufbauen würde. Ich *möchte* sie wieder aufbauen. Eines Tages, wenn dieser Wahnsinn vorbei ist. Es ist nicht zu verleugnen, ich bin Europäer. In den Staaten habe ich mich fremd und einsam gefühlt. Ich gehöre dort nicht hin und ich kann mir nicht vorstellen, dass es dir gefallen würde. Wenn du natürlich darauf bestehst …?«

»Aber nein, Clemens! Ich sehe nur deine Qual und dachte über einen Notanker nach. Ich käme mit dir, aber mein Wunsch ist es natürlich nicht.«

»Dann bleiben wir. Jeder an seiner ihm vom Schicksal zugewiesenen Stelle. Und hoffen, dass es uns nicht erwischt. So wie alle anderen, die nicht in direkter Gefahr stehen, irgendwo interniert zu werden, und genauso wenig wie wir beide mit dem Hurra-Patriotismus ausgerüstet sind, den es braucht, um diesem Führer bedingungslos zu folgen.«

Sie besiegelten es mit einem Kuss. Hatten noch ein paar Monate, ein gemeinsames Weihnachtsfest auf Gut Warthenberg und dann einen Marschbefehl.

13

1941/42 – ZERBROCHENER PAKT

Am Morgen des 23. Juli 1941 gab es in der Königsberger Warthenberg-Villa weder Tee noch hausgebackene Brötchen zum Frühstück. So etwas war noch nie dagewesen. Als Constanze bestens ausgeschlafen die Treppen herunterkam, hörte sie schon Vater und die Köchin Hedwig im Frühstückszimmer reden. Hedwig war in heller Aufregung.

»Ogottogott, das ist mir noch nie passiert, Herr von Warthenberg. Ich bitte um Entschuldigung. Aber ich kann doch nuscht dafür. Haben Sie denn was gehört, Herr von Warthenberg? Ich habe nuscht gehört, habe geschlafen wie ein Murmeltier, und hier draußen in Maraunenhof hat es wohl auch kaum einer richtig mitgekriegt. Aber die Agnes, das Hausmädchen, kommt doch mitten aus der Stadt und die hat's in der Nacht genau gehört. Jetzt haben sie's im Radio gebracht. Hatten Sie den Apparat schon an? Soll ich einschalten? Ist gleich volle Stunde, da wird's was geben.«

Constanze runzelte die Stirn. Was hatte es denn zu hören gegeben? Sie trat in den Raum, kollidierte fast mit Hedwig, die etwas von »alten Holzofen anfeuern« murmelnd an ihr vorbeistob, gab ihrem Vater einen Kuss auf die Wange, setzte sich an den gedeckten Tisch. »Was ist los, Vater?«

Karl von Warthenberg bedeutete ihr zu schweigen und wies auf den Rundfunkempfänger. Sie lauschten. Das Gaswerk war in der Nacht durch einen sowjetischen Fernbomber des Typs Iljuschin schwer beschädigt worden. Ebenso die Kaianlagen.

»Ich werde schleunigst in den Hafen müssen, Constanze. Nachsehen, inwieweit uns die Folgen des Angriffs direkt betreffen«, sagte Karl und kaute hastig an seinem Graubrot mit Marmelade.

»So ist es also vorbei mit unserer Ruhe hier, was, Vater? Musste der ›Führer‹ auch unbedingt Russland angreifen? Clemens und Justus hatten ja schon vor Monaten davon gefaselt. Ich habe es nicht glauben wollen, bis die Marschbefehle kamen, weil ich dachte, Hitler hat doch mit Stalin einen Nichtangriffspakt ausgehandelt, da wird er gewiss nicht … Tja, die Männer hatten wieder mal recht. Dabei haben im Mai noch alle möglichen deutschen Würdenträger als Ehrengäste bei Stalins gewaltiger Militärparade auf der Tribüne in Moskau gesessen. Das sah doch im Wochenschaubericht noch aus wie Friede, Freude, Eierkuchen. Was zählt heutzutage eigentlich noch? Kann man sich auf gar nichts mehr verlassen?«

Karl schüttelte den Kopf. »Schatz, es ist Krieg. Was gilt da ein Wort, was ein Abkommen? Es sieht wirklich so aus, als hätte Stalin ungefähr so gutgläubig gedacht wie du. Ganz offenbar hat er im vollen Vertrauen auf Hitlers Ehrenhaftigkeit keine erheblichen Verteidigungsmaßnahmen vorbereitet. Ist ja nicht lange her, dass der ›Führer‹ seine Vertragstreue bewiesen hat, als er den Italienern zu Hilfe eilte. Oder besser, eilen ließ, indem er seinen ›Wüstenfuchs‹ General Rommel losschickte, um die von den verhassten Briten in Libyen eingekesselten Truppen Mussolinis freizupauken. Italien wird er als Verbündeten noch brauchen. Aber Russland ist schließlich das

Ziel seiner Ausdehnungspolitik. Das will er vereinnahmen, die Russen am liebsten ausrotten, zumindest verscheuchen und seine Germanen dort reinsetzen. So viel Chuzpe hat ihm Stalin wahrscheinlich nicht zugetraut und fühlte sich sicher. Dem wird nicht klar gewesen sein, dass der Pakt nur so lange Bestand haben würde, bis ideale Bedingungen geschaffen waren, in Ruhe an der Westgrenze aufzumarschieren.«

»Mieser Hund!«, sagte Constanze.

»Du willst nicht die Art beleidigen, nein?«, antwortete Karl bissig, schlug mit beiden Händen auf die Tischkante und stemmte sich entschlossen hoch. »Ich muss, Kind!«

Flüchtig küsste er sie auf die Stirn, ließ sich ungeduldig von ihr einen Brotkrümel aus dem Mundwinkel wischen, griff nach der Aktentasche, die allmorgendlich auf dem Stuhl neben ihm bereitzustehen pflegte, und fegte hinaus.

Vorläufig sollte es bei diesem einen einzigen Luftangriff auf Königsberg bleiben. Die Propagandafilme der Nationalsozialisten in den Wochenschauen stimmten mit den Zeitungs- und Rundfunkberichten genauso überein wie die Inhalte der Briefe von Clemens und Justus, die beide gemeinsam in derselben Einheit dienten. Ein Umstand, der Constanze einerseits beruhigte, weil er ihr das Gefühl vermittelte, einer würde auf den anderen schon achtgeben, andererseits aber auch Sorgen bereitete. Träfe es Justus, träfe es höchstwahrscheinlich Clemens genauso. Von großen Gefahren schien bisher aber keine Rede zu sein. Sie schrieben übereinstimmend, die deutschen Truppen kämen rasant in Richtung Osten voran. Es sei vorläufig wenig Gegenwehr zu verzeichnen, das Wetter, die Landschaft, die Verpflegung famos, die Stimmung unter den Kameraden fabelhaft.

Constanze war inzwischen froh, beide Männer dort und nicht im Kampf um England zu wissen. Es sah wochenlang so aus, als würde das sogenannte »Unternehmen Barbarossa« ein sommerlicher Spaziergang für die deutschen Truppen werden und das Versprechen der Wehrmachtsführung leicht einzuhalten sein, die Männer würden zweifelsfrei die Weihnachtstage wieder bei ihren Liebsten zu Hause verbringen. Als strahlende Sieger, versteht sich!

Der optimistische Ton der Berichterstattung änderte sich. Bald sah man Bilder von brennenden Dörfern. Stalins Politik der verbrannten Erde. Fliehende sowjetische Divisionen hinterließen auf ihrem Rückzug unglaubliche Verwüstungen, um den im Sturmschritt voranziehenden Deutschen jede Versorgungsgrundlage zu entziehen.

Die Wochenschauen berichteten von grauenvollen Missetaten an Deutschen, die in sowjetischen Gebieten gelebt hatten. Reihenweise aufgebahrte nackte Körper mit unvorstellbaren Verstümmelungen schockierten die Kinobesucher. Das, so wurde mit düsterer Musik untermalt angeprangert, seien typische Taten bolschewistischer Untermenschen. Deutsche Herzen krampften sich beim Anblick zusammen. Wie recht der »Führer« doch hatte! Man musste sie ausrotten. Ein Volk, das zu solchen Grausamkeiten fähig war, musste besiegt, unterworfen, ja, ausgerottet werden.

Als der Herbst kam, sah Constanze auf der Leinwand deutsche Soldaten durch den russischen Matsch ziehen. In Panzern, in Mannschaftswagen, auf Motorrädern. Schön und gut. Aber so viele sogar auf Fahrrädern, zu Fuß, manche auf Pferden, deren Tritte mühsam und bei Weitem nicht mehr so forsch wirkten wie in den ersten Wochen. Die Hintergrundmusik hatte längst ihre Spritzigkeit verloren, war getragener, bedeutungsschwerer geworden. Grau schien ihr die Landschaft. Entlaubte Bäume, brennende Ruinen, schwarz verkohlte Felder, so weit das Auge reichte. Russland war ein weites Land. Und Justus und Clemens waren dort irgendwo mittendrin. Sie schaute immer genau hin.

Hoffte, vielleicht einmal einen ihrer liebsten Männer auf den flimmernden Filmen zu erkennen. Doch sie waren nie dabei.

Die Briefe der beiden spiegelten ihr eigenes Empfinden. Die anfängliche Sorglosigkeit war einer gewissen Zermürbtheit gewichen. Derweil war man sehr wohl auf handfesten Widerstand getroffen. Stalin hatte in Windeseile mobil gemacht. Russland war ein weites Land. Ein viel weiteres Land als das kleine Polen, das man längst bis in die hinterste Ecke durchschritten hatte, ehe das Militär richtig aufgewacht war.

Sie kamen nicht zu Weihnachten. Sie hatten etwas anderes zu tun. Dachte Constanze später über diese Zeit nach, kam es ihr vor wie ein kurzer Rausch aus purer Furcht. Nicht, weil fünf weitere sowjetische Luftangriffe auf ihre Heimatstadt erfolgt waren. Verglichen mit den Angriffen auf andere deutsche Städte waren es nur halb stumpfe Nadelspitzen gewesen, die keine katastrophalen Schäden anrichteten. Constanze empfand es in der Nachschau später merkwürdigerweise immer so, als wäre keiner der beiden Männer überhaupt einmal zwischendurch daheim gewesen. Das stimmte nicht. Aber die Monate voller Angst um Bruder und Ehemann standen derart im Vordergrund, dass jeder gemeinsame Glücksmoment in der Erinnerung dahinter zurücktrat.

Sie waren Soldaten. Lebten in einer Welt, die Constanze nicht verstehen konnte, nicht verstehen wollte. Redeten von Kämpfen um Dörfer und Städte, deren Namen sie sich nicht merken konnte, benutzten einen furchtbar technisch klingenden militärischen Sprachduktus. Härter waren sie geworden. Beide. Sie wirkten nicht entmenscht, wie es viele inzwischen geworden zu sein schienen, die mehr Leid gesehen hatten, als sie an sich selbst heranlassen durften, ohne verrückt zu werden. Aber sie waren von einer Art Fieber besessen, das nur noch ein Ziel kannte: den Sieg.

Einen russischen Kriegswinter hatten sie überstanden und es war kein Zuckerschlecken gewesen. Der zweite Winter sollte alles übertreffen, was sie sich in ihren schlimmsten Albträumen je hätten ausmalen können.

14

1943 – ER ODER DU

Constanze hatte ihr Diplom mit Auszeichnung bestanden. Sie hätte die angebotene Chance nutzen können, eine Promotion anzuhängen, aber es kam wieder einmal anders.

»Vater! Mutter! Eva!«

Mit einem Telegramm in der Hand stürzte Constanze in die Halle. Karl riss die Tür seines Arbeitszimmers auf, Luise kam aus dem Salon, Evchen rutschte das Treppengeländer herunter, dass der Rock nur so flog. Mit erwartungsvollen Gesichtern standen sie vor Constanze.

»Clemens ist in Danzig. Er ist schwer verwundet und liegt jetzt im Stadtkrankenhaus. Ich muss sofort fahren. Eva, such das Nötigste zusammen, das du mitnehmen willst, Vater, sei so lieb, finde heraus, wann der nächste Zug geht, und Mutter, hilf mir packen, ja?«

Anderthalb Stunden später schon saßen Mutter und Tochter im schlecht beheizten Zug nach Danzig. Es war Anfang Februar und bitterkalt. Luise hatte Proviant einpacken lassen, als würden sie wochenlang unterwegs sein. Völlig übertrieben, aber nicht schlecht, fand Constanze, denn so hatten sie einen kleinen Grundstock an Nahrungsmitteln, wenn sie spätabends ankamen.

Constanze fand ein Taxi, das sie bequem in die Frauengasse brachte. Sie schleppten Koffer und den gewaltigen Korb mit Lebensmitteln hinauf in den ersten Stock. Es war ein komisches Gefühl, die Wohnung nach so langer Zeit zum ersten Mal wieder zu betreten. Staub von Jahren lag in der Luft. Beide mussten husten und trotz der Kälte riss Constanze erst einmal die Fenster auf. Gott sei Dank war es wenigstens nicht eiskalt. Clemens hatte dafür gesorgt, dass der Hausmeister ab und an nach dem Rechten gesehen hatte. Offenbar hatte er seine Aufgabe ernst genommen. Die gusseisernen Heizkörper waren immerhin lauwarm. Constanze drehte sie höher. Glasklar erinnerte sie sich an die letzten Momente vor dem Verlassen damals. In der Küchenspüle standen noch die Gläser, die sie mit Gerda am Abend des 1. September 1939 benutzt hatten, im Wohnzimmer lag das Bettzeug auf dem Sofa, in dem sich die Freundin beinahe wahnsinnig vor Angst um ihren Antoni ruhelos hin und her gewälzt hatte. In Evas Kinderzimmer fanden sie eine von Sophies Puppen. Was mochte aus den dreien geworden sein? Lebten sie überhaupt noch?

Später, dachte Constanze, später würde sie versuchen, etwas herauszufinden.

Tatsächlich funktionierte der Fernsprecher einwandfrei. Constanze rief im Stadtkrankenhaus an, stellte sich vor, erkundigte sich nach Clemens, fragte, ob sie sofort kommen könne. Den Umständen entsprechend. Jetzt? Nein. Besuchszeiten früh ab sieben Uhr. Patient außer Lebensgefahr. Wahrhaftig schwerere Verwundungsfälle im Haus. Beruhigen. Schlafen gehen.

Es fiel Constanze schwer, sich zu beruhigen. Tausende Kilometer war Clemens entfernt gewesen. Hatte im Kessel von Stalingrad unter russischem Maschinengewehrfeuer in brennenden Ruinen verschanzt gelegen, monatelang im Häuserkampf den Kopf auf den Schultern behalten. Dreckig, hungrig, zum Gotterbarmen frierend im russischen Winter, immer wieder mehr oder weniger leicht verletzt. Jeder Brief, der noch durchkam, hatte von Mal zu Mal ein schrecklicheres, tapfer ertragenes Höllenszenario gemalt. Der letzte schon Wochen her. Feldpost, befördert von den deutschen Maschinen, die ihre kläglich dezimierte, einst so siegreiche Truppe mit Munitions- und Nahrungsnachschub versorgte. Von Fatalismus geprägte Zeilen, Durchhaltewillen, bei zwei Scheiben Brot pro Mann am Tag, sukzessive rückläufig, Auslieferung von Eisernen Kreuzen hingegen neuerdings immer inflationärer. Stolz, Mut, Treue, Kampfgeist stärkend. Für »Führer und Vaterland«.

Jetzt lag er wohlversorgt ganz nah. In sauberen Laken, unter ärztlicher Aufsicht, bei professioneller Pflege. Und dennoch war ihre Aufregung um ein Vielfaches größer. Es mochte daran liegen, sagte sie sich, dass sie gewusst hatte, im fernen Russland sowieso nichts für ihn tun zu können. Jetzt hätte sie etwas tun können. Und durfte nicht. Die Nacht wurde scheußlich.

* * *

Constanze hatte sich hübsch gemacht. Sich und Eva. Sie war zu einem entzückenden Mädchen herangewachsen. Groß, schlank, mit einer Haut wie Milch und Honig, langem glänzendem Haar. Meist nahm sie es nur mit zwei feinen silbernen Kämmen an den Seiten hoch. Auch heute flossen die blonden Locken fast bis zur Taille hinunter über den kamelbeigen Mantelrücken. Das energische, dabei von vorn betrachtet etwas zu schmale Kinn und die Augen, die an den Farbton von Lapislazuli erinnerten, die hochgewachsene, sportlich wirkende Figur waren definitiv Clemens' Erbe. Die grazile Biegsamkeit, den regelmäßigen, kleinen Mund, das hatte sie von ihr, genauso wie den zarten Schwung der Brauen und den zur Mitte ein wenig spitz in die glatte Stirn hineinlaufenden Haaransatz, der dem ganzen Gesicht fast eine Herzform gab. Sie war bereits weit entwickelt, wirkte schon wie ein Backfisch mit ihren kaum zehn Jahren. Noch ein, zwei Jahre, dachte Constanze manchmal mit gewisser Sorge, dann würden ihr die jungen Männer hinterherzusehen beginnen. Clemens würde stolz auf sie sein. Und bald ihre Besorgnis teilen.

* * *

Abgetrennt durch papierdünne Vorhänge lagen Männer dicht an dicht. Das Krankenhaus quoll über von Kriegsverletzten. Strahlende Helden in Sardinenbüchsenformation. Nein. Alles, was hier strahlte, war das blendende Weiß der Verbände. Die Männer grau, viele unrasiert. Dafür war dann doch keine Zeit. Oder gleich kein Platz in zerfetzten Gesichtern. Es roch nach Desinfektionsmitteln, nach Blut, nach Eiter. Die Geräuschkulisse eine Kakophonie aus emsigem Bienengewimmel, Stöhnen, Wimmern, Schnarchen. Die Mienen des Personals ernst, wenngleich freundlich.

»Hier entlang, bitte, Frau Rosanowski. Hier liegen unsere frisch operierten Patienten.« Ein skeptischer Blick auf Eva. »Soll sie wirklich mit?«

Evas heftiges Nicken. »Ja, ich will!«

Wie eine lebendige Leiche. Constanze erschrak, als sie Clemens da liegen sah, schob unwillkürlich Eva hinter ihren Rücken.

»Aber bitte nur fünf Minuten! Sie sehen ja, wie eng es hier ist. Wir brauchen Platz zum Arbeiten.«

Vorsichtig zwängte sich Constanze zwischen Vorhang und Bett. Eva blieb am Fußende stehen. Ihr Blick gesenkt etwa auf die Stelle, wo die Füße ihres Vaters unter der Decke sein mussten. Der rechte Arm in Gips, sein Kopf umwickelt, die rechte Schulter und eine Gesichtshälfte bis an Nasenflügel und Mundwinkel heran verbunden. Über Mund und Nase eine Sauerstoffmaske, Schläuche etwa aus Brusthöhe, die unterm Bett in ein Gefäß voll blutig gelber, seröser Flüssigkeit mündeten. Nur sein linkes Auge zeigte Freude, er gab Laute von sich, die keine Worte waren, hob die linke Hand, fasste matt nach Constanzes. So schwach sein einst immer fester Griff. Er führte ihre Hand an den unteren Rand der Maske. Ein Handkuss. So etwas wie. Constanze sah seine Tränen laufen. Sie beugte sich zu ihm hinunter, küsste sie ihm von der Schläfe.

Zaghaft streckte Eva eine Hand aus. Sah Constanze fragend an. Sie nickte und die Kleine streichelte vorsichtig Vaters Knie. Aus seinem gesunden Auge ein glückliches Lächeln.

Hinter ihnen plötzlich ein Menschenauflauf. Ein Dutzend sicherlich, in weißen Kitteln. Die Schwester: »Bitte, Sie müssen gehen. Visite.«

Constanze nahm Eva bei der Hand. »Das trifft sich. Dann kann ich ja gleich mit dem Arzt sprechen.«

»Wenn das alle Angehörigen täten ... ich bitte Sie, Frau Rosanowski!«

Ich bin nicht »alle«, dachte Constanze. Ich bin Constanze von Warthenberg! Sie hatte keinen Ton gesagt, allein der Gedanke schien eine Kraft zu haben, die die Umstehenden bannte. Mit einer sanften Geste und gewinnendem Lächeln schob sie sich mitsamt Eva vor die Schwester, die Entschuldigungen in Richtung der Mediziner murmelte und sich tatsächlich widerstandslos schieben ließ.

»Guten Morgen! Wunderbar, Sie zu treffen. Die Herren Doktoren alle beisammen. Nun, wie steht es um meinen Mann?«

Der groß gewachsene Mann in der vordersten Reihe stellte sich charmant als Dr. Pietsch, leitender Oberarzt, vor. Völlig selbstverständlich schüttelte er Constanze die Hand, lächelte über Evchens höflichen Knicks, strich ihr sogar übers Haar, verlangte dann nach Clemens' Krankenakte, studierte sie ein kleines Weilchen, wiegte dabei ernst den Kopf, sprach wie zu sich selbst:

»Streifschuss rechte Gesichtshälfte, Auge gerettet … Trümmerbruch des rechten Armes … gerichtet, geschraubt, verplattet … Schulterdurchschuss … harmlos, im Heilen begriffen … aber hier … verdammt, verdammt … Lungendurchschuss … Atelektase … Thoraxdrainage … Wasserschloss … na, kann mit Glück wieder werden …« Dann hob er die Stimme: »Aktuelles Labor, Schwester?«

Aus einem Stapel Blätter, die sie vor die Brust gepresst hielt, suchte die junge Frau eines heraus, reichte es an, Dr. Pietsch peilte durch den unteren Rand seiner Brille, murmelte wieder kaum verständliches Zeug in seinen Backenbart, wiegte wieder mit ernstem Gesichtsausdruck den Kopf.

»Wir tun, was wir können, gnädige Frau. Das Antibiotikum greift, die Leukozytose scheint im Rückzug begriffen. Natürlich ist Ihr Mann vollkommen entkräftet. Kein Wunder bei der miserablen Verpflegung und dem Dreck da drüben im Osten. Ein, zwei Tage, Frau Rosanowski. Dann sehen wir klarer. Heil Hitler!«

Der ganze Trupp wanderte weiter zum nächsten Patienten. Heil du lieber meinen Mann!, dachte Constanze.

Die Schwester drehte sich noch einmal um, flüsterte: »Nun aber! Bitte!« Constanze nickte. Noch ein Kuss, ein Blick, ein Streicheln. »Ich komme wieder, Liebster. Morgen. Halt die Ohren steif und mach mir keinen Blödsinn. Wir brauchen dich!«

Ein amüsierter, ja, tatsächlich, ein amüsierter Blick aus dem linken Auge.

»Ich liebe dich, Clemens!« Laut und deutlich.

Noch einmal griff er nach ihrer Hand. Fester jetzt. Wirklich. Ganz sicher viel fester!

* * *

Es dauerte Wochen, ehe Clemens so weit wiederhergestellt war, dass er die Klinik verlassen durfte. Es war längst Frühling, und in der Zwischenzeit war klar geworden, dass der verlorene Russlandfeldzug dem Krieg eine Wende gegeben hatte. Offensichtlich war, dass die Zeit der blitzartig und erfolgreich durchgeführten Überfälle vorbei war. Beide Seiten hatten unvorstellbare Verluste erlitten. Die 6. Armee, die in Stalingrad gekämpft hatte, war vollkommen aufgerieben worden, die deutschen Linien hatten sich von der Wolga und vom Kaukasus weit in Richtung Westen zurückziehen müssen und nur unter großen Schwierigkeiten die Front wieder schließen können. Russische Kriegsgefangene füllten die Reihen der gefallenen Deutschen im Reichs-Rüstungsbau, dienten überall dort, wo deutsche Männer fehlten. Argwöhnisch betrachtet, schlecht behandelt, oft verhasst. Deutsche Gefangene wurden nach Sibirien abtransportiert, um in den Bergwerken Sklavenarbeit zu verrichten.

All dem war Clemens entkommen und Constanze war dazu übergegangen, Gott jeden Tag dafür zu danken. Die Ärzte machten ihm den Vorschlag, für anderthalb Monate zum Kuraufenthalt nach Hohenlychen zu gehen. Dort war man spezialisiert auf die Heilung schwerer Lungenerkrankungen.

Nein, sie wollte ihn eigentlich nicht schon wieder für Monate verlieren. Aber er musste doch Kraft tanken. Musste atmen können!

Clemens lehnte das Angebot dankend ab. Mit dem Argument, das Reizklima seiner geliebten Stadt Danzig würde den Rest schon erledigen und ihm bald wieder vollständig auf die Beine helfen. Tat er es nur ihretwegen, womöglich ganz gegen eigene, bessere Einsicht? Constanzes Gefühle waren gespalten. Die Ärzte waren unzufrieden mit seiner Entscheidung und argumentierten, er bedürfe noch über Monate der Schonung und begleitenden Heilbehandlungen. Am Ende schlug Clemens nicht nur die vorläufige Dienstuntauglichkeit, sondern auch ambulante Therapiesitzungen heraus, die er ernsthaft und akribisch wahrnahm. Er wollte wieder auf den Damm kommen.

»Nicht zu schnell, Liebling! Bitte nicht zu schnell«, sagte Constanze und meinte es trotz ihres Lachens sehr ernst. »Warte mit der vollständigen Genesung, bis der Krieg wirklich ganz vorbei ist. Ich habe Angst, dich doch noch zu verlieren.«

Was er so häufig und so lange bei diesen Sitzungen machte, erschloss sich Constanze allerdings nicht. Sie sah ihn auch daheim Atemübungen machen, die Funktion der Lunge besserte sich zusehends. Aber warum dauerte das mehrmals die Woche so ewig?

Eine Ahnung keimte bereits nach wenigen gemeinsam verbrachten Nächten, doch es sollte eine lange Weile gehen, bis sie begriff, dass nicht allein körperliche Versehrtheit sein Problem war.

Dieser Sommer hätte ein wundervoller Traum für die beiden werden können. Aller drückenden Verpflichtungen los und ledig hätten sie ihr Leben in vollen Zügen genießen können. Danzig hatte abgesehen von einem Luftangriff durch die Royal Air Force am 11. Juli 1942, bei dem neunzig Opfer und einige Gebäudeschäden zu beklagen gewesen waren, noch immer Ruhe in diesem Krieg gehabt. Das Leben ging seinen hanseatisch gelassenen Gang, die Zustände in zerbombten Städten wie Berlin oder Köln waren für die Danziger schwer vorstellbar.

Clemens, Constanze und Eva hätten sich in diesem ruhigen Leben behaglich einrichten, den herrlich freien Sommer für ausgedehnte Aufenthalte am abgelegenen Heubuder Strand, zum

Segeln, für Kino- und Konzertveranstaltungen, für Besuche der Königsberger und Aufenthalte im Gut nutzen und ihr Leben genießen können. Schon zur Weizenernte Ende Juli konnte Clemens sogar wieder ein wenig mit anpacken. Körperlich ging es ihm stetig besser. Ja, ja, sie taten all das und ihr Familienleben wirkte von außen vollkommen harmonisch. Aber da waren die Nächte!

Die Nächte, von denen niemand wusste. Kaum eine, die verging, ohne dass Clemens schreiend und schweißgebadet erwachte. Schon beim Versuch einzuschlafen wartete Constanze darauf und lag häufig stundenlang wach. Sie wollte herausfinden, was mit ihm passierte, ehe es losging. Noch hörte sie seine regelmäßigen Atemzüge, nichts schien faul zu sein, da ging es plötzlich los. Immer dauerte es, bis sie ihn richtig aufgeweckt hatte. Er schrie und schrie. Eva hatte die ersten Male entsetzt in der Schlafzimmertür gestanden. »Was ist mit Papa?«

Constanze hatte keine Antwort gewusst, die Kleine mit blank liegenden Nerven ins Bett zurückgescheucht, alle Hände voll zu tun gehabt, ihn zu sich zu bringen, zu trösten, den schweißüberströmten Körper wieder trocken zu bekommen. Praktisch veranlagt, wie sie war, war sie bereits nach wenigen solcher Erlebnisse dazu übergegangen, eine Schüssel Wasser, Handtuch und Waschlappen sowie einen frischen Pyjama neben dem Bett auf dem Nachttisch zu deponieren.

Jedes Mal entschuldigte sich Clemens wortreich, sobald er wieder ganz bei sich war. Jedes Mal fragte ihn Constanze, was er geträumt hatte, was ihn so aus der Fassung brachte. Aber jedes Mal schwieg er. Verschämt. Ja, anders konnte man es wirklich nicht ausdrücken.

Auffällig war, dass es manchmal nicht passierte. Immer dann nämlich, wenn er am Tag zuvor bei einer seiner zahlreichen ausgedehnten Therapiesitzungen gewesen war. Der Arzt, der ihn behandelte, musste eine beruhigende Wirkung auf

Clemens ausüben. Eines Nachts – der Morgen begann zu dämmern, die Vögel sangen schon, der Anfall war gerade überstanden, Clemens lag erschöpft und dankbar in ihren Armen, hatte den Kopf zwischen ihre Brüste gebettet – nahm sie allen Mut zusammen und sprach ihn endlich konkret darauf an.

»Was geschieht mit dir bei diesen Behandlungen, Liebling? Und helfen dir die Therapien so sehr, dass du danach bisweilen eine Nacht Ruhe hast? Was ist es, Clemens? Sind es Panikattacken, weil du schlecht Luft bekommst? Ich möchte es wissen, sonst kann ich dich schlecht verstehen und weiß nicht recht, wie ich helfen soll. Eva fragt mich immer wieder und ich habe keine Antworten. Du musst uns aufklären, sonst ist es so schwer, damit zu leben. Du weißt, ich liebe dich. Du sagst, auch du liebst mich. Kann man nicht vollkommen offen mit dem Menschen reden, den man liebt? Von dem man ganz sicher weiß, dass er alles für einen tun würde? Was auch immer dich Nacht für Nacht so aus der Fassung bringt ... es scheint eine unendlich schwere Last zu sein. Lass sie mich mit dir gemeinsam tragen. Vertrau mir! Vertrau dich mir an, ich bitte dich inständig.«

Eine lange Weile schwieg er und sie hatte beinahe schon die Befürchtung, er sei eingeschlafen und ließ sie wieder allein zurück mit ihren Ahnungen, ihrem Unwissen, ihrer Angst. Da fühlte sie plötzlich, dass er ihren Arm streichelte.

»Du hast ja recht. Aber ich wollte euch nicht damit belasten, wollte alles versuchen, allein damit fertigzuwerden. Ich sehe ein, so geht das nicht mehr weiter. Du bist ja auch schon ganz mürbe von den vielen schlaflosen Nächten.«

»Es ist weniger der Schlafmangel als vielmehr die Angst um dich. Ich fühle mich so hilflos ... und ausgeschlossen. Ich glaube, das ist das Schlimmste.«

»Ich werde es versuchen, Constanze. Aber ich muss dir dazu in die Augen sehen können. Und es ist keine Geschichte für das gemütliche Bett. Wenn du mir also zuhören magst, lass uns aufstehen, einen Tee brühen und einander gegenübersitzen. Dann will ich dir erzählen.«

Eine Viertelstunde später saßen sie, vollständig angekleidet, Clemens sehr steif und aufrecht und auch Constanze voller Anspannung, mit ihren dampfenden Teetassen am Küchentisch.

* * *

Clemens nestelte einen klein zusammengefalteten Briefumschlag aus seiner Hosentasche, reichte ihn Constanze. Sie nahm ihn, zog zwei eng beschriebene karierte Bögen aus dem Kuvert und las. Clemens' Blick spürte sie auf ihrer gesenkten Stirn. Einige Male zuckte sie während des Lesens schmerzhaft zusammen. Dann legte er beruhigend seine Hand auf ihren Unterarm. Viele Male schüttelte sie den Kopf, um im nächsten Augenblick die Lektüre sinken zu lassen, ihn unter einem Tränenschleier fassungslos anzusehen, »nein, das kann nicht sein«, »oh mein Gott, wie furchtbar« oder Ähnliches zu flüstern.

Der Brief war unterzeichnet mit »Liesl Müller«.

»Wer ist Liesl Müller, Clemens?«

»Katarzyna. Sie ist die Einzige, die entkommen konnte. Hat sich nach all diesen Ereignissen dem Widerstand angeschlossen. Natürlich muss sowohl ihre Identität als auch ihr Aufenthaltsort geheim bleiben. Aber ich kenne selbstverständlich ihre Handschrift. Antworten kann ich ihr nicht, aber immerhin weiß ich, wie es meiner Familie ergangen ist. Ich kann sie nicht begraben, weißt du? Ich habe keinen Platz, an dem ich trauern könnte. Ich habe nur die Bilder im Kopf. Sehe meinen Vater, meinen klugen, sanften, gerechten Vater in die Grube fallen, die er selbst hatte schaufeln müssen. Sehe meine Mutter, nackt, mit kahl geschorenem Kopf vor den Schüssen, vor den Blicken, vor dem Gelächter der SS-Männer weglaufen, als man sie durchs Dorf treibt, um sie am Ende an der alten Gerichtslinde aufzuknüpfen. Um den Hals dieses Schild mit der Aufschrift ›Polenhure‹. Ich sehe meine aufrechte, vornehme Großmutter Rahel vor mir, wie sie sie aus dem Gutshaus zerren, auf den Wagen schieben, der sie dorthin bringt, wo man die Juden zu Hunderttausenden in den Tod schickt. Ins Gas, Constanze! Weil es billiger ist, sie in Massen zu vergasen, als ihnen eine anständige Kugel in den Kopf zu schießen. Für dieses Deutschland kämpfe ich, Constanze. Habe Tag für Tag meinen Kopf hingehalten für ein Regime, für ein Land, für eine Ideologie. Eine Weile lang habe ich nicht begriffen, was hinter all dem steckt, glaubte, gerechte, humane Ziele zu erkennen, war stolz darauf, dazuzugehören. Wie sehr habe ich mich getäuscht! In Wirklichkeit habe ich meine Familie verraten. Und ich konnte ihnen nicht helfen. Doch das war längst nicht alles. Stalingrad …«

Weinkrämpfe schüttelten Constanzes Leib. Clemens war aufgestanden, um den Tisch herumgekommen, hatte sie fest umschlungen. Sie krallte ihre Hände in seinen Rücken. Wollte sich festhalten an einem, der selbst wie ein Stück Treibholz durch die Zeit driftete.

»Mir ist alles geblieben«, schluchzte Constanze, »du hast alles verloren.«

»Ich habe nicht alles verloren, Liebling! Ich habe euch.«

»Ich liebe dich! Liebe dich so sehr. Du darfst nie wieder da rausgehen. Etwas muss doch bleiben.«

Beruhigende Worte murmelte er. Nicht beruhigend genug. Sie wusste: Sobald die Ärzte ihn wieder einsatztauglich schrieben, würde sie ihn gehen lassen müssen. Würde sie ihn gehen lassen müssen. Gehen lassen. Müssen.

Sie konnte sich nicht beruhigen. Und da gab es noch etwas. Stalingrad. Was konnte all das gerade Gehörte noch übertreffen?

»Was ist geschehen in Stalingrad, Clemens? Halte ich es aus, wenn du mir das auch noch erzählst?«

»Es gibt immerhin einen Helden in dieser Geschichte. Ich bin es nicht.«

»Helden gibt es doch im Moment an allen Fronten. Held wird man, wenn man möglichst viele Menschenleben ausgelöscht hat, die nichts ›wert‹ sind.«

»Dieser Held ist anders. Und du kennst ihn.«

Jetzt blickte sie auf. »Du?«

»Nein. Ich tauge nicht zum Helden. Meine Rolle ist die tragische.« Clemens zog sich seinen Stuhl dichter heran, nahm Constanzes beide Hände in seine. »Niemand in der Heimat kann sich eine Vorstellung davon machen, wie es ist, in einer ausgebombten Stadt zu liegen, die mit Zähnen und Klauen von den letzten Einheiten des Feindes und von ihrer Bevölkerung verteidigt wird. Jedes Mütterchen kann dir eine Granate zwischen die Beine werfen, aus jedem Fenster ein Maschinengewehr lugen, dessen Schütze dich längst im Visier hat. Jedes Kind kann dich umbringen. Und dennoch blitzt manchmal irgendwo ein Licht der Menschlichkeit im Dunkeln auf. So haben wir es erlebt bei der Erstürmung einer Funkstation, von der wir paar Mann glaubten, sie sei längst aufgegeben worden. Wochenlang waren wir schon bei vielleicht zweihundert Kalorien am Tag durch den eisigen Dreck, durch die brennenden Trümmer gekrochen. Anfangs waren wir zwölf. Jetzt waren wir noch sechs. Justus dabei. Nicht mal unsere Toten konnten wir begraben. Aber gut. Wer will schon in tiefgefrorener russischer Asche begraben werden? Schön, also … wir konnten unser Glück nicht fassen. Das Dach war noch heile, wir fanden ein gutes Dutzend Konservenbüchsen, eine halbe Flasche Vodka. Gut versteckt. Aber man bekommt einen Riecher für solche Verstecke, wenn der Hunger einem Löcher in den Magen brennt. Es war ein Fest. Unsere Mägen wehrten sich. Zwei haben ausgekotzt, was sie runtergeschlungen hatten. Vodka half. Gefressen haben wir wie die Tiere. Ohne an morgen zu denken, ohne etwas aufzubewahren. Mitten ins Gelage kamen uns die rechtmäßigen Eigentümer des Fraßes. Da waren wir nur noch vier Lebende neben drei toten Russen. Und ein Kamerad mit Kopfschuss. Er atmete, gurgelte was von seinem Fußballverein daheim. Da war noch was zu retten. Wer Mannschaftsaufstellungen und Ergebnisse runterrattern kann, ist vielleicht ein bisschen durch den Wind, aber noch nicht hin. Also zerrten wir ihn aus der Schusslinie. Unter Lebensgefahr. Gott, das muss eigentlich nicht erwähnt werden. Waren wir doch ständig. Krochen jedenfalls in den nächsten, halb zusammengefallenen Keller, verbanden ihn notdürftig. Nachschub schmissen uns die deutschen Maschinen nur noch in Form von Brot, Munition ... und den verfluchten Verdienstkreuzen vom Himmel. Verbandmaterial war schon lange nicht mehr dabei. Halten! Die Stellung halten! Arsch offen! Irgendwann mussten wir da raus aus dem Versteck. Wir hatten nichts mehr zu beißen. Ein Schwerverletzter ist immer ein Klotz am Bein. Dennoch nahmen wir ihn mit, denn er hielt sich ganz tapfer, wir hatten Hoffnung, ihn durchzukriegen, wollten versuchen, ihn in einem der wenigen Transportflüge unterzubekommen. Heim ins Reich. Hübsche Krankenschwestern, deutsche Ärzte, weißt du?«

Constanze krümmte sich. Es klang so bizarr wie aussichtslos und in ihren feinen Ohren grauenvoll fatalistisch. Was er, *wie* er erzählte. Sie sagte nichts. Schaute ihn nur an. Weiter? Er nickte.

»Wir wurden beschossen. Mit einem Mann auf dem Rücken kommst du nicht schnell vorwärts. Und du musst blitzschnell vorankommen, wenn du eine Chance haben willst. Irgendwann habe ich ihn fallen lassen, bin in Deckung gegangen. Feige vielleicht.«

»Nicht feige!«

»Scheißegal. Er kriegte noch mal einen Streifschuss. Dann war Ruhe. Gespenstisch. Wir wussten, wir wurden belauert.

Da lag er, faselte was von drei zu eins, Juli zweiundvierzig, das war 'n Ding. Den konnten wir doch nicht einfach liegen lassen. War ein prima Kerl. Was tun? Wir warteten. Stunde vielleicht. Absolute Ruhe. Sie waren noch da. Plötzlich ein Junge. Stand mitten zwischen den Trümmern. Russenbub. Breites Gesicht, Fellstiefel, Schaffellmantel. Er beugte sich runter zu unserem Kameraden, sprach ihn an. Aus dem Haus gegenüber Gefluche. Weg da, Junge, dawai, dawai! Er zeigte denen da oben den Stinkefinger. Sagte irgendwas, ganz sanfte Stimme, sprach den Kameraden an. Der hob den Kopf, der Junge streckte ihm die Hand hin, der Kamerad griff zu, kam auf die Knie. Neben ihnen ging ein Warnschuss in den Boden. Der Kleine drehte sich um, fauchte was nach oben, ließ sich aber nicht stören. Zentimeter für Zentimeter zog er unseren Mann. Bis beide an der obersten Stufe der Kellertreppe angekommen waren. Da trauten wir uns zuzufassen, schleppten ihn zu uns runter.«

»Der Junge verschwand?«

»Nein. Er kam mit uns. Und er blieb. Versorgte uns in den folgenden Tagen mit allem Möglichen. Er hieß wie mein Bruder. Andrzej. Wir lernten ein paar Brocken mehr Russisch. Er ein paar Worte Deutsch. Er war neun. Und er war einer der besten Freunde, die je einer von uns gehabt hatte.«

»Er war der Held?« Jetzt waren Constanzes Augen von Tränen der Rührung überschwemmt.

»Er war einer der ganz großen Helden dieses Krieges, aber er war nicht der Held, von dem ich jetzt spreche. Zwei Wochen verbrachten wir in dem Loch. Und es waren nicht die schlechtesten Wochen. Dann ›rettete‹ uns ein SS-Eingrifftrupp. Scharfe Hunde. Die gnadenlose Sorte Hundertfünfzigprozentiger.«

»Du sprichst das Wort ›retten‹ so komisch.«

»Komisch war dann gar nichts mehr, Constanze. Sie haben den Kameraden ausgeflogen. Schön. Andrzej war abgehauen.

Aber sie taten ihn auf. Zusammen mit dem Rest seiner Familie. Und stellten sie uns zum Erschießen hin.«

Constanze kreischte auf. »Nein! Nicht den Jungen, der euch geholfen hat! Sag, dass das nicht wahr ist!«

»Doch. Auch Andrzej. Wir berichteten, baten, bettelten, wenigstens ihm das Leben zu lassen. Aufgereiht standen sie da. Vier waren sie. Ein Mann, Mutter, Großmutter und der Bube. Wir waren auch vier. Ich hätte den Jungen erschießen müssen.«

»Und hast den Befehl verweigert?!«

»Ich habe ihm vor die Füße gespuckt.«

»Gott sei Dank!«

»Nein. Gott hatte Feierabend. Ich wusste, Befehlsverweigerung führt unweigerlich vors Kriegsgericht. Ich war ein toter Mann. Es fielen dennoch nur drei Schüsse. Andrzej stand, sah mich erstaunt aus seinen großen Kinderaugen an. Jede Nacht sehen mich diese Augen an, Constanze. Er hatte Angst. Schien dennoch zu sagen, tu es, ich weiß, du musst, ich verzeihe dir. Aber ich konnte nicht. Der SS-Mann trat an mich heran. Sein Atem stank nach Vodka. Er brüllte mich an. ›Er oder du! Für Führer, Volk und Vaterland.‹ – ›Er hat uns geholfen; hat uns wochenlang ernährt‹, sagte ich. ›Er ist ein Untermensch; die Brut des bolschewistischen Bösen, hat seine Schuldigkeit getan, jetzt ist sein Leben nichts mehr wert, blas ihn um oder du bist dran‹, sagte das Arschloch. Er packte mich beim Kragen, zerrte mich neben die gefallenen Leichen, stieß mir den Gewehrkolben ins Kreuz, hieß mich aufrecht stehen, brüllte: ›Leg an!‹ Da fiel ein Schuss. Ich dachte, warum tut es nicht weh? Warum falle ich nicht? Wo bleibt das helle Licht, von dem alle immer reden? Es dauerte, bis ich realisiert hatte, was passiert war. Ein Held hatte eingegriffen. Held wird man, wenn man unwertes Leben auslöscht. Dieser Held wog mein unwertes Leben gegen ein wertes auf. Um mich zu retten, hatte Justus den Kleinen erschossen.«

15

DANZIG, 1. FEBRUAR 1945 – ER KOMMT NICHT MEHR

Langsam war der Zug angerollt, hatte Fahrt aufgenommen, ab und zu geruckt, wenn er eine Weiche passierte. Ein Pfiff, ein Ade an die Stadt, die sie geliebt hatte, an die Heimat, an das, was bisher ihr Leben ausgemacht hatte. Dann lag alles hinter ihr. Der Kleine schlief. Eva lag fest an sie gepresst an ihrer Schulter. Das eintönige Lied eiserner Räder auf eisernen Schienen hämmerte in Constanzes Ohren:

… tackadack, tackadack, tackadack …

… kommt nicht mehr, kommt nicht mehr, kommt nicht mehr …

In die einlullende Melodie der Unausweichlichkeit mischten sich mehr und mehr dissonante Tonspitzen. Geboren in Constanzes verworrenen Gedankengängen, versponnen, reflektiert, unreflektiert, sehnsüchtig, weinerlich. Und jede in Moll, jede ohne Hoffnung. Worauf auch noch? Drei gemeinsame Monate voller Liebe und tiefer gegenseitiger Achtung waren ihnen noch vergönnt gewesen, ehe das eintrat, was Constanze mehr als alles andere gefürchtet hatte. Clemens musste zurück an die Front, man schickte ihn zunächst ins besetzte Weißrussland. Während die Wochenschauen in immer aggressiverem Ton militärplanerische Glanzleistungen des »Führers« weismachen wollten, den Zweifrontenkrieg an der Ost- wie auch Westseite des Reiches glorifizierten, wussten die Soldaten längst, wie aussichtslos die Lage war. Clemens und Justus hatten nur noch ätzenden Spott übrig gehabt. In ihren Briefen ebenso wie bei Erzählungen anlässlich der spärlich gewährten Heimataufenthalte. Nun gut, nun gut. Schon am 18. Februar 1943 hatten die aufgerissenen Mäuler immerhin frenetisch »Ja« gebrüllt, nachdem Goebbels in seiner Sportpalastrede die Frage aller Fragen gestellt hatte: »Wollt ihr den totalen Krieg?« Wer da aber wollte, wusste jeder. Zu tausend Prozent verblendete Parteigenossen. Handverlesene Irre. Nicht das gesamte deutsche Volk war irre.

Auch der militärische Widerstand war nicht irre gewesen. Mit allen Wassern gewaschene Soldaten. Ranghohe Offiziere. Männer, denen das Kriegshandwerk in die Wiege gelegt worden war, die mit Leib und Seele ihrem Land dienten, wie es schon Generationen vor ihnen ihre Vorväter getan hatten. Die Männer um Stauffenberg hatten längst begonnen, hinter die Fassaden des grandiosen Kasperletheaters zu schauen, und Pläne geschmiedet. Constanze war die Luft weggeblieben, eine Sekunde lang hatte sie Hoffnung gehabt, als der Rundfunksender am 20. Juli 1944 vom Attentat auf der Wolfsschanze berichtete. Missglückt. Verdammt! Der Bombe war der »Führer« nur leicht verletzt entgangen. Gott sei Dank. Wie bitte? *Gott* sei Dank? Hatte der wieder mal Feierabend gehabt?

Constanze hatte das Beten längst aufgegeben und sah sich in ihrem Zweifeln an der göttlichen Fürsorglichkeit für die Menschheit erneut bestätigt, als sie in Clemens' Zeilen die

Reflexion des direkt Betroffenen zum vollständigen Untergang seiner Vaterstadt Warschau las.

Die polnische Exilregierung in London hatte nach den Ereignissen des 20. Juli deutsche Schwäche gewittert und versucht, die Partisanen mit der Heimatarmee zu vereinen. Am Nachmittag des 1. August begehrte das geschundene Polen in seiner Hauptstadt auf. Ersten Überraschungserfolgen der konzertierten Aktion war nach dreiundsechzigtägigem zähen Ringen die völlige Vernichtung der alten Königsstadt durch die gnadenlose deutsche Übermacht gefolgt. In seinem bittern Brief an Constanze betrauerte Clemens nicht nur zutiefst den sinnlosen Verlust seiner Geschwister Katarzyna und Andrzej, die beide während der Kampfhandlungen gefallen waren, sondern brachte auch seine Fassungslosigkeit über die unsäglich brutale Gewalt der »Nation, für die ich kämpfe und für die ich mich tagtäglich schäme« zum Ausdruck. Einen der letzten von den Engländern abgefangenen Funksprüche der Aufständischen hatte er ihr aufgeschrieben. Die verwischten Sätze waren nur mühsam zu entziffern. Zensiert war hier nichts. Diese Mühe machte man sich schon lange nicht mehr, und irgendwie zeigte dieser Umstand Constanze schon eine ganze Weile, dass die bestehende Ordnung in Auflösung begriffen war. Weder Zensur hatte hier gewaltet noch Regen die Zeilen verschmiert. Selten hatte Constanze Clemens weinen sehen. Beim Niederschreiben dieser Sätze aber hatte er geweint.

Mag Gott der Gerechte sein Urteil über die furchtbare Ungerechtigkeit fällen, die dem polnischen Volk widerfahren ist, und möge Er alle Schuldigen strafen. Unsere Helden sind die Soldaten, deren einzige Waffe gegen Panzer, Flugzeuge und Geschütze ihre Revolver und Petroleumflaschen waren. Unsere Helden sind die Frauen, die die Verwundeten pflegten und unter Kugeln Meldedienste leisteten, die in zerbombten Kellern für Kinder und Erwachsene kochten, die den Sterbenden Linderung brachten und sie trösteten. Unsere Helden sind die Kinder, die in den rauchenden Ruinen unschuldsvoll spielten. Das sind die Menschen Warschaus. Ein Volk, in dem solche Tapferkeit lebt, ist unsterblich. Denn jene, die starben, haben gesiegt, und jene, die leben, werden weiterkämpfen, werden siegen und wiederum Zeugnis dafür ablegen, dass Polen lebt, solange Polen leben.

Wer sollte all das jemals wiedergutmachen? Wie lange würde Gras über das Grauen wachsen müssen? Wie viele Generationen würden vergehen, bis sich Europäer, so Gott es gäbe, wieder an einen Tisch würden setzen können? Welches Bündel schnürte dieser Krieg den kommenden Generationen? Constanze teilte Clemens' Scham aus tiefstem Herzen. Woran noch glauben in dieser Zeit? Wenn Mächte nur noch Leid und Elend über die Menschheit brachten, wo war er dann, der gütige, ausgleichende, gerechte Gott? Warum ließ er kein Wunder geschehen, warum beendete er diesen Wahnsinn nicht?

Er ließ Wunder geschehen. Im April 1944 war Constanze zum zweiten Mal schwanger geworden. Nachlässig war sie geworden mit ihrer jahrelang erfolgreich genutzten Temperaturmessmethode. Man konnte nie wissen, wann er kam, ob er kam, ach, was sollte es schon noch … Sie lächelte ins Dunkel hinein, als sie an jenen Moment letzten Juni dachte, in dem sie es erfuhr. Sie erzählte es Clemens nicht, wollte keine Hoffnung pflanzen, die sich nachher womöglich doch zerschlug, wollte ihm keine zusätzliche Last in die Schlacht mitgeben. Zwischen Glück, Aufregung und ärgsten Befürchtungen schwieg sie auch während der letzten Tage seines Heimaturlaubes. Musste sie die Schwangerschaft mit dem Leben bezahlen? Der untersuchende Gynäkologe hatte ihr Mut gemacht. Sie würden es mit einem Kaiserschnitt holen. Der Muttermund sei zwar stark vernarbt, aber fest verschlossen. Das sollte schon klappen. Sie möge sich nicht überanstrengen, aber auch keine allzu großen Sorgen machen. Dennoch machte sie sich Sorgen. Natürlich! Am Abend, bevor Clemens gehen musste, sann sie über ein Zeichen nach. Irgendetwas wollte sie ihm unbedingt mitgeben. Etwas, das nur von ihr für ihn sein konnte. Etwas Unverwechselbares. Etwas, das ihn erinnern, ja, schützen sollte.

»Was machst du da«, fragte er sie, als er sie bei verdunkelten Fenstern und schwach brennender Kerze über einer Näharbeit sitzen sah.

Constanze verknotete den letzten Faden und reichte ihm sein Hemd. »Du darfst es nie, wirklich nie verlieren. Versprich es mir!«

Clemens runzelte die Stirn, nahm das Hemd, schaute sie verständnislos an.

»Ich verspreche es. Aber … was hat es damit auf sich?«

Sie wies auf den Saum, der eine zarte Beule aufwies. »In diesem Hemd reist die Leichtigkeit mit dir. Sie soll dich begleiten, soll dir das Gefühl geben, ich sei ganz nah bei dir, egal, wo du bist, und ich erkläre sie von jetzt an zu deinem Beschützer. Bring sie sicher wieder heim.«

»Ach, Liebling«, seufzte er, schloss sie in die Arme. Sie hatte Tränen der Rührung gesehen.

Mühsam gewöhnten sich die Augen an die Dunkelheit im Waggon. Einmal ein kurzer Halt, Scheinwerfer eines Wagens draußen, die durch die Holzlatten der Bordwände schienen. Ein Eindruck, ein Beweis, dass sie nicht allein waren. Kopf an Kopf saßen sie sich gegenüber an der langen Seite, ein paar lagen ausgestreckt, bewegungslos auf dem Rücken, zwei gekrümmt in der Mitte im Stroh. Über eine der seltsam verbogenen Figuren beugte sich jemand in Uniform. Wer lag, war schwer verletzt. Schemenhaft konnte sie einen schmutzigen Kopfverband ausmachen. Zuckte zusammen. Traute ihren Augen nicht. Sah noch mal hin. Musste ihnen trauen. Eine Gesichtshälfte fehlte. Der

Moment reichte, um Constanze begreiflich zu machen, woher das Stöhnen und Wimmern gekommen war, das sie gleich beim Einsteigen bemerkt hatte. Lazarettzug. Aha.

Jahrestage. Die Russen liebten Jahrestage. Exakt drei Jahre nach dem deutschen Einmarsch in die Sowjetunion schlug die Rote Armee zurück. Inzwischen um ein Vielfaches überlegen. Hitler beharrte halsstarrig auf bestimmten »Haltepunkten«, die um keinen Preis aufgegeben werden sollten, obwohl die deutsche Armee genügend Rückenfreiheit gehabt hätte, sich sukzessive und ohne drohende Verluste zurückzuziehen. Ganze Armeeteile der Deutschen wurden eingeschlossen, es gab kein Vor, kein Zurück mehr und die deutschen Panzer lagen mehr als zweitausend Kilometer entfernt in Frankreich. Panzerdivisionen zu Pferd. Beste Aussichten auf einen Endsieg.

Kaum zwei Wochen nach dem Beginn der sogenannten »Operation Bagration« hatte Constanze die Nachricht erhalten, Clemens sei vermisst. Starr blickte sie auf das Papier in ihren Händen.

»Vermisst ist nicht gleich tot!«, schrieb Großmutter Charlotte. »Halt durch, Kind, Du bist eine Warthenberg!«

Innerlich richtete sich Constanze von Warthenberg in Frau Rosanowski auf. Sie brachte ihren Sohn zur Welt. Sie nannte ihn Peter.

Eines Tages, wenn er heimkehren würde, wäre er stolz auf seinen wunderhübschen Sohn. Er war nicht tot. Nein, Clemens lebte. Das spürte sie. Das wusste sie. Und sie, Constanze Rosanowski, würde für ihn, Clemens Rosanowski, das zauberhafte, so heiß ersehnte Söhnchen zur Überraschung bereithalten. So hatte sie gedacht. Monatelang. Jetzt gab es keine Hoffnung mehr. Clemens war tot. In ihrer Manteltasche lag seine Erkennungsmarke. Alles, was sonst noch an ihn erinnerte, waren die Kinder. In ihnen würde er weiterleben. Oh ja, sie würde sie hüten, würde alles für sie tun. Für Eva, jaja, natürlich auch für Eva ... aber sie war schon groß, konnte gut auf sich selbst aufpassen ... Für Peter! Nesthäkchen, ganz der Vater, ganz der wunderbare, großartige Vater ...

Bis Weihnachten 1944 war in Danzig die Straßenbahn gefahren, wurde die Post täglich pünktlich zugestellt, funktionierte das öffentliche Leben. Seit Januar jedoch hatte sich die Stadt mit Flüchtlingen gefüllt. Die Rote Armee hatte die Grenze zu Ostpreußen überschritten, die »Sowjetische Dampfwalze« rollte heran. Von Evakuierungsplänen wollte weder Ostpreußens Gauleiter Koch noch Danzigs Albert Forster etwas wissen. Fluchtpläne galten als Defätismus, Deserteure wurden öffentlich aufgeknüpft und tagelang als mahnende Beispiele hängen gelassen.

Forster war in der Reichskanzlei vorstellig geworden und Hitler hatte seinem Zögling die geäußerten Befürchtungen um seine Stadt ausgetrieben, wie man dusselige Bubenflausen eben so austreibt, wenn man »Führer« ist. »Er hat mir erklärt, dass er Danzig retten wird, und da gibt's nichts mehr zu zweifeln«, war die unerhört beruhigende Botschaft, die Forster seinen Bürgern aus Berlin mitbrachte. Tja, da biss die Maus keinen Faden ab. Wenn der »Führer« das so sagte, gab es selbstverständlich nichts zu zweifeln.

Völlig überfordert stand die Stadt vor der Frage, wie sie das Flüchtlingsproblem lösen sollte. Thorn, Bromberg, viel weiter im Westen gelegen, längst eingeschlossen von den Russen. Kaum eine Chance mehr über Land. Allein der Seeweg blieb den nicht enden wollenden Menschenströmen. Justus, der zur Koordinierung des Menschenandranges in Danzig eingesetzt worden war, hatte für Constanze und die Kinder eine Passage für den 10. Februar auf der *Steuben* ergattern können. Widerwillig hatte Constanze sich vorbereitet. Wo sollte Clemens sie finden, wenn sie jetzt floh? Nein, und noch mal nein! Am Ende standen sie dann aber doch unter den stummen, ehrwürdigen Patrizierfassaden auf der Langgasse. Von St. Marien schlug die Glocke. Justus drängte zur Eile. Da blieb auf einmal Eva stehen. »Seht mal, Mama, Onkel Justus, wie schön!«

Dicke weiße Flocken fielen aus dem verhangenen Abendhimmel, verwandelten die Straße in Windeseile in ein Wintermärchen. »Mama? Bist du sicher, dass wir unser schönes, liebes Danzig verlassen sollen?«

Constanze hatte hinaufgesehen in die schweren Schneewolken. Minutenlang. Dann hatte sie sich entschlossen zu ihrer Tochter umgedreht. »Nein, Evchen. Wir bleiben!«

Justus' verzweifeltes Aufstöhnen. Aber nein, weder Geld noch gute Worte hätten sie umstimmen können.

Wenige Stunden später war die mit Menschenleben überladene *Steuben* in der Ostsee versunken. Ganz wie keine zwei Wochen zuvor die mit annähernd zehntausend Flüchtlingen besetzte *Wilhelm Gustloff*. Sowjetische Torpedos verfehlten selten ihre Ziele.

Peter schlief in ihren Armen. Wenn er groß war, würde sie ihm erzählen, welcher Katastrophe er entronnen war. Nur weil seine verträumte große Schwester ein Wintermärchen nicht hatte verlassen wollen und seine Mutter nicht den familieneigenen Haltepunkt. Warten. Warten, bis er heimkehrte, gemeinsam gehen, wenn man denn schon würde gehen müssen.

Die Warthenberger hingegen waren getreckt. Charlotte hatte schon am 20. Januar alle aufgestellten Regeln übergangen und das Gut mit Mann und Maus verlassen. Längst war ihre Hoffnung erloschen gewesen. Constanze hatte nichts mehr gehört seit dem Telefonat mit ihrer Großmutter am Abend vor dem Aufbruch. Möchten sie gut durchkommen!

Die Eltern hingegen fühlten sich in Königsberg noch immer sicher. Constanze hatte furchtbare Angst um sie, hoffte, Justus würde sie noch früh genug überzeugen können. Justus war ein Held. Auf ihn war Verlass. Immer schon gewesen. Mit diesem Gedanken nickte Constanze ein.

Entsetzen fährt durch den dunklen Zug.

Aus vielen Kehlen ein Aufschrei. Schrill, ohrenbetäubend, schmerzhaft.

Ein Moment atemloser Stille. Lauschen.

Kein Zweifel: eine, zwei, nein, eher wenigstens vier Iljuschin. Unverkennbar das Motorendröhnen. Immer näher. Kein Licht am Zug. Wie konnten sie wissen? Der verräterische Mond? Jetzt sind sie direkt über ihnen.

Dann das Rattern der Flakabwehr von weiter vorn.

Lazarettzug. Aha. Und doch bewaffnet.

Schön. Jetzt kennen sie ihr Ziel genau. Sie entfernen sich. Erneutes stummes Lauschen.

Da, da sind sie wieder. Es knallt, kracht, heult. Bomben fallen, explodieren hinter ihnen.

»Mama!«, kreischt Eva.

Constanze zieht sie noch fester an sich. Der Zug hat gehalten. Die Tür geht auf. Raus, wer rauskann!

Sie springen auf, klettern, fallen übereinander.

Übers Schotterbett. Stolpern, hinschlagen, den Bahndamm hinauf. Den Säugling festhalten, festhalten!

Knie aufgeschlagen ... egal ... weiter, hinter die Bäume, ins Dickicht des Waldes.

Eva? Fort. Wo ist Eva? Eva?

Peter! Er schreit.

Treffer unmittelbar neben ihr. Blendend hell, dann eine Druckwelle, Rückwärtstorkeln, fallen, fallen ... das Unterholz in hellen Flammen ... brennende Dornbüsche im Schnee ...

ich werde euch in das Land führen, wo Milch und Honig in Strömen überfließen …

Peter? Die Wucht hat sie auseinandergerissen. Da liegt er, da! Ein Bündel. Das kostbarste Bündel auf Erden. Sein Sohn!

Gott sei Dank. Er schreit nicht mehr.

16

FEBRUAR 1945 – BERLIN, MILCH UND HONIG

Von dem Waggon, in dem sie gekauert hatten, war, ebenso wie von den drei weiter hinten angehängten Wagen, nur ein glühendes Gerippe übrig geblieben. Gespenstisch leuchteten die Stahlkonstruktionen, färbten den frisch gefallenen Schnee im Dunkel der Nacht rot. In Windeseile hatte man die Waggons abgekoppelt, um ein Übergreifen des Feuers zu vermeiden, die Lokomotive war vorgerückt, stand unter vollem Dampf. Hier würde so schnell kein Zug mehr durchkommen. Aber diesen, den wollte der Lokführer wenigstens noch schleunigst ans Ziel bringen.

Überfüllt war der Transport schon bei der Abfahrt in Danzig gewesen. Jetzt galt es, alle mit dem Leben davongekommenen Passagiere auf die verbliebenen Güterwagen zu verteilen. Alles rückte zusammen, so gut es ging, unerträgliche Enge entstand.

Das Bild der verletzten Soldaten auf dem Boden blitzte in Constanzes Kopf auf. Keine Chance hatten sie gehabt, waren bei lebendigem Leib verbrannt. Achtundzwanzig Tote neben den Gleisen und keine Gräber. Sie hingegen hatte Glück gehabt. Sie hatte ihre Kinder beisammen. Eva war nichts geschehen, Peter jetzt mucksmäuschenstill. Dankbar presste sie das Bündel an die Brust. Grenzenlose Erleichterung!

Was spielte es da schon für eine Rolle, dass sie jetzt nichts mehr besaßen? In der Brusttasche des schönen, hellen Wollmantels die Pässe. Justus hatte ihr eingeschärft, sie stets bei sich zu behalten. Evchen lächelte zu ihr herüber, hielt ihre geliebte Mundharmonika hoch. Und immerhin gab es noch dieses letzte Lebenszeichen von Clemens. All die sorgsam zusammengestellten, nützlichen und wichtigen Dinge in dem braunen Köfferchen waren ein Opfer der Flammen geworden. Bedeutungslos. Sie lebten!

Der Zug setzte sich wieder in Bewegung. Anscheinend schneller als vor dem Angriff. Gut, schließlich war er um vier Waggons leichter jetzt. Es würde noch Stunden dauern, bis die Sonne aufging. Die Kälte kroch durch jede Ritze. Wo mochten die Temperaturen liegen? Minus fünfzehn? Wahrscheinlich sogar niedriger. Gegen Morgen würde es noch kälter werden. Das war eben so in klaren Winternächten.

Constanze spürte warme, süße Feuchtigkeit in ihren Stillbüstenhalter rinnen. Nicht sehr viel, nur ein paar Tropfen. Meist schlief Peter ja schon durch. Aber es würde unangenehm werden, mit feuchter Wäsche, bei der Kälte ... so sollte er ihr doch etwas abnehmen. Es würde ihm guttun nach all der Aufregung. Geübt öffnete sie die Knöpfe des Mantels, der Bluse, schob den V-Ausschnitt des dünnen Wollpullovers zur Seite, legte Peter zurecht und bot ihm die Quelle an. Normalerweise ein Vorgang, der sofort dazu führte, dass er wie ein kleiner Hai zuschnappte, die Händchen zu Fäusten ballte, sacht gegen die Haut klopfte, ein wenig vor sich hin meckerte, saugte ... saugte und dann in langen, zufriedenen Zügen trank, bis er satt war. Jetzt mochte er nicht. Zu müde vielleicht, zu angestrengt, überlegte Constanze. Sie befühlte seine Hände in den winzigen lammfellgefütterten Handschuhen. Kühl. Aber nicht allzu kalt. Die Füßchen?

Sehr kalt! Rasch knöpfte sie ihr Dekolleté wieder zu, schob den Kleinen unter die Mantelschöße, wiegte ihn ein wenig. Noch immer schlief er tief und fest. Ihre Knie zitterten in den dünnen Strümpfen, die Füße fühlten sich wie Eisklumpen an. Im Koffer hätte sie warme Socken gehabt. Wollene Strumpfhosen zum Wechseln für die Kinder, Wickelzeug. Aber der Koffer existierte nicht mehr. Constanze schlug die Beine zum Schneidersitz unter, setzte sich auf die Fußsohlen, fühlte die aufgeschlagenen Knie, das kratzende Gerstenstroh mit seinen scharfen Grannen. Aber so wärmte der Mantel wenigstens besser.

Für Peter schien es dennoch nicht zu genügen. Constanze fühlte immer wieder nach Peters Händchen. Sehr kalt. Nach seinen Füßen. Eisig jetzt. Vorsichtig massierte sie die kleinen Zehen in den Stiefelchen. Man musste ihn besser wärmen! Sie hatte nichts außer der eigenen Körperwärme.

Eva döste an ihrer Schulter, Constanze rüttelte sie ein wenig, flüsterte: »Fühl mal, Eva, Peterchen ...«

»Oje! Was machen wir, Mama?«

»Du hast Wollsocken und Strumpfhose. Gibst du ihm etwas ab?«

»Natürlich!«

Flugs war Eva aus ihren Schuhen, zog die Socken aus, reichte sie ihrer Mutter. Sie langten dem Kleinen die Beinchen hinauf. »So wird es besser sein. Nur gut, dass er so fest schläft«, sagte Constanze.

Weiter ging es durch die Nacht. Die Luft im Waggon wurde immer stickiger. Keiner sprach, offenbar waren alle Passagiere mit sich selbst beschäftigt. Ein bunt zusammengewürfelter Haufen Flüchtlinge, die nichts verband als das gemeinsame Ziel. Fort vor den Russen. Alles zurückgelassen, jeder seine eigene Geschichte, seine eigene Erinncrung.

Nach einer Weile fischte Eva ihre Mundharmonika heraus, begann sehr leise und zögerlich zu spielen. Heimat, deine

Sterne. Constanze lauschte. Gut war sie geworden. Selbst so zart gespielt entfalteten die seufzenden Klänge des Instruments eine Wirkung, der sich ganz offenbar auch die Mitreisenden nicht entziehen konnten. Nach und nach begannen sie mitzusummen, am Ende war es ein kleiner Chor, der leise, aber in tiefer Inbrunst die letzte Strophe sang.

Schöne Abendstunde, der Himmel ist wie ein Diamant.
Tausend Sterne stehen in weiter Runde,
von der Liebsten freundlich mir zugesandt.
In der Ferne träum ich vom Heimatland.

Constanze meinte, hier und da ein Schluchzen zu hören, und auch ihr lief eine Träne über die Wange. Sie wusste: Das sangen die Männer in den Schützengräben, in den umkämpften Häusern, in fernen Ländern, wo sie ihren Kopf für Deutschland hinhielten. Nein. Nicht für Deutschland. Was konnte Deutschland, was konnte das zauberhafte Land dafür? Für Hitler hielten sie die Köpfe hin. Für einen Mann, dem Constanze in bester Übereinstimmung mit der gesamten Familie längst Wahnsinn attestierte.

»Spiel mehr, kleines Mädchen mit der Mundharmonika«, klang eine tiefe Männerstimme aus dem Dunkeln.

»Was soll ich spielen?«, fragte Eva und für Constanzes stolzes Mutterherz tönte es mutig und selbstbewusst.

»Spiel ›Jenseits des Tales‹, wenn du es kennst.«

Natürlich kannte sie es. Alle schienen es zu kennen. Und die meisten sangen mit. Eva hatte inzwischen viele Lieder in ihrem Repertoire. Vielleicht half es ihr, sich abzulenken. Ganz bestimmt half es allen, sich abzulenken. Constanze ließ sie spielen.

»Darf ich mir auch etwas wünschen?« Nach langer Weile eine gebrochene, sehr, sehr junge Stimme.

»Wer bist du?«, fragte Eva.

»Hans. Einfach Hans. Ich bin Pimpf … habe zu Hause in Elbing als Flakhelfer gedient, als sie kamen. Bisschen was abgekriegt …«

Constanzes Herz zog sich zusammen. Pimpfe waren die Jungen zwischen zehn und vierzehn Jahren in der Hitlerjugend. Was hatte solch ein Kind an der Flak zu suchen? Hatte der »Führer« nicht mehr genügend Männer als Soldaten zur Verfügung, dass er Kinder als Kanonenfutter nahm? Bisschen was abgekriegt! So dünn, wie sein Stimmchen klang, hatte er ein bisschen *mehr* abgekriegt. Dünn. Sterbensdünn. Und dennoch stolz. Verflucht, worauf stolz?

»Hans«, fragte Constanze, »wo sind deine Eltern? Wer reist mit dir? Oder bist du etwa allein?«

Er antwortete nicht. Dann hörten sie ihn alle weinen.

Eva kam aus der Hocke hoch, ging auf die Knie, kroch von Constanze weg über wer weiß wie viele Beinpaare, zusammengekauert dasitzende Leiber. Im nächsten Augenblick hörte sie sie sanft mit dem Jungen sprechen. »Du kommst einfach mit uns, Hans. In Ordnung? Meine Mama wird schon auf dich aufpassen.«

Von Hans kam nur ein gepresstes Wimmern.

»Bist du schwer verletzt, Hans? Wo bist du verletzt?«

»Spielst du? Bitte …«, hauchte Hans. In greifbarer Nähe, aber allem Anschein nach schon sehr weit weg. Mein Gott, so kraftlos seine Stimme.

»Was möchtest du hören?«

»Ade nun …«

Constanze presste die Lippen aufeinander. Da war ein Kind, das wusste, es würde sein letzter Wunsch sein! Und sie saß, genau wie alle anderen, hier festgewurzelt und überließ es ihrer zwölfjährigen Tochter, diesen letzten Wunsch zu erfüllen.

Eva spielte. Sie spielte nicht mehr leise. Sie spielte laut und sie spielte herzzerreißend schön. Spielte es noch mal und noch mal. Bis Hans nicht mehr wimmerte. Der Junge war tot. Eva kam zu Constanze zurückgekrochen, schlang ihr die Arme um die Schultern und weinte.

Woher Trost nehmen? »Du warst wundervoll, mein Liebling.« Mehr hatte Constanze nicht.

Der Morgen begann zu grauen. Eva schlief an Constanzes Seite, Peter noch immer in ihren Armen. Durch die Planken fiel mattes, erstes Dämmern. Draußen huschten tief verschneite Waldlandschaften vorbei. Es musste ungefähr halb acht sein. Genau konnte Constanze die Zeiger auf ihrer winzigen goldenen Armbanduhr noch nicht erkennen. Bald würde die Sonne aufgehen, bald würden sie ihr Ziel doch erreicht haben müssen, vielleicht noch zwei, drei Stunden? Vielleicht weniger?

* * *

Die Sonne brachte es an den Tag.

Als der Zug in Berlin einfuhr, strahlte sie vom blauen Winterhimmel. Als sei nichts.

»Es stimmt etwas nicht … es stimmt etwas nicht …«, wiederholte Constanze noch und noch einmal.

»Mama, du bist ganz bleich«, sagte Eva und sah dabei nicht sie an, sondern blickte wie gebannt in das Gesicht des stillen Brüderchens in Mutters Armen. »Wir müssen eine Schwester finden, einen Arzt!«

Constanze schaute starr geradeaus. Sie hielt das Bündel vor die Brust gepresst, blickte nicht hinunter in die wächsernen Züge des Säuglings. »Ja, Eva. Einen Arzt.«

Seit Eva sich im Zug erhoben hatte, versuchte sie, ihre eingeschlafenen Füße aufzuwecken. Es trat sich nicht recht auf, wollte nicht gelingen, vernünftig zu laufen. Später, wenn es gar nicht aufhören würde, wollte sie der Mutter sagen, dass etwas nicht in Ordnung sein konnte. Jetzt ging es erst einmal um Peter. Ein Schreck fuhr ihr in die Glieder. Atmete er überhaupt? Mutter hielt ihn so fest, hetzte den Bahnsteig entlang, wirkte wie eine Verrückte vor lauter Angst und Sorge. So kannte sie sie gar nicht. Mühsam stolperte sie hinterher. Da, da vorne, zwei Frauen mit Rot-Kreuz-Hauben. Mutter stürzte direkt auf sie zu. Eva verzog vor Schmerz das Gesicht. Verdammt noch mal, was war das bloß? Langsam müsste es doch wieder gehen mit dem Gehen.

Jetzt hatte sie aufgeholt. Hörte schon, wie die Schwestern von »der Charité« sprachen. Barmherzigkeit? Ob das ein Kloster war? Würden sie dort Hilfe finden?

Die beiden hießen sie mitkommen. Humpelnd folgte auch Eva in die geheizten Räume der Bahnhofsmission. Mein Gott, wie wundervoll! Bänke zum Sitzen und Wärme. Gleich würde auch der rechte Fuß wieder auftauen. Eva war dankbar. Nahm ein Glas Milch, das ihr gereicht wurde. Sie war warm, süß, köstlich. Ob sie Honig hineingetan hatten? So machte es ihre Urgroßmutter Charlotte immer, wenn sie auf dem Gut vom Toben im Schnee hereinkam. Es war gut hier, in Berlin.

Die folgenden Stunden brannten sich in Evas Gedächtnis wie nichts jemals zuvor. Die Fahrt durch eine verwundete Stadt, der beißende Geruch von Verbranntem in der Luft. Der wahnsinnige Ausdruck in Mutters Augen, als der Arzt ihr sagte, dass Peter nicht mehr lebte. Der Irrsinn, das Toben, ihre schrillen Schreie, als man versuchte, ihr das tote Kind aus den Armen zu nehmen. Mit Gewalt mussten sie es tun, zwei Schwestern hielten Mutter fest, als der Arzt den Kleinen auf den Tisch legte, einen Genickbruch diagnostizierte, »schon seit Stunden tot« murmelte. Eva liefen die Tränen. Still saß sie da und ließ auf sich einprasseln, was um sie herum geschah. Sie schloss die Augen, nahm ihre Mundharmonika heraus und spielte ihm ein

Abschiedslied. »Ade nun …« Stumm und bewegungslos hörten sie ihr zu. Auch Mama.

Als sie aufgehört hatte, nahm eine Schwester das steife Kind hoch, ging zur Tür. Mutter erwachte aus ihrer Starre, begann wieder zu schreien, versuchte, Peter wiederzubekommen, rannte der Schwester auf dem Gang hinterher, bettelte, weinte, kreischte: »Geben Sie ihn mir wieder! Er ist sein Sohn. Mein Sohn!«

Eva hinkte hinterdrein, kam so schnell nicht mit. Voll war es auf den Gängen. Überall warteten Verletzte. Auch Kinder. Sie stolperte, fiel hin. Eine Hand reichte sich ihr entgegen, als sie sich hochrappelte. Freundliche, gütige Augen hinter blitzenden, runden Brillengläsern. »Na, na, so eilig, junge Dame? Vorsichtig, sonst verletzt du dich noch. Wo soll's denn so schnell hingehen?«

»Da vorn … meine Mutter … mein Bruder ist tot.« Eilig wollte sie weiter, aber der Mann im weißen Kittel holte sie nach ein paar Humplern ein. »Was ist mit dir? Hast du dir eben beim Hinfallen wehgetan?«

»Nein, nein, schon gut, mein Fuß ist nur eingeschlafen im eisigen Eisenbahnzug.« Ungeduldig stampfte sie mit dem heilen Fuß auf. »Ich muss … danke schön fürs Aufhelfen!«

Er ließ sie los. Ihre Augen suchten Constanze. Man sah sie nicht im Gewimmel, aber man hörte sie. Im Rennen fühlte sie eine Hand, die nach ihr griff. Wieder dieser Mediziner. Aber jetzt hinderte er sie nicht, begleitete sie nur, bis beide Constanze erreicht hatten. Sie stand vor einer Tür, die sich gerade vor ihrer Nase geschlossen hatte, und hämmerte mit den Fäusten dagegen.

Der Doktor legte ihr eine Hand auf die Schulter, sie fuhr herum, ihre Augen funkelten vor Wut und Leid.

»Bitte schön, wer bist du? Ist das hier deine Tochter?«

Unverwandt sah Mutter ihn an. Er hatte sie geduzt. Seltsam.

Mechanisch wirkte Constanzes Antwort. »Constanze von Warthenberg, verwitwete Constanze Rosanowski. Aus Königsberg. Mein Sohn … russische Flieger unterwegs … mein Mann … irgendwo im Osten gefallen … meine Tochter … Eva …«

Jetzt legte er beiden einen Arm um die Schulter. »Kommt mit. Ihr braucht Ruhe. Und ich muss mir Eva ansehen.«

Minuten später fanden sie sich in einem kleinen Untersuchungszimmer. In aller Gelassenheit zog der Arzt eine Spritze auf, staute Constanzes Armvene. Nur Minuten vergingen, bis sie ruhiger wurde. Eine Krankenschwester klopfte, trat ein, nahm Anweisungen entgegen, die beiden »Mädchen« zusammenzulegen.

»Wir haben kaum noch Betten frei, Professor Sauerbruch«, seufzte die Schwester.

»Kaum bedeutet nicht keine. Sieh zu.« Sein Blick fiel auf Mutters ramponiertes Knie. »Hier, gleich mal verbinden. Dann kannst du gehen und Betten vorbereiten.«

Während die Schwester mit Mutter beschäftigt war, wandte er sich Eva zu. »Seit wann läufst du so schlecht?«

»Seit wir ausgestiegen sind.«

»Lass mich mal sehen.«

Eva zog Schuhe und Strumpfhose aus. Nein, die drei äußeren Zehen des rechten Fußes sahen nicht gesund aus. Zwischen Dunkelblau und Violett changierten die Blasen. Neues Entsetzen zeichnete sich in Constanzes Augen ab. Eva hielt ihren Blick fest, schaute nicht auf ihren Fuß, griff nach Mutters Hand, schrie auf, als der Arzt vorsichtig die Zehen berührte.

»Erfrierungen vierten Grades, Kind. Steif wie Holzstöckchen, deine Zehen. Wir werden sie sehr langsam auftauen. Es wird rasend wehtun. Ich injiziere dir ein Schmerzmittel. Du musst jetzt sehr tapfer sein, ja?«

Eva nickte, biss sich auf die Lippen. Ob sie noch tapferer würde sein können?

»Einundvierzig Grad warmes Fußbad, Schwester, aber zügig bitte!«

Sie nickte, eilte hinaus und kam Minuten später mit Schüssel, Thermometer und Handtuch wieder.

Eva war tapfer. Befand zumindest der Professor. Sie selbst fand sich nicht tapfer. Hörte sich wimmern und schreien, krallte sich in Constanzes Schultern, während die Tränen unaufhörlich rannen.

Bedenklich wiegte der Doktor den Kopf. »Wir müssen abwarten. Es kann vier, vielleicht sechs Wochen dauern, bis wir wissen, ob wir die Gliedmaßen erhalten können.« Er strich Eva übers Haar. »Großartig gemacht, Kleine! Jedenfalls ist dir ein Bett in unserer ehrwürdigen Charité vorläufig sicher. Besser, als wenn du da draußen jetzt herumgeistern würdest. Alles Böse hat auch etwas Gutes, weißt du?«

Eva nickte. Was jetzt genau das Gute war, erkannte sie vorläufig noch nicht ganz.

* * *

Wie das wirklich Böse aussah, lernten sie gleich am folgenden Tag. Es war der 26. Februar, Mittags, kurz nach zwölf Uhr, und das Böse kam aus den Schächten von fast zwölfhundert Bombern und Jagdfliegern der United States Army Air Force.

Jede Schwester, jeder Arzt und Pfleger der Charité waren geübt darin, ihre Patienten in sagenhafter Geschwindigkeit in die Luftschutzbunker des bereits vielfach getroffenen Klinikkomplexes zu bringen. Kaum hatte der Fliegeralarm eingesetzt, brach eine ameisenhafte Geschäftigkeit aus. Ameisenhaft gut koordiniert und nur scheinbar wirr. Eine knappe halbe Stunde später saß alles, was transportfähig war, im Gewölbe der Klinik. Wer nicht, war auf Station geblieben. Beten war das Einzige, was diesen Menschen blieb.

Constanze und Eva hatten noch nie einen Luftangriff von derartiger Wucht erlebt. Die kleinen, lediglich kurzen, wenig effektiven Attacken auf Danzig und selbst der Überfall auf den Zug waren ein Witz gewesen gegen das, was in den Mittagsstunden dieses Tages auf die Reichshauptstadt niederging. Die Amerikaner machten wieder mal ernst.

Ein Großteil der Patienten im Bunker schien genauso geübt zu sein wie das Personal. Sie nahmen es hin, das Pfeifen, das Wummern, das Flackern, Verlöschen, Wiederaufflammen der Notbeleuchtung, die Einschläge, die so unglaublich dicht zu erfolgen schienen, dass man kaum mehr damit rechnete, die zitternden Mauern würden überhaupt halten. »Der dreihundertunderste Angriff«, scherzte eine Schwester sogar, »die Alliierten wollen wohl ihrer vernichtenden Jubiläumsparty vom Dritten noch eins draufsetzen«, und seufzte beim nächsten Krachen: »Wieder mal was abgekriegt, unsere Charité. Na, wollen wir mal gucken nachher, was noch so steht.«

Constanze und Eva hielten sich aneinander fest. Sie jedenfalls waren sicher, sie würden diesen Tag nicht überleben. Wären sie doch im friedlichen Danzig geblieben. Was war Justus eingefallen, sie hierher, direkt in diese Hölle zu schicken? Hätte er es doch nur nicht getan! Peter würde leben, Eva hätte diese entsetzlichen Schmerzen nicht. Warum nur? Was für eine Art Rettung hatte er ihnen damit angedeihen lassen wollen?

Nach einer Viertelstunde war plötzlich Ruhe. Rund um sie herum atmeten die Menschen auf. Der Rückzug sollte genauso geordnet erfolgen wie der Marsch hier herunter, doch sie kamen nicht weit. Nur Minuten später heulten die Sirenen erneut. Eine weitere Viertelstunde Todesangst.

Es mutete unglaublich an, dass sie auch dieses Bombardement überstanden. Gott musste seine Hand schützend über sie gehalten haben. Nicht jedoch über die Stadt, deren sterbender Leib an diesem Tag einen weiteren Feuersturm über sich ergehen lassen musste.

* * *

Die Charité sollte für viele Wochen mit mehreren neuerlichen Bombenangriffen ihr Unterschlupf bleiben. Constanze lernte in dieser Zeit, was es hieß, tief und aus vollstem Herzen dankbar zu sein. Bei aller Angst, allem Hadern war sie erfüllt von einem Gefühl der Wärme. All die Menschen, die sich hier tagtäglich aufopferten, die Schwestern und Pfleger, für die diese Klinik mehr Berufung als Beruf zu sein schien, die fast immer freundlich blieben, obwohl sie von Tag zu Tag blasser und ermatteter wirkten. Die Ärzte, die bis zur Erschöpfung operierten, um jedes Menschenleben rangen, die sich selbst vollkommen in den Hintergrund stellten, deren Verzweiflung nicht dem eigenen Leben galt, sondern der Sorge um jene, die ihnen anvertraut waren. Medikamente fehlten. Nicht einmal die nötigsten Desinfektionsmittel waren noch zu bekommen, manchmal, wenn das Rohrleitungssystem mal wieder getroffen worden war, fehlte sogar das Wasser. *Das* brachte sie zur Weißglut. Alles andere nahmen sie längst mit einem unglaublichen Fatalismus hin. Was sie zuletzt verlieren wollten, das schien ihr Humor zu sein. Constanze schüttelte immer wieder fassungslos und doch irgendwie amüsiert den Kopf. Die Berliner würden wahrscheinlich noch mit dem Kopf unterm Arm einen Witz parat haben.

Am 10. März, am frühen Morgen, entschied der Professor, Eva zwei Zehen amputieren zu müssen. Der mittlere hatte sich erholt. Aber um die beiden äußeren lohne sich das Beten nicht mehr, sagte er.

Eva nahm die Entscheidung hin. Tapfer, wie sie es die ganze Zeit gewesen war. Constanze, die den Schutz der Klinik an sich längst hätte verlassen können und müssen, hatte sich inzwischen so nützlich gemacht, dass man sie bleiben ließ. Sie war eines Tages, als sich abzeichnete, dass sie unrechtmäßig ein dringend benötigtes Bett belegte, bei Professor Sauerbruch vorstellig geworden.

»Gibt es nichts zu tun für mich, Herr Professor? Ich weiß, ich müsste längst da draußen sein. Es ist mir peinlich, das Krankenhaus zu belasten. Und ich möchte etwas zurückgeben für so viel Barmherzigkeit.«

»Was kannst du denn?«, fragte er und sah sie durch seine blank geputzten Gläser schelmisch an.

»Alles und nichts, Herr Professor. Ich bin diplomierte Biologin. Vielleicht gibt es im Labor Arbeit für mich? Ansonsten kann ich natürlich putzen, waschen, kochen, Aborte reinigen, Verbände anlegen, von mir aus auch Gräber schaufeln. Wenn Sie mich nur nicht rauswerfen.«

»Ich habe 'ne Menge Mäuler durchzufüttern. Jedes mehr ist eins zu viel. Gib mir einen Tag zum Nachdenken.«

Constanze sog tief die Luft ein. Sie dankte ihm und ging. Hinaus in den Hof, dorthin, wo sich Schwestern und Ärzte zu einer kurzen Zigarettenpause trafen. Setzte sich auf die steinernen Stufen. Es war ein heller Morgen Ende März. Ausnahmsweise lag kein Brandgeruch in der Luft, denn der letzte Luftangriff am achtzehnten lag schon ein paar Tage zurück. Beinahe konnte man den Frühling riechen. Am Rand der verkohlten Rasenfläche hatten ein paar Gänseblümchen überlebt. Lächelnd betrachtete sie die kleinen Frühlingsboten. Wie würde der Professor entscheiden? Es spielte in diesen Tagen schon fast keine Rolle mehr, welche Ausbildung jemand genossen hatte, welcher Nationalität, welchen Glaubens man war. Hitler befüllte seine stolze, ehemals rein arisch aufgestellte SS ja inzwischen auch mit Männern aller Herren Länder. Sogar Marokkaner trugen derweil den schwarzen Zwirn. Was also sollte Sauerbruch, dem sowieso jede Herkunft schnurzegal war, gegen eine helfende Hand mehr haben, zumal ihre Fähigkeiten zweifellos ausreichen sollten, wenigstens Hilfsdienste im Labor auszuführen? Constanze hoffte.

So inständig und selbstvergessen, dass sie gar nicht mitbekam, wie sich jemand neben sie auf die Stufen gesetzt hatte.

»Auch eine?«

Vor ihren Augen tauchte eine Schachtel Zigaretten auf. Ohne nachzudenken griff sie zu, ließ sich Feuer geben. Ja, Constanze rauchte seit ein paar Wochen. Es beruhigte einfach.

»Danke«, sagte sie und nahm einen tiefen Zug. Noch immer die paar Gänseblümchen im Blick.

»Wie geht es dir? Wie bist du hergekommen?«

Moment! Wer war das? Diese Stimme kannte sie doch.

Der nächste Augenblick war pure Freude, war pures Glück.

17

1945 – BERLIN, BIS ZUM BITTEREN ENDE

Wie genau sich Constanze erinnern konnte, an den letzten Blick auf die kleine Familie! Still und voller Morgenzauber war der Wald gewesen, ihr Herz übergelaufen vor Traurigkeit und doch voller Hoffnung für die drei Geretteten. Damals in Sobbowitz hätte Constanze es kaum für möglich gehalten, dass sie Gerda jemals wiedersehen würde. Nichts hatte sie mehr von ihr gehört in all der Zeit, so oft an sie gedacht, sie so schmerzlich vermisst. Jetzt sah sie ihr direkt in die Augen.

Sie lagen sich in den Armen, heulten vor Glück und Rührung, fassten sich an den Händen, tanzten wie die Derwische zusammen über den verbrannten Rasen. Dass die Welt wirklich so klein sein konnte! Von diesem Moment an trafen sie sich, sooft es möglich war, redeten, erzählten sich gegenseitig, was in der Zwischenzeit geschehen war. Es gab keine Fremdheit, keine Oberflächlichkeit zwischen ihnen, jede ließ die andere in die tiefsten Abgründe der eigenen Seele blicken.

Eine Weile war es damals gut gegangen für Gerdas Familie. Sie hatten sich verstecken können, waren mehr als einmal im letzten Moment deutschen Zugriffen entkommen. Immer mit der Angst im Hinterkopf, dass doch eines Tages irgendjemand draufkommen würde, dass Antoni zu den Männern gehörte, die versucht hatten, das Danziger Postamt zu verteidigen. Im Untergrund hatten sie später Hilfe bekommen, lebten mit gefälschten Ausweispapieren. Offiziell waren sie nicht einmal mehr verheiratet, Gerda nahm ihren deutschen Mädchennamen »Voigt« wieder an, Sophie wurde plötzlich unehelich und ebenfalls eine Berger. (»Auf einmal war ich ›Fräulein Mutter‹, Constanze. Lustig, oder?«)

Natürlich hatte Antoni viel zu große Sorgen gehabt, dass Gerda und Sophie in Mitleidenschaft gezogen würden, entdeckte man ihn eines Tages doch noch und ließe ihn denselben Weg beschreiten, den all seine gefassten Kollegen gegangen waren. Ein Duz- und Parteifreund Arthur Greisers, der Richter Kurt Bode, hatte das Todesurteil über alle 38 Kollegen Antonis wegen Freischärlerei gefällt.

»Aber lass man«, sagte Gerda in ihrer unnachahmlichen fatalistischen Art, die sie sich angeeignet hatte, »die angebliche Freischärlerei hört sich doch immer noch heldenhafter an als das Abhören von Feindsendern, nicht? Dafür gab's bei Bode auch schon Todesurteile.«

Eines Tages war Antoni dann doch festgenommen worden. Wegen des angeblichen Diebstahls eines halben Laibes Brot. Wieder mal unterstellte man ihm etwas, das er nicht getan hatte. Man hängte ihn zwar nicht auf, aber schaffte ihn nach Berlin in das Zwangsarbeiterlager Schöneweide, wo er seither für die Firma Siemens in rüstungsrelevanten Sklavendiensten stand. Gerda war ihm Hals über Kopf mit Sophie in die Hauptstadt gefolgt, denn sie wollte wenigstens in seiner Nähe sein. In der Charité hatte man sie mit Kusshand angenommen. Seit Jahren war Krieg, Hunderttausende waren dem Hass und dem Wahnsinn erlegen, aber noch immer lebte die Liebe, kamen Kinder zur Welt. Händeringend wurden gute Hebammen gesucht, Gerda war eine fantastische Hebamme und tat nun schon seit geraumer Zeit Dienst in der Gynäkologie. Die war seit 1943 im Keller des nahe gelegenen, ausgebrannten Reichstagsgebäudes untergebracht. »Ein gruseliger, aber immerhin ziemlich sicherer Ort, um Kinder zur Welt zu bringen«, schmunzelte Gerda. »Bisschen viel Rennerei, denn wenn wir etwas hier drüben in den Hauptgebäuden zu tun haben, müssen wir immer über die Spreebrücke flitzen. Macht aber nichts, das trainiert.«

Wofür sich Gerda trainierte, erfuhr Constanze bald. Jeden Abend, an dem sie keinen Dienst hatte, lief Gerda nämlich im Sturmschritt die dreizehn Kilometer nach Schöneweide. Hin und wieder lieh ihr irgendjemand ein Fahrrad, aber meist lief sie tatsächlich zu Fuß.

»Trainiert und hält schlank, weißt du?«, sagte sie grinsend zu Constanze, als die Freundin sie eines Abends keuchend vor Anstrengung begleitete.

Als ob irgendjemand in diesen Zeiten karger Lebensmittelzuteilungen dick werden könnte, dachte Constanze bitter und beeilte sich, der Freundin zu folgen. Bisher war sie kaum aus dem Klinikgelände herausgekommen, hatte sich keinen genauen Eindruck von den Folgen der Bombardements machen können und gefunden, es reichte durchaus, was es allein schon im Klinikkomplex zu sehen gab. Jetzt erst begriff sie richtig, dass von der einst stolzen Stadt kaum noch etwas übrig geblieben war. Gott sei Dank war es den alliierten Bombern ob der breiten Straßen und fast ausschließlichen Steinbauweise in Berlin nicht gelungen, die berüchtigten Feuerstürme auszulösen, die alte deutsche Fachwerkstadtkerne so katastrophal getroffen hatten. Die Holzbauweise mit Lehmschlag zwischen schmalen Gassen hatte es wahrscheinlich begünstigt, dass die zivilen Opferzahlen in Orten voll solch mittelalterlichen Puppenstuben derart eminent hoch waren. Dennoch … Constanze konnte kaum fassen, welches Ausmaß an Verwüstungen sie zu sehen bekam. Wie viele zigtausend Tonnen Bomben waren dafür wohl nötig gewesen? Was mochte eine einzige davon gekostet haben? Wie viel Gutes ... Schönes hätte man mit diesem ganzen Geld anfangen können? Fast überall standen nur noch Fassaden, wenn denn überhaupt noch etwas stand. Auf weiten Strecken mussten sie Schuttberge überklettern. In leeren Fensterhöhlen glomm rot das letzte Sonnenlicht. Immerhin. Sonnenlicht. Kein Feuer! Dann wieder ein Stück an der idyllischen Spree entlang, die anscheinend gleichmütig dahinfloss, sich keinen Deut zu scheren schien um das, was an ihren Ufern geschah. Oder doch? Leichter Wind kräuselte die Oberfläche, verwischte die Spiegelbilder der Ruinen, als schüttle sich der Fluss, als wolle er nicht sehen und schon gar nicht das Werkzeug zur verdoppelten Wiedergabe des Elends sein.

Gerdas Marsch hatte nur ein einziges Ziel. Dieses Ziel bestand darin, einen Blick auf Antoni zu erhaschen, wenn die Arbeiter nach dem abendlichen Antreten in ihre Baracken gescheucht wurden. Mehr nicht. Dafür anderthalb Stunden hin, anderthalb Stunden zurück. Nach einem Arbeitstag, der alles von ihr gefordert hatte. So sah wahre Liebe aus!

Constanze bewunderte Gerda. Sie wusste, es war nicht das erste Mal. Wie gerne wäre sie wie sie gewesen. Immer noch Hoffnung, immer für andere da, voll wohltuendem Pragmatismus, nie den Humor verloren. Sie wurde zu Constanzes Fixpunkt in diesen schrecklichen Kriegswochen. Auf Gerdas Fürsprache gab Sauerbruch was. Constanze war »unter«. Schnell arbeitete sie sich im Labor ein, hatte eine Aufgabe, sah sich wohltuend in die Gemeinschaft der Charité aufgenommen. Eine Freundin von Gerda Voigt! Das hatte Bedeutung.

Seit Kurzem teilte Gerda sogar ihr winziges Hinterhofzimmerchen mit Constanze. Etwa sieben Quadratmeter standen ihnen zu dritt zur Verfügung. Ein Bett, ein Kinderbett, ein Waschtisch, eine Kommode. Klo auf dem Hof. Aber immerhin eine echte »Berliner Schnauze« als Vermieterin, die sich tagsüber nicht nur um Sophie, sondern insgesamt um ein halbes Dutzend Kinder kümmerte, deren Mütter sich alle allein durchschlugen. Frau Klawuttke hatte das Herz auf dem rechten Fleck. »Wir Frauen müssen zusammenhalten«, sagte sie, als Gerda sie bat, Constanze mit aufnehmen zu dürfen. »Hilft ja nüscht, wenn die Kerle alle futsch sind. Macht euch keene Sorjen, Mädels, ick pass schon jut auf die Kleenen uff.« Das tat sie und schleppte die vier Mädchen und zwei kleinen Jungs stets früh genug in den Bunker. Mutter Klawuttke, die nie eigene »Jören« gehabt hatte, vorneweg und die Zwerge im Gänsemarsch hinterdrein. Dennoch war Gerda voller Angst, wenn sie im Dienst Alarm hörte.

Constanze war es anfangs unendlich peinlich, der Freundin derart auf die Pelle zu rücken, aber Gerda argumentierte mit dreierlei: Erstens hatten sie selten gleichzeitig Dienst, das schmale Bett musste also kaum einmal unter beiden gemeinsam ächzen. Zweitens hatten sie dieselbe Heimat und mussten zusammenhalten in der Fremde. Drittens waren sie eben einfach allerbeste Freundinnen. »Punkt!«, sagte Gerda. Und Constanze fügte sich.

* * *

Am 20. März hockte Gerda neben ihr auf den Steinstufen, als Sauerbruch endlich Evas Zehen abnahm. Noch und noch einmal hatte er den geplanten Eingriff verschieben müssen, denn Patienten, deren schwere Verletzungen sofortiges Handeln verlangten, waren tagtäglich eingeliefert worden. »Geht ruck, zuck«, hatte er mit einem Zwinkern gesagt. »Und keine Sorge, laufen wird das Mädchen hinterher auch wieder können. Paar fehlende Zehen sind vergleichsweise ein Witz. Bloß zum Ballett wird's vermutlich nicht reichen.«

Trotzdem war Constanze mit den Nerven am Ende. Was Eva durchmachen musste, hatte sie selbst zu verantworten. Wäre sie nicht so verrückt gewesen, ihr die dicken warmen Socken für den toten Bruder abzuknöpfen …

»Ich bin eine Idiotin, Gerda!«, klagte sie sich selber an. »Ich hätte es doch merken müssen.«

»Vielleicht hättest du müssen. Hast du aber nicht. Weißt du, manchmal trifft man im Leben aus lauter Fürsorge auch die falschen Entscheidungen. Was nützt es jetzt noch, über verschüttete Milch nachzugrübeln? Mit Fehlentscheidungen müssen wir Menschen leben. Du genauso wie viele andere auch. Ein paar Tage, bevor unser geliebtes Danzig dem Erdboden gleichgemacht wurde, hast du auch noch gebarmt und ständig erzählt, es sei ein Fehler gewesen, aus der Stadt zu fliehen. Es steht kein Stein mehr auf dem anderen in der Innenstadt. Danzig ist Geschichte. Du weißt es doch. Und Evchen wird schon wieder. Der Professor ist eine Kapazität. Sophie hat er auch wieder hinbekommen, nachdem sie dieser verfluchte Granatsplitter im Januar vierundvierzig halb zerfetzt hat. Was sind da schon die zwei Zehen? Du hast geglaubt, dein Sohn lebte. Ich kann dich gut verstehen. Du bist eben eine Mutter durch und durch. Jetzt stehen die Russen vor den Toren Berlins. Lange kann der Krieg nicht mehr dauern. Wir beide sind gesund. Wir haben unsere Töchter. Wir können ein neues Leben beginnen. Quäl dich nicht, Constanze. Wir werden schon wieder auf die Beine kommen. Es lohnt doch, sich zusammenzureißen für die Mädchen!«

Wie sie es alles hinnahm, sich mit den Dingen arrangierte! Mein Gott, wie tapfer sie war! Und das, obwohl von ihrem Antoni seit dem 18. März jede Spur fehlte. Wieder einmal hatten alliierte Bomber die Stadt im Visier gehabt. Das Zwangsarbeiterlager war dem Erdboden gleichgemacht worden. Zutritt zu den Bunkern und Schutzkellern hatten Zwangsarbeiter grundsätzlich nicht. Ob er den Angriff überstanden hatte, wusste Gerda nicht. Jetzt fehlte ihr auch noch die Anlaufstelle. Trotzdem behielt sie den Kopf oben, lachte jetzt sogar, als sie Constanzes traurige Überlegungen kommentierte: »Hab mal ein bisschen Vertrauen ins Schicksal, Constanze. Du kannst dir nicht vorstellen, wie geschickt wir geworden sind im Weglaufen und Verstecken. Wenn Antoni nicht direkt eins auf den Deetz bekommen hat, ist er irgendwo untergekrochen. Soll er man. Wenn's vorbei ist, wird er mich finden. Er hat eine gute Nase entwickelt.«

Gerda hatte wenigstens noch eine Möglichkeit zu hoffen. Ihr war sie endgültig genommen. Clemens lag irgendwo in Russland.

* * *

Während die russische Armee in den folgenden Wochen die Reichshauptstadt Stück für Stück eroberte, kaum einmal für Stunden die Waffen in den zermürbenden Häuserkämpfen schwiegen, bangte Constanze um Evas Gesundheit. Die Amputationswunden waren schlecht geheilt. Immer wieder brach Eiter durch. Es hatte schon während der Operation kein Desinfektionsmittel mehr zur Verfügung gestanden, Antibiotika, um die Wundinfektion zügig einzudämmen, gab es schon lange nicht mehr. Sauerbruch war höchst unzufrieden mit dem Heilungsverlauf und hielt Constanze gegenüber damit nicht hinter dem Berge. Er schäumte vor verzweifelter Wut, nachdem er sich am Morgen des 2. Mai wieder einmal Evchens Fuß anschaute.

»Ich werde nachoperieren müssen, wenn wir nicht bald an neue Medikamente kommen. Überaus ärgerlich! Normalerweise eine Kleinigkeit, solch ein Eingriff. Aber unter diesen Bedingungen? Wie soll ich so sauber arbeiten können? Wie viele Menschenleben soll ich noch drangeben? Nichts zu fressen für meine Kranken und in der Klinikapotheke gähnende Leere. Verdammt noch mal! Ich bemühe mich zu retten, was zu retten ist, und Himmler glänzt mit dem großartigen Einfall, jedem Einzelnen, der kapituliert, jetzt noch die Todesstrafe anzudrohen. Das ist doch pervers! Gegen ihre Feinde haben sie längst verloren, der ›Führer‹ hat sich samt seiner frisch Angetrauten feige der Verantwortung entzogen, Goebbels hat gleich Frau und Kinder mitgenommen. Zyankali verursacht einen fürchterlichen Tod, Mädchen, das kann ich dir sagen! Wie kann man das seinen Kindern antun? Da gehen sie jetzt gegen die eigenen Soldaten, die letzten Getreuen, gegen das eigene Volk vor. In der Uhlandstraße habe ich vorgestern einen jungen Bengel hängen sehen. Kaum siebzehn. Dem haben sie ein Schild um den Hals geknüpft. Volksverräter. Dabei steht die Rote Armee schon auf dem Alexanderplatz, über dem Brandenburger Tor weht seit früh um sieben die sowjetische Fahne.«

»Und die weiß-rote Flagge Polens!«, sagte Constanze mit einem Trotz in der Stimme, der den Professor aufhorchen ließ. Verständnislos wirkte sein Blick hinter den Gläsern.

Constanze beantwortete nicht die unausgesprochene Frage. Sie lächelte nur. Das war die gerechte Revanche für Warschau!

18

BERLIN 1945/46 – DER ROTE ROCK

Plötzlich nirgends mehr Schüsse. Gegen Mittag fuhren sowjetische Lautsprecherwagen durch die Straßen und verkündeten die Kapitulation Berlins. Es hieß, die Russen trieben alles, was arbeitsfähig war, zusammen, um sibirische Arbeitslager aufzufüllen. Auch in die Charité drangen Soldaten ein. Aber sie hatten nicht mit Ferdinand Sauerbruch gerechnet. Der Professor stellte sich ihnen mit breiter Brust entgegen und wie der Zufall es wollte, traf er unter den Befehlshabern auf einen Menschen. Auf einen, mit dem er reden konnte. Der Arzt war viel herumgekommen in der Welt, lange bevor er seine Position in der Charité übernommen hatte. Und er hatte geholfen. Sogar in der Sowjetunion. Manche vergessen so etwas nicht. Auch dann nicht, wenn sie als Feinde und Sieger kommen. Für die Klinik waren diese alten Verbindungen des Professors ein Segen. Und sie wurden auch ein Segen für Eva und Constanze.

Kyrillische Buchstaben standen auf der Medizinschachtel, aus der Evas Pillen von diesem Tag an kamen. Nur etwa so lange, wie es noch dauerte, bis am 8. Mai endlich das Kriegsende da war, dauerte es, dann heilten endlich die schwärenden Wunden, das stetige Fieber der letzten Wochen klang ab, dem Mädchen ging es insgesamt viel besser. Jetzt hatte sie auch wieder Freude daran, Mundharmonika zu spielen, und unterhielt die vielen Kinder auf ihrer Krankenstation mit lustigen Liedern.

Constanzes Dankbarkeit kannte keine Grenzen. Sie feierte Evas Genesung nach Feierabend mit Gerda im Hof. Inzwischen war der Rasen grün geworden. »So grün, dass man fast schon über einen Schnitt nachdenken müsste«, alberte Constanze ausgelassen und nahm eine der Papirossy aus der Schachtel, die Gerda ihr hinhielt. »Herzegowina Flor«, kicherte Gerda, »die Lieblingsmarke Stalins.«

Wer weiß, woher sie die hatte, sie waren stark, man musste husten davon, aber was machte das schon? Sie qualmten jedenfalls, qualmten friedlich und kontrolliert. Nirgends sonst mehr qualmte es. Die Stille, die Vögel, die ihre Balz unbeeindruckt in dem frühlingsgrünen Baum auslebten … halt, stopp, Korrektur … Constanze schaute besser hin: Genau genommen balzten sie in den vier starken Ästen der Kastanie, die diesen Mai überhaupt noch grün geworden waren. Der überwiegende Teil des alten, Schatten spendenden Baumes war verkohlt.

Gerda reichte ein Fläschchen herüber. »Trink, Schwesterchen!«

»Wo kommt das wieder her?«

Gerda legte einen Zeigefinger über die Lippen und machte »pscht!«.

Der Vodka tat gut. Er machte das Abendlicht rosiger. Noch rosiger!

Hinter ihnen knallte eine Tür, eine junge Lernschwester fegte die paar Stufen zu ihnen herab. »Kommen Sie, Frau Voigt, kommen Sie!«

»Was gibt's denn so Dringendes? Ich habe Feierabend und der Krieg ist aus. Will jetzt doch noch die Patientin in Bett sieben ihr Baby …?«

»Nein, nein«, unterbrach das junge Mädchen strahlend. »Eine wunder... wunderschöne Überraschung. Es hat ein Herr nach Ihnen gefragt. Ein schrecklich dünner, aber sehr gut aussehender Herr. Ich dachte erst, ich müsste ihn abwimmeln, man kann ja nicht jeden Verehrer reinlassen einfach so, aber er behauptet, eine Frau Voigt sei seine Frau!«

»Wie heißt er denn?«, fragte Gerda, und als das Mädchen geantwortet hatte, hallte Gerdas Freudengeheul von den Backsteinwänden des altehrwürdigen Gemäuers wider.

Constanze folgte den beiden in die Eingangshalle.

Sie sah, wie Gerda in Antonis Arme flog, sah, wie sie sich minutenlang mit geschlossenen Augen umklammert hielten, sah den ersten innigen Kuss. Dann drehte sie sich langsam um und ging. Tränen der Freude in den Augen. Die sich mischten mit den bitteren Tränen aus Unwiederbringlichkeit.

* * *

In den folgenden Wochen gab es einige Veränderungen. Eva war endlich reif für die Entlassung. Mit einer speziellen orthopädischen Schuheinlage ausgestattet, lief sie schon wieder ganz prima.

Natürlich war Gerdas winziges Zimmerchen am äußersten Zipfel von Berlin-Mitte, das wie durch ein Wunder keinem Bombenangriff zum Opfer gefallen war, für zwei weitere Personen keine Option. Antoni, der sich als wahrer Überlebenskünstler erwies, hatte, gar nicht weit entfernt, in Kreuzberg eine neue Bleibe für seine kleine Familie gefunden. So konnte Constanze mit Eva unter dem Dach Mutter Klawuttkes bleiben. Ideale, ja, geradezu luxuriöse Bedingungen!

Sorgen machte Constanze jetzt vor allen Dingen das Schicksal ihrer Eltern. War die elterliche Villa in Maraunenhof beim ersten Angriff der britischen Avro-Lancaster-Bomber

Ende August '44 noch der Zerstörung entgangen, hatte es das herrliche Haus wenig später dann doch noch erwischt. Die Eltern waren im Kontor, unten am Hafen, untergekrochen. Das war der Stand der Dinge gewesen, den Constanze kannte, als Justus sie gezwungen hatte, Danzig Hals über Kopf zu verlassen. Wo sie mit Eva untergekommen war, hatte Constanze noch mitteilen können. Anfang April war dann aber der Kontakt abgerissen. Seither, so viel wusste sie, hatte Königsberg unter andauerndem Beschuss der sowjetischen Armee gelegen. Feuerstürme hatten die enge Altstadt vernichtet. Ganz gezielt waren fast ausschließlich zivile Opfer hingenommen worden. Auslöschen stand auf dem Programm der Sowjets. Ob sie lebten? Wo sie waren? Constanze wusste es nicht. Ebenso wenig wusste sie, ob der Treck ihrer Großmutter Charlotte mitsamt Armin durchgekommen war. Von Justus hatte sie überhaupt nichts mehr gehört. Die Suchanfragen beim Roten Kreuz hatte sie gestellt. Die Hoffnung war groß, aber noch fehlten Antworten. Ihre Familie, das waren vorläufig Eva, Mutter Klawuttke, Antoni, Gerda und Sophie. Die Menschen in der Charité empfand Constanze als eine Art »entfernte Verwandte«. Man hielt zusammen, wusste viel übereinander, half sich gegenseitig. »Familie« war überlebenswichtig in dieser Zeit. Ohne einander konnte man kaum durchkommen.

Die Sowjets hatten Berlin unter der Fuchtel. Allzu gern hätten sie diesen Alleinherrscherzustand beibehalten, aber sie würden die ehemalige Reichshauptstadt teilen müssen, so viel war sicher. Bereits lange vor der Eroberung, im Februar '45, hatten sich die drei »Großen«, Churchill, Stalin und Roosevelt, in einer Konferenz auf der Krim zusammengesetzt und den Kuchen »Deutschland« aufgeteilt. Berlin jedoch nahm eine Sonderstellung ein. Dort wollten sie alle Präsenz zeigen. Auch Frankreich, dem die USA und Großbritannien einen gewissen Anteil als Besatzungszone zuzuordnen gedachten. Polen, das von Hitler ausgelöschte Land, dessen Regierung noch immer im englischen Exil verharrte, würde zwar zugunsten der Sowjetunion mit einer Westverschiebung rechnen müssen, aber wieder auf der Landkarte verzeichnet sein und den Löwenanteil des ehemaligen deutschen Ostens übernehmen. Constanze ahnte: Ein deutsches Danzig, ein deutsches Ostpreußen konnte es nie mehr geben.

Es dauerte bis Juli. Dann rückten fremde Soldaten an. Franzosen, Engländer, Amerikaner. In Constanzes Umfeld änderte sich nicht allzu viel, denn die Charité lag, ebenso wie ihre Wohnung, in der sowjetischen Zone, während Gerda und Antoni nun im amerikanischen Sektor lebten. An allen möglichen Stellen wurde Stacheldraht ausgerollt, wuchsen kleine Kontrollbaracken wie schräg gestreifte Pilze mitten auf den Straßen aus der aufgeplatzten Asphalthaut. Affiges Territorialgehabe in einer Stadt, so durchlässig wie ein löchriges Sieb, fand Constanze.

Aufgeräumt wurde in der Stadt schon unmittelbar nach der bedingungslosen Kapitulation Deutschlands. Bald schon fuhren die ersten Straßenbahnen wieder. Lief man durch die Straßen, traf man überall auf Menschen, die den Schutt abtransportierten und heraussortierten, was zum Wiederaufbau geeignet erschien. Es waren nicht viele Männer unter denen, die da tagein, tagaus Tonnen von Steinen, Eisen, Zement und Schutt bewegten. Frauen mit dünnen Beinen in zerschlissenen Röcken mit Kopftüchern über bleichen, mageren Gesichtern. Dabei waren sie es, die noch halbwegs ordentliche Lebensmittelrationen bekamen. Anerkannt als Schwerstarbeiterinnen, stand ihnen ein wenig mehr vom Wenigen zu als allen anderen Bürgern der besetzten Stadt.

Wäre Antoni nicht gewesen, da war sich Constanze absolut sicher, wäre sie mit Evchen im ersten Friedenswinter schlicht verhungert. Antoni entwickelte sich zu einem Ass auf dem

Schwarzmarkt und firmierte bei Mutter und Tochter nur noch unter »unser Lebensretter«. Er lächelte charmant darüber. Und gab und gab und gab. Nie hatte er vergessen, dass es Constanze und Clemens zu verdanken gewesen war, dass er überlebt hatte. Antoni schleppte Eierkohlen für den winzigen Bollerofen heran, brachte Butter, Brot, Mehl, hin und wieder ein Ei, neuerdings amerikanische Lucky Strikes, organisierte sogar ein bisschen Schmalz oder Speck, ein paarmal einen Apfel für Eva und als Krönung ein Stück duftender englischer Yardley-Lavendelseife, die Constanze wie einen Schatz hütete. Eines Tages, in der Adventszeit, kam er freudestrahlend mit zweieinhalb Metern schwerem, rotem Wollstoff und Garn nebst Nadel an. Es reichte für einen Wintermantel für Eva, die aus dem letztjährigen längst herausgewachsen war, und einen schmalen Rock für Constanze.

Beim spärlichen Licht ihrer Petroleumlampe saß sie viele Abende lang und nähte. Sehr geübt war sie darin nie gewesen, früher machten geschickte Schneiderinnen ihre Kleider. Sie brauchte lange. Zum letzten Mal hatte sie genäht, als sie für Clemens die Libelle im Hemd versteckt hatte. Wo mochte sie sein, die Leichtigkeit? Hatte er sie bis zum Ende bei sich gehabt oder hatte sie irgendjemand gefunden und ihm abgenommen? Zierte sie inzwischen das Dekolleté einer russischen Offiziersgattin?

Sie erinnerte sich an diesen Tag am Flüsschen, an den Frieden, die Wärme, die schwirrend irisierenden Geschöpfe des Wassers und des Lichts. An die ersten schweren Tropfen, als das Gewitter heranrollte, an den Geruch seiner regenfeuchten Haut, die Erregung, die sie beide gespürt hatten. Der Donner hatte sie nicht vertreiben können, die Leichtigkeit. Bestenfalls hatte er sie dramatisch untermalt. Um sie zu vertreiben, hatte es anderen Donners bedurft. Jahrelangen Geschützdonners. Fort war sie. Und niemals würde sie zurückkehren.

Tränen tropften auf die selbst geschnitzten Holzknebel, die Constanze gerade als Knopfersatz durch die sorgfältig umstickten Knopflöcher des neuen Kindermantels schob. Eva würde begeistert sein von ihrem Weihnachtsgeschenk! Dazu noch einige der Walnüsse, die sie nahe der Charité aufgelesen, gepellt und sorgfältig getrocknet hatte, ein paar Kriegsmarzipankartoffeln, und es würde fast sein wie früher in Ostpreußen. Constanze hatte seit Monaten abgezwackt, was sie für die Süßigkeit brauchte. Hartweizengrieß, Puderzucker, Bittermandelaroma und Rosenwasser. Fast genauso wie das köstliche Königsberger würden sie schmecken ... jedenfalls mit etwas Fantasie und gutem Willen. Wenn sie bloß noch ein paar Stiefel für die Kleine bekäme! Noch immer lief Eva mit den sommerlichen orthopädischen Stiefelchen, die Sauerbruch für sie bei der Entlassung besorgt hatte.

* * *

»Oh, là, là, très chic«, sagte einer der Pfleger, als Constanze eines Morgens in den Umkleideraum huschte, um zum Dienstantritt den neuen roten Rock gegen ihren alten und den Kittel zu tauschen. »Du bist aber flott heute, Constanze. Rot ... die Farbe der Liebe! Pass nur auf, dass dich kein Russe schnappt.«

Constanze lachte. »Ich hatte nur diesen Stoff. Man nimmt dankbar, was man kriegen kann, Christof. Und mach dir keine Sorgen, so verhärmt, wie ich aussehe, nimmt mich nicht mal mehr ein Muschik.«

»Da täusch dich mal nicht. Du bist wunderschön! Außerdem ist es denen egal, wie eine Frau aussieht. Die toben sich sogar noch an Achtzigjährigen aus und machen vor Mädchen, die noch fast Kinder sind, auch keinen Halt. Pass auf Eva auf und sei bloß vorsichtig, wenn du nach Hause gehst. Wir haben hier schon genug Vergewaltigungsopfer in der Klinik. Muss ja nicht das Personal zu Patienten werden.«

Tatsächlich war Constanze schon oft sehr mulmig gewesen, wenn sie auf unbeleuchteten Straßen allein nach Hause eilte. Wann immer es möglich war, lief sie mit Gerda. Inzwischen lag Mutter Klawuttkes Haus genau am Rande des »Dreiländerecks« Mitte, Tiergarten und Kreuzberg, dort, wo sich sowjetischer, amerikanischer und englischer Sektor trafen. Vor den Amerikanern und Engländern hatte sie keine Angst. Die Engländer galten als höflich, die Amerikaner als großzügig und anständig, obwohl der Welt der Mund vor Entsetzen offen gestanden hatte, als der Einsatz der Atombomben auf die Städte Hiroshima und Nagasaki publik geworden war. Nun gut, sie rächten sich für die Vernichtung Pearl Harbours. Noch war der Krieg nicht weltweit vorbei. Und Japan, ja, herrje, Japan … das war weit weg. Hier wirkten sie fröhlich und friedlich, diese Amis. Und nur das zählte jetzt. Allerdings war es ein offenes Geheimnis, dass die Russen ihre Männer nicht unter Kontrolle hatten. Obwohl das sowjetische Militär die Todesstrafe auf Vergewaltigungen androhte, wusste jede Frau in der Stadt, was es bedeutete, wenn einer sagte: »Frau, komm!« Reden taten die wenigsten darüber. Stumme, einvernehmliche Blicke, vielleicht manchmal eine Bemerkung: »Wie oft du schon?« Nur manche besonders brutal misshandelte Frauen landeten in der Obhut der Klinik; und es waren viel zu viele. Wenn sie dann den wissenden, mitleidigen Blicken von Ärzten und Schwestern begegneten, fühlten sich die meisten sogar noch schuldig. Ja, dieser rote Rock war tatsächlich ein Wagnis, konnte womöglich obendrein als Aufforderung missverstanden werden, da hatte Christof ganz recht. Aber sie war ein bisschen stolz auf ihre Handarbeit. Und eine Frau war sie schließlich geblieben. Ein wenig Luxus, eine Winzigkeit Farbe, etwas aufhübschen … das tat doch gut nach der langen, kargen, braungrauen Zeit.

Constanze beschloss, den roten Rock vorsichtshalber zukünftig unter ihrem Mantel zu verbergen, ging auf Christofs kleinen Flirtversuch ein und gönnte ihm sogar ein kesses Zwinkern. »Wenn du dir solche Sorgen um mich machst, dann begleite mich doch einfach abends heim.«

Christof ergriff prompt die aufscheinende Chance. »Abgemacht«, sagte er.

Constanze fühlte ein wenig Erleichterung. Und viel Besorgnis. Er war nicht der Einzige, der ihr Avancen machte, und es war jetzt einfach zu viel Begeisterung in seinen Zügen. Würde er womöglich seine Begleitdienste ausnutzen? Sie mochte ihn. Aber sie mochte ihn als Kollegen. Genauso, wie sie all die anderen im Klinikum, die versuchten, ihr näherzukommen, nur als Kollegen mochte. Ihre Vereinbarung mit sich selbst lautete darauf, Witwe zu bleiben. Jetzt und in aller Zukunft. Liebe … Gemeinsamkeit … Ehe … das war einzig Clemens vorbehalten.

Bis Mitte Februar brachte Christof Constanze an jedem Abend heim, den sie gemeinsam Dienstschluss hatten, und bot seine Hilfe mit Begeisterung auch an, wenn es galt, Besorgungen zu machen, etwas zu schleppen, kleine Reparaturen in der maroden Wohnung vorzunehmen und so weiter. Spaß hatten sie miteinander, er war ein lustiger Vogel. Constanze schätzte ihn, lachte und alberte mit ihm.

Vielleicht hatte sie ihm zu viele Hoffnungen gemacht?

Ein einziges Mal wurde er kühn, versuchte, ihr einen schüchternen Abschiedskuss auf die Wange zu drücken. Constanzes Backpfeife traf hart. »Ich bin verheiratet!«, fauchte sie. Er sah sie konsterniert an, rieb sich die Wange, murmelte: »Verzeih, aber dein Mann ist doch …« Dann zuckte er hilflos die Schultern, drehte sich um und ging. Danach waren sie keine Freunde mehr.

***

Nur zwei Wochen später geschah etwas, das Constanze wünschen ließ, diese Ohrfeige hätte es niemals gegeben. Zusammen mit Eva war sie abends unterwegs gewesen, weil es geheißen hatte, beim Bäcker in Kreuzberg gäbe es Mohnkuchen. Mohnkuchen! Also wirklich, wenn das kein Grund war, ein paar Marken zu opfern und sich stundenlang anzustellen. Wenigstens ein einziges Stückchen für sie beide.

Schon während sie in der Schlange standen, lief Mutter und Tochter das Wasser im Mund zusammen, als genössen sie längst. »Ist noch was da?«, fragte man die, die mit glückseligen Gesichtern und winzigen Päckchen aus der Bäckerei wieder herauskamen, und mit jedem Nicken, mit jedem Schritt dichter an die Ladentür wurde die Vorfreude größer. Eva fror. Sie trat von einem Fuß auf den anderen. Auf dem Linken stand sie länger, der rechte war noch nicht so gut belastbar. Es hatte nicht geklappt mit passenden neuen Winterstiefeln zu Weihnachten, noch immer lief sie in den dünnen ledernen Sommerstiefeletten, die inzwischen recht schäbig wirkten. Jetzt, in der beißenden Kälte, mochte der schmerzende Fuß Eva erinnern an jene Nacht, in der mehr verloren war als ein paar kleine Glieder.

Constanze sah ihren mühsam beherrschten Gesichtsausdruck, unter dem sie die Schmerzen verbarg. Ihr Herz zog sich zusammen. Wie eine Verrückte hatte sich Evchen an Heiligabend über den Mantel gefreut. Der wärmte wenigstens bis über den Po. Constanze kannte ihre Tochter und auch heute war, wie so oft, Bitternis in ihren Gedanken. Sie war ein echtes Kriegskind. Der »Führer« hätte seine Freude an ihr gehabt. Hart wie Kruppstahl, zäh wie Leder, flink wie ein Windhund … Wie kalt ihre Füße auch immer sein mochten, wie sehr sie auch wehtaten: Nie wäre sie jetzt darauf gekommen, die Warteposition aufzugeben, und lächelte Constanze unter der etwas reichlich ausgefallenen Kapuze hervor erwartungsvoll an. Süß, blond, strahlend blauäugig. Wie ein unschuldiges

Rotkäppchen sah sie aus. Sie hätte anderes verdient gehabt. Constanze lächelte zurück.

Die beiden ergatterten eines der letzten Stücke von dem riesenhaften Blech. Sogar mit Rosinen! Das würde ein Fest geben, gleich, zu Hause! Eine Tasse Muckefuck und dazu diesen verführerisch duftenden Kuchen. Ein Feiertag ganz aus der Reihe, mitten im eisigen, düsteren Februar. Himmlisch!

Sie waren unvorsichtig heute. »Komm, wie nehmen die Abkürzung, Eva, dann sind wir schneller«, sagte Constanze. Eva stimmte sofort zu, sie verließen die Straße, was eigentlich am Abend nie geraten war. Kletterten über einen Schuttberg, zwängten sich durch das schmale Loch im Maschendrahtzaun, huschten über den ausgebombten, ehemals dritten Hinterhof eines fast noch völlig intakten Bürgerhauses. Sie merkten nicht, dass ihnen jemand gefolgt war. »Vorsicht, Vorsicht, Mama«, rief Eva lachend, »lass bloß nicht den Kuchen fallen!«

Nur noch durch den Torgang. Beinahe hatten sie die spärlich erleuchtete Straße wieder erreicht, da spürte Constanze plötzlich einen eisernen Griff in ihren Haaren. »Stop, baby!«

Sie versuchte sich zu entwinden, sich umzudrehen, zu sehen, wer da war. Das Kuchenpäckchen rutschte ihr aus der Hand, sie sah einen schweren Stiefel mitten hineintreten. Constanze wollte schreien, aber es hatte sich eine grobe Hand über ihren Mund gelegt. Bärenkräfte schien der Kerl zu haben, schob sie vorwärts, knallte sie mit Wucht gegen einen bauchhohen Mauerrest. Sie trat nach hinten raus wie ein Pferd, aber sie traf ins Leere und ihre Gegenwehr schien den Mann nur noch anzustacheln. Schon hatte er den Mantel beiseite, den roten Rock hochgeschoben. Eisig pfiff die Winterluft zwischen ihre Beine. Mit den Knien presste er ihre Schenkel auseinander, dann nahm er sekundenlang die Hand von ihrem Mund. Sie holte tief Luft, doch der erste Ton erstarb erneut zwischen lederbehandschuhten Pranken. Plötzlich spürte sie etwas Warmes,

Hartes an ihrem Gesäß. Constanze schlug um sich. Eine … beide Hände eingefangen, wie mit Schraubzwingen auf dem Rücken zusammengehalten. Dann schlug er zu, sie fühlte, wie ihr Kopf herumflog. Rechts. Links. Wieder rechts. Die Schläfen pochten, im rechten Mundwinkel schmeckte sie Blut, ein Sternenhimmel, grellweiß auf schwarz, blitzte vor ihren Augen auf. Weit beugte er sie vor, Stein quetschte sich in ihre Rippen, presste die Luft aus den Lungen, nahm ihr den letzten Rest Handlungsfähigkeit. Ich werde vergewaltigt! Wo ist Eva? Der schöne Kuchen … Das waren Constanzes letzte Gedanken, ehe sie ohnmächtig wurde.

Sie erwachte in der Notaufnahme der Charité. Alles drehte sich in ihrem Kopf. Hämmernde Schmerzen. Aber ihr Geist funktionierte tadellos. Das Erste, was sie wahrnahm, war die vertraute Umgebung, respektive die weiß gekalkte Decke, das zweite waren Evchens besorgte Gesichter. Sie schloss die Augen, öffnete sie wieder. Kein Zweifel, sie sah doppelt. Dann fiel ihr Blick auf das, was Eva auf dem Schoß hielt. Das zerquetschte, matschige Kuchenpäckchen. Genau genommen zwei matschige Kuchenpäckchen auf zwei Rotkäppchen-Evas. »Evchen … wie bin ich hierhergekommen?«

»Pscht«, machten die Evas, legten zwei Zeigefinger über ihre Münder.

Eiskalte Schauer überliefen Constanze. »Ist *es* passiert, Eva?«

Eva schüttelte lächelnd den Kopf. »Wir waren schnell genug zurück.«

»Wer ist *wir*?«

»Das ist jetzt nicht wichtig, Mama. Du musst erst wieder gesund werden.«

Es war vielleicht in diesem Augenblick nicht wichtig, aber es sollte eine Bedeutung erlangen, die alles andere überlagern würde. Constanze war unbändig stolz auf ihre Tochter, nachdem sie erfahren hatte, wie beherzt und blitzschnell sie gehandelt hatte. Eva hatte den Ernst der Lage sofort richtig eingeschätzt, begriffen, dass sie allein nichts würde ausrichten können, und war auf die Straße gelaufen, um Hilfe zu holen. Diese Straße befand sich im britischen Sektor, nur zwei zerschlagene Häuserblocks von ihrer Wohnung entfernt. Schreiend hatte sie auf sich aufmerksam gemacht, einen britischen Offizier bei der Hand gegriffen und ihn in die düstere Toreinfahrt gezerrt, wo Constanze inzwischen in prekärster Lage und nicht mehr bei Bewusstsein gewesen war. Der Angreifer war sofort geflüchtet. Man hatte ihn nicht fassen können. Aber der Offizier hatte umgehend gehandelt.

Nach einigen Tagen war Constanze so weit wiederhergestellt, dass sie Eva ausquetschen konnte. »Wer war der Mann, der geholfen hat? Hast du ihn nach seinem Namen gefragt, Evchen? Ich möchte ihm doch gern danken.«

»Nein, Mama, das habe ich in der Aufregung vergessen. Aber er hat nach unserem Namen gefragt.«

»Und du hast ihn ihm genannt?«

»Ja. Und erzählt, dass du in der Charité arbeitest, damit sie dich gleich hierherbringen.«

Eva konnte ihn lediglich beschreiben und das tat sie mit glühender Begeisterung. Sehr nett habe er ausgesehen, sogar ein bisschen Deutsch gesprochen. Höflich, ein richtiger Gentleman. Das Erste, was er getan hatte, war, Constanzes Mantel über sie zu breiten, damit niemand ihre hüfthohe Nacktheit sah. Dann hatte er vorsichtig ihren schlaffen Leib auf seinen Mantel gebettet, seine Uniformjacke ausgezogen, obwohl es doch so schrecklich kalt gewesen war, und die auch noch, zusammengefaltet, unter ihren Kopf geschoben. Er sei nicht allein, nein, sie wären zu zweit gewesen, erzählte Eva, und sein Begleiter hatte unglaublich fix einen Krankenwagen angefordert, während er die ganze Zeit besorgt neben ihr gekniet und ihren Puls gefühlt hatte.

»Gut!« Jetzt zögerte Constanze etwas. Sollte sie Eva danach fragen? Sie hatten darüber gesprochen. Sprechen müssen, denn jede Mutter hatte die Pflicht, ihre Tochter eindringlich zu warnen. Einen Augenblick schwieg sie, Eva schien ihr anzumerken, dass sie noch etwas wissen wollte, schaute aufmunternd.

Constanze fasste sich ein Herz. »Und der Angreifer? War ein Russe, nicht?«

Zu ihrer Überraschung schüttelte Eva den Kopf. »Ich glaube nicht.«

»Nicht? Ich denke, die Russen …?«

Eva stand auf, holte ihren roten Mantel, griff in die breiten Taschen, zog etwas heraus und hielt es auf der ausgestreckten Hand hin. »Das ist ihm aus der Tasche gefallen. Gleich am Anfang, als er auf dich losgegangen ist.«

Es war ein Päckchen Wrigley's Spearmint.

Er hatte »Baby« zu ihr gesagt. Nein, das sagten die Russen nicht. Und die kauten auch kein Kaugummi.

»Ein Amerikaner, Eva? Die machen doch so was gar nicht.«

»Anscheinend doch.«

* * *

Als Constanze zwei Tage vor ihrer Entlassung aus der Krankenstation von einem kleinen Übungsausflug über die Flure zurückkehrte, lag eine eingewickelte Schachtel auf dem Nachttischchen neben ihrem Bett. Unter das Bindeschnürchen war eine kleine Karte geklemmt, darauf stand: »Get well soon! Sincerely yours, Gordon Wade.« Mit vor Aufregung zitternden Händen knüpfte Constanze das Band auf und fand Pralinen von Charbonnel & Walker. Das königliche Wappen prangte auf der Pappe ... By appointment to his majesty the king ... oh, ein Hoflieferant! Constanze war hingerissen. Soso, Gordon Wade hieß also ihr Retter.

Abgesehen davon, dass die Trüffel königlich schmeckten, hatte die ganze Sache für sie einen etwas faden Beigeschmack. Sie wusste jetzt, wie er hieß. Natürlich wollte sie ihm persönlich danken. Aber gleichzeitig hatte sie Angst. Was für eine unendlich peinliche Geschichte! Er hatte sie halb nackt gesehen. Würde sie einem solchen Mann in die Augen schauen können?

In der kurzen Mittagspause kam Gerda sie besuchen. »Na, du krankes Huhn? Was machst du? Übermorgen darfst du gehen, habe ich gehört.«

»Ganz gut. Ich sehe nicht mehr doppelt und der Schwindel ist jetzt auch bei Bewegung weg. Aber warte mal, ich habe da was ...« Constanze langte in die Schublade und holte mit verheißungsvollem Lächeln die Süßigkeiten heraus. »Nimm! Sind großartig!«

»Donnerwetter! Wie unglaublich lecker«, sagte Gerda und fuhr sich genießerisch mit der Zunge über die Lippen. »Woher hast du die?«

Constanze reichte ihr das Kärtchen.

»Bestimmt von deinem Retter, was? Ein Engländer? Wirklich aufmerksam! War er hier?«

»Ich habe nur die Schachtel vorgefunden. Jetzt gibt es ein Problem. Ich fände gern raus, wo ich ihn finden kann, um mich zu bedanken. Aber ...«

»Das solltest du tun. Was denn, aber?«

»Na, hör mal, er hat mich in der exponiertesten Situation gesehen, die einer Frau passieren kann. Ich wüsste nicht, wie ich ihm begegnen soll.«

»Freundlich, würde ich vorschlagen. Es ist eben passiert. Wie es täglich in Berlin hundertfach passiert. Dafür kann weder er was noch du. Du willst ihm ja keinen Heiratsantrag machen.

Also stell dich nicht so an. Ich kenne ein paar Tommys. Die frag ich.«

Den roten Rock zog Constanze nie wieder an. Später tauschte sie ihn mit einer jungen Krankenschwester, die die gleiche Größe hatte, gegen einen unauffälligen warmen, langen, braunbeige karierten Wollrock. Der zaghafte Versuch, ein bisschen mehr Frau zu sein, ein wenig Normalität, etwas Hübsches in den tristen Nachkriegsalltag zu zaubern, war gründlich danebengegangen. Dennoch sollte dieser grässliche Zwischenfall eine neue Phase in ihrem und auch in Evas Leben einläuten.

19

WISLEY PARK, SURREY, HERBST 1949 – TALLY HO

Sie hatte etwas von Fleur, der edlen Trakehner-Stute ihrer Großmutter Charlotte, diese braune »Irish Flame«. Ihre Galoppsprünge waren geschmeidig und kraftvoll, setzte sie über ein Gatter, eine Hecke, flog sie mühelos, nahm Constanze im Sattel mit, landete stets weich, brachte sie keine Sekunde in Raumnot. Das wäre anders gewesen, hätte sich Constanze überreden lassen, in den traditionellen Damensattel zu steigen. Ihre Weigerung war zwar von der Familie mit dezent angehobenen Brauen quittiert worden, aber letztlich hatte man sie gewähren lassen. Sie war ja eine Deutsche. Nicht vertraut mit den englischen Sitten und Gebräuchen. Und einen Unfall wollte letztlich doch niemand riskieren. Jetzt saß sie sicher im Herrensitz, genoss jede Sekunde und warf Gordon, der entweder dicht neben ihr oder eine halbe Pferdelänge vor ihr ritt, hier und da einen Blick unter dem grobmaschigen Schleier ihres kleinen schwarzen Reitzylinders zu. Einen Blick, dann ein Lächeln, ein Lachen, manchmal einen verzückten Ausruf.

Langsam drang die aufgehende Sonne durch den dichten Morgennebel, brachte die Farben des Herbstes zum ersten

Leuchten. Noch schienen sie wie mit einem dünnen Schleier überzogen, einem Pastellgemälde ähnlich, aber bald würden sie ihre volle Pracht entfaltet haben. Constanze wähnte sich nicht auf der Fuchsjagd, sondern im siebten Himmel. Wie lange war es her, seit sie zum letzten Mal unter dem unendlich weiten ostpreußischen Himmel über die sanften Hügel hinter Gut Warthenberg geritten war? Jahrhunderte schienen vergangen zu sein. Bisweilen hatte sie das Gefühl gehabt, im ewigen Grau des Krieges und der bitteren Nachkriegsjahre begraben zu sein. Wäre Gordon nicht gewesen … sie wäre eine lebendige Tote geblieben.

Ihm allein war es zu verdanken, dass es Eva und ihr an nichts mehr gefehlt hatte. Ebenso unermüdlich wie unaufdringlich hatte Gordon sie beide mit allem versorgt. Die Durchlässigkeit, die es '46 noch in der Stadt gegeben hatte, war so nicht geblieben. Die Russen hatten abgegrenzt, hatten dicht gemacht. Berlin war zur Insel innerhalb der Ostzone geworden. Während die Lebensmittelknappheit in den sowjetisch besetzten Gebieten nicht geringer war als im Westen, wo seit dem 24. Juni '48 die Versorgung der Bevölkerung allein durch die Luftbrücke der Westalliierten gewährleistet werden konnte, ging es ihnen beiden gut.

Standhaft allerdings hatte sich Constanze während all dieser Zeit geweigert, ihre winzige Wohnung aufzugeben und Gordons Angebot für eine komfortablere Unterbringung im britischen Sektor anzunehmen. Constanze wollte um jeden Preis eigenständig bleiben, denn sie wusste nur allzu gut, dass es nicht vollkommen uneigennützige Empathie war, die ihn antrieb. Major Gordon Wade wollte sie für sich gewinnen. Er hatte sich unsterblich in sie verliebt. Gut hätte sie daran getan, sich ebenso unsterblich in ihn zu verlieben. Er war der feinste Kerl, den sie sich ausmalen konnte. Stets höflich, dabei charmant, gebildet, zudem ausgesprochen gut aussehend. Außerdem teilten sie denselben Humor, konnten frei und herzlich miteinander lachen, teilten sogar eine gemeinsame Weltsicht. Eva liebte ihn geradezu abgöttisch. Und Constanze hätte sich kaum etwas mehr gewünscht, als ihn auch lieben zu können. Er hätte es weiß Gott verdient gehabt. Aber da war ihr Gelöbnis. Noch immer fühlte sie sich verheiratet, gebunden. Clemens spürte sie in jeder Vene, jedem Muskel, jedem Knochen, jeder Hirnwindung. Mehr noch: Sie spürte ihn im Herzen. Sosehr sie auch ihren Kopf bemühte, sich wieder und wieder klarmachte, dass das Leben es großartig mit ihr meinte, sie nur hätte über den eigenen Schatten springen müssen, sich selbst eine blöde, undankbare Kuh schimpfte ... sie konnte sich nicht lösen. Gordon blieb geduldig. »Wenn ich schon nicht dein Mann sein darf, lass mich wenigstens dein bester Freund sein.«

Das war er! Damit konnte sie leben. Aber immer häufiger plagten sie Gewissensbisse, weil sie ihm nicht geben konnte, was er so sehr ersehnte: ihr Herz.

»Attention, Constance!«, rief Gordon. »Hinter dem nächsten Hindernis lauert ein Abhang. Lass die Stute machen, sie kann das.«

Weit beugte Constanze sich auf den Pferdehals hinunter, schob den Po flach im Sattel zurück, gab der Stute die Zügel so weit, dass sie sie nicht in der Bewegung störte und dennoch die Kandarenstange zur Unterstützung beim Landen würde nutzen können. Fest schloss sie die Knie gegen die Sattelpauschen ... und für einen schrecklichen Augenblick – mitten im Fluge – die Augen. Gordons Warnung war gerechtfertigt gewesen. Wahrhaftig keine einfache Stelle, dieses zu überspringende Gebüsch, aber ... Aufatmen ... kein Problem für die trittsichere Stute. Constanze klopfte begeistert ihren Hals, bekam ein sanftes Prusten geschenkt. Vor ihnen der Master und der Houndsman, hinter ihnen, teils schon weit abgeschlagen, das ganze Feld von sicher rund hundert Reitern. Die Meute kläffte hektisch, legte hechelnd ein atemberaubendes Tempo vor, tat so, als sei die Fährte längst gefunden, während es wieder, schwebend leicht, über die weite, grasbewachsene Ebene ging. Zeit zum Genießen, Zeit zum Nachdenken und Revue passieren lassen.

Ein sehr besonderer Tag hatte sie am Ende doch weich werden lassen. Es war im Juli des vergangenen Jahres gewesen, als Gordon tagelang ziemlich rumgeheimnist hatte und sie schließlich an einem heißen Sonntag zusammen mit Eva in sein überraschend komfortables militärisches Dienstfahrzeug lud, um sie in die Nähe von Mölln ins britisch besetzte Schleswig-Holstein zu chauffieren. Hübsch war die Landschaft gewesen und Constanze hatte zunächst ganz vergnügt gedacht, er wolle nur einen schönen Ausflug mit ihnen machen. Als er dann auf die lange Eichenallee zu dem herrlichen Gehöft eingebogen war, das man dort in der Ferne schimmern sah, hatte sie gewusst, es gab ein spezielles Ziel. Riesige Scheunen, voll mit goldenem Korn aus einer guten Ernte, geschäftiges Treiben auf dem Hof. Fast wie damals zu Hause. Er war ausgestiegen, sprach mit einem Mann, der das Sagen zu haben schien. Dem rutschte beinahe erst der rechte Arm in die Höhe (Charlotte musste grinsen), dann grüßte er den uniformierten Gordon militärisch und wies, sie konnte es genau sehen, auf irgendeinen Platz hinter den Pferdeställen. Gordon kam zurück zum Wagen. »Steigt aus, Ladys. Wir machen jetzt einen Besuch!«

Das anderthalbstöckige Häuschen lag in einem verwilderten Garten. Windschief der Zaun, windschief der Giebel, bedenklich tief eingesunken das Dach, duckte es sich in den Schatten mächtiger Kastanien. Der schmale Plattenweg zum Eingang war gesäumt mit blau blühenden Wegwarten und in den Fensterbänken leuchteten rote Sommer-Adonisröschen.

Wildblumen ... hier schien jemand ein Händchen dafür zu haben, auch in mageren Zeiten etwas Schönheit in den Alltag zu pflanzen. Ein Bänkchen stand neben der niedrigen Haustür, deren morsche Oberfläche schon lange keine frische Farbe mehr bekommen hatte. Gordon klopfte und Constanze sah Holzmehl rieseln. Von drinnen schien irgendjemand aus Leibeskräften an der Tür zu ruckeln und zu zerren. Mit harschem Knarzen gab sie schließlich nach und gewährte einem Sonnenstrahl Eintritt in die düstere, winzige Diele. Ein kleines Mädchen in ausgetretenen Sandalen und einer Schürze überm viel zu engen Kleidchen stand im Eingang. »Zu wem wollen Sie?«

Constanze hielt die Luft an. Ja! Zu wem wollten sie?

»Guten Tag, kleines Fräulein. Zu Frau von Warthenberg!«, sagte Gordon und Constanzes Herz setzte einen Schlag aus. Sie wusste zwar, er hatte alle Hebel in Bewegung gesetzt, ihre Familie zu finden. Aber kein Wort verlauten lassen, *dass* er sie gefunden hatte.

»Warten Sie hier«, sagte die Kleine, machte einen Knicks und warf die Tür wieder zu.

»Oh, Gordon!«, seufzte Constanze. »Du bist so wundervoll!«

»Das ist er, das ist er übrigens immer«, naseweiste Eva und knuffte Constanze kichernd in die Seite. Sie wusste, wie Evchen dachte, und warf ihr einen nur halb ernsten Vorwurfsblick zu. Gordon schaute konzentriert zu Boden, aber sie konnte ein Lächeln um seine Mundwinkel spielen sehen.

Constanzes Gedanken tanzten einen irren Reigen, während sie warteten. Die Gutsherrin. Das war Charlotte gewesen. Eine kluge, empathische Herrscherin über Wälder, Äcker, Wiesen, Seen, Vieh. Und so viele Seelen. Charlotte von Warthenberg gehörte in das schönste, beeindruckendste Landgut des gesamten Bartensteiner Landes. Was machte sie hier, in dieser Kate? Hier gehörte sie nicht hin. Krieg den Palästen? Danke, Biologenkollege Büchner, das hatten wir schon. Friede den

Hütten! Hoffentlich herrschte wenigstens Frieden in dieser Hütte, hoffentlich war sie nicht von der gerechten Herrscherin zur unrecht Unterdrückten geworden.

Dann wurde die Tür geöffnet. Dieses Mal mit einem einzigen kräftigen Zug.

Und es war plötzlich egal, wo Charlotte von Warthenberg lebte. Sie war geblieben, wer sie, was sie gewesen war. Eine stolze, aufrechte, schöne alte Dame.

»Constanze … Evchen …«

Sie fielen sich um den Hals. Ließen sich nicht mehr los und weinten sich alle drei Ströme von ungestillter Sehnsucht aus den Herzen.

Gordon stand ausgeschlossen daneben. Erst als die Tränen getrocknet waren, Charlotte einen fragenden Blick warf, kam Constanze genügend wieder zu sich, um den Freund vorzustellen. »Ohne ihn hätten wir in Berlin die letzte Zeit kaum so gut überstanden, Großmutter. Und ihm ist es zu verdanken, dass wir jetzt bei dir sein können.«

In der ihr so eigenen Art der überwältigend freundlichen Gastgeberin begrüßte ihn Charlotte. »Major Wade, seien Sie mir herzlich willkommen! Ich wünschte, ich könnte einen angemesseneren Hintergrund bieten, aber der Lauf der Zeit wollte es so, wie es ist.« Sie zeigte in einer unbestimmten Bewegung um sich herum, aber Gordon schien nur ihre immer noch so leuchtend blauen, klaren Augen wahrzunehmen und wirkte auf Constanze ganz gefangen von Großmutters Charme. So war das immer gewesen. Und so würde es hoffentlich noch ewig bleiben.

»Es ist nicht wichtig, in welcher Umgebung Größe und Schönheit blühen, gnädige Frau. Möglicherweise strahlen sie noch viel heller, wenn das Surrounding … sorry, mir fehlt das deutsche Wort, ich übe noch … so heruntergekommen ist.«

»Oh, da mag etwas dran sein, Sir, vor einem hässlichen Hintergrund wirkt vieles schöner, als es ist«, lachte Charlotte und wandte sich nun auch wieder an Constanze und Evchen. »Kommt, Kinder, kommt alle, ich habe noch ein kleines bisschen Kaffee, wenn wir den mit etwas Zichorien-Kaffeeersatz mischen, haben wir alle was. Ihr seht ja, meine hübschen Wegwarten sind fleißig. Ich mache ihn selbst aus den Wurzeln, müsst ihr wissen.«

»Typisch du, Großmutter!«, neckte Constanze sie und Gordon warf ein: »Nicht nötig, Vorräte zu verschleudern, Ma'am. Ich habe vier Pfund Kaffee mitgebracht und ...« Er reichte ihr sein Gastgeschenk. »Es wäre fantastisch, wenn Sie uns ein Tässchen brühen könnten. Vielleicht mögen Sie auch die Shortbreads?«

»Fast wie Anhalterkuchen ... sooo süß und reichlich Butter«, sagte Constanze wenig später mit einem Zwinkern, als sie alle auf den altersschwachen Klappstühlen vor dem Haus Platz genommen hatten und sich Kaffee und Kekse schmecken ließen. Constanze bemerkte, dass Charlotte einen wohlgefälligen Blick auf Gordon ruhen ließ, und fuhr mit dem fort, was ihr am meisten auf dem Herzen brannte. »Sag, Großmutter, wo ist Armin, wo sind ...?«

Charlottes Augen zuckten für einen Moment unstet, ehe sie erwiderte: »Armin ist auf dem Acker. Du siehst doch, Kind, Weizenernte. Da gibt es keinen Sonntag für junge Männer. Er wird gegen Abend zurückkommen. Zusammen mit Arndt Friedrich übrigens, den ich mit Ach und Krach vor dem Volkssturm retten konnte. Mein Gott, vierzehn war der Bub. Bei mir zu Besuch, um uns Anfang Januar fünfundvierzig beim Holzeinschlag ein bisschen behilflich zu sein. Da konnten wir noch nicht ahnen ... angeblich waren wir ja in Ostpreußen sicher wie in Abrahams Schoß. Es war einfach so, dass sie mir alle tauglichen erwachsenen Männer eingezogen hatten. Abgesehen von Armin, der als Leiter des riesigen ›kriegswichtigen‹, weil für die Versorgung nötigen Betriebes freigestellt war, waren wir nur noch Frauen auf dem Gut. Sie können die beiden hier genauso gut gebrauchen wie die meisten meiner Mädchen auch. Alle verstehen sie was von der Landwirtschaft, können beinahe wie die Kerle zufassen und scheuen keine Mühen. Achtundvierzig habe ich mitgebracht und fünfunddreißig sind hier unter. Das macht mich sehr glücklich. In diesem Häuschen hier leben wir zu zwölft auf achtundfünfzig Quadratmetern. Früher hat es der Melker bewohnt. Den haben sich die Russen gegriffen und er kann von Glück sagen, wenn er in einer Kolchose untergekommen ist. Wahrscheinlicher ist es allerdings, dass er irgendwo in einem sibirischen Bergwerk gelandet ist. Wiederkommen wird er jedenfalls so schnell nicht und folglich ist Platz für uns. Ach, na ja, die Unterkunft ist vielleicht ein wenig spartanisch und eng … wir wurden zugeteilt, freiwillig haben sie uns natürlich nicht genommen, sind also nicht unbedingt glücklich, dass wir hier sind, und entsprechend wenig freundlich. Aber auch Holstein hat der Krieg genügend Männer gekostet. Im Grunde kann der Herrin des Betriebes jede Hand nützlich sein. Sie wird's schon noch irgendwann zu schätzen lernen, dass wir da sind, denn wir sind still und fleißig und klagen nie. Ich selbst helfe in der Küche, im Garten, im Hühnerstall. Die Jüngste bin ich ja nicht mehr, aber ich tue, was meine Kräfte hergeben. Kinder, ich finde, besser als tot ist die Sache hier doch allemal, nicht wahr?«

Gordons Gesichtszüge entgleisten ein wenig, er warf einen Blick auf die schäbige Kate, mochte sich die Wohnsituation ausmalen.

Constanze nickte. »Da hast du recht. Und Raum kann in der kleinsten Hütte sein. Wir hatten in Berlin eine Weile sieben Quadratmeter zu dritt, und es ging prima. Wie wunderbar, dass Arndt bei euch ist! Aber erzähl doch endlich, was ist mit den anderen? Vater, Mutter, Justus, Anne? Ich habe eine Suchanfrage über das Rote Kreuz gestellt, aber bisher nichts gehört. Sie haben Millionen Suchende. Es kann ja dauern, bis sie die Menschen wieder zusammengeführt haben. Weißt du vielleicht etwas über sie, Großmutter?«

Die Hunde waren zwischen dornigen Hecken durchgebrochen. Dahinter hörte man sie wie die Verrückten bellen. Der Master hob die Hand, stoppte die Reiter, ließ den Houndsman sich als Ersten durch das Gestrüpp winden, folgte ihm, winkte sie Augenblicke später hinterher. Jetzt wusste Constanze, warum so viele der Pferde am Morgen die Beine und Schweife mit Hirschtalg eingerieben bekommen hatten. Die Dornen griffen nach dem Stoff ihrer Hosen, nach den eleganten Schößen ihres Reitjacketts, fassten nach dem groben Netz ihres Schleiers. Die Pferde aber blieben unverletzt, an der Talgschicht glitt alles ab.

Erneut war Charlotte damals auf die wirklich wichtigen Fragen Constanzes nicht eingegangen. Auch an ihr schienen sie unbemerkt abgeglitten zu sein. Es war Constanze vorgekommen, als würde es ein mindestens so dorniger Weg zu klaren Erkenntnissen werden, wie es gerade dieser Durchschlupf hinüber auf die nächste freie Fläche gewesen war.

Die Hunde waren weitergehetzt, der Houndsman brüllte: »Tally ho!« Verflucht! Jetzt hatten sie ihn aufgespürt. Am Horizont meinte Constanze die Umrisse des fliehenden Fuchses zu erkennen, das Feld folgte jetzt, nach dem Durchqueren des unangenehmen Hindernisses, im engen Pulk. Die Stute schien das nicht zu mögen und versuchte, sich in enormen Sprüngen vorwärts abzusetzen. Gordon blieb an Constanzes Seite. Sein mächtiger Hunter zeigte genauso wenig Ermüdungserscheinungen wie »Irish Flame«. Bald schon hatten sie wieder zum Master aufgeschlossen, das vielhundertfache Schlagen der Hufe hinter ihnen war leiser geworden, dafür gellte das jagdbesessene Hundegebell ihr in den Ohren.

Sie würden ihn zu Tode hetzen. Constanze wusste das. In Deutschland gab es diese Form der Jagd nicht mehr, seit

Adolf Hitler die Macht übernommen hatte. Die bereits eingetroffenen, fürstlich bewirteten engeren Freunde der Familie hatten gestern Nachmittag beim Tee in zwar höflicher, aber etwas pikierter Weise auf Constanzes Hinweis reagiert. »Well ... a vegetarian and doglover like Mr. Hitler always seemed to treat animals better than humans ... especially jews ...«, hatte Gordons Londoner Cousin Robert mit einem vielsagenden Blick süffisant angemerkt und Constanze damit mundtot gemacht. Innerlich schüttelte sie sich immer noch. Gott sei Dank hatte Robert wenigstens nicht verallgemeinert und gleich alle Deutschen über einen Kamm geschoren. Das war täglich Constanzes Angst, seit sie mit Gordon in England weilte. Wie weit trug sie Schuld? Persönliche Schuld? War sie eine Feindin? Wurde sie so wahrgenommen? Im engen Familienkreis hatte sie diesen Eindruck nicht, man hatte sie mit offenen Armen und aufrichtiger Freundlichkeit aufgenommen. Hier draußen auf dem Lande war der Zivilbevölkerung nicht viel geschehen, die Dörfer lagen unbenommen eingebettet in die märchenhaft pittoreske Landschaft. Aber Robert, in dessen Bankhaus Gordon im zivilen Leben eine führende Position innehatte, lag tagtäglich das von deutschen Bombern zerstörte London vor Augen. Constanze konnte sich vorstellen, die Metropole würde nicht besser aussehen als Berlin. Dass da Wut war, das konnte sie verstehen. Und fürchtete, diese Wut würde sich über kurz oder lang an ihrer Person austoben, weil sie nun einmal deutsch und da war.

Pscht, Constanze, sagte sie sich. Nicht jetzt darüber nachdenken, nicht diesen Tag zerstören. Später! Eins wusste sie jedenfalls, seit sie gestern über den traditionellen Ablauf des heutigen Tages aufgeklärt worden war: Beim Finale dieser Jagd würde sie sich hübsch verkrümeln. Meister Reineckes Tod wollte sie gewiss nicht miterleben, ganz sicher nicht zusehen, wenn die Meute ihn zerriss. Aber die Reiterei, die wollte sie genießen.

Typisch deutsch? Mitspielen, solange es Spaß macht, und wegschauen, wenn es jemandem ernsthaft an den Kragen geht? An den roten Kragen zumal? Verdammt! Schämen. Immerzu schämen? Nicht jetzt!!!

Lieber noch einmal zurückdenken an diesen Tag in Schleswig-Holstein!

Charlottes Blick ging mit einem Zwinkern zwischen Gordon und Constanze hin und her. Zweifellos zog sie die falschen Schlüsse. Himmel, wenn man sie doch irgendwie allein beiseitenehmen könnte, überlegte Constanze und fand für ihren Verdacht schon in Großmutters nächstem Satz Bestätigung.

»Erzähl doch erst mal von dir, mein Mädchen ... oder besser von euch. Du bist auch nicht mehr die verwöhnte junge Dame aus Königsberg, oder? Was hast du inzwischen erlebt, wie hast du dich über Wasser gehalten, bis du auf Major Wade getroffen bist? Gewiss warst du genauso wenig auf Rosen gebettet wie wir. Sich bescheiden, froh sein, dass man davongekommen ist, und alles versuchen, um das Leben sinnvoll neu aufzubauen. So gehts doch Hunderttausenden. Die Güter sind futsch, was Generationen aufgebaut haben, ist für immer Geschichte, viele und vieles haben wir verloren, aber wir leben noch. So what? Schauen wir doch besser voran. Du scheinst es ja bereits zu tun.«

Hatte sie sich also der englischen Besatzersprache schon angepasst. Oder tat sie das nur für den Gast, von dem sie glaubte, er würde jetzt zur Familie gehören? Constanze wäre gern dazwischengefahren, wollte sich erklären, das Verhältnis zu Gordon klarstellen, ihre Einstellung zum Verlorenen darlegen, sich dazu bekennen, dass sie durchaus nicht voran-, sondern immer nur zurückschaute, aber sie kam nicht dazu.

Gordon lachte. »Sie sind eine bewundernswerte Dame, Ma'am! Würden Sie uns ein wenig von den Ereignissen auf der Flucht berichten? Wie ist es Ihnen ergangen?«

Charlotte wiegte zögerlich den Kopf. Constanze ärgerte sich maßlos, dass sie keine Chance bekam, ahnte gleichzeitig, Gordon rührte jetzt an etwas, das Großmutter wahrscheinlich gern für eine lange Weile in die hinterste Ecke ihres Bewusstseins geschoben hätte. Tatsächlich fasste sie sich kurz mit ihrem Bericht, dramatisierte nichts, versuchte, so gut es ging, Emotionen zu vermeiden. Wenige Verluste hatte Charlotte während des Trecks erlitten, und man merkte ihr an, dass sie stolz war auf das, was sie trotz der – ihr offenbar angemessen vorkommenden – Bescheidenheit dennoch als die größte Leistung ihres bisherigen Lebens bezeichnete. »Aber man weiß ja nie, was noch kommt …«, schloss sie ihren Bericht und schaute jetzt Constanze auffordernd an. »Nun erzähl du, Kind!«

Keine Antworten auf ihre drängenden Fragen. Constanze seufzte und spürte, dass Gordon sanft über ihren Ellenbogen strich. »Du möchtest ein Weilchen mit deiner Großmutter allein sprechen, don't you?«

Dankbar schaute sie ihn an und nickte verlegen. Er war so unglaublich einfühlsam. Ach, Gordon … ich müsste dich lieben, dachte sie.

»Wenn die Ladys nichts dagegen haben, würde ich mir gern mit Eva zusammen ein wenig das Gut anschauen«, sagte Gordon und fügte grinsend hinzu: »Man wird nicht wagen, mich zu verscheuchen, schließlich sind wir die Chefs in diesem Schleswig-Holstein.«

»Gehen Sie nur, Sir«, sagte Charlotte amüsiert und nahm direkt neben Constanze Platz, sobald Gordon sich erhoben hatte.

Ein Weilchen sahen sie schweigend den beiden hinterher, wie sie in Richtung der Wirtschaftsgebäude verschwanden. Eva hatte ihre Hand vertrauensvoll in seine gelegt.

»Was für ein wunderbarer Mann, Constanze«, sagte Charlotte versonnen lächelnd. »Du hattest schon immer ein Riesenglück mit deinen Männern.«

»Er ist nicht mein Mann, Großmutter!«

»Ist er nicht? Ich dachte ... ich meine, dass er dich anbetet, sieht doch ein blinder Soldat ohne Krücke. Ich begreife das gar nicht. Was steht denn zwischen euch?«

»Clemens!«

Einen Augenblick rang Charlotte hörbar nach Luft. »Clemens? Kind, ich bitte dich! Clemens ist seit Jahren tot. Du kannst diesen fürchterlichen Verlust betrauern. Das ist gut und richtig und wir alle, die diese Schweinerei überlebt haben und ihn kannten, werden ihn ein Leben lang betrauern. Aber du bist noch jung. Dein Leben geht weiter. Und Clemens hätte niemals gewollt, dass du dich lebendig begräbst. Dafür hat er dich viel zu sehr geliebt. Du musst ihn loslassen. Er würde keine Ruhe finden, wüsste er, wie du dich quälst. Gib dem Leben eine neue Chance. Lass die Vergangenheit Vergangenheit sein. Sie soll einen Platz in deinem Herzen haben. Das wird auch Gordon verstehen. Aber es ist Raum für mehr als diesen einen Mann dort.«

»Ich kann nicht.«

»Mein liebes Mädchen ...« Charlotte hatte nach Constanzes Hand gegriffen und hielt sie fest. »Du hast Evchen, Clemens lebt in seiner entzückenden Tochter weiter. Und sie braucht einen Vater. Dieser Mann da, der dich hergebracht hat, wäre ein vorzüglicher Vater für Clemens' Tochter. Hast du nicht gesehen, wie sie ihn anhimmelt? Wir beide, mein Schatz, haben unsere Söhne verloren ...«

Constanze fuhr auf. »Vater ist tot? Nein, bitte, sag, dass das nicht wahr ist!«

Tränen schossen ihr in die Augen. Sie suchte an den Schultern ihrer Großmutter Halt. Charlotte schlang fest beide

Arme um sie, streichelte sanft ihren Rücken. »Sie haben den Untergang Königsbergs nicht überlebt. Nicht deine Eltern und auch nicht Anne. Nur Armin und Arndt konnte ich retten. Und ich bin selig, dass wenigstens das gelang.«

»Und Justus? Mein wunderbarer großer, starker Bruder Justus?« Constanze hielt die Luft an, zog den Kopf zwischen die Schultern wie eine Schildkröte in Erwartung eines Hiebes auf den schützenden Panzer, fürchtete die Worte: Justus auch. Aber sie kamen nicht. Langsam löste sich Charlotte von ihr, legte eine Hand unter ihr Kinn, hob Constanzes gesenkten Kopf. Sie sah ihr ins Gesicht, das spürte sie. Aber Constanze wagte nicht, die Lider zu heben. Bitte nicht!

»Sieh mich an!«

Sie schüttelte den Kopf, neue Weinkrämpfe rüttelten ihren Körper.

»Sieh mich an, Kind.«

Tief ein. Und aus. Dann öffnete sie die Augen und sah nicht gebeugten Gram, sondern Hoffnung.

»Wir wissen, dass er in den Tagen der Vernichtung Danzigs in russische Gefangenschaft geraten ist. Aber er lebt.«

Kräftig blies Constanze die Luft aus. Clemens, die Eltern, die entzückende Schwägerin Anne … tot. Unwiederbringlich. Aber der geliebte Bruder nicht! Wie konnte diese Glückseligkeit, dieses Herzjubeln sein? Hatte die Waagschale, in der das Leben eines Einzigen lag, plötzlich so viel mehr Gewicht als jene, die all die geliebten Toten trug?

Tally ho!

Da waren sie, hinter ihnen knäulte sich das Feld der Reiter. Blutrünstige Gesellschaft, dachte Constanze mit Abscheu. War es jetzt schon an der Zeit, sich aus dem Staub zu machen? Der Fuchs schien über unendlich viel Kraft und Ausdauer zu verfügen, narrte die Hunde immer wieder, verschwand plötzlich wie vom Erdboden verschluckt in einem Gebüsch, tauchte wenig später abseits der Laufroute der Meute wieder auf, bewegte sich im Zickzack über die herbstlichen Wiesen.

Constanze hielt sich mit der Stute zwar immer noch an der Spitze, aber war nun jederzeit bereit, abzubiegen, um das finale Spektakel nicht erleben zu müssen. Jetzt war es nur noch eine Frage der Zeit. Gordon ritt bei ihr. Er wusste, welchen Abscheu sie für diesen Teil der Veranstaltung empfand, und zeigte Verständnis.

Plötzlich, wie aus dem Nichts, kreuzte der Fuchs direkt vor Constanze auf. Ins lange, dürre Gras geduckt, schoss er vor den Hufen der Stute nach rechts weg in eine kleine Hecke.

Typisch deutsch? Mitspielen, solange es Spaß macht, und wegschauen, wenn es jemandem ernsthaft an den Kragen geht?

Nein!

Damals nicht in Sobbowitz mit Gerda, Antoni und Sophie im Lieferwagen.

Heute nicht.

Und nie mehr wieder!

Constanze parierte »Irish Flame« zum Halt, drehte das Pferd dem heranrasenden Pulk zu, wedelte wild mit der Linken, brüllte »Tally ho!« und wies den Weg geradeaus.

Alles stürmte mit Mordlust in den Augen an ihnen vorbei und die dummen Hunde hielten weiterhin stramm direkt auf ein Wäldchen am Horizont zu. Die Stute tänzelte ein wenig, wollte hinterher, aber ihre Reiterin hielt sie zurück, tätschelte beruhigend den schweißglänzenden, gewölbten Hals. »Ho, ruhig, mein Mädchen! Du hast es wundervoll gemacht. Wir sind fertig und gehen gleich nach Hause.«

Sie schien zuzuhören, entspannte sich, sobald das Feld sich mehr und mehr entfernte. Constanze ließ die Zügel lang. Ein Fehler, denn im nächsten Augenblick hätte sie beinahe im Gras gesessen. Ein leises Kraschpeln im Gesträuch ... und mit einem gewaltigen Satz sprang die Stute beiseite. Der Schreckmoment war kurz, Constanze saß schon wieder fest im Sattel. Zwischen dornigen Zweigen blickten sie die bernsteinfarbenen Augen des Fuchses an. Er schien ihr zuzuzwinkern. Sie tauschte einen Blick mit Gordon und hob mit einem verschmitzten Lächeln den Zeigefinger an ihre Lippen. Er nickte.

In aller Ruhe und völliger Einigkeit wendeten beide die Pferde. Drehten sich erst wieder um, als sie das Gefühl hatten, dem Burschen genug Raum zur Flucht gelassen zu haben. Anscheinend unbeeindruckt trabte er in Richtung eines munter dahinströmenden Baches. Gordon zog einen Feldstecher aus seiner Gürteltasche, schaute hindurch und reichte ihn Constanze mit einem zufriedenen Grinsen. »Schau, was er macht, der pfiffige Kerl.«

Der Fuchs kletterte geschickt über das steinige Ufer, stieg stracks in die Fluten, durchschwamm das vielleicht zehn Meter breite Flüsschen und verschwand auf der anderen Seite im Dickicht. Das tosende Wasser hatte seine Spur verwischt, noch ehe die Meute ihren Fehler bemerkt haben würde.

Constanze brach in triumphierendes Gelächter aus. »Es ist, wie es immer ist, nicht wahr, Gordon? Da muss nur einer möglichst laut brüllen und zeigen, wo es langgeht, und alles rennt begeistert los.«

Gordon prustete. »Wenn sie wüssten, dass ausgerechnet eine Deutsche ihnen das ersehnte traditionelle Blutbad vermasselt hat, wüssten sich die Engländer wieder mal in ihrem Hass bestätigt.«

»Du auch?«

»Nein, ich liebe dich!«

Es war so viel Zärtlichkeit in seinem Blick. So viel Aufrichtigkeit, Anerkennung … und Hoffnung. Es war das erste Mal. Aber heute brachte Constanze es endlich über die

Lippen und es kam aus vollem Herzen. »Ich liebe dich auch, Gordon!«

Er nahm die Zügel in eine Hand, griff nach ihrer Linken. »Tally ho«, rief er lachend. »Ich habe eine deutsche Füchsin erjagt.«

Dann gab er seinem Hunter die Sporen, riss Constanze einfach mit und die Stute fiel begeistert in den ausgelassenen Galopp ein.

20

WISLEY PARK, SURREY, HERBST 1949 – DAS SCHÖNE TIER

»Juchhu, ihr seid ja schon da«, jubelte Eva. »Ich habe immer geschaut, ob jemand kommt. Habt ihr gewonnen? Auf die anderen warten sie hier alle noch. Ich glaube, George ist heilfroh, dass seine Mama zurück ist.«

Eva nahm Constanze die Zügel aus der Hand und hielt ihr den Kleinen entgegen. »Lass nur, Mama, ich bringe das Pferd mit Gordon weg. Ich glaube, George ist nach Muttermilch. Das Fläschchen spuckt er immer wieder aus. Aber frisch gewickelt habe ich ihn gerade.«

Kaum wurde das Baby ihrer gewahr, änderte sich sein etwas missmutiger Gesichtsausdruck. Er strahlte sie an, streckte ihr die Ärmchen entgegen. Constanze nahm ihren Sohn zärtlich entgegen, murmelte eine Larifari-Erklärung für ihre frühe Heimkehr, lobte Eva (die beste Schwester, die ein kleiner Junge sich wünschen kann!), streichelte der Stute noch einmal über den Hals und wandte sich dann ganz dem kleinen George zu. Gordon, ganz stolzester Vater der Welt, küsste ihm die flaumweiche Stirn, sagte liebevoll: »Tapferer kleiner Mann! Kaum sechs Monate alt und schon stundenlang ohne Mutters Milch.

Das war heute wirklich ganz schön viel verlangt, mein Sohn. Aber schau, nun ist sie ja da und alles ist gut.«

Wie er ihn vergötterte! Es war rührend, wie er mit ihm umging, ach, wie er mit beiden Kindern umging. Constanze blickte Eva und Gordon noch einmal nach, während sie die Freitreppe zu Wisley Park House hinaufstieg. Eva hinkte kaum noch. Wer nichts von ihrer Behinderung wusste, bemerkte es gar nicht. Seit Gordon sich so akribisch darum kümmerte, dass sie immer passendes Schuhwerk hatte, war es viel besser geworden. Sie war jetzt ein Backfisch und neuerdings ziemlich auf ihr Äußeres bedacht. Constanze wusste um ihre Befürchtungen, später womöglich abgelehnt zu werden, wenn ein Mann ihren Fuß sah. Gordon gab ihr Selbstsicherheit, ganz locker ging sie mit ihm um, vertraute ihm blind, aber sobald sie die Strümpfe auszog, durfte nicht mal mehr er hinsehen.

Gleichzeitig drehten sich die beiden jetzt um, als hätten sie ihren Blick gefühlt, und winkten ihr ausgelassen zu, ehe sie in Richtung Stallungen verschwanden. Constanzes Herz war übervoll von Glück.

In der Halle herrschte geschäftiges Treiben. Das Personal wartete auf das Eintreffen der gesamten Jagdgesellschaft und war mit letzten Vorbereitungen für die Bewirtung beschäftigt. Draußen im Park, auf der Rückseite des herrlichen alten Landsitzes, steckten schon seit vielen Stunden Wildschweine am Spieß. Der Duft zog herein. Constanze spürte, dass der forsche Ritt sie hungrig gemacht hatte, aber zunächst musste George zu seinem Recht kommen. Sie lief die Treppe hinauf zu den Räumen, die sie mit Gordon und Eva bewohnte, wenn sie hier waren. Vier Zimmer, alle miteinander verbunden, geschmackvoll und gemütlich eingerichtet, zwei Bäder, eins für Gordon und sie, ein kleineres für Evchen ganz allein. Dazu aufmerksames, freundliches Personal, das immer da zu sein schien, wenn man es brauchte, und ansonsten wahrscheinlich in Tarnkappen unterwegs war, so unsichtbar, wie die Leute werden konnten. Ein äußerst unnachgiebiger Butler namens Thompson schulte sie und duldete keine Fehler. Das Wohlergehen seiner »Herrschaft« war ihm vermutlich wichtiger als das eigene Leben. Alles in allem jedenfalls luxuriöse Umstände! Constanze hatte sich zwar schon ein bisschen daran gewöhnt, aber sie empfand noch immer nichts als selbstverständlich, bedankte sich stets außerordentlich freundlich und ließ das Personal spüren, dass sie jede Aufmerksamkeit genoss.

Im Wohnzimmer brannte der gewaltige Kamin und verströmte eine angenehme Wärme. Kaum hatte sie sich mit George auf der Couch niedergelassen, klopfte es dezent und das Hausmädchen Alice erschien auf ihr »Come in, please«. Nur wenige Minuten später brachte sie Tee, Gebäck und Sandwiches als Zwischenmahlzeit vor dem großen Buffet am Nachmittag.

George genoss sichtlich und Constanze nahm das Angebot dankend an, sich nebenbei von Alice aus den Reitstiefeln helfen und den festgesteckten Zylinder abnehmen zu lassen. Dann war sie wieder allein, blickte auf ihren zufrieden nuckelnden Sohn hinunter, der ihr ab und zu ein umwerfendes Lächeln schenkte, um gleich wieder genießerisch die Augen zu schließen.

Es war wundervoll hier. Alles strahlte gelassene Ruhe, Gediegenheit, ungezwungen gelebte Tradition und Freundlichkeit aus. Was für ein Kontrast zum Leben in Berlin!

* * *

Nach dem Besuch bei Charlotte hatte Constanze damals versucht, neu über die ganze Sache mit Gordon nachzudenken, und zudem Gerdas freundschaftlichen Rat eingeholt. Gerda verstand, was Constanze quälte. Natürlich, denn kaum jemand hatte vor Beginn des Krieges außer ihr selbst derart engen Kontakt mit Clemens gepflegt. Ihr konnte sie damals, nachdem sie sich in der Charité wiedergefunden hatten, erzählen, was ihm in Stalingrad passiert war, sie wusste um seine Nächte voller Albträume, seine Selbstanklage. Was Constanze mit Clemens verloren hatte, konnte sie wirklich einschätzen. Sie tat Constanzes Zögern nicht ab, wägte hin und her, erbat sich am Ende ein, zwei Tage Zeit, um gründlich nachzudenken. Und war am dritten Tag mit ihrer Antwort gekommen.

»Liebe kann Angst machen, Constanze«, begann sie, und als die Freundin sie erstaunt ansah, nickte sie heftig und fuhr fort: »Ja, weil wahre Liebe immer einen schrecklichen Begleiter hat. Dieser Begleiter ist die Angst. Die Angst zu verlieren, was man liebt. Du hast Clemens verloren, deinen Sohn Peter. Du hast Erfahrung darin, du hast geübt, weißt genau, wie es sich anfühlt, glaubst nicht mehr daran, dass du deinem Glück vertrauen kannst. Und da wird es schwierig. Ich glaube, du wagst es einfach nicht, Gordon zu lieben, weil du weißt, keine Macht der Welt kann dir garantieren, dass es nicht wieder passiert. Ich denke, es ist pure Verlustangst, die dich hindert, mit offenem Herzen erneut deine Liebe zu schenken. Deine Verletzungen sitzen tief, du willst sie nicht wieder erleben. Gordon ist ein so großartiger Mann, Constanze, etwas Besseres wirst du nirgends finden. Aber gerade weil er so großartig ist und du das genau weißt, traust du dich nicht. Lass deine Angst nicht dein Leben bestimmen. Greif zu und werd glücklich. Du hast nur dieses eine Leben.«

Constanze saß gesenkten Kopfes da und Tränen liefen ihr über die Wangen.

»Und das Leben meines Kindes, für das es das Beste wäre.«

»Oh nein, nein, nein!«, widersprach Gerda. »Schieb nicht dein Kind vor. Das wäre Gordon gegenüber ganz ungerecht. Er gibt einen fantastischen Vater ab, keine Frage. Aber er will dich! Er will in dein Herz. Du musst es ihm aus freien Stücken öffnen, aus voller Überzeugung. Nicht aus pragmatischen

Überlegungen oder Sorge um Eva. Das hätte er nicht verdient. Lass es dir durch den Kopf gehen, und vor allen Dingen befrag deine Gefühle. Ich bin für dich da, wenn du noch reden willst. Aber es ist meine vollste Überzeugung, was ich dir gerade gesagt habe, und ich wüsste ganz ehrlich nicht, was ich dem noch hinzufügen könnte.«

Es hatte Tage gedauert, bis Constanze zuließ, dass Gerdas Worte bis an den Kern ihres Seins herandringen durften. Dann hatte sie gespürt, wie sich zum ersten Mal, seit Justus ihr Clemens' Marke in die Hand gedrückt hatte, eine lange vergessene Weichheit einstellte. Sie tat gut. Sie erinnerte an die Constanze, die sie einmal gewesen war. Das verlorene Urvertrauen in ihr Glück, angekettet in den tiefsten Kellern ihres Innern, hob vorsichtig den Kopf, schaute sie bittend an.

Befrei mich!

Eine Weile zögerte sie, schaute tatenlos hin, wagte nicht den ersten Schritt, stand im Halbdunkel, nur ein Weniges entfernt, unentschlossen, feige.

Constanze, bitte! Eine von Warthenberg ist nicht feige!

Dann streckte sie die Hände vor, straffte die Schultern, hob den Kopf und tat den Schritt.

Ihr war, als löse sie die Fesseln eines struppigen, verwahrlosten, halb verhungerten, eingekerkerten schönen Tieres. Das Urvertrauen reckte sich, streckte sich, rieb sich die wunden Gelenke. Ein bisschen zittrig und unsicher. Aber es würde schon werden. Dankbar schmiegte es sich an.

Es war der erste Arbeitstag seit ihrem Dienstantritt in der Charité, den sie versäumte. Sie saß da, umklammerte ihre Schultern und weinte. Hielt das vergessene schöne Tier im Arm und weinte ihm das Fell nass. Stunden, die vergingen. Und mit jeder Träne schien sich das Fell ein wenig zu glätten, neuer

Glanz in den warmen Augen, neue Vitalität im ausgemergelten Leib.

Als Evchen heimkam, saß sie noch immer so, die Arme um sich selbst geschlungen, die Nase rot, das aufgelöste Haar wirr um den Nacken, die Augen feucht, inzwischen blutunterlaufen, und schniefte.

»O Gott, Mama, was ist passiert?«

Constanze schaute auf. Und lächelte.

»Ich habe einen verloren geglaubten alten Freund wiedergefunden, Evchen. Er ist noch sehr pflegebedürftig, aber ich bin wild entschlossen, alles zu tun, damit es ihm bald besser geht. Nichts Böses also. Ganz im Gegenteil. Alles wird gut! Wir werden auf Gordons Angebot eingehen und am Samstag mit ihm nach England auf Besuch fahren.«

Eva schaute etwas verwirrt. Aber die Botschaft des letzten Satzes, die hatte sie verstanden. Ihr Freudenschrei gellte durchs ganze Hinterhaus. Auf dem winzigen Raum zwischen den beiden Betten im Zimmerchen tanzte sie einen ausgelassenen, wilden »Cha-Cha-Cha«, diesen allerneuesten kubanischen Rhythmus, der über Amerika herangeschwappt war; dann riss sie die Tür auf, fegte über den Flur hinaus auf den Hof und brüllte alle zusammen: »Wir fahren gen Engeland! Hört nur, Leute, gleich Samstag fahren wir gen Engeland! Aber friedlich. Und vergnügt. So was von vergnügt, cha cha cha!«

Constanze lachte befreit auf. Ja. Es war richtig! Sie kraulte dem Vergessenen noch einmal das Fell, bereitete ihm eine kleine erste Mahlzeit aus Hoffnung und Liebe.

Dann hatte sie zu packen begonnen.

Alle Mühe gab sich Constanze, den Vergessenen zu päppeln, und tatsächlich gedieh er von Tag zu Tag besser. Gordon erzählte sie von ihm und er lächelte und verstand. Er verstand auch, dass sie Zeit brauchte, dass es nicht von jetzt auf gleich gehen würde, signalisierte ihr, warten zu wollen, bis sie sich wirklich vollkommen imstande sehen würde. Es war gut gewesen, ihn einzuweihen. Constanze hatte ihm endlich eine Erklärung für ihre Weigerung geliefert, die ihm absolut eingängig erschien, mit der er leben konnte, ohne ständig bei sich nach einer Schuld, nach Fehlern im Umgang mit ihr zu suchen.

Sie wussten beide, dass ihnen nicht mehr viel Zeit bleiben würde, zueinanderzufinden. Im Juli 1948 zeichnete sich ab, dass Gordons Dienstzeit in Berlin sich nicht mehr ewig hinziehen würde, er in Bälde ins zivile Leben zurückkehren sollte. Und das fand nun einmal in England statt. Derweil reiften die Pläne für eine, nein, genauer zwei Staatenbildungen zwischen den alliierten Siegermächten, die Sowjets machten ernst, trennten ihren Bereich von den westlichen Besatzungszonen ab, schlossen nach und nach die Löcher im Berliner Küchensieb, blockierten bereits seit Juni Versorgungswege, nachdem sie argwöhnisch auf die Durchführung der Währungsreform in den Westsektoren geschaut hatten. Wenig später brachten sie selbst eine solche auf den Weg. Mit der Blockade endete auch die gemeinsame Verwaltung Berlins. Wegen zunehmender Störungen durch Parteigänger der SED wurde die Tagung der Stadtverordnetenversammlung am 6. September im Westteil der Stadt abgehalten. In Ostberlin bildete sich daraufhin am 30. November ein eigener, von der SED dominierter Magistrat unter Oberbürgermeister Friedrich Ebert. Damit war die Spaltung der Stadtverwaltung endgültig vollzogen. Berlin, zerteilte Insel mitten im roten Reich, war zum Nachkriegsproblemfall geworden. Nichts war es mehr mit vierfältiger Einigkeit. Aus den westalliierten Siegern wurden während der vielen Monate der Luftbrückenversorgung Freunde; die Russen aber blieben einfach nur Sieger, standen schon bald gegen ihre drei einstigen Verbündeten. Jetzt galt

Ost gegen West. Und Deutschland, Berlin zumal, lag mitten zwischen den Fronten. Gewehrmündungen, Kanonenrohre und Bomberschächte liefen nicht mehr heiß. Aber es blieb ... irgendwie ... Krieg. Kalter Krieg.

Das Eintauchen in die heile, dörfliche englische Welt wurde für Constanze und Eva zu einem regelrechten Kulturschock. Jahrelang hatten sie in einer Trümmerwüste gelebt, wo es keinen Moment, kaum einen Blickwinkel gab, der nicht an das Grauen des Krieges erinnerte, wo es so quälend langsam voranging, wo das tägliche Leben noch immer *Überleben* bedeutete und das Bewusstsein, ohne Gordons Unterstützung ziemlich ärmlich dagestanden zu haben, keinen Moment aus dem Kopf wich und demütig machte. Jetzt hatten sie das Gefühl, endlich angekommen zu sein in diesem Land, einem anderen Land, wo Milch und Honig tatsächlich in Strömen überflossen.

Eva blühte auf, kaum, dass sie den ersten Fuß auf den Grund des Wade'schen Anwesens gesetzt hatte. Das tapfere, beherrschte Mädchen war kaum wiederzuerkennen, war fröhlich, ausgelassen, schloss schnell Freundschaft mit Camilla und Susan, den beiden im Haus lebenden gleichaltrigen Töchtern von Gordons Cousin Robert und dessen Ehefrau Mary, mit der sich Constanze ausgezeichnet verstand. Eva lernte wie eine Besessene Englisch, verbot sogar Constanze, während des einwöchigen Aufenthaltes mit ihr deutsch zu sprechen, war begierig, sich mit der Geschichte und den Traditionen Großbritanniens auseinanderzusetzen, spielte auf der Mundharmonika plötzlich nur noch englische Traditionals und wurde im Nu von der ganzen Familie ins Herz geschlossen.

Auch Constanze machte es niemand schwer. Weder Gordons charmanter Vater James noch seine außerordentlich vornehm wirkende, aber in Wirklichkeit ungeheuer herzliche Mutter Cynthia, die aus altem englischem Landadel stammte und das herrliche Haus mitsamt den ausgedehnten Ländereien mit in die Ehe gebracht hatte. Anscheinend vorurteilsfrei begegneten sie der Deutschen. Nie hatte Constanze den Eindruck, sie versuchten, ihr irgendwelche Vorwürfe zu machen, wenngleich sie immer im Zustand einer gewissen Lauerstellung aus Befürchtungen und Widerspruchsbereitschaft lebte. Allein, jede Angst erwies sich in dieser wundervollen Woche als völlig unbegründet und von Tag zu Tag wagte Constanze es mehr, sich hineinfallen zu lassen in die Harmonie und Sorglosigkeit, die sie plötzlich umfing.

Gordon zeigte sich in Zivil als erheblich entspannter denn in Uniform. Was alles in ihm steckte, davon bekam Constanze einen ersten Geschmack. Sie erlebte ihn in engagierten politischen Diskussionen mit seinem Vater, der sie in seiner geraden und direkten Art an Vater Karl erinnerte. Sie beobachtete, wie er seiner Mutter, die er heiß verehrte, zum Nachmittagstee Blumensträuße wand. Lachte, bis das Zwerchfell wehtat, über seine Witze, wenn er mit der jüngeren Generation beim abendlichen Whisky zusammensaß, bewunderte seine Künste, als sie ihn zum ersten Mal auf dem Pferd sitzen und über die Wälle und Hecken der sanft hügeligen Landschaft fegen sah. Und hatte Hochachtung vor seiner Entschlossenheit, als sie ihn während eines stürmischen Unwetters in Gummistiefel und Wachsjacke steigen sah, um im Wirtschaftshof dabei anzupacken, das Dach des Rinderstalls zu sichern, auf das eine mächtige Ulme gefallen war.

Constanze hatte es nicht im Haus gehalten. Sie war ihm nachgelaufen, hatte schnell begriffen, dass sie nicht würde helfen können, aber war wie angewurzelt unter dem Vordach des Pferdestalls stehen geblieben und hatte zugeschaut, wie die Männer bei hereinbrechender Nacht gegen Sturm und Hagel anarbeiteten. Sie hatte Angst um ihn gehabt, war bei jedem zuckenden Blitz, jedem krachenden Donner zusammengefahren, während sie ihn da oben im schwankenden Dachstuhl nicht aus den Augen ließ. Angst um jemanden haben! Man hatte nur wirklich Angst um Menschen, die einem nah waren. Sehr nah.

Irgendwann hatte es so ausgesehen, als hätten die Männer die Folgen der Naturgewalten im Griff, und sie hatte begonnen, sich etwas zu entspannen. Cynthia war gekommen, hatte ihr den Arm um die Schultern gelegt und sie mit sich zurück ins Haus gezogen. »Komm, du wirst dich hier draußen noch erkälten. Sie werden es schaffen, Constanze. Gordon weiß, was er tut. Just trust!«

Einfach vertrauen. Was für eine Option! Das schöne Tier schnurrte zufrieden.

Als Gordon zurückkehrte, graute der Morgen. Constanze hatte keine ruhige Minute gehabt, hatte auf ihn gewartet, schon zweimal frischen Tee bringen lassen, seinen Lieblingswhisky bereitgehalten. Er kam wie ein Sieger. Abgekämpft, aber rundum zufrieden.

»Du bist noch auf!?«

»Natürlich, Gordon. Ich habe dich gesehen, da oben. Konnte nicht weggehen, dachte immerzu … ich weiß ja, das ist eigentlich Blödsinn … aber ich dachte, wenn ich dich aus den Augen lasse, fällst du womöglich. Ich bin erst gegangen, als deine Mutter mich eingesammelt hat. Aber da wart ihr fast fertig, du schon am Hinunterklettern.«

Er stand da auf feuchten Socken, die Arbeitshose klatschnass bis über die Knie, das blonde Haar an der Stirn festgeklebt. Er hätte den Eindruck eines begossenen Pudels machen können. Doch er wirkte wie der stärkste, selbstbewussteste … und glücklichste Mann.

Constanze brachte ihm ein Handtuch, rubbelte liebevoll sein Haar trocken. Er ließ es geschehen, trank einen Schluck aus dem Whiskyglas, stellte es wieder ab. Dann hielt er ihre Hand fest, nahm ihr das Frotteetuch weg, schaute ihr direkt in die Augen, war ihr ganz nah, näher als je zuvor. Constanze sah das warme Braun, sah den Funken, der da glühte, und hörte das schöne Tier wispern: »Lass es zu!«

Am späten Vormittag erwachte sie in seinen Armen.

Und es war gut.

* * *

Wo blieben die beiden nur? Constanze schaute auf ihre kleine silberne Uhr. Clemens' letztes Geburtstagsgeschenk, das sie immer trug, nur beim Baden sorgsam ablegte. Eine gute halbe Stunde hatte sie in Gedanken und Erinnerungen vertieft verbracht. George war inzwischen selig an ihrer Brust eingeschlummert. Vorsichtig beugte sie sich zu ihm hinunter, küsste lächelnd sein weiches Haar, atmete seinen unnachahmlichen Babyduft und ließ sich noch einmal in die Ereignisse der vergangenen fünfzehn Monate zurückgleiten.

* * *

Sie hatte es schnell geahnt.

Beide Male hatte der Geruch von frisch gebrühtem Kaffee ihr in den Frühschwangerschaften Übelkeit verursacht. Schon sechs Wochen nach der Englandreise überwältigte sie frühmorgens bei Dienstantritt im Pausenräumchen des Labors plötzlich ein unerträglicher Würgereiz, als sie genau diesen Geruch wahrnahm, der ihr noch gestern begeisterte Vorfreude auf ein Tässchen des raren und begehrten Muntermachers gemacht hatte. Gelegentlich kam es vor, dass dankbare Patienten bei ihrer Entlassung dem Personal ein halbes Pfund schenkten. Immer wurde es gern genommen und kameradschaftlich geteilt.

»Entschuldigt mich …«, warf sie noch knapp den Kolleginnen zu und beeilte sich, die Toilette zu erreichen, und »Herzlichen Glückwunsch!« strahlte Gerda nur Stunden später, nachdem sie Constanze ihr Untersuchungsergebnis präsentiert hatte. »Wie das mit dem Kaiserschnitt geht, weißt du ja inzwischen. Es wird auch dieses Mal kein Drama passieren. Schließlich bin auch ich dabei. Du wirst also in den allerbesten Händen sein. Freu dich einfach und nimm es als Wink des Schicksals. Ich hoffe, es erleichtert dir die letzte Entscheidung.«

Die Entscheidung, auf die Gordon nun seit ihrer Rückkehr nach Berlin wartete und der Constanze in letzter Instanz immer noch ausgewichen war. Sie waren als das zurückgekommen, was man ein Liebespaar nennt. Vorsichtig und langsam erlaubten sie nach der ungezügelten Nacht dem zarten Pflänzchen »Liebe«, sich zu entwickeln. Gordon drängte noch immer nicht. Constanze vermutete, es war ihm sonnenklar, dass jedes Bohren zwecklos gewesen wäre. Aber er ließ auch keinen Zweifel daran, dass ihm bewusst war: Es gab nur ein einziges Hindernis, und das war das endgültige Lösen von der Vergangenheit. Wenn Constanze sich überhaupt für einen entscheiden würde, wäre er es. Sie wiederum wusste, er wartete auf ihr Signal. Sobald sie es geben würde, ginge er auf die Knie und machte ihr seinen Heiratsantrag. Noch war dieser Wink von ihr nicht gekommen. Aber jetzt ... unter diesen Umständen?

Evchen hingegen war längst völlig mit sich im Reinen. Für sie gab es kein Zögern, keine Fragen mehr, wo und wie sie den Rest ihres Lebens verbringen wollte. Noch immer lernte sie fleißig Englisch, hatte es schon zu einem beachtlichen Wortschatz gebracht und ließ sich von Gordon unterrichten, sooft sich die drei trafen. Häufig geschah es jetzt, dass sie Gordon »Daddy« nannte. Er ließ es sich gern gefallen. Natürlich, sie brauchte eine Vaterfigur, das verstand Constanze sehr wohl. Dennoch zuckte sie jedes Mal schmerzhaft zusammen, wenn sie es hörte. Wisley Park war zu ihrem erklärten Sehnsuchtsort geworden, von Roberts Töchtern Susan und Camilla hatte sie sich mit den Worten verabschiedet: »Bald bin ich zurück. Und dann komme ich als eine ›Wade‹ und wir bleiben immer und forever zusammen.« Es gab für sie keinerlei Zweifel, dass Gordon sie adoptieren würde, wenn »Mama endlich zur Vernunft gekommen ist«, wie sie es auszudrücken pflegte. Alles, was Englisch war, verehrte sie. Hütete die beiden englischen Lambswoolpullis, die Cynthia ihr für die kühlen Sommerabende gegeben hatte, alle von Gordon ausgeliehenen Bücher in englischer Sprache und eine mitgebrachte Wedgwood-Teetasse samt Untertasse wie Schätze. Zelebrierte den *five o' clock tea* täglich und hatte neuerdings sogar ein Foto des englischen Königs George VI. über ihr Bett gepinnt. »Hat auch deutsche Vorfahren und ist sehr beliebt bei den Briten, Mama, genau wie ich«, hatte sie selbstbewusst gesagt, als Constanze sie ungläubig anschaute.

Ihren Zustand sowohl Eva als auch Gordon noch ein Weilchen zu verbergen, galt in den folgenden Wochen Constanzes ganzes Bestreben. Das schöne Tier murrte derweil. Mit silbrig glänzenden Spitzen im Fell war es nach der Gewitternacht erwacht und hatte sich wohl bereits als völlig genesen empfunden. Kaum aber waren sie zurück in Berlin gewesen, hatten sich in Constanze wieder Trübsinn und Unsicherheit breitgemacht. Was für ein Kontrast zum hübschen, gemütlichen Surrey! Constanze hatte das Gefühl, hier eine ganz andere zu sein. Die Sorglosigkeit, der freie Blick auf die Zukunft, beides Dinge, die sie in England so wohltuend gespürt hatte, wollten einfach nicht bleiben.

Hier war Deutschland. Ostdeutschland. Hier wählte man schon seit '46 nur noch eine Partei, denn es gab ja neben der per Sowjet-Dekret aus KPD und SPD zusammengeschusterten SED keine ernst zu nehmenden Alternativen mehr. Etwa so, wie es vor Kurzem nur die NSDAP gegeben hatte. Letztere im stetigen Kampf gegen das, was jetzt wohl aus Sicht damals führender Köpfe der Todfeind gewesen war. Kommunismus, Bolschewismus hatte es auszurotten gegolten. Merkwürdig, dass dieselben Figuren in den deutschen Amtsstuben sitzen geblieben waren. Sie trugen jetzt nur andere Label, sangen andere Lieder. Und sie grüßten anders. Reparation war das Stichwort, das in der sowjetisch besetzten Zone hohe Beachtung gewann. Überall im zerstörten Land wurden ganze Fabriken und Industrieanlagen abgebaut und in die Sowjetunion verbracht. Wo würden die Menschen arbeiten können, fragte sich Constanze oft. In den von westlichen Alliierten besetzten Zonen passierte so etwas nicht. Zumindest nicht in diesem erschreckenden Maße. Von dort wurden vorwiegend die nutzlos gewordenen Rüstungsschmieden verschifft, deren Zahl Hitler während seiner Regierungszeit ins Unermessliche getrieben hatte.

Zeitungen und Rundfunk berichteten von einem Amerikaner namens Marshall. Auf den Straßen redete man über ihn, schöpfte Hoffnung für eine bessere Zukunft. Marshalls Plan folgend hatte der amerikanische Kongress schon im April ein 12,4-Milliarden-Dollar-Programm verabschiedet, um die darniederliegende Wirtschaft der westeuropäischen Länder wieder auf die Füße zu stellen. Auch die Wirtschaft im Westen Deutschlands.

Constanze lebte nicht im Westen.

Endlich kam er dann doch, der Tag, an dem sie sich morgens beim Aufstehen sagte: Es hat keinen Sinn mehr, etwas verstecken zu wollen. Heute mache ich Nägel mit Köpfen! Charlotte hatte sie kurz zuvor in einem langen Brief voller Zweifel eingeweiht und lediglich eine kurze Antwort bekommen. »Du weißt, wie ich denke. Ich wünsche Euch von Herzen Glück!«

Gerda sagte sowieso nichts mehr zu dem Thema. Constanze genügten ihre Blicke.

An diesem Morgen hatte sich die Übelkeit gelegt. Genauso plötzlich, wie sie immer auftauchte, war sie in jeder

Schwangerschaft auch wieder weggewesen. Sie wusste, war sie weg, kam sie auch nicht mehr wieder. Was für eine Erleichterung! Mühsam war es gewesen, weder Eva noch Gordon gegenüber die Beherrschung zu verlieren, sich nichts anmerken zu lassen. Jetzt fühlte sie sich wohl.

Es war kurz vor sieben, die Straßen noch leer. Ein schöner Tag würde es werden. Die Sonne kroch langsam über die paar bereits frisch renovierten Häusergiebel, tauchte den zarten Oktobernebel auf freigeräumten Baulücken und übrig gebliebenen Trümmerfeldern in ein zartrosa Licht. Fast malerisch, wenn man die Augen etwas zukniff und den Blickwinkel aufs Schöne, Neue eingrenzte.

Heute war ihr nach Schönem, Neuem. Schwungvoll schritt Constanze aus, lief an zwei Zettelwänden vorbei. Hier war immer etwas los. Auch schon in aller Früh. Menschen standen, lasen die endlosen Reihen Vermisstenanzeigen. Die meisten versehen mit einem Foto. Kinder, Männer, Frauen. Viele Kinder. Manche Blätter nur verzweifelte Schreie nach den Liebsten, in möglichst leserlichen Druckbuchstaben verfasst. Ein paar pinnten neue Zettel an. Still waren sie. Mussten nicht reden, um einander zu verstehen. Etwas tun! Wenigstens irgendetwas tun. Die Behörden, der Suchdienst des Roten Kreuzes hoffnungslos überfordert. Hunderttausende, man sagte sogar, mindestens anderthalb Millionen Verschollene, aber so genau wusste es niemand.

War es nicht Glück, wenigstens zu wissen, was aus den Angehörigen geworden war? Dieses Hoffen, Suchen, diese Ungewissheit … manchmal jahrelang; es musste entsetzlich sein und jeden Blick in die Zukunft verstellen. Constanze fühlte so etwas wie Dankbarkeit, nicht zu der Menge gehören zu müssen, die sich täglich in immer neuer Zusammensetzung hier einfand. Nur zu Justus' genauem Verbleib wusste niemand etwas zu sagen. Die Russen gaben keine Listen heraus, und während die westlichen Alliierten längst zahllose Kriegsgefangene in die Heimat entlassen hatten, musste man um jene in den sowjetischen Lagern immer noch bangen. Wann würde er kommen? Das war die einzige offene Frage. *Dass* er kommen würde, stand für Constanze und Charlotte jedoch völlig außer Zweifel. Was auch immer er aushalten musste. Justus konnte das!

Heute Abend aber würde Gordon kommen. Und sie würde es ihm sagen.

Er hatte exakt so reagiert, wie sie es vorausgesehen hatte, als sie seine Hand genommen, flach auf ihren Bauch gelegt und lächelnd gesagt hatte: »Fühl mal, da lebt jemand, der bald einen Vater brauchen wird. Und hier ist seine Mutter, die einen liebenden Mann braucht, der für den Rest des Lebens an ihrer Seite steht.«

Ja, Gordon war auf die Knie gegangen, hatte zu ihr aufgeschaut. »Ich bete dich an, Constanze, willst du meine Frau werden?«

Sie hatte »Ja« gesagt. Und musste furchtbar lachen, als er aufstand, nach seiner Jacke griff und etwas aus der Brusttasche nahm, das schon wer weiß wie lange dort auf diesen Moment gewartet hatte. Es war ein Ring, besetzt mit solchen Diamanten, wie sie sich Constanzes Mutter Luise damals als Hochzeitsgeschenk von Clemens erhofft und nicht zu sehen bekommen hatte.

»Was lachst du?«, fragte er irritiert.

»Oh, Gordon, lebte meine Mutter noch, sie wäre völlig von den Socken vor Begeisterung. Bei meiner ersten Eheschließung war die Dame höchst unzufrieden mit der scheinbar schwachen finanziellen Leistungsfähigkeit des Bräutigams. Dabei verstand sie einfach den tiefen Sinn hinter seinem Geschenk nicht. Solch einen Ring, du, den hätte sie zu würdigen gewusst.«

Gordon wusste nicht recht, wie umzugehen mit der Situation. Er machte einen offiziellen Antrag, steckte der Braut ein Vermögen an den Finger und ihr fiel nichts anderes ein, als sich an ihre erste Hochzeit zu erinnern. Aber immerhin lachte sie. Immerhin schlang sie ihm die Arme um den Hals und ihr Kuss schmeckte süß und ehrlich. Er wusste, sie schleppte eine alte Liebe mit sich, er würde immer im direkten Vergleich zu diesem Clemens stehen, würde sich anstrengen müssen, standzuhalten. Aber sie hatte zugestimmt. Und wer war in diesem Alter schon noch ganz frei von Vergangenheit? Er beschloss, einfach mitzulachen. Und glücklich zu sein.

Herrgott, ja! Ein gutes Jahr war dieser Tag nun her. Sie hatten es sich so einfach vorgestellt. Guten Mutes waren sie wenig später gemeinsam zum zuständigen Standesamt gegangen, um das Aufgebot zu bestellen. Gordon hätte an sich liebend gern in England geheiratet. Aber Constanze gewann den Eindruck, er wolle alles möglichst schnell erledigen, damit er sie sicher hatte, ehe sie es sich womöglich doch noch anders überlegte. Er hatte alle Unterlagen beisammengehabt, erkundigte sich sogar gleich, welche Schritte notwendig seien, um Eva zu adoptieren. Constanze hatte ihre persönlichen Papiere dabei. Dazu alles, was sie von Clemens besaß, insbesondere das Schreiben der Wehrmacht zum Verschollenenstatus Clemens' und seine Marke.

»Keine Beurkundung des Todes, Frau Rosanowski?«

Constanze schüttelte den Kopf, erzählte, wie sie in den Besitz der Erkennungsmarke gekommen war, und die Dame auf der anderen Seite des Schreibtisches wiegte den ihren.

»Das werden wir erst klären müssen, Frau Rosanowski. Lassen Sie die Marke hier, ich verspreche Ihnen, ich kümmere mich.«

Sie griff zu. Und sofort hielt Constanze ihre Hand schützend über das Letzte, das sie von Clemens hatte. »Nein, bitte nicht! Ich habe doch weiter nichts von ihm.«

»Haben Sie nicht eine Tochter aus dieser Ehe?«

Constanze zuckte zusammen, senkte zutiefst peinlich berührt den Kopf. »Doch, natürlich ...«, stammelte sie.

»Na sehen Sie! Geben Sie her. Es ist nur ein Stück Blech.«

Gordon schaltete sich ein. »Ich schlage vor, Sie schreiben die Daten einfach ab, Ma'am! Sie sehen ja, meine Frau hängt an diesem Erinnerungsstück. Das können Sie doch sicherlich verstehen, nicht?«

Die Dame seufzte. »Na schön, ausnahmsweise, Major Wade.«

Constanze ließ los, aber das Stückchen Metall nicht aus den Augen. Die Brille tief auf die Nasenspitze geschoben, versuchte die Frau zu entziffern, was auf der abgewetzten Oberfläche eingeprägt war, bemühte sogar eine Lupe. Endlich notierte sie und reichte Gordon die Marke zurück. Gordon. Nicht Constanze.

»Sie hören von uns.«

Damit waren sie entlassen.

Es dauerte. Wochenlang. Dann kam ein Brief, der den Stempel des Standesamtes trug. Eva brachte ihn mit herein, als sie aus der Schule kam. Rot waren ihre Wangen von der Dezemberluft draußen, vielleicht auch von der Aufregung.

»Schau, Mama, endlich ist es so weit. Dann kann ich bestimmt das neue Jahr als Familienmitglied der Wades in England begrüßen«, freute sie sich.

Constanze schlitzte das Kuvert mit dem Küchenmesser auf. Las. Und erstarrte.

»Was steht da?« Eva hüpfte von einem Bein aufs andere.

Halblaut las Constanze vor: »... müssen wir Ihnen mitteilen, dass die Daten der eingereichten Erkennungsmarke nicht mit denen Ihres Ehemannes Clemens Rosanowski übereinstimmen ...«

»O Gott!«, entfuhr es Eva tonlos. Sie war kreidebleich. »Was bedeutet das?«

In Constanze tobte ein Aufruhr. Die Buchstaben verschwammen vor ihren Augen. Wieder und wieder rieb sie sich über die Lider. Ihr Kopf wollte den wahren Inhalt des Bescheides nicht hereinlassen. Den Brief in der Hand, sank sie aufs Bett, hockte da, apathisch, nicht ansprechbar.

Eva stand mit hängenden Schultern vor ihr. Minutenlang. Dann fasste sie sich ein Herz, griff nach dem Blatt, las selber und rüttelte Constanze aus ihrer Lethargie.

»Du kannst nicht heiraten, solange Papa nicht gefunden ist. Tot oder lebendig. So ist das. Da beißt die Maus jetzt keinen Faden ab.«

»Aber Justus hat mir doch seine Marke gegeben. Ohne zu wissen, dass er tot ist, wären wir doch niemals aus Danzig geflohen, Evchen! Wir wären dortgeblieben, hätten auf ihn gewartet.«

»Genau!«, antwortete Eva. »Er hat dir nicht Papas Marke gegeben, sondern irgendeine, die er vom Hals eines Unbekannten geknipst hat. Um uns beide da rauszuholen. Er wusste genau, wie halsstarrig du sein kannst, und hatte wahrscheinlich eine Scheißangst um uns. Da greift man schon mal zu Mitteln, die vielleicht nicht ganz fein sind. Und es war schließlich höchste Zeit! Das wusste er sicherlich. Verstehst du sein Handeln nicht?«

»Doch, Evchen ... schon ... obwohl es ein perfider Betrug ist. Und sicher waren wir in Berlin ja nun weiß Gott auch nicht. Denk doch mal: Was hat er damit angerichtet? Hätte ich es besser gewusst, hätte ich niemals einen anderen Mann angesehen, ganz gewiss jetzt kein Baby im Bauch und ihn doch längst gesucht.«

»Oder er uns«, überlegte Eva laut.

»Eben! Hat er aber anscheinend nicht. Und haben wir nicht. Jahre sind ungenutzt verstrichen, Eva. Es ist entsetzlich!«

»Dann müssen wir eben jetzt mit der Suche anfangen. Los, los, hock hier nicht rum. Es geht um was. Und wir sind aus dem Stamme Warthenberg. Sind die nicht bekannt dafür, ziemlich pfiffig zu sein?«

Constanze sah auf. Sie stand da, breitbeinig, beide Füße fest auf dem Boden. Sie war ein Kriegskind. Mit allen Wassern gewaschen, bereit, um das Leben, um die Zukunft, um das Glück zu kämpfen. Und sie zeigte genau das Maß an Pragmatismus, das sie jetzt brauchte. Ein Lächeln glitt über Constanzes Züge und kopfschüttelnd sagte sie: »Weißt du was, Eva? Du bist eine Wucht!«

Von diesem Moment an hatte Constanze monatelang zu jenen Suchenden gehört, für die sie noch vor kurzer Zeit so großes Mitleid empfunden hatte. Über den Rundfunk wurden tagtäglich ellenlange Listen mit Namen und genaueren Angaben zu den Verschollenen verlesen. Auch Clemens' Name war mehrfach dabei gewesen, und wenn Constanze ihn hörte, liefen ihr die Tränen. Häufig hatte auch sie sich nun an den Zettelwänden eingefunden. Zwar war es unwahrscheinlich, dass irgendjemand einen Hinweis hinterlassen hatte ... aber man konnte nie wissen, ob nicht doch ... Schon so manche glücklich ausgegangene Geschichte hatte es über diese Variante der Vermisstensuche gegeben. Das Rote Kreuz stockte nach und nach die Zahl seiner Mitarbeiter auf, man gab sich unendliche Mühe, Familien wieder zusammenzuführen, Kindern ihre Eltern, Eltern ihre Kinder zurückzugeben. Die Zeitungen enthielten nicht enden wollende Spalten mit den Namen Verschollener.

Fieberhaft war die Suche nach Clemens gewesen. Gordon, im ersten Moment der Erkenntnis schwer angeschlagen, hatte sich, auch mit allen ihm durch das britische Militär zur

Verfügung stehenden Mitteln, aktiv beteiligt. Constanze rechnete ihm sein Engagement hoch an. Immerhin musste ihm klar sein, dass er Frau und Kind würde verlieren können, verliefe die Suche erfolgreich. Er war einfach ein unglaublich anständiger, fantastischer Kerl.

Sie selbst rang mit sich. Eben diesen fantastischen Kerl hatte sie derartig tief und ehrlich zu lieben gelernt, dass sie bisweilen sogar *fürchtete,* Clemens würde wieder auftauchen. Dann wieder machte sie sich bewusst, was Clemens für sie war, und schob Gordon in ihrem Herzen vorläufig zurück auf den Platz des wohltätigen besten Freundes. Es war eine scheußliche Zeit gewesen. Während sich ihr Bauch mehr und mehr rundete, schwebte sie in einem Zustand absoluter Unsicherheit.

Georges Geburt verlief zum Ausgleich vollkommen unspektakulär. Mit Gerda an ihrer Seite, in den Händen der besten Gynäkologen der Charité, fühlte sie sich sicher und konnte nach einem geglückten Eingriff ihren gut acht Pfund schweren Sohn in die Arme nehmen. Die Namensgebung erfolgte nicht ganz ohne Evas Drängen. Aber sowohl Gordon als auch Constanze sagten sich: Warum eigentlich nicht? George war ein hübscher, passender Name und es sprach wirklich nichts dagegen, dem Baby den Namen des sympathischen Monarchen zu geben.

Es war Ende April, der Frühling hatte seine grünen Bänder über Berlin gespannt, als Gordon, seinen schlafenden Sohn auf dem Arm, mit einer Möglichkeit herausrückte, die Constanze zwar schon lange kannte, die sie aber noch zu keinem Moment ernsthaft in Erwägung gezogen hatte. Schmerzhaft zuckte sie unter Gordons Worten zusammen.

»Darling, ich glaube, es ist an der Zeit, gemeinsam über den letzten Schritt nachzudenken, um unsere Familienverhältnisse endgültig zu klären. Schau, ich muss zurück nach England. Das zivile Leben, das ich deinetwegen schon viel zu lange vernachlässigt habe, ruft. Ruft immer lauter. Robert braucht mich. Und die Army kann längst auf mich verzichten. Ich will mit euch zusammen gehen. Ich liebe euch. Euch alle drei. Und ich will euch hier rausholen, aus diesem tristen Ostberlin. Du gehörst hier nicht hin. Eva nicht. Und mein Sohn ...«

»Schon gar nicht!«, sagte Constanze mit einer Mischung aus Resignation und Traurigkeit in der Stimme. Sie wusste, er hatte recht. Aber jetzt zu tun, worum er sie durch die Blume und dennoch dringlich bat, erschien ihr wie der schlimmste vorstellbare Verrat. Für Sekundenbruchteile wirkte er auf sie wie ein Feind, sein zärtlicher Gesichtsausdruck, diese winzige Spur von Schuldbewusstsein und Verzeihungheischen wie eine spöttische Fratze. Das war es nicht, nein, so war er nicht. Sie wusste, wie unrecht sie ihm tat. Dennoch. Sie konnte ihn nicht ansehen, ihm nicht einfach so zustimmen, hielt den Kopf gesenkt, suchte verzweifelt nach Ausflüchten, fand keine, ließ ihn schmoren, ohne böse Absicht, schlicht weil sie nicht anders konnte.

»Gib mir ein paar Tage, Gordon, ja?«, flüsterte sie.

»Ja, Constanze. Ein paar Tage.«

Es klang liebevoll. Und war doch ein Ultimatum.

Sie wusste, dass er wusste, was er da von ihr verlangte. Sie! Niemand sonst als sie konnte, sollte, musste das Aufgebot bestellen. Mit dem Ziel – nach Veröffentlichung binnen einer Frist von wenigen Wochen –, entweder Clemens gefunden oder ihn für tot erklärt zu haben. Es war ihr, als verlange Gordon, der wunderbare, sensible, umsichtige Vater ihres Söhnchens, Clemens zu töten. Endgültig. Fertig. Aus.

Constanze benötigte eine volle Woche, um mit sich selbst den größten Kampf ihres bisherigen Lebens auszufechten. Von niemandem ließ sie sich reinreden. Verkroch sich vor Eva, vor Gordon, vor den Freunden. Das schöne Tier redete ihr zu: Tu es, es ist richtig! Es wirkte zerrupft in diesen schlimmen Tagen, in diesen Nächten, in denen sie keinen Schlaf fand. Es wirkte geschwächt. Zu Tode geschwächt.

Alles verloren? Nicht alles verloren! Denk an die Kinder. Oh, nein, nein, nein, schieb nicht die Kinder vor, das hätte er nicht verdient. Gordon. In guten wie in schlechten Tagen. Bis dass der Tod euch scheidet. Clemens. Geschworen! Der Tod, der kam nicht aus Amtsstuben, kam nicht auf Federstrich nach Beschluss. Wie irrsinnig! Der Tod kam, wenn der Tod es wollte.

Ganz allein lief sie zum Amt. Stellte ihren Antrag. Erzählte es tagelang niemandem. Erst als Gordon kam, ihr zu sagen, dass er zwei Tage später Berlin verlassen müsse, sagte sie es ihm. Er nahm sie in die Arme. »Dann komm mit. Du weißt, es warten alle daheim auf euch. Komm mit, lass das Amt seine Arbeit machen. Sind sie erfolgreich, finden sie ihn, kannst du jederzeit zurückkehren. Aber du wirst wahnsinnig werden, wenn du hierbleibst.«

Es war ein wenig wie damals, als sie nicht hatte wegsehen wollen ... Gordon auf dem Dach, diese Angst um ihn ... Wenn sie jetzt nicht bliebe, wenn sie wegsah, wegginge ... würde es Clemens' Chancen nicht genauso schmälern?

Constanze schüttelte sich. Ja, sie stand wirklich kurz davor, verrückt zu werden. Sie musste gehen.

»Wer zahlt Mutter Klawuttke, Gordon? Ich kann nicht guten Gewissens unsere Bleibe hier aufgeben.«

»Wenn das deine einzige Sorge ist!? Ich natürlich.«

Langsam nickte sie.

Zwei Tage später ging sie mit ihm in seine Heimat.

* * *

Constanze hörte Eva und Gordon im vergnügten Gespräch miteinander auf der Treppe. Im nächsten Moment standen sie schon in der Tür. Gordon beugte sich über Mutter und Sohn, küsste beide auf den Scheitel. »Ausgeruht, Darling? Entschuldige, es hat ein bisschen länger gedauert. Die Pferde sind versorgt, beide unbeschadet am Fressen. Die anderen sind auch schon fast alle zurück, im Stall ist grad die Hölle los und jeder wollte mit mir einen kleinen Small Talk halten. Den Fuchs hat übrigens keiner mehr gekriegt. Die Jagdhelfer haben am Ende einfach behauptet, sie hätten ihn in einer undurchdringlichen Hecke verschwinden sehen. Die Gäste waren sowieso erschöpft. Es hat also niemand übel genommen, dass die Sache erfolglos beendet wurde. Sie hatten ihre körperliche Ertüchtigung, konnten der Leidenschaft frönen, das Adrenalin spüren. Und jetzt sind sie alle hungrig. Ich glaube ja sowieso, dass das Fressgelage nach der Jagd mit traditionellem Besäufnis der wichtigste Grund ist, an solchen Veranstaltungen teilzunehmen.«

Constanze zwinkerte ihm amüsiert zu. Gordon griff nach einem der Gurkensandwiches, die unangerührt neben ihr auf dem Tisch standen. Eva tat es ihm nach, entschied sich für Kresse und Ei. Der kleine George erwachte auf Mutters Schoß, blickte vergnügt in die Familienrunde. Dann verzog er auf einmal das Mündchen, bekam einen angestrengten Gesichtsausdruck, lief ein bisschen rot an und drückte. Gordon hielt sich die Nase zu. Alle lachten, Constanze stand auf, trug ihn ins Bad, um ihn frisch zu wickeln.

»Ich klingle schon mal nach der Nanny, sie soll ihn dir abnehmen«, rief Gordon aus dem Wohnzimmer. »Du solltest dich langsam umziehen. Schließlich musst du heute Abend besonders hübsch sein. Wir wollen doch die Gäste bei unserem Announcement nicht enttäuschen. Alle sind sie gespannt. Ich habe ein wenig durchblicken lassen, bin aber nicht konkret geworden. So haben sie jetzt Gelegenheit, sich die Köpfe zu zerbrechen.«

Ja! Heute! Constanze freute sich aus tiefstem Herzen. Endlich war die Qual ausgestanden. Als sie es vor zwei Wochen schwarz auf weiß in den Händen gehalten hatte, war sie zunächst zusammengebrochen. Jahrelang hatte sie versucht, Clemens' Tod zu verarbeiten, kaum war ihr das halbwegs gelungen, tauchte dieser neue Hoffnungsschimmer auf. Mitten hinein in einen Lichtstrahl, der sich mit der Verbindung zu Gordon aufgetan hatte, verdunkelte sich der Himmel und nur ein winziger Punkt in weiter Ferne blieb, den sie zu erhaschen versuchte. Jetzt zog ihr die Endgültigkeit den Boden unter den Füßen weg. Es dauerte Tage, bis Gordon und Eva sie mit ihrer liebevollen, geduldigen Art wieder zu sich holen konnten, und es war am Ende Eva, der dies gelang.

»Wir werden Papa nie vergessen, Mama«, hatte Eva gesagt. »Er lebt in unseren Herzen und er lebt bestimmt auch ein bisschen in mir. Ganz sicher hätte er sich gewünscht, dass wir beide glücklich werden. Lass es doch zu, Mama, lass uns bitte, bitte endlich glücklich sein!«

Evas Worte hatten schwer gewogen. Schwerer, als es Gordons taktvolles Mitleiden und seine zärtlichen Liebesschwüre vermocht hatten. Clemens im Herzen. Und in seiner zauberhaften, tapferen Tochter. Ja, damit konnte Constanze leben und tauchte endlich aus dem düsteren Schlund ihrer Traurigkeit auf.

Heimat finden. Für alle Zukunft. Für ihr Herz. Für ihre Kinder. So, wie sie es sich geschworen hatte in jener eisigen Nacht, als der Zug den Danziger Güterbahnhof verlassen hatte. Clemens? Nein, Constanze. Er kommt nicht mehr!

21

BERLIN, DEZEMBER 1949 – LEICHTIGKEIT VOLLER TIEFE

Wenige Wochen nach dem rauschenden Fest am Abend der Fuchsjagd reisten sie zu viert noch einmal nach Deutschland. Eva hatte es mit Verweigerung versucht, aber Constanze hatte sie letztlich doch überzeugen können mitzukommen, um Abschied zu nehmen. Von ihren Freundinnen, den Klassenkameraden, Mutter Klawuttke, den Leuten im Haus. Und von einer Zeit, einem Leben, das zukünftig nur noch Erinnerung sein sollte.

»Man muss das tun, Evchen. Auch wenn du glücklich bist, jetzt neue Perspektiven zu haben, darfst du nicht einfach alles am Wegesrand zurücklassen, unbeachtet und einsam, was eine lange Weile dein Leben ausgemacht hat. Es gibt viele Menschen, denen wir etwas zu verdanken haben, die uns vielleicht sogar vermissen werden. Wir müssen ihnen Lebewohl sagen, denn wir werden sie nicht vergessen und möchten doch auch nicht, dass sie uns vergessen. Ich werde es auch tun, ich möchte mich verabschieden.«

»Du hast recht, Mama. Ich bin nur so unglaublich froh, da rauszukommen, dass ich gar nicht richtig nachgedacht habe. Natürlich komme ich mit!«

Die Herzen waren leicht. Gerda, die sich inzwischen längst wieder als selbstständige Hebamme niedergelassen hatte und über die ganze Etage eines kaum zerstörten alten Bürgerhauses als Wohn- und Praxisdomizil verfügen konnte, bot an, die kleine Familie bei sich aufzunehmen. »In Mutter Klawuttkes Butze könnt ihr doch nicht alle vier unterkommen, während ihr in Berlin seid«, sagte sie am Telefon, als Constanze ihr Eintreffen ankündigte. »Kommt zu uns, wir haben reichlich Platz.«

»Großartig! Ich danke dir. Und nur damit du dich gleich drauf einstellen kannst: Du wirst neben Großmutter meine zweite Trauzeugin, abgemacht? Ihr seid herzlich willkommen in Wisley Park House. Plan mal gleich eine Woche Urlaub ein. Kommt am besten ein paar Tage vor der Feier und bleibt hinterher über Weihnachten, ja? Weihnachten in England ist ein Spaß. Du wirst es erleben, und ich finde, es wird Zeit, dass du altes Arbeitstier auch mal rauskommst.«

»Sehr wohl, Mylady«, gniggerte Gerda. »Wir freuen uns auf euch. Bis dann!«

Das Wiedersehen nach Monaten wurde zu einem kleinen Fest. Und schmeckte doch schon nach Abschied. Constanze brachte vor, was sie sich überlegt hatte. Sie bat Gordon, Eva an die verschiedenen Adressen zu fahren, die sie gern ansteuern wollte, und erklärte, sie wolle noch ein letztes Mal all die Wege ganz allein machen, die sie so viele Jahre gegangen war. Am Abend dann, so ihr Plan, wollte sie sich dann bei Mutter Klawuttke wieder mit den beiden treffen und von dort aus das Wenige in Gerdas frisch ergattertem klapprigen Kraft-durch-Freude-Wagen abtransportieren, das sie aus der alten Wohnung mitzunehmen beabsichtigte. Gordon war ein wenig skeptisch gewesen, aber letztlich hatte er zugestimmt. George bekam noch ein Küsschen und blieb in der besten Obhut, die ein Baby sich wünschen konnte: bei Gerda.

»Haltet eure Ausweise bereit«, riet sie noch, »schließlich gibt es seit dem 7. Oktober eine DDR und ihr überschreitet eine Staatsgrenze. Sie kontrollieren gern.«

»Alles dabei«, grinste Constanze und klopfte auf die Tasche ihres nagelneuen, schicken Mantels.

* * *

Minuten später war sie allein.

»Willkommen in der Hauptstadt der Deutschen Demokratischen Republik, Frau Rosanowski.«

Sie nahm ihren Pass zurück und lächelte.

Hier war nun also der zweite deutsche Staat. Sie lief an den Läden vorbei, deren Auslagen dürftig bestückt schienen. Kam es ihr nur so vor oder war die Auswahl am anderen Ende der Straße, drüben im Westen, nicht doch erheblich vielfältiger gewesen? Wie würden sich die beiden Teile der Stadt in der Zukunft entwickeln? Würde es Unterschiede geben? Nur ein flüchtiger Gedanke. Es betraf sie nicht mehr.

Mit dem melancholischen Gefühl von »letztem Mal« ging sie mit offenen Augen, bemühte sich, jedes Bild zu speichern. Setzte jeden Schritt bewusst, erfühlte den Boden unter den dünnen Sohlen ihrer eleganten Schuhe. Atmete die Luft, versuchte, sich den Geruch einzuprägen; nicht so schwer, Winter gleich Braunkohlengestank, aber auch der gehörte dazu.

Ihr Ziel war die Charité. Mal schauen, wer von den Kollegen heute anzutreffen sein würde. Constanze hatte reichlich eingekauft und zu hübschen Päckchen verpackt. Lauter typisch englische Sachen brachte sie mit, hatte für jeden eine individuell ausgewählte Kleinigkeit dabei. Die Tasche wog nicht allzu schwer. Und auf dem Rückweg würde sie noch leichter sein.

An den Zettelwänden kam sie vorbei. Noch immer herrschte hier Betrieb. Menschen kamen und gingen. Müde

Trauer in der Luft. Wann würden all diese Schicksale geklärt sein? Vielleicht in Jahrzehnten noch nicht. Sie zögerte einen Augenblick. Dann ging sie nachsehen. Tatsächlich! Er hing noch. Ihre eigene Suchanzeige, ein wenig verwittert, aber klar leserlich. Keine Notiz darauf. Niemand hatte reagiert. Ja. Er war tot. Sie hätte den Zettel abnehmen können, es gab doch keine Fragen mehr. Aber sie ließ ihn hängen. Drehte sich noch einmal um, als sie sich schon angeschickt hatte, weiterzugehen, wischte eine Träne weg. Es würde nie aufhören, wehzutun. Nie!

In der Charité wurde sie mit großem Hallo begrüßt. Viele waren da, freuten sich wie die Schneekönige, sie zu sehen, waren begeistert über die mitgebrachten Spezialitäten. Tee, kandierter Ingwer in zartbitterer Schokolade oder Zucker, Weingummi, Shortbread-Fingers, köstliche Toffees und Ähnliches.

Kriegt man alles hier nicht so …

Ah, so … bestimmt bald, ihr Lieben!

Abschiedsküsse. Hier und da eine Träne. Winken.

Und sie ging.

Eine Blase hatte sie sich gelaufen in den neuen Schuhen. Entschied, die zwei Stationen mit der Straßenbahn zu fahren. Auch etwas, das man in Erinnerung behalten musste. Augen auf. Schauen, was sich draußen tat. Einfach die andere Perspektive genießen. Ein letztes Mal.

Vorbei an Aufgebautem. Hatte sich schon was getan. Aber vieles lag noch immer in Trümmern. Vorbei an der Haltestelle. Einige stiegen aus, andere ein. Vorbei an der Zettelwand. An der Zettelwand. Kommen und Gehen dort.

Ein Mann im abgeschabten Salz- und Pfeffer-Mantel. Sie sah ihn nur von hinten. Wie er sich bewegte. Sie würde ihn unter Hunderten erkennen, nur an seinen Bewegungen.

Constanze fuhr im Sitz hoch. Klopfte an die Scheibe, brüllte: »Halt! Halt! Halten Sie die Bahn an!«

Sprang zur Tür.

»Setzen Sie sich wieder hin! Was machen Sie denn für ein Affentheater?«

»Ich muss da raus, da ist jemand, halten Sie! So halten Sie doch.« Griff nach dem Nothalthebel.

Der Schaffner packte sie beim Arm, drückte sie zurück auf ihren Sitz. »Hier gibt's keine Extrawürste. Hier geht alles seinen sozialistischen Gang. Wenn Ihnen das nicht passt, gehen Sie doch in den Westen.«

Vorbei.

Constanze stürzte an der nächsten Haltestelle aus der Bahn, rannte.

Rannte, wie um ihr Leben.

Er war nicht mehr da. Wie vom Erdboden verschluckt.

»Habt ihr ihn gesehen? Den Mann im grauen Salz- und Pfeffer-Mantel? Eben war er hier.«

Kopfschütteln.

Geschlagen, den Kopf gesenkt, den Blick auf das Pflaster, lief sie. Dahin, wo sie Jahre verbracht hatte. Nicht die schlechtesten Jahre, oder doch?

Mutter Klawuttke zog sie an ihren breiten Busen. »Mädchen, wat weenste denn so?«

Schluchzende Erklärungen.

»Ach wat, Kleene. Dat haste dir injebildet. Dein Clemens is doch nich mehr. Haste schriftlich. Von Amts wejen. Da hat dirs Wünschen nen Streich jespielt. Oder Torschlusspanik vor de Eheschließung. Is doch normal. Nu komm ma wieda zu dir, setz dich, trink 'n Kleenen.«

Mutter Klawuttke griff nach der Flasche mit dem gelben Etikett und dem Elefanten drauf, schenkte reichlich ein, hielt Constanze das Glas an die Lippen.

»Haste Sorjen mit de Deenen, geh zu Mampe, kipp dich eenen.«

Constanze rang sich mühsam ein Lächeln ab, trank das bittere Kräuterzeug. Vierundvierzig Prozent brannten sich den Schlund hinunter, feuerten im Magen. Lieferten sich einen Wettkampf mit dem heißen Herzen.

Immerhin. Jetzt ging es wieder.

»Sie meinen wirklich? Die Fantasie? Torschlusspanik?«

»Na klar, Mädchen. Lass dir nich kirre machen von dit da.« Sie klopfte auf ihre Brust. »Nu jeh, pack dein Zeuch und vajiss nich, mir tschüss zu sagen, bevor de jehst. Bezahlt hatter alles, dein Major.«

Es roch muffig in der winzigen Bude, die so lange ihre Heimat gewesen war. Constanze knipste das Licht an. Öffnete kein Fenster. Viel zu kalt draußen. Sie würde schnell sein. Viel war es ja nicht. Es lohnte nicht mehr, Feuer zu machen. Eine Stunde, dann kämen sie schon, sie zu holen.

Sie zog den braunen Koffer unterm Bett hervor. Den, mit dem sie gekommen war. Ein bisschen Wäsche, ihre Unterlagen, Evas alter Teddy, George von der Wand. Unbedingt George mitbringen, Mama. Das Teeservice, ihre englischen Bücher. Kleinigkeiten. Am Ende doch ganz schön voll. Vorsichtig setzte sie sich auf den Koffer. Der Deckel beulte, etwas knirschte. Ach Gott, das Teegeschirr. Nicht schlimm. Es würde Neues geben.

An der Tür klopfte es. Ein Blick auf die silberne Uhr am Handgelenk. So schnell! Keine Zeit mehr für einen melancholischen Blick.

»Herein!«

Langsam senkte sich die Klinke.

Langsam schwang die Tür auf.

»Constanze?«

Ein Lächeln.

Eine Hand.

Entgegengestreckt und doch geschlossen, Handrücken nach oben.

Jetzt langsam gewendet.
Geöffnet.
Eine Handfläche.

Die Flügelchen geknickt, angelaufen die hauchfeinen Silberfäden. Nur noch ein Auge. Doch das fing irisierend jedes Licht.

»Da bin ich. Ich habe sie dir zurückgebracht. So, wie ich es versprochen habe.«

Hat Ihnen dieses Buch gefallen? Möchten Sie informiert werden, wenn Izabelle Jardin ihr nächstes Buch veröffentlicht? **Dann folgen Sie der Autorin auf Amazon.de!**

1) Suchen Sie auf Amazon.de oder in der Amazon App nach dem eben gelesenen Buch.
2) Klicken Sie auf den Namen der Autorin, um auf die Autorenseite zu gelangen.
3) Klicken Sie auf den »Folgen«-Button.

Noch schneller gelangen Sie zur Autorenseite, indem Sie diesen QR-Code mit Ihrem Smartphone oder Tablet scannen:

Wenn Sie dieses Buch auf einem Kindle eReader oder in der Kindle App lesen, wird Ihnen automatisch angeboten, der Autorin zu folgen, sobald Sie die letzte Seite des Buches erreicht haben.

Printed in Poland
by Amazon Fulfillment
Poland Sp. z o.o., Wrocław

56624594R00218